Zu diesem Buch

Als Carlotta Carlyle, die rothaarige Taxifahrerin, ihre tägliche Post durchsieht, findet sie einen Umschlag ohne Absender. Darin steckt ein Foto von einem Neugeborenen. Ohne Namen. Ohne erklärenden Zettel. Einigermaßen verwundert bewahrt Carlotta das Foto auf. In den nächsten Wochen kommen regelmäßig freitags weitere Fotos, auf denen das Mädchen immer älter ist. Aber noch keine Erklärung. Doch dann bringt ein Anruf Licht ins Dunkel. Die kleine Rebecca Woodrow starb vor ihrem siebten Geburtstag an einer Krankheit, die zu 95 Prozent heilbar ist. Die untröstliche Mutter engagiert Carlotta, um herauszufinden, ob in dem Krankenhaus wirklich alles für ihre Tochter getan wurde.

Und sie erzählt eine merkwürdige Geschichte: Kurz vor dem Tod von Rebecca sei ein weißgekleideter Mann ins Krankenzimmer gestürzt und habe dem Mädchen eine Maske übers Gesicht gestülpt. Ist das eine Halluzination einer Frau, die sich nicht mit dem Tod ihrer Tochter abfinden kann? Um sie zu trösten und weil der Scheck wirklich großzügig ist, übernimmt Carlotta den Auftrag, in der renommierten Klinik Nachforschungen anzustellen. Dabei findet sie heraus, daß am selben Tag noch zwei andere Kinder völlig überraschend gestorben sind. Als dann noch eine Krankenschwester, die die drei Kinder betreut hat, tot aufgefunden wird, weiß Carlotta, daß sie einem besonders scheußlichen Verbrechen auf der Spur ist.

Linda Barnes, Jahrgang 1949, war Lehrerin für dramatische Künste, ehe sie sich ganz der Schriftstellerei widmete und vier Bücher mit dem Privatdetektiv Michael Spraggue veröffentlichte: Früchte der Gier (Nr. 3262), Marathon des Todes (Nr. 3040), Zum Dinner eine Leiche (Nr. 3049) und Blut will Blut (Nr. 3064). Für ihre Story «Lucky Penny» gewann sie 1985 den Anthony Award für die beste Kurzgeschichte des Jahres. Es war der erste Auftritt von Carlotta Carlyle, die inzwischen eine der erfolgreichsten Detektivinnen des Kriminalromans ist. Bei rororo thriller liegen vor: Carlotta steigt ein (Nr. 2917), Carlotta fängt Schlangen (Nr. 2959), Carlotta jagt den Coyoten (Nr. 3099) und Carlotta spielt den Blues (Nr. 3160).

Linda Barnes

Ein Schnappschuß für Carlotta

Deutsch von
Erika Ifang

rororo
Rowohlt

rororo thriller
Herausgegeben von Bernd Jost

Veröffentlicht im Rowohlt Taschenbuch Verlag GmbH,
Reinbek bei Hamburg, Januar 1997
Die Originalausgabe erschien 1993 unter dem Titel «Snapshot»
bei Delacorta Press, Bantam Doubleday Dell Publishing
Group, Inc., New York

Umschlaggestaltung: Walter Hellmann
(Illustration: Andreas Dierßen)
Gesamtherstellung Clausen & Bosse, Leck
Printed in Germany
1290-ISBN 3 499 43250 1

Para mi hermana, Carol

Die folgenden Freunde und Verwandten haben mir in den verschiedenen Entstehungsphasen dieses Buches mit Zeit, Sachkenntnis, Rat und Tat zur Seite gestanden: Dr. Steven Appelblatt, Richard Barnes, Brian DeFiore, James Morrow, Gladys Roldan, Alexandra Paul-Simon, R. N. und Dr. Amy Sims. Ihnen allen danke ich. Außerdem möchte ich nicht versäumen, die tatkräftigen Leistungen des T-Shirt-Komitees – Cynthia Mark-Hummel, John Hummel und Beth King – lobend anzuerkennen.

Gina Maccoby macht weiterhin Carlotta alle Ehre – und Carlotta heißt voller Freude Carole Baron in ihrem Team willkommen.

Ich träumte, eine wär an fremdem Ort gestorben,
nah keiner ihr vertrauten Hand;
sie hatten Bretter über ihr Gesicht genagelt,
die Bauern dort in jenem Land,
voll Zweifel, ob sie sie so einsam betten sollten,
errichteten auf ihrem Hügel dann
ein Kreuz, das sie aus zwei Stück Holz gefertigt hatten,
und pflanzten noch Zypressen ringsum an;
sie überließen sie den kalten Sternen oben,
bis ich ins Holz sie schnitt, die Lettern:
Sie war noch schöner als die erste Liebe dein
und liegt jetzt unter Brettern.

«Ein Traum vom Tod»
William Butler Yeats – 1891

Was dem Auge entschwindet, entschwindet auch dem Herzen.
Persisches Sprichwort

1

Alljährlich im April pflegte meine Mutter ihre eigene Version des Seder zum traditionellen Passahfest zu feiern. Ein hebräisch-jüdisch-englisch-russisches Mischmasch, zu dem sie all ihre alten Gewerkschaftskumpel einlud – Juden, Christen, Moslems und Heiden –, die zuerst Dankeshymnen herunterratterten für die Befreiung der Hebräer aus der ägyptischen Gefangenschaft, um sich dann bei der Hühnerbrühe in Schimpfkanonaden gegen General Motors, J. Edgar Hoover und das FBI zu ergehen. Ich bin in der Annahme aufgewachsen, das gehöre zur Religion.

Die Passahlieder mochte ich am liebsten. Eines meiner Lieblingslieder, «Dayenu», eine flotte, ohrwurmartige Erinnerung daran, daß «es gereicht hätte», wenn Gott uns aus Ägypten herausgeführt, aber nicht die Thora gegeben hätte, und daß «es gereicht hätte», wenn Gott uns die Thora geschenkt, aber nicht das Land Israel gegeben hätte, muß um die siebenundzwanzig Strophen gehabt haben. Da es nach dem rituellen Genuß von vier Gläsern Wein gesungen wurde, hatte es manchmal dreiundvierzig.

Dayenu, dachte ich meist, wenn das ganze Theater vorbei war. Es hätte mir gereicht, nur die Fotos zugeschickt zu bekommen.

Das erste Foto kam am 20. März an, getarnt durch ein Bündel «wichtiger» Hauswurfsendungen, Anzeigenblätter, Werbebriefe und die Spendenaufrufe verschiedener Wohltätigkeitsorganisationen, die angeblich pleite gingen, wenn ich nicht fünfundzwanzig Dollar lockermachte. Mein Kater und ich haben eine Abmachung getroffen, durch die ich das meiste von meiner Post direkt in den Papierkorb werfen kann. Er, T. C., Thomas C. Carlyle alias Tom Cat, hat *Mother Jones* und *The New York Times Book Review* abonniert. Er ist es, der sich furchtlos mit vollem Namen ins Telefonbuch hat eintragen lassen und die schweratmenden Typen fernhält, die durch bloße Initialen eingeladen werden. Wenn ich die Post im Flur vom Fußboden gerafft habe, sortiere ich sie in zwei Stapel, einen für mich, einen für meinen Kater. Sein Stapel ist immer doppelt so hoch wie meiner, aber ich habe keinen Grund zur Eifersucht.

T. C. bekommt nur den Schrott. Ich habe das Zeug früher gelesen, ich weiß, wovon ich spreche.

Nicht, daß die Post mit meinem Namen so besonders heiß wäre. Das meiste davon könnte durchaus auch an Herrn/Frau Mustermann adressiert sein.

Aber am 20. März war ein handadressierter Brief mit in der Post, den ich mißtrauisch inspizierte, ob er nicht zu Werbezwekken mit dem Absender eines Prominenten versehen war. Manche Marketinggurus da draußen glauben wahrhaftig, ich würde einen Brief allein schon deshalb aufmachen, weil ich sehen will, was der alte Ed McMahon mir zu sagen hat.

Meine Zunge machte einen spontanen Schnalzer, eine ungewollte Reaktion darauf, daß der steife hellblaue Umschlag keinen Absender trug – meiner Meinung nach ein völlig ungerechtfertigtes Vertrauen in das Postwesen der Vereinigten Staaten.

Mein geerbter Sittich Red Emma, die dachte, sie sei angesprochen, gab einen Wortschwall von «hübsches Vögelchen» und ähnlichem Gefasel von sich.

«Steck deinen Kopf in den Wassernapf», ermunterte ich sie. Ich habe seit dem Tod meiner Tante Bea versucht, mich von diesem Vogel zu befreien. Oder ihm zumindest das Fluchen beizubringen.

Der Umschlag hatte die Größe einer Partyeinladung, er war deutlich kleiner als die Norm. Auch keine Billigware; er fühlte sich wie ein Einzelstück aus einem Schreibwarenladen an, nicht wie aus einem Hunderterpaket. Einen kurzen Augenblick lang rätselte ich noch, dann riß ich die Lasche auf. Ich kenne nicht viele Leute, die briefliche Partyeinladungen verschicken.

Ich hätte mir auch gar nicht die Mühe zu machen brauchen, die paar in Frage kommenden Namen aus meinem Bekanntenkreis durchzuforsten. In dem Umschlag war weder eine Einladung noch ein Brief, noch eine Karte, nur das Farbfoto eines Säuglings, die anonyme schrumpelige Rosine eines Gesichts, eingehüllt in ein pastellbuntes Etwas, dessen Name mir entfallen war. Meine Tante pflegte solche Dinger für die künftigen Enkel ihrer Mahjong-Damen zu stricken. Sie – die Dinger, nicht die Damen – sahen aus wie kleine Säcke mit Reißverschluß vorn und winziger Kapuze. Ich drehte das Foto um in Erwartung einer Geburtsanzeige.

«Kodak-Qualitätspapier» war alles, was in schrägen Zeilen von der oberen linken zur unteren rechten Ecke lief.

Ein Ratespiel: Wie heißt das Baby? Auf meinem Schreibtisch steht eine Kaffeedose mit einem Vergrößerungsglas, Bleistiften, Filzstiften, Schere und Gummiringen. Ich säuberte die Lupe mit Spucke und einem Kleenextuch. Bei näherer Betrachtung sah das Gesicht des Säuglings wie eine runzelige Backpflaume aus. Während ich meine Aufmerksamkeit dem Umschlag zuwandte – insbesondere dem Poststempel: Winchester, Massachusetts –, spulte sich in meinem Kopf ein imaginäres Adreßregister ab.

Ich kannte keine Menschenseele in Winchester.

Ich schob das Foto unter eine Ecke der Schreibunterlage und wandte mich den Rechnungen zu. Die Telefonrechnung prüfe ich immer mit Argusaugen, seit Roz, meine Mieterin, Putzfrau und Gelegenheitsassistentin vom zweiten Stock, eine nächtliche Vision hatte und auf meine Kosten einen schwatzhaften tibetischen Mönch angerufen hat.

Genau eine Woche später traf das zweite Foto ein. Der gleiche hellblaue Umschlag. Kein Absender, Poststempel: Winchester.

Ich bin keine Säuglingsexpertin und will auch keine werden, aber ich schätzte dieses Kleinkind auf etwa ein Jahr. Helles Haar, helle Haut, und vom Wind und vor Aufregung hatte sie knallrote Kreise auf den Wangen. Ich sage «sie», weil das Baby ein gekräuseltes rosa Kleidchen anhatte und winzige schwarze Lackschühchen, die so glänzten, als hätten sie noch nie den Erdboden berührt. Anlaß konnte die Feier des ersten Geburtstags gewesen sein, obwohl kein Kuchen zu sehen war.

Es war im Grunde überhaupt nichts da, nur grünes Gras und ein paar Bäume.

Ich suchte das Foto von der vorigen Woche hervor und holte mein unentbehrliches Vergrößerungsglas. Es konnte sich um dasselbe Kind handeln, nur ein Jahr älter. Es konnte aber auch ein ganz anderes Kind sein.

Ich war nicht in der Stimmung für irgendwelche Spielchen und überlegte, ob ich die Fotos wegwerfen sollte, zusammen mit T. C.s Sharper-Image-Katalog und der Einladung an ihn, sich durch eine MasterCard der Citibank einen 6000-Dollar-Kreditrahmen zu verschaffen.

Aber ich tat's nicht.

Das dritte Foto kam am 3. April an, pünktlich eine Woche später. Ich hatte es schon fast erwartet. Das kleine Mädchen trug rosa Latzhosen und dazu ein passendes rosa und weiß gestreiftes Hemd. Dasselbe Mädchen wie auf dem zweiten Foto, das konnte ich jetzt sehen. Sie hatte sich zwar verändert, war vielleicht ein Jahr älter geworden, aber die Augen hatten die gleiche Form und der Mund die gleiche Linie.

Auch die Informationen waren gleich geblieben, nämlich null. Ich kramte mein Gedächtnis nach vermißt gemeldeten Kindern durch und fragte mich, ob ich das Mädchen schon einmal auf der Rückseite eines Milchkartons gesehen hatte.

Aber nur sekundenlang. Dann schob ich alle drei Fotos unter die Schreibunterlage. Ich habe kein gutes Gefühl dabei, Fotos wegzuwerfen. Ich bewahre sie auf, genauso, wie ich Reste im Kühlschrank aufhebe.

Das vierte Foto war genau am 10. April da. Mein Korrespondent aus Winchester hatte die Beförderungszeiten der amerikanischen Post erheblich besser im Griff als ich. Wenn ich etwas in den Briefkasten werfe, kommt es manchmal schon am nächsten Tag an. Aber es passiert auch, daß ich einen Brief in denselben Postkasten stecke und er eine ganze Woche braucht, um am gleichen Zielort einzutreffen.

Nummer fünf war eindeutig ein Geburtstagsfoto. Ein spitzer Hut saß schief auf dem Kopf des Mädchens, von einem Gummiband unter dem Kinn gehalten. Ob ich nun wohl mein Leben lang jeden Freitag ein neues Bild von diesem Kind bekommen würde?

Es war ein absolut herzgewinnendes kleines Mädchen. Nicht wegen des Gesichtchens; am Gesicht lag es überhaupt nicht. Die Augen standen zu dicht zusammen, die Nase war zu klein und formlos. Vielmehr war es dieses Lächeln, ein schelmisches Aufleuchten der Augen, das die Polkappen zum Schmelzen bringen konnte. Vielleicht schickte sie mir jemand, der mich immer gegen Ende der Woche aufheitern wollte.

Wahrscheinlich nicht.

Ich legte die Fotos nach ihrem Ankunftsdatum nebeneinander auf dem Schreibtisch aus. Sah sie mir alle durchs Vergrößerungsglas an. Sann über die Verwandten nach. Meine Mutter hatte keine Angehörigen außer Tante Bea, und die war tot. Tante Bea hatte nie geheiratet. Mit den Verwandten väterlicherseits hatte ich schon vor dem Tod meines Vaters den Kontakt verloren. Er hatte nie viel für sie übrig gehabt. Handelte es sich vielleicht um einen längst vergessenen Vetter oder eine Cousine, die mich auf diese Weise allmählich mit ihrem Sprößling bekannt machen wollte? Sollte damit an mein Herz appelliert werden?

Ich habe eine kleine Schwester, keine leibliche, sondern eine Schwester von der Big Sisters Organization. Aufgrund von Schwierigkeiten mit ihrer Mam habe ich Paolina über vier Monate nicht sehen dürfen. Ob die Big Sisters versuchten, mich weichzumachen, damit ich ein Ersatzkind annahm?

Ach, Quatsch.

Seufzend legte ich das Vergrößerungsglas weg und gratulierte mir sarkastisch zu den wahrlich bedeutsamen Aufschlüssen: Das Gesicht des kleinen Mädchens war deutlicher geworden im Laufe der Entwicklung vom Baby zum Kleinkind und schließlich zum Mädchen. Ihr Haar war gewachsen. Der anonyme Fotograf hatte Können bewiesen und anständige Bilder gemacht, ohne daß dem Kind Stühle oder Lampen aus dem Kopf wuchsen.

Brillante Detektivarbeit. Während die Fotos vor mir ausgebreitet lagen wie ein Patiencespiel, konnte ich förmlich sehen, wie sich das kleine Rosinengesicht allmählich in eine lockige, blauäugige, blonde amerikanische Prinzessin verwandelte.

Paolina, meine kleine Schwester, ist Kolumbianerin und hat schokoladenbraune Augen und glänzendes dunkles Haar. Ihr Gesicht ist zu rund, um perfekt zu sein, und bleibt wahrscheinlich auch dann noch so, wenn ihre Wangen längst die Pausbäckigkeit der Babyjahre verloren haben.

Aber wer ist schon auf Perfektion aus!

Ich sammelte die Fotos ein wie ein Spiel Karten. An Wegwerfen dachte ich nicht mehr. Nicht, weil ich der Meinung gewesen wäre, sie würden mich irgendwohin führen, sondern weil ich nichts mehr dem Müll anvertraue.

Jedenfalls nicht mehr, seit der Mülldieb zugeschlagen hat.

2

Jawohl. Der Mülldieb.

Ich weiß, daß es unglaublich klingt. Wenn ich mich nicht gerade aus dem Fenster gelehnt hätte, hätte ich es nicht gesehen. Wenn ich es nicht gesehen hätte – wenn, sagen wir, Roz es mir erst am nächsten Morgen erzählt hätte –, hätte ich es nicht geglaubt. Und wenn ich etwas angehabt hätte, hätte ich der Sache ein Ende gemacht.

«Wenn» ist eins der Wörter, die ich nicht ausstehen kann.

Aber leider saß ich mit gekreuzten Beinen splitternackt auf einem zusammengeklappten Futon, der mir als Sofa dient, die Ellbogen auf die Fensterbank gestützt, das Gesicht der flimmernden Mondsichel zugewandt. Alle Lampen in meinem Schlafzimmer im ersten Stock waren ausgeschaltet, und zudem wurde meine Sittsamkeit noch durch gute fünfzig Zentimeter Wand zwischen dem niedrigen Futon und der Fensterbank behütet.

Ein kühler Nachtwind fuhr mir durch die Haare. Hätte ich das Fenster geschlossen, hätte das Knarren des verzogenen Holzrahmens die Stille zerstört und mir einen Schauer über den Rücken gejagt. Statt der Weite des Himmels, des Mondes und der zaghaft knospenden Ulme vor dem Fenster hätte ich nur das bleiche Spiegelbild meines schläfrigen Gesichts in der Fensterscheibe gesehen. Auseinanderliegende nußbraune Augen, die ich grün nenne. Ein spitzes Kinn. Eine Nase, die oft genug gebrochen war, um entweder als «charaktervoll» oder als schiefer Knubbel durchzugehen, je nachdem, ob mir nach Schmeicheln oder Ehrlichkeit zumute war.

Ich ließ das Fenster offen. Wenn ich mich anstrengte, konnte ich das volle Rund des Mondes sehen, dessen dunkler Teil von der leuchtenden Sichel eingefaßt wurde.

Ich leide unter Schlaflosigkeit, bin eingetragenes Miglied des Clubs der Schlaflosen. Da die Mitgliedschaft geheim ist, stehe ich meiner eigenen Ortsgruppe vor und stelle selbst die Regeln auf. Nummer eins: «Lieg nicht herum. Wenn du nicht schlafen kannst, steh auf und tu etwas.»

Ich ratterte im Geiste auch die anderen Gebote herunter.

«Verschaff dir viel Bewegung.» Das tue ich nun wirklich. Ich spiele dreimal pro Woche frühmorgens Killer-Volleyball. Ich schwimme meine Runden im Becken des YWCA.

«Ernähre dich richtig.» Das mißlingt mir eindeutig. Ich bin süchtig nach Junkfood, und schon bei dem bloßen Gedanken an ein Glas lauwarme Milch vor dem Zubettgehen dreht sich mir der Magen um.

«Geh immer zur gleichen Zeit ins Bett.» Sehr schön. Ich bin eigentlich Privatdetektivin, aber wenn ich meine Rechnungen nicht bezahlen kann, fahre ich nachts Taxi. Mein Tagesablauf kennt keine wohltuende Regelmäßigkeit.

«Halte keine Nickerchen.» Wer hat schon Zeit für ein Nickerchen!

«Laß das Koffein weg.» Pepsi ist für mich ein Way of Life.

Immerhin habe ich mit dem Rauchen aufgehört. Das rechne ich mir hoch an.

Nicht zum ersten Mal dachte ich an Schlaftabletten, an die überall herumliegenden Luminal und Halcion, die ich mit Tante Beas Haus zugleich geerbt hatte. Ich entschied mich wie immer dagegen. Wer einmal mit einem Süchtigen zusammengelebt hat, begegnet Medikamenten mit Mißtrauen. Wer eine Heirat und eine Scheidung mit einem Süchtigen hinter sich hat, ist praktisch reif für die Christian Science.

«Viel Bewegung.» Ich ging zum zweiten Gebot zurück, weil ich irgendwo gelesen zu haben glaubte, man sollte vier Stunden vor dem Zubettgehen nichts Anstrengendes tun. Ich spähte zu meinem Bett hinüber, das im Mondschein nur schattenhaft zu erkennen war, auf die bettuchverhüllte Gestalt von Sam Gianelli. Vielleicht war er mein Problem. Liebesspiele zählen nicht als nächtliche Bewegungsübungen. Sie sollen entspannen, nicht wahr? Und müde machen.

Ha. Ich bin danach immer locker, weich und warm. Aber keineswegs müde.

Ich erwog, Sam ein Kissen an den Kopf zu werfen. Warum sollte er schlafen? Genauer gesagt, warum sollte er hier bei mir schlafen, wenn er doch in sein Charles-River-Park-Apartment zurückkehren konnte? Ich tappte leise durchs Zimmer und kniete mich hin, um meinen Gitarrenkoffer hervorzuziehen. Ich wollte sie leise herausholen, nach unten gehen und ein paar Fingerübungen machen.

Die Gitarre lag außer Reichweite, ganz hinten unter dem extrabreiten Bett. Großer Gott, Roz mußte unter dem Bett Staub gesaugt haben.

Ich kroch wieder zum Futon zurück und beobachtete, wie der Mond hinter einem Meer von aufleuchtenden Wolken verschwand.

Das Auto hatte die Scheinwerfer nicht angeschaltet.

Ich hörte es eher, als ich es sah, denn die nächste Straßenlaterne ist etwa fünfundzwanzig Meter weit entfernt. Der Motor stotterte, bevor er in der Nähe meiner Einfahrt erstarb. Der Vergaser hatte eine Überholung nötig.

Eine Wagentür öffnete sich, aber die Innenbeleuchtung ging nicht an. Das nächste Geräusch war mir rätselhaft, bis ich merkte, daß es das Quietschen des Kofferraumdeckels war. Vielleicht brauchte der Fahrer einen Wagenheber, um einen platten Reifen auszuwechseln.

In pechfinsterer Nacht?

Jetzt war meine Neugier geweckt.

Ich reckte den Hals, wurde mir bewußt, daß meine Nacktheit mich in meiner Bewegungsfreiheit einschränkte, und fragte mich, wo meine Kleider sein mochten. Mir war danach, hinunterzuschreien: «Was, zum Teufel, machen Sie eigentlich da unten?» Aber ich blieb still, denn der rasch weiterziehende Mond würde mir bald Aufschluß geben.

Er kam in einer V-förmigen Wolkenlücke wieder zum Vorschein.

Ein stämmiger Typ hob eine meiner Mülltonnen in den offenen Kofferraum seines Wagens. Ich kniff die Augen zusammen und schüttelte den Kopf. Als ich die Augen wieder öffnete, war er immer noch da.

In Cambridge, meinem Viertel, hat die Müllabfuhr eine lange, altehrwürdige Tradition mit festen Regeln. Die Anwohner stellen sperrige Sachen – alte Sessel, wackelige Tische und schrottreife Waschmaschinen – am letzten Donnerstag des Monats nach draußen.

Es war erst der dritte Donnerstag im April. Niemand konnte damit rechnen, im Müll eines dritten Donnerstags auf eine Goldmine zu treffen. Und wer würde schon mitten in der Nacht nach alten Fünf-Cent-Getränkedosen stochern?

«Stopp!» brüllte ich, so laut ich konnte. Ich wollte den Kerl nicht mit der Mülltonne entkommen lassen. Ich besitze nur zwei Tonnen, zwei große mit Rädern, die im örtlichen Haushaltswarenladen $ 39,95 das Stück kosten. Er drehte mir das Gesicht zu, und ich duckte mich instinktiv. Ich wollte kein Licht machen, ehe ich nicht etwas zum Anziehen gefunden hatte.

Ich tastete auf dem Fußboden herum, bis ich Stoff fühlte. Sams Hemd – kaum lang genug, aber wenigstens konnte ich mich darin einhüllen, während ich weitersuchte.

Ich knipste das Licht an. «Sam!»

«Hm?» Er drehte sich nicht einmal um.

Ich zog meinen roten Samtbademantel, der sich mit meiner Haarfarbe beißt, aus dem Schrank. Wie kam er bloß in den Schrank? Roz mußte tatsächlich in einen Putzrausch verfallen sein.

«Was'n los?» hörte ich Sam murmeln, als ich barfuß die Treppe hinunterrannte.

Ich habe drei gute Schlösser an meiner Haustür. Ohne Schlüssel für den Hauptriegel kann man nicht einmal aus meinem Haus *heraus*. Meine Tasche mit dem Schlüsselbund lag wahrscheinlich auf der Küchenanrichte. Sie konnte auch auf dem Mond sein. Ich rannte ins Wohnzimmer und holte den Ersatzschlüssel aus der obersten Schublade meines Schreibtisches. Dann hetzte ich zurück und war gerade noch rechtzeitig vor der Tür, um das Auto auf zwei Rädern um die Ecke schleudern zu sehen.

Mit beiden Mülltonnen.

Ich ging bis ans Ende der Einfahrt, genau an die Stelle, wo einen Augenblick zuvor noch die Mülltonnen gestanden hatten, fluchte verhalten und starrte in die leere Dunkelheit, die das davonrasende Auto und sein dreckverkrustetes Nummernschild verschluckt hatte. Vier. Acht. Die letzten beiden Ziffern: eine Vier und eine Acht. Ganz klar.

Meine erste Reaktion: Warum ich? Ich bin kein Raketeningenieur. Ich habe nichts zu verbergen. Und dann dachte ich, verdammt noch mal, doch! Ich habe eine Menge zu verbergen. Ich will nicht, daß jemand erfährt, wieviel Mokkamandeleis ich in einer Woche vertilgen kann, und schon gar nicht, daß Einzelheiten meines Schriftverkehrs bekannt werden. Vor allen Dingen möchte ich nicht, daß die Namen meiner Klienten die Runde machen. Sie stellen mich für vertrauliche Nachforschungen ein, und im gesetzlichen Rahmen tue ich verdammt alles, um ihre Anonymität zu wahren.

Ich machte eine rasche Bestandsaufnahme dessen, was ich außer der Reklamezusendungen an meinen Kater alles weggeworfen hatte. Waren kürzlich irgendwelche Schecks eingegangen? Für welche Fälle trug ich noch Material zusammen?

Ein vermißter Ehemann, dessen Frau eigentlich eine Abschiedsparty für den Mistkerl hätte geben sollen, statt gutes Geld dafür rauszuschmeißen, ihn schließlich bei ihrer Stieftochter wiederzufinden. Ein durchgebrannter Schwiegersohn. Ein notorischer Krimineller, gegen Kaution entlassen und verschwunden, dem jeder Privatdetektiv von Neuengland schon einmal auf den Fersen war...

Ich versuchte, mir jedes Stückchen Müll zu vergegenwärtigen, aber angesichts der Dimensionen, die dieses Vorhaben annehmen konnte, streikte mein Kopf. Vielleicht war der Mülldieb ja auch gar nicht hinter mir her. Vielleicht führte irgendein Müllforscher eine Studie über Roz' Abfallkunst durch. Mir kommt es immer so vor, als würde Roz jede mißlungene Arbeit einrahmen und verkaufen wollen, aber was verstehe ich schon von Post-Punk-Art?

Teufel auch. Mir war es egal, ob Roz und oder ich die Zielscheibe waren. Mir war es auch egal, ob irgendein Student seine Doktorarbeit über die Entsorgung von Bananenschalen im Postbereich 02138 schrieb. Wer immer es auch sein mochte, der

Müllologe sollte gefälligst den Müll von jemand anders erforschen.

Ich rieb mir die nackten Füße im feuchten Gras ab. Vier-Acht, Vier-Acht, wiederholte ich. Ich kramte mit geschlossenen Augen in meinem Gedächtnis nach. Farbe: blau, vielleicht grau. Rechteckige Rücklichter.

Ich nahm mir vor, einen Haken im Haus neben der Haustür anzubringen und den Schlüssel für den Hauptriegel daran aufzuhängen. Das hätte ich schon längst tun sollen, falls mal ein Feuer ausbrach. Nur: Wenn der Schlüssel da hing, konnte natürlich jeder Einbrecher, der durch ein Fenster einstieg, die Tür aufmachen und außer dem normalen Kleinkram auch größere Sachen stehlen – den Fernseher, das Stereogerät, den gottverdammten Kühlschrank.

Ich sann über Diebe nach. Ich sann über Müll nach. Ich sann über Diebe nach, die Müll stehlen.

Leere Mülltonnen haben ja durchaus einen Nutzen. Gärtner sammeln darin abgefallenes Laub und Astwerk. Die Straßenhändler, die am Fenway Park Soda verkaufen, benutzen sie als Eiskübel.

Aber dieser Idiot hatte nicht einmal versucht, mir den Müll auf den Rasen vorm Haus zu kippen. Er war mit lauter alten Einkaufstüten voller Saftkartons, Katzenfutterdosen und sittichkotverschmiertem Zeitungspapier davongerast.

Wenn er meine Tonnen haben wollte, warum hatte er dann den Müll mitgenommen? Und wenn er meinen Müll haben wollte, warum hatte er dann meine Tonnen gestohlen?

3

Trotz Mülldieb und Schlaflosigkeit rührte ich mich nicht vor elf Uhr morgens aus den Federn. Sam war längst zum Charles River Park zurückgekehrt und hatte geklagt, nach einer Nacht bei mir im Haus hätte er sich noch nie ausgeruht gefühlt.

Während ich schlaftrunken durch den Flur ging, mit einem hämmernden Dröhnen in meinem Kopf, das ich durch Duschen zu mildern hoffte, fiel die Tagespost mit dumpfem Aufschlag auf den Dielenboden im Parterre.

Freitag. Super. Zeit für einen weiteren Schnappschuß von Fräulein Winchester. Gut, sie konnte warten, bis ich abgewaschen und gefrühstückt oder zu Mittag gegessen hatte oder beides, je nach Inhalt des Kühlschranks. Sie konnte warten, bis ich die Verfolgung des Müllangfingers aufgenommen hatte.

Wie viele blaue oder vielleicht auch graue Firebirds neuerer Bauart hatten eine Vier und eine Acht als Endziffern auf ihrem Nummernschild? War ich überhaupt sicher, daß es sich um ein Kennzeichen von Massachusetts handelte?

Diese Überlegung reichte schon fast, um mich wieder unter die Bettdecke zu treiben. Statt dessen stand ich zehn Minuten lang bei einer Wassertemperatur zum Hummerkochen unter der Dusche. Dann ließ ich das Wasser volle zwei Minuten eiskalt laufen, weil mir irgend jemand mal erzählt hat, kaltes Wasser sei besser zum Ausspülen von Kurfestiger aus dem Haar.

Mit Jeans, Turnschuhen und einem türkisen Baumwollhemd bekleidet ging ich nach unten. Auf dem Weg zur Küche komme ich durch den Hausflur. Ich befand, daß es nichts schaden konnte, doch einmal einen Blick auf die Post zu werfen. Das würde mir die Gelegenheit verschaffen, mich vornüberzubeugen und mein nasses Haar auszuschütteln, das ich so selten wie möglich kämme, weil es zu dick und kraus ist und mir das Kämmen weh tut. Das heutige Foto konnte ich mir anschauen, während ich einen Orangensaft genoß. Also kein Zeitverlust.

Ich sortierte den Packen zweimal durch, um sicherzugehen, aber es war kein blauer Umschlag dabei. Ich hatte das merkwürdige Gefühl, als würde mir etwas vorenthalten, als wäre ich beim Schlußkapitel eines Romans angekommen, den ich mir in der Bibliothek geliehen hatte, und die letzten Seiten wären herausgetrennt worden.

Das schmerzhafte Pochen in meinem Kopf fand seine Entsprechung im Schlag eines Hammers auf einen Nagel in der Nähe.

«Magst du es hier?» Die Stimme erklang in ungewohnter Höhe. Roz, meine Mieterin, stand auf einem Hocker und war etwa einen Fuß größer geworden. Sie ist klein, ich einsachtzig. Jetzt waren unsere Augen auf gleicher Höhe.

Ich sagte: «Ich dachte, du würdest erst mit mir sprechen, bevor du noch mehr Bilder an meine Wände hängst.» In scharfem Kontrast zu ihrem verboten weißen Haar, das sie öfter färbt, als ich meins wasche, trug Roz hautenge schwarze Hosen und ein röter als rotes T-Shirt, geschmückt mit der Aufschrift: «Neun von zehn Männern, die Camels probiert haben, ziehen Frauen vor.» Ich las es zweimal, um sicher zu sein, daß ich richtig gelesen hatte. Ich weiß nicht, wo Roz ihre immense Menge verrückter T-Shirts auftreibt. Vielleicht bekommt sie sie von heimlichen Bewunderern geschickt. Sie hat – besonders in der Gegend der T-Shirt-Slogans – einen Körper, der große Bewunderung verdient.

Sie zog sich einen Nagel aus dem Mund. «Ich dachte, du hättest nur die anstößigen Sachen gemeint.»

«Ist das etwa nicht anstößig?»

«Was? Bist du auf einmal auf seiten der Nationalstiftung der Künste?»

«Nur weil Gemüse drauf ist, ist es noch lange kein Stilleben», sagte ich. «Was zum Teufel macht denn der Mann da mit der Möhre?»

«Du magst es also nicht?»

«Roz, das hier ist nicht nur mein Haus, es ist auch mein Büro. Hierher kommen Klienten. Leute, die sonst vielleicht erwägen würden, mir einen Auftrag zu geben.»

«Soll ich's woanders hinhängen?»

Ich nickte. «Woandershin.»

«Willst du, daß ich den Nagel wieder herausziehe, oder darf ich es mit einem anderen Bild probieren?»

«Kommt ganz auf das Bild an.»

«Ich habe noch mehr Gemüse. Acrylfarben machen sich wirklich gut bei Gemüse.»

Wenn Roz Motive zum Malen braucht, scheint ihre erste Wahl immer auf meinen Kühlschrank zu fallen.

Das Telefon unterbrach unseren ästhetischen Disput.

«Soll ich rangehen?»

Ich nickte. «Bleib dran, bis ich Orangensaft geholt habe.»

Ich nahm den Karton aus dem Kühlschrank und kam noch rechtzeitig zurück, um Roz mit näselndem Ton, den sie für sekretärinnenhaft hält, sagen zu hören, ich würde gerade auf einem anderen Apparat ein Ferngespräch führen.

«Schon gut», sagte ich, «Genf hat aufgelegt.»

Sie funkelte mich wütend an. «Ms. Carlyle wird sofort für Sie dasein.»

«Am Apparat», sagte ich knapp.

«Hi. Vielleicht erinnern Sie sich an mich. Ich bin der Psychiater in dem braunen dreistöckigen Haus zwei Türen weiter.»

«Klar», sagte ich, «äh –»

«Keith Donovan.»

Vielleicht war ihm auch sein Müll gestohlen worden. Vielleicht wollte er, daß ich ihn für ihn suchte. «Was kann ich für Sie tun?»

«Sie haben doch Fotos mit der Post bekommen.»

«Babyfotos. Kinderfotos. Ja.»

Ich konnte hören, wie er atmete. Ich fragte mich, worauf er wartete. Er atmete noch einmal aus, wieder ein und sagte dann langsam: «Ich habe eine Patientin hier in meiner Praxis, die sie

Ihnen geschickt hat. Tut mir leid, daß ich Sie erwähnt habe – als jemand, der nicht, äh, bedrohlich für sie sein würde, falls sie vorhätte, eine bestimmte Sache zu untersuchen...»

«Und?»

«Sie konnte sich nicht recht entschließen, und da hat sie sich überlegt, Sie – wie soll ich sagen – gewissermaßen vorzubereiten, falls sie bei Ihnen Rat suchen sollte.»

«Ist sie gerade in Ihrer Praxis?»

«Ja», sagte er, «sie weiß, daß ich mit Ihnen spreche.»

«Will sie mit mir reden, einen Termin vereinbaren oder so was?»

«Können Sie einen Augenblick dranbleiben?»

«Sicher.»

Ich konnte undeutliches Stimmengemurmel hören. Worte waren nicht zu verstehen. Ich versuchte, mich daran zu erinnern, wie er aussah, dieser Keith Donovan. Sein Name kam mir von irgendeinem Vereinstreffen der Hausbesitzer her bekannt vor. War er nicht das Dickerchen, das sich immer über die Hunde in unserer Gegend beschwerte? Das Viertel, in dem ich wohne, ist nur einen Steinwurf vom Harvard Square entfernt, und die Psychiater sind hier dicht gesät.

«Ms. Carlyle?»

«Ja.»

«Sie – meine Patientin läßt anfragen, ob Sie jetzt sofort Zeit für sie hätten. Ich würde mitkommen.»

«Normalerweise brauche ich keinen psychiatrischen Berater dabei.»

«Und ausnahmsweise?»

Ich ging meinen Auftragsbestand kurz durch. Die Spur des Mülldiebs zu verfolgen würde mir keinen Pfennig einbringen.

«Kommen Sie mit», sagte ich.

4

Er wirkte viel zu jung. Vielleicht hatte ich mich verhört. Wahrscheinlich war er Therapeut irgendeiner Art, aber wohl kaum ein richtiger Doktor. Mit seinem Haarschnitt wie frisch von der Marine und dem beflissenen Grinsen wirkte er wie ein großer dummer Junge. Das Tweedjackett und die Wollkrawatte in gedämpften Tönen hatte er vermutlich ausgewählt, um älter zu erscheinen, und die halbmondförmige Lesebrille, die in seiner Brusttasche steckte, hatte er sicher geerbt. Er war eindeutig noch nicht in dem Alter, in dem man eine nötig hat.

Sie war eine gertenschlanke Blondine mit nervösen Händen. Allein um ihren Mantel abzulegen, brauchte sie zehn Minuten, und dabei klapperten ihre Fingernägel gegen die Knöpfe. Sie war überhaupt nicht bei der Sache; ihre Augen wanderten im ganzen Zimmer herum, nahmen die Stockflecken an der Decke wahr und begutachteten die Einrichtungsgegenstände, als müßte sie sie für ein Auktionshaus taxieren.

Ich war froh, daß ich Roz dazu gebracht hatte, das Bild wieder abzuhängen.

Auch ich taxierte sie. Das beige Kostüm, in einem dunkleren Ton gepaspelt, mochte sechshundert Dollar wert sein, allerdings schätze ich, weil ich schon seit vielen Jahren in *Filene's Basement* einkaufe, meist zu niedrig. Verdoppeln wir den Betrag, und Schuhe, Tasche und Lederhandschuhe sind mit dabei. Der Regenmantel hatte ein Wollfutter und ein Burberry-Etikett. Ihre goldene Uhr und der große Solitärdiamant sagten mir, daß sie sich vermutlich einen Privatdetektiv *und* einen Therapeuten leisten konnte.

Der Rock des eleganten Kostüms war um die Taille herum zu weit und beulte an den Hüften, als hätte sie kürzlich abgenommen. Tiefe lilagraue Schatten verdunkelten die Haut unter ihren Augen. Eine Frau, die Megadollars für einen Präzisionshaarschnitt ausgab, sollte mehr auf ihr Make-up achten, dachte ich.

Keith Donovan machte ein Ritual daraus, ihren Regenmantel an den Garderobenständer zu hängen, während sie an ihren Handschuhen herumfummelte. Die Handtasche fest an die Brust gedrückt, schaffte sie es mit Hilfe ihres Therapeuten, der sie am Ellbogen stützte, die eine Stufe zu meinem Wohnzimmer hinunterzugehen.

Normalerweise bitte ich Klienten, in dem Sessel auf der anderen Seite meines Schreibtischs Platz zu nehmen, aber ich hatte keine zweite Sitzgelegenheit dazugestellt, und so winkte ich sie weiter ins Zimmer hinein. Die Frau wählte sich Tante Beas Lieblingsschaukelstuhl mit der Petit-point-Stickerei und dem leisen Willkommensquietschen. Donovan wartete, bis ich mich auf dem Sofa niedergelassen hatte, ehe er sich für einen Sessel entschied.

Die Frau nahm mit geübtem Blick die Umgebung in sich auf, und ich fragte mich, welche trügerischen Schlüsse sie wohl aus den Antiquitäten und Perserteppichen zog. Der Raum ist noch genauso, wie ihn meine Tante bei ihrem Tod zurückgelassen hat, nur daß mein Schreibtisch hinzugekommen ist.

Ihre Augen blieben an dem Foto im Silberrahmen hängen, das die Mitte des Kaminsimses zierte. Sie murmelte etwas und sah mich erwartungsvoll an.

«Bitte?»

«Ist das Ihre Tochter?» fragte sie in leisem, flehentlichem Ton.

«Meine kleine Schwester.»

«Haben Sie Kinder?»

«Nein.»

«Ms. Carlyle», sagte nun Keith Donovan, «darf ich vorstellen: Mrs. Woodrow, Emily Woodrow.»

Sie rang die Hände, ließ sie über ihre Schenkel wandern und legte sie schließlich gefaltet in den Schoß. Schwieg.

«Möchten Sie eine Tasse Kaffee?» fragte ich.

Keine Antwort.

«Sie haben mir die Bilder von Ihrer Tochter geschickt?» Es war eher eine Feststellung als eine Frage.

«Sie sieht aus wie ich, nicht wahr?» fragte die Frau. Nach außen hin wirkte ihr Gesicht so teilnahmslos und ruhig wie ein altes Porträt in einem Kunstmuseum, aber mir war nicht wohl dabei, es eingehend zu betrachten. Sie hatte eine seltsame Stimme, leise und rauh.

«Sie ist sehr hübsch», sagte ich, «Ihre Tochter.»

Die Frau senkte auf einmal den Kopf. Die Haare zu beiden Seiten des Scheitels fielen ihr übers Gesicht, so daß ich nicht sehen konnte, ob das heftige Schluchzen mit Tränen verbunden war. Jetzt wußte ich, wo ihre Heiserkeit herkam. Heulanfälle kratzen die Stimmbänder schneller an als der regelmäßige Genuß von Jack Daniel's und Zigaretten.

Donovan war anscheinend in die Betrachtung seiner Fingerknöchel versunken. Ich fragte mich, ob er die Zeit bei mir ebenso berechnete wie eine Therapiesitzung.

Sie wiederholte die fahrigen Gesten mit den Händen, rieb sich die Schenkel mit den Fingern, als suche sie nach etwas, das sie ergreifen oder herausreißen könnte. Ihre langen Fingernägel waren unlackiert und ungepflegt.

«Kann ich etwas für Sie tun?» fragte ich.

Jetzt kam Farbe in ihre Wangen. Ihre Brust hob und senkte sich so schnell, daß ich meinte, sie würde erst hyperventilieren und dann umkippen. Ich hoffte, daß Donovan, so jung er war, wenigstens gewisse medizinische Erfahrungen besaß.

«Doktor», wandte sie sich leise an ihn, «ich weiß nicht, wo ich –»

«Soll ich ein wenig von der Vorgeschichte erzählen?» fragte er sanft.

«Ja», sagte sie, als sei ihr ein Rettungsanker zugeworfen worden. «Aber zuerst möchte ich – würde ich ihr gern das hier geben.»

Es war ein hellblaues Rechteck. Offenbar sollte ich doch noch mein Freitagsfoto bekommen.

Der Umschlag schien von der gleichen Art zu sein wie die

unter meiner Schreibtischauflage, aber das Foto darin war eine Studioaufnahme auf dickerem Karton. Das Mädchen trug jetzt einen Hut, aber dieser breitkrempige Strohhut konnte nicht über die Tatsache hinwegtäuschen, daß es seine Ringellocken verloren hatte. Ich konnte förmlich die Knochen durch seine pergamentene Haut sehen. Es versuchte angestrengt, engelhaft zu lächeln, aber der Funke zündete nicht in den eingesunkenen Augen.

Ich mußte schlucken und war froh, daß ich noch nicht gefrühstückt hatte.

Unten in der Mitte stand kunstvoll kalligraphiert unter dem schwarzen Rand: Rebecca Elizabeth Woodrow. 12. 9. 85 – 6. 1. 92. Das Neugeborene in dem handgestrickten Strampelanzug – komisch, daß mir das Wort für das verdammte Ding auf einmal einfiel –, die Zweijährige in rosagestreiftem Hemdchen und Latzhose, sie hatte ihren siebten Geburtstag nicht erlebt.

Ich blickte auf. Emily Woodrow starrte das Foto meiner kleinen Schwester mit einer Intensität an, als wollte sie es verschlingen. Ich war froh, das Bild ihrer Tochter in der Hand zu haben. So hatte ich zusätzlich zu ihrem Gesicht etwas, das ich betrachten konnte.

«Tut mir leid», sagte ich. «Sie war sehr hübsch.»

Die Frau versuchte zu lächeln. Vergeblich. Ihre Lippen fingen an zu zittern.

«Mrs. Woodrow kommt seit dem Tod ihrer Tochter zu mir», sagte Keith Donovan mit leiser, beschwichtigender Stimme.

«Seit drei Monaten», flüsterte sie, als müsse sie es sich vorsagen. Ihre Hände gerieten wieder in Bewegung. Der Nagel am Zeigefinger ihrer linken Hand war abgebrochen und rissig. «Waren Sie jemals schwerkrank?» fragte sie mich plötzlich.

«Nein», erwiderte ich.

«Dann wissen Sie nicht, wie das ist, wenn einen ein Arzt so besonders freundlich ansieht, um Ihnen dann das Herz zu zerreißen.»

Ich versuchte, ihr Alter zu schätzen. Nach den Händen zu urteilen um die Vierzig. Nach dem Gesicht um die Dreißig.

«Möchten Sie mir gerne etwas mehr davon erzählen?» Ich sah Donovan rasch an, ob er meine Imitation eines Therapeutenspruches mitbekommen hatte, aber er ließ sich nichts anmerken.

Sie senkte den Blick und sprach dann mit einer Stimme, die so dünn und melancholisch wie ein Nebelhorn war, zum Teppich.

«Ich weiß nicht, wo ich anfangen soll. Es gab keinen Anfang. Becca war wohl sehr häufig erkältet, vielleicht dreimal so oft wie im Vorjahr. Und sie hatte Fieber. Beängstigend hohes Fieber, und dann machte sie einfach schlapp, mit hochrotem Gesicht und naßgeschwitztem Haar.»

Während sie sprach, griff sich Emily Woodrow unwillkürlich mit der Hand ins Haar und fühlte nach, ob es feucht war. Sie ließ die Hand dort in der Schwebe, vergaß sie, obwohl sie ihr ein Auge halb verdeckte, und fuhr fort.

«Eines Tages ließ ich sie nicht zur Schule, sondern behielt sie zu Hause, obwohl sie kein Fieber hatte. Ihr Vater sagt – sagte, ich würde sie verhätscheln. Aber diese Mattigkeit, das entsprach ihr gar nicht. Ich habe unseren Arzt angerufen. Er sagte, bringen Sie sie her – ohne Termin, einfach herbringen –, und ich hatte furchtbare Angst.» Sie schluckte hörbar. «Zum ersten Mal. Danach hatte ich unentwegt Angst. Er hat sie schnell untersucht – Augen, Ohren, Hals, das übliche – und gesagt, sie schiene gesund zu sein. Sie ging wieder zur Schule, aber ich spürte, daß sie nicht in Ordnung war. Sie weinte viel, ohne ersichtlichen Grund, dabei hat sie nie gequengelt. Und dann bekam sie eine Beule an der Innenseite des Beins, so groß wie ein Apfel, dabei konnte sie sich nicht erinnern, sich gestoßen zu haben; die Beule ging nicht weg, und so bin ich wieder mit ihr zum Arzt gegangen – den Tag vergesse ich nie. Ein kräftiger Wind heulte; ich hielt sie an der Hand. Ich dachte, sie würde sonst weggeblasen. Sie war so dünn geworden; sie aß nichts mehr. Ich habe ihr alles gekauft, was sie sich wünschte. Pistazieneis ...»

«Weiter», sagte Donovan.

Sie zuckte die Achseln und schaute auf ihre teuren Schuhe hinunter. «Irgend etwas stimmte nicht mit ihrem Blut. Mit den Blutkörperchen. Er hat uns zu einem Spezialisten geschickt. Und dann zum nächsten. Sie haben bei Becca ALL diagnostiziert.»

«Was ist das?» fragte ich.

«Akute lymphatische Leukämie. Sie ist zu fünfundneunzig Prozent heilbar. Das ist die Heilungsrate. Fünfundneunzig Prozent. Das haben sie uns immer wieder gesagt. Als sie ihr Haar verlor, als sie nichts mehr essen konnte, nicht einmal Apfelmus wie ein Baby, als sie sich alle fünf Minuten erbrach und zu schwach war, um den Kopf zu wenden, so daß ich Angst hatte, sie würde an dem Erbrochenen ersticken – immer wieder kamen sie damit. Fünfundneunzig Prozent.»

Die Richtung, die das Ganze nahm, gefiel mir nicht.

«Mrs. Woodrow», sagte ich, so sanft ich konnte und so leise, daß es fast schon ein Flüstern war. «Es tut mir leid. Glauben Sie mir, es tut mir leid, daß Sie sie verloren haben, daß Sie solche Qualen durchstehen mußten. Aber fünf Prozent sterben. Wenn die Heilungsrate fünfundneunzig Prozent ist, dann sterben fünf Prozent.»

Emily Woodrow schenkte meiner Äußerung ebensoviel höfliches Interesse, wie sie es wahrscheinlich getan hätte, wenn ich vom Wetter gesprochen hätte. «Zuerst war mir alles egal. Alles. Meine Tochter … mein einziges Kind … Dann kam die Beerdigung. Leute kamen und gingen, sie brachten Essen und holten es wieder ab. Kasserollen und Rechauds. Brot. Töpfe, die dampften, aber nicht dufteten. Nichts duftete, nur die Blumen. Ich wollte keine Blumen. Ich hasse Lilien. Am ersten Tag sind sie so schön, besonders die weißen Lilien, doch am zweiten Tag fangen sie an zu stinken. Ich weiß noch, daß ich ihr Schlafzimmer nicht betreten konnte. Ich stand im Flur an ihrer Tür, aber ich konnte nicht hinein. Das weiß ich noch. Ihr Stuhl steht immer noch am Küchentisch. Ich erlaube es nicht, daß Harold ihn wegnimmt. Ich will umziehen, aber Harold, mein Mann –»

Verflucht noch mal, ich mußte einen Karton Kleenextücher auf meinem Schreibtisch bereitstellen. Sie wühlte in ihrer Tasche nach Papiertaschentüchern.

«Ich habe Tabletten genommen, Medikamente. Tabletten und Wasser, Tabletten und Wasser. Bin aufgewacht und wieder eingeschlafen, aufgewacht und wieder eingeschlafen. Ich habe nichts mehr gegessen. Vor meinem Fenster steht ein Baum. Ich habe mir angeschaut, wie sich die Zweige wiegten. Kahle Zweige. Ein kahler Baum. Tot, aber lebendig. Wie konnte er tot sein und dennoch leben? Ich meinte, Gott zu mir sprechen zu hören. Nur das eine Mal. Er – oder sie, denn es war nur ein Wispern – sagte: ‹Wenn du nicht an mich glaubst, dann deshalb, weil du nicht genug gelitten hast.› Und ich triumphierte fast, als hätte ich eine Art Religion gefunden – weil ich genug gelitten hatte. Nicht soviel wie Becca, aber genug.»

Ich sah zum Therapeuten hinüber, versuchte ihm unauffällig zu signalisieren, daß dies sein Gebiet war, nicht meins.

«Das Merkwürdige ist», fuhr sie fort, «daß ich Telefongespräche geführt und Verabredungen getroffen habe. Freunde riefen an und fragten mich, wo ich gewesen sei. Warum ich nicht zum Mittagessen erschienen wäre. Und ich wußte gar nicht, wovon sie überhaupt sprachen. Ich unterhielt mich vollkommen normal, über Bücher und Garten, und schmiedete Pläne, aber ich kann mich an nichts davon erinnern. Es war, als schwebte ich in einer Nebelwolke. Ich konnte nichts klar sehen oder hören.

Ich habe viel nachgedacht. Gegrübelt. Darüber, was ich falsch gemacht haben könnte. Warum ich so bestraft wurde. Daß ich nicht auf sie gehört hatte, als sie zum ersten Mal sagte, sie fühle sich nicht wohl, daß ich sie nicht früh genug zum Arzt gebracht habe und daß ich sie schließlich zum falschen Arzt gebracht haben muß. Keith sagt, ich wäre wütend, stinkwütend, aber ich hätte meine Wut nach innen gerichtet ...»

Keith. Nicht Dr. Donovan. Ich betrachtete sein angenehm ernstes, glattes Gesicht und fragte mich, wer sich eigentlich einen solchen Therapeuten aussuchen würde, bei dem das Leben offensichtlich keine Narben hinterlassen hatte.

Mrs. Woodrow schien die Puste auszugehen. Selbst ihre Hände lagen ruhig im Schoß.

«Tut mir leid», sagte ich wieder, so weich ich konnte, und sprach die Worte ebenso sorgfältig aus, wie ein Kind eine Seifenblase formt, «aber ich weiß nicht, was ich für Sie tun kann.»

«Dazu wollte ich gerade kommen», sagte sie mit spröder Stimme und einer gewissen Schärfe und sah mir tief in die Augen. «Ich kann es Ihnen nur nicht so kalt und nüchtern sagen.»

Ich bereute, daß ich sie unterbrochen hatte. Ich hatte ja die Fotos gesehen: das Baby, das Kleinkind, das Kind, das hübsche Mädchen. Ich hatte sie heranwachsen sehen.

«Ich habe ein Bild vor Augen», sagte sie, «und es will einfach nicht weichen.»

Eine Zeitlang saß sie still da, eine im Sessel erstarrte Gestalt. Falten erschienen auf ihrem schmalen Gesicht und verschwanden wieder, manchmal tief eingegraben, manchmal nur Schattenlinien, die das Licht warf. Auf der rechten Seite ihres Kinns zuckte ein winziger Muskel.

«Sie dürfen nicht vergessen, wie schwer es für mich war», sagte sie schließlich. «Ich habe Tabletten und Medikamente genommen. Hatte ich das schon gesagt?»

«Ja.»

«Es war am letzten Tag, an ihrem letzten Tag.»

«Ist sie zu Hause gestorben?» Sie schrak zusammen, als ich das sagte.

«Im Krankenhaus», sagte sie, sah mir direkt in die Augen und hielt meinen Blick fest. «Es war während ihrer regulären Chemotherapie. Die Ärzte wollten nie recht mit der Sprache heraus. Aber sie machten mir immer wieder Mut, immer Mut. Alles schlage doch gut an bei ihr...»

«Ja?»

Ihre Augen waren blau, ein eiskalter grundloser See.

«Ich habe dieses Bild vor Augen. Den letzten Tag. Alles ging so schnell. Ich saß neben ihr, auf einem hellbraunen Stuhl, an der rechten Bettseite, so nahe bei ihr, daß ich hinüberlangen und ihr über die Stirn streichen konnte. Wir waren im gewohnten Zimmer, dem mit der blauen Tapete. Blaue Tapete mit einem weißen Spitzenmuster und Blumen, gelben und goldenen Blumen. Zinnien. Ich starrte immer die Tapete an, wenn ich die Qual in Beccas Gesicht nicht mehr ertragen konnte. Aber nur eine Sekunde lang; sonst hätte ich das Gefühl gehabt, sie allein zu lassen. Doch bisweilen starrte ich so lange hin, bis ich nur noch gelbe und blaue Kleckse sah. Es war still. Die gewohnte Krankenschwester war da. Sie hatte den Tropf ohne Probleme angeschlossen. Alles war normal – falls so etwas Schreckliches wie die Qualen eines Kindes überhaupt normal genannt werden kann. Und dann war da ein Mann in Weiß, ein Mann, den ich nie zuvor gesehen hatte, aber es muß ein Arzt gewesen sein. Polterte einfach so herein. Brüllte herum. Und schob mich aus dem Zimmer, stieß mich hinaus. Und durch ein kleines Fensterchen konnte ich die Maske auf ihrem Gesicht sehen, auf Beccas Gesicht. Er preßte sie ihr auf Mund und Nase. Die Laute, die sie von sich gab, sie verfolgen mich noch im Schlaf –»

«Schon gut, Emily», sagte Keith Donovan leise. «Schon gut. Schon gut.»

Ihr Schweigen war noch nervenzermürbender als ihr Schluchzen. Sie saß bewegungslos wie ein Standbild, den Blick nach innen gerichtet, und erlebte die letzten Augenblicke ihres Kindes mit der Intensität eines Fiebertraums noch einmal.

«Wo ist Ihre Tochter behandelt worden?» fragte ich.

«Im JHHI.»

Das Jonas Hand/Helping Institute, eine Klinik, die Ende der siebziger Jahre aus dem Zusammenschluß des kleinen Jonas Hand Hospital und des noch kleineren James Helping Institute entstanden ist, befindet sich in einem heruntergekommenen Gebäude in einer Stadtgegend, in der es ständig auf und ab geht zwischen Erneuerung und Verfall, je nachdem, wie das Pendel der Kommunalpolitik ausschlägt, und die es trotzdem nie schafft, ein anständiges Viertel zu werden. Seit Jahren ist das Gerücht im Umlauf, das JHHI würde geschlossen oder umziehen, aber es hat sich nie bewahrheitet. Das JHHI hält sich und ist der Hauptgrund dafür, warum sich bisher kein Bandenunwesen, Rassismus oder auch nur die Null-Bock-Mentalität dort stark ausbreiten konnten. Da es als eines der besten Krankenhäuser der Vereinigten Staaten gilt, lassen sich sogar Patienten aus Kairo oder Santiago dort behandeln.

Die Anwohner sind heilfroh über das Krankenhaus, weil es die ständige Anwesenheit von Polizei mit sich bringt. Die meisten nennen es «Helping Hand» und glauben, es sei nach irgendeinem unbekannten guten Samariter benannt. Aber es ist kein zweifelhaftes Wunderheilungszentrum, keine Klinik für illegale Eingriffe.

Mrs. Woodrow rieb sich die Schläfen. «Wir haben sie natürlich wegen Dr. Muir dorthin gebracht. Wegen seines guten Rufes.»

Der Name sagte mir nichts. Sie sah mich an, als hätte ich eine Pointe verpaßt.

«Doktor Jerome D. Muir», wiederholte sie mit Nachdruck. Jetzt kam mir der Name irgendwie bekannt vor, als hätte ich ihn schon einmal in der Zeitung gelesen.

«Wäre die Kinderklinik nicht das bessere Krankenhaus gewesen?» wollte ich wissen. «Geeigneter?» Ich hatte auf jeden Fall schon mehr von der Kinderklinik gehört als von einem Doktor Muir.

«Nein, nein», sagte Mrs. Woodrow ernst. «Wissen Sie, wir haben uns sehr gründlich umgehört. Mein Mann kennt ein paar Ärzte. Mit denen hat er gesprochen. Wir wollten keine Universitätsklinik, nicht irgend so einen Riesenkasten, wo man nie genau weiß, wer eigentlich was macht. Sicher, mir ist klar, daß Medizinstudenten lernen müssen, und ich weiß auch, daß sie an echten Menschen mit echten Krankheiten üben müssen, aber ich dachte, nein, nicht an meiner Tochter. Deshalb haben wir das JHHI gewählt. Wegen Doktor Muir.»

Donovan sagte: «Er ist der absolut beste Mann in unserer

Gegend, vielleicht sogar im ganzen Land.» Seine Bestätigung schien ihr ein Trost zu sein.

Ich fragte: «War Dr. Muir der Hauptarzt Ihrer Tochter?»

«Ja.»

«Meinen Sie, daß in der medizinischen Behandlung Ihrer Tochter ein Fehler gemacht wurde?» fragte ich Mrs. Woodrow.

«Ich weiß es nicht.»

«Hört sich so an, als brauchten Sie eher einen Rechtsanwalt, der auf ärztliche Fahrlässigkeit klagt.»

«Nein», sagte sie heftig. «Ich brauche keinen, und ich will auch keinen. Mein Mann ist Anwalt und arbeitet eng mit Ärzten zusammen, Gemeinschaftspraxen, Partnerschaften und solchen Sachen. Ich will seine berufliche Karriere nicht gefährden, indem ich aufgrund von vagen Vermutungen vor Gericht gehe. Ich weiß nichts sicher. Vielleicht habe ich es geträumt. Vielleicht haben die Medikamente, die ich danach genommen habe... vielleicht haben sie meine Wahrnehmung getrübt. Ich kann mich einfach nicht erinnern.»

«Sie haben doch bestimmt den Arzt gefragt, was passiert ist.»

«Er hat es mir erklärt. Er hat es erklärt, aber es ergibt keinen Sinn. Er verwendet Worte, die ich nicht verstehe, Worte mit zwanzig Silben, und wenn ich ihn das nächste Mal erneut frage, nachdem ich die Worte nachgeschlagen habe, benutzt er ein anderes Wort und sagt, ich müsse ihn mißverstanden haben. Und seit einiger Zeit ist er immer gerade weg – Patientenbesuche oder sonst was. Die Damen an der Anmeldung machen sich inzwischen nicht einmal mehr die Mühe, sich zu verstellen. Sie tuscheln miteinander. Da ist sie wieder, die Verrückte.»

Ein Anwalt hat mir einmal gesagt, es würden mehr Ärzte wegen der Grobheit ihrer Sprechstundenhilfen gerichtlich belangt als wegen ärztlicher Kunstfehler.

«Sie haben Ihre Tochter verloren», sagte ich. «Das reicht, um jeden eine Zeitlang verrückt zu machen.»

Ich fragte mich, was Keith Donovan wohl von dem laienhaften Ausdruck «verrückt» hielt.

«Becca sah mir zwar sehr ähnlich, aber sie war ganz anders als ich», sagte die Frau bitter. Ihr abgebrochener Fingernagel blieb in einem ihrer beigen Strümpfe hängen. Sie machte ihn los, riß dabei ein Loch und merkte es gar nicht. «Sie war nüchtern und sachlich. Sie akzeptierte die Dinge so, wie sie waren. Was sie ihr auch angetan, was diese Ärzte und Schwestern auch mit ihr gemacht haben, sie ist immer davon ausgegangen, sie täten ihr Bestes. Selbst als sie so schwach war, daß sie kaum noch sprechen konnte, hat sie mich nie für ihren Zustand verantwortlich gemacht. Sie hat auch nie jemand anderem die Schuld gegeben. Sie hat geweint, als sie nicht zum Geburtstagsfest ihrer Freundin Jessie gehen konnte, aber nicht, weil sie Leukämie hatte. Sie wollte nur, daß sie ihr halfen, gesund zu werden. Daß ihr Haar wieder nachwuchs und sie auf dem Spielplatz seilspringen konnte. Und sie sagten ihr, das würden sie tun, und dann haben sie's nicht getan.»

Kinder starben. Eltern lebten. Es war herzzerreißend. Noch ehe ich den Mund aufmachen konnte, um ihr zu sagen, daß ich ihr nicht helfen konnte, sprach sie schon hastig weiter.

«Ich will nur, daß Sie mir sagen, daß Sie mir versichern, daß nichts, absolut nichts an dem, was geschehen ist, ungewöhnlich, merkwürdig oder falsch war. Das bin ich Becca schuldig. Becca und mir selbst. Ich muß es von jemandem ausgesprochen hören, bevor ich zur Normalität zurückkehre.»

«Wollen Sie, daß ich mit ihrem Arzt rede?»

Sie leckte sich die blassen Lippen und sprach schnell und leise weiter. «Ich muß wissen, ob alles, was getan werden konnte, auch getan worden ist, und zwar richtig getan worden ist. Daß niemand mehr hätte tun können. Ich will niemanden vor Gericht bringen. Ich brauche kein Geld. Ich habe Geld.»

«Ich bin nicht gerade firm in medizinischen Fachausdrücken», sagte ich.

«Da könnte ich aushelfen», sprang Donovan ein.

Ich wandte mich zu ihm. «Halten Sie dies für nötig? Oder für klug?»

«Meinen Sie, ob es Mrs. Woodrow helfen würde?»

«Ja», giftete ich ihn an, überrascht darüber, so wütend zu sein. Ich brauchte nun wirklich keinen Psychiater, der mir erklärte, was ich meinte.

Er schwieg und überlegte sich seine Antwort wohl. «Ich glaube, es könnte ihr helfen, diese Sache abzuschließen, die Vergangenheit hinter sich zu lassen und weiterzugehen.»

«Weiterzugehen», wiederholte Emily Woodrow und schüttelte langsam den Kopf. Sie wiegte den Kopf weiter hin und her, als hätte sie vergessen, wie man ihn anhält.

Ich holte tief Luft und versuchte, das, was ich loswerden mußte, anders auszudrücken. Es ging nicht. Heraus kam: «Mrs. Woodrow, es tut mir leid, aber ich muß es Ihnen sagen. Ihre Tochter ist tot. Tot. Was Dr. Donovan meint, wenn er vom ‹Weitergehen› spricht, heißt, daß Ihre Tochter, ganz gleich, was ich entdecke, ganz gleich, was ich in Erfahrung bringe, tot bleiben wird.»

Ihre Augen schlossen sich, und sie zuckte zusammen, als hätte ich sie geschlagen. Ich blickte zu Donovan hinüber. Er neigte den Kopf ein wenig, als hätte ich das Richtige gesagt, aber dadurch fühlte ich mich auch nicht wohler.

Sie wollte mir sofort einen Scheck ausstellen. Ich überredete sie dazu, es sich noch einen Tag zu überlegen, während sie sich meinen Vertrag ansähe, und mir Änderungswünsche mitzuteilen. Ich versicherte ihr, daß es völlig ausreichend sei, wenn sie mir den Scheck dann zusenden würde.

Ich gebe mir im allgemeinen nicht soviel Mühe, um eine sofortige Bezahlung abzuwenden. Normalerweise fordere ich sogar Vorschuß, aber an diesem Fall war irgend etwas – vielleicht die sichtliche Qual der Frau –, was mich davon abhielt. Und warum sich beeilen? sagte ich zu mir. Die Vorfälle waren schließlich nicht erst gestern passiert.

Sie geriet auf ihren Absätzen ins Wanken, als sie aufstand, um zu gehen. Da sie ihren Arzt dabeihatte, fühlte ich mich nicht genötigt, sie hinauszubegleiten.

Als sie in ihrem Burberry noch einmal im Flur erschien und den Zeigefinger an die Lippen legte, war ich überrascht. Sicheren Fußes glitt sie nun durch das Zimmer, bis sie so nahe an mich herangekommen war, daß ich ihr Flüstern verstehen konnte.

«Er glaubt, ich suche nach meinen Handschuhen», wisperte sie. «Sagen Sie mir nur noch schnell: Besitzen Sie irgendwelche Aktien? Spekulieren Sie?»

«Nein.» Ich hielt sie für verrückt, aber ich antwortete trotzdem. Es lag etwas in ihren Augen. Etwas Zwingendes, Leuchtendes.

«Sind Sie selbständig?»

«Ja.»

«Arbeiten Sie auch noch für jemand anders?»

«Ich fahre Taxi.»

«Für welche Firma?»

«Green & White.»

«Das kann ich überprüfen. Besitzen Sie eine Waffe?»

«Ja.»

«Können Sie damit umgehen?»

«Ja.»

«Haben Sie schon mal?»

«Habe ich schon mal was?»

«Sie benutzt. Jemanden damit getötet?»

«Ja.»

«Würden Sie es wieder tun?»

«Wenn es sein müßte, ja.»

«Was sagt Ihnen Cee Co.?»

«Seiko? Die Uhrenfirma?»

Sie gab mir einen dünnen Umschlag. «Das ist für Sie. Bewahren Sie ihn auf. Und seien Sie für mich da. Erreichbar. Nehmen Sie keinen anderen Klienten an. Sie bekommen etwas mit der Post oder durch einen Boten. Bewahren Sie es sicher auf. Hüten Sie es für mich.»

«Warten Sie. Warten Sie noch einen Augenblick. Mieten Sie doch ein Schließfach.»

«Nein. Es muß so sein. Bitte, bitte. Sie müssen einwilligen.» Einen Moment lang milderte sich ihr eindringlicher Blick.

«Was ist denn Cee Co.?» fragte ich.

Sie überhörte meine Frage.

«Sind Sie in Gefahr?» fragte ich, diesmal lauter.

«Ich glaube nicht.»

«Warum fragen Sie dann nach Waffen? Brauchen Sie Schutz? Haben Sie Angst?»

«Angst? Angst wovor? Es gibt nichts Beängstigendes mehr. Wenn man alles verloren hat, hat man nichts mehr zu fürchten.»

Sie neigte den Kopf, als hätte sie ein Geräusch gehört, Schritte. Alles war still.

«Nein», murmelte sie leise, wandte sich zu mir und sah mich an. «Nein, das nehme ich zurück. Sie haben recht: Ich habe Angst. Ich habe Angst, ich könnte sie eines Tages vergessen haben.» Ihre Stimme war nur noch ein ersticktes Flüstern, aber die Worte kamen jetzt immer schneller. «Vergessen, wie sich ihr Haar anfühlte. Den Augenblick vergessen, in dem ich ihr ihren Namen gab. Die Lachfältchen vergessen, die sich unter ihren Augen bildeten, wenn sie lächelte, vergessen, wie –»

«Hast du sie gefunden?» Donovan stand in der Tür. Ich schob instinktiv den dünnen Umschlag unter meine Schreibtischunterlage, so daß er außer Sicht war.

Emily Woodrow, jetzt wieder unsicher auf den Beinen, zog mit einem Ruck einen Handschuh unter dem Schaukelstuhl hervor. Ich hatte nicht mitbekommen, wie sie ihn fallenlassen hatte.

«Da ist er ja», sagte sie mechanisch, das Gesicht schon wieder maskenhaft wie zuvor. «Entschuldigen Sie die Störung.»

«Wir bleiben in Verbindung miteinander», sagte ich.

Sie warf mir einen warnenden Blick zu. «Ich werde nicht am Telefon darüber sprechen. Das geht nicht.»

«Aber –»

«Wenn Sie tun, um was ich Sie gebeten habe», sagte sie sanft, die intensiven Augen niedergeschlagen, «ist alles in Ordnung.»

Sicher, dachte ich.

«Ms. Carlyle», sagte sie und drehte sich im Flur noch einmal um.

«Bitte?»

«Ihre kleine Schwester –»

«Ja?»

Ihre Stimme schwankte. Sie biß sich auf die Lippen und mußte erst tief Luft holen, bevor sie weitersprechen konnte. «Sie ist sehr hübsch.»

5

Dieses Mal schloß und verriegelte ich die Tür hinter ihnen. Durch den Türspion beobachtete ich, wie Donovan Emily Woodrow die drei Stufen hinunterführte. Dann rannte ich ins Wohnzimmer zurück.

Der weiße Umschlag war, obwohl er nicht die Qualität der steifen hellblauen hatte, nicht von der billigen Sorte. Ich schlitzte ihn mit dem Brieföffner auf und ließ den Inhalt herausgleiten. Zweierlei fiel heraus: ein gefaltetes Blatt Papier und ein taubenblauer Scheck. Das Blatt Papier war die Fotokopie eines Totenscheins. Von Rebecca Elizabeth Woodrow. Das Todesdatum war das gleiche wie auf dem Foto.

Emily Woodrows Tochter war gestorben. Soviel stimmte von der Geschichte.

Der Scheckbetrag war hoch genug, um mir einen Pfiff zu entlocken. Um ihn mir zu verdienen, brauchte ich nur zu warten.

Ich trommelte mit den Fingern auf dem Schreibtisch. Meine kurzgeschnittenen Nägel waren nicht zu hören. Warten ist nicht meine Stärke. Es liegt mir einfach nicht.

Unzufrieden mit dem Inhalt, spähte ich noch einmal in den Umschlag. Mein Blick blieb an etwas Silbrigem unten hängen. Ich riß die Seitenkanten des Umschlags auseinander und schüttelte, bis etwas auf meine Schreibtischauflage fiel.

Der Lohn meiner Mühe war ein Schnitt im Finger von den scharfen Papierkanten und ein glänzender Schnipsel von einer Art Folie. Als ich ihn ins Licht hielt, schien er die Farbe zu wechseln. Eine Ecke war etwas verbogen, die andere sah aus, als sei sie mit einer Nagelschere von einem größeren Stück abgeschnitten worden.

Was das gewesen sein mochte, war mir ein Rätsel.

Mein Magen knurrte, und so machte ich mir Frühstück, trank den Karton Orangensaft leer und briet mir in einer gußeisernen Pfanne vier Scheiben Speck und zwei Eier. Ah, war der Speck ein Vergnügen! Ich hatte diesen knusprig-fettigen Genuß erst mit achtzehn Jahren kennengelernt: Im koscheren Haus meiner Mutter wurde kein Schweinefleisch geduldet. Als Erwachsene merkte ich, daß mir dieses außerordentlich *treife* Zeug ein wunderbar warmes Gefühl von Ungehorsam vermittelt und ein besserer Energielieferant ist als vieles andere, wenn man versucht, aus widerspenstigen Quellen Informationen herauszuquetschen.

Ich ließ das Geschirr im Spülbecken, wo Roz es bemerken würde oder auch nicht, und ging wieder ins Wohnzimmer. Emily Woodrows Scheck, ausgestellt auf eine gewisse BayBank in Marlborough, trug in der oberen linken Ecke den Aufdruck ihres Namens und ihrer Adresse. Nur ihren eigenen Namen, nicht den ihres Mannes. Ich wählte eine 1-800er Nummer, verlangte Patsy und schlürfte meine erste Pepsi für heute, während ich wartete. Aus der Leitung dudelten zuckersüße Beatles-Klänge in mein Ohr.

Patsy Ronettis rauher Bronx-Jargon weckte mich aus den Träumen.

Ich habe sie kennengelernt, als ich noch bei der Polizei war. Sie ist ein Goldstück. Nahm gleich nach der Schule den erstbesten Job bei Equifax an, einer jener Topagenturen für Informations- und Datenbeschaffung. Dann arbeitete sie vier Jahre als Versicherungsdetektivin, und jetzt weiß sie alles: wie man an PC-Daten kommt, amtliche Schriftstücke auftreibt oder Kreditwürdigkeit prüft. Ich schicke ihr jedes Jahr zu Weihnachten eine Flasche Johnnie Walker Black Label. Und wahrscheinlich machen das fast alle Detektive der Stadt. Sie könnte nebenbei einen Getränkehandel aufziehen, aber meistens liefert sie nur Kreditauskünfte.

Ich gab ihr Emily Woodrows Namen durch, sicherheitshalber auch noch den ihres Mannes Harold, der, wie ich annahm, denselben Familiennamen trug wie Frau und Kind, und las ihr die Winchester-Adresse vom Scheck vor. Dann feilschten wir um Zeit und Geld. Ihre Preise sind nicht gerade niedrig, aber sie ist schnell. Ich konnte hören, wie sie in die Tasten ihres Terminals haute, während wir verhandelten.

Ich wollte Auskünfte sowohl über die finanziellen als auch über die beruflichen Verhältnisse und beides zum Preis von einem haben.

«Du hast dir eine große Nummer ausgesucht», sagte sie.

«Allerdings.»

«Ich bin ausgebucht bis Dienstag, Carlotta. Die Hälfte der Bevölkerung unseres Landes läßt derzeit die andere Hälfte überprüfen. Ich bin nicht gewillt, diesen Job auf die Schnelle dazwischenzuschieben, klar? Aber hier hast du etwas zum Schnuppern. Er ist Anwalt –»

«Das wußte ich schon.»

«Weißt du denn auch, daß er sechs Riesen kassiert? Du kannst dir das Auto wahrscheinlich leisten.»

«Hä?»

«Du bist doch gerade dabei, ein Auto zu kaufen, stimmt's? Oder willst du's leasen?»

«Nicht, daß ich wüßte», sagte ich, während imaginäre Alarmglocken in meinen Ohren losklingelten.

«Eine Sekunde mal, Carlyle, nicht wahr?» Sie buchstabierte den Namen.

«Stimmt.»

«Ich habe einen Anruf erhalten, muß etwa drei Tage her sein. Ein Autohändler, das könnte ich schwören.»

«Hast du was Schriftliches darüber?»

«Ach, weiß ich nicht. Ich glaube, es ging nur übers Telefon.»

«Patsy, kannst du dir mal meine Akte vornehmen und nachsehen, wer genau angefragt hat? Ich kaufe mir nämlich kein neues Auto.»

«Bleib dran.»

Berieselungsmusik blendete das wilde Tastengeklapper aus.

Ich schlürfte Pepsi und grübelte. Ich habe nichts gegen die Benutzung elektronischer Datenbanken. Aber ich hasse den Gedanken, daß jemand anders sie benutzt, um etwas über mich herauszufinden.

Sie triumphierte hörbar. «Stoneham Lincoln-Mercury. Habe ich's nicht gesagt. Mein Gedächtnis läßt mich nie im Stich.»

«Bleib dran.» Mein Telefon schaltet nicht auf Musikberieselung um. Patsy mußte sich das Geräusch meiner linken oberen Schreibtischschublade anhören, die ich auf und zu schob. Das Branchenbuch steckte hinter einem Stapel Akten. Ich balancierte es auf meinem Schoß und blätterte durch die Seiten.

«Gibt's gar nicht», sagte ich.

«So was, dabei hatte er eine sympathische Stimme», erwiderte sie.

«Ein Mann also.»

«Ja.»

«Du mußt doch eine Telefonnummer oder so was bekommen haben, um dem Typen sagen zu können, daß ich eine kreditunwürdige Risikoperson bin.»

«Muß Schluß machen», sagte Patsy. «Bis später.»

Ich hatte mich allmählich an ihre abrupte Art, die Verbindung abzubrechen, gewöhnt. Ihre Chefs bei E-Z Electronic, einer weit kleineren Firma als Equifax, wußten nichts von ihrer selbständigen Tätigkeit nebenher. Und hätten auch nichts dafür übrig gehabt.

Verdammt. Ich wartete fünf Minuten, aber sie rief nicht zurück. Und es war völlig offen, wann sie sich wieder melden würde.

Jemand stiehlt meinen Müll. Jemand holt Kreditauskünfte über mich ein. Dabei hatte ich mich nicht einmal beim FBI um einen Job beworben.

Ich trommelte weitere fünf Minuten lang mit den Fingern auf meinem Schreibtisch herum, dann nahm ich den Hörer ab und rief Mooney an.

Als ich noch bei der Polizei war, habe ich für Mooney gearbeitet, und er hat mir die meiste Zeit das Gefühl gegeben, mit ihm und nicht für ihn zu arbeiten. Unerfahren, wie ich war, frisch von der Uni und der Polizeiakademie, wußte ich diesen Kameradschaftsgeist noch nicht recht zu würdigen. Ich dachte, alle Cops würden so arbeiten.

Er ist inzwischen Lieutenant – bei der Mordkommission –, und ich glaube nicht, daß er auf der Karriereleiter noch höher klettert, denn er ist zu gut in dem, was er macht. Er ist zu sehr damit beschäftigt, Fälle abzuschließen, statt mit Taktik seinen Aufstieg zu betreiben.

Ich formulierte im Geiste eine Nachricht für seinen Anrufbeantworter, denn er ist oft unterwegs. Als er bereits beim zweiten Klingeln abhob, war ich vollkommen überrumpelt.

Wenn Mooneys Stimme auf mich aufregend wirkt, werde ich unruhig. Nicht, daß er keine angenehme Stimme hätte; sie ist o. k. Nicht, daß er schlecht aussähe. Er ist groß und muskulös und hat ein rundes Gesicht – ich sage immer scherzhaft, er wäre zu weiß für meinen Geschmack. Er seinerseits kann Sam Gianelli nicht leiden und behauptet, ich hätte ein Faible für Outlaws statt für Cops. Wenn Mooneys Stimme auf mich aufregend wirkt, frage ich mich unweigerlich, ob etwas zwischen Sam und mir nicht stimmt.

«Hallo, Moon.»

«Hallo.»

«Wie geht's?»

«Gut, Carlotta.»

«Viel zu tun?»

«Normal.»

«Es ist jemand bei dir.»

«Woher weißt du das?»

«Intuition.» Ich hätte noch hinzufügen können: «Du hast mich noch nicht gefragt, ob wir zusammen essen gehen wollen», was er sonst gleich nach dem Hallo tut, aber ich wollte mich auf nichts einlassen.

«Eine Dame», sagte er. «Und sicher bald schon eine sehr gute Freundin.»

Ich war mir nicht sicher, ob er die Wahrheit sagte, aber es gab mir plötzlich einen Stich durchs Herz, als sei ich eifersüchtig. «Und du wirst sie gleich verhaften?»

«Habe ich noch nicht entschieden. Was kann ich für dich tun?»

«Ein Kfz-Kennzeichen raussuchen.»

Mooney und ich führen im Kopf eine Gefallensliste. Jedesmal, wenn ich ihm aushelfen kann, tue ich mein Bestes. Privatdetektive brauchen amtliche Schützenhilfe, um bürokratische Hürden zu überwinden.

Ich sagte: «Ich suche einen Firebird jüngerer Bauart, hellblau, vielleicht auch grau.»

«Sag mir einfach nur die Nummer.»

«Tja, weißt du, tut mir wirklich leid, dich im Dienst zu belästigen. Die letzten beiden Ziffern sind Vier und Acht.»

Es blieb einen Augenblick still. «Na hör mal», sagte er, «du mußt doch mehr als das haben!»

«Nee.»

«Dann gib deinem Klienten sein Geld zurück.»

«Würde ich glatt machen, wenn ich könnte.»

«Hast du's schon verbraten?»

«Es ist etwas Persönliches, Mooney. Versuch's doch mal mit dem Kfz-Zulassungsamt, ja?»

«Die Typen dort hassen mich bereits.»

«Sie haben Respekt vor dir, Mooney.»
«Bloß keine Schmeicheleien, Carlotta.»
«Und warum nicht?»
«Du könntest damit durchkommen.»
Ich lächelte. «Noch etwas.»
«Wo habe ich das denn schon mal gehört?»
«Was fällt dir zu Cee Co. ein?»
«Hä?»
«Was fällt dir dabei ein, Mooney?»
«Ist das ein Test?»
«Nun mach schon, Moon.»
«Abkürzung für Coca Cola?»

Ich legte auf. Während ich auf Patsys Rückruf wartete, stellte ich eine Liste zusammen. Seiko, Seeko, Ciko. C. Ko. Irgendwer Ko. Ich blätterte im Telefonbuch nach und stellte fest, daß Ko ein ziemlich häufiger Name bei den Chinesen ist. Es gab sechsundzwanzig Eintragungen von Chi-Fen Ko bis Zyuan Ko, und mitten dazwischen einen ordinären Thomas Ko.

Patsy rief nicht mehr an.

Nachdem ich endlos sowohl die glänzende als auch die matte Seite des Folienstückchens betrachtet hatte, legte ich es sorgsam wieder in Emily Woodrows Umschlag. Unter dem Vergrößerungsglas sah es so aus, als sei es ganz schwach mit einem Muster aus Halbmonden überzogen. Ich konnte mich nicht erinnern, etwas Ähnliches schon einmal gesehen zu haben, und es war auch nicht im entferntesten zu erkennen, wozu es mal gehört haben mochte.

Ich seufzte. Vielleicht konnte Roz etwas damit anfangen. Sie hat einen Blick für derlei.

Als die Türklingel ertönte, war ich erleichtert.

Warten liegt mir nicht.

6

Keith Donovan, die Hände tief in den Hosentaschen vergraben, stand auf der Schwelle und wippte vor und zurück. Er war allein. Er hatte Jackett und Krawatte mit einem blauen kragenlosen Pullover vertauscht.

«Darf ich hereinkommen?» fragte er mit einem kurzen Lächeln.

«Klar.»

Er marschierte ins Wohnzimmer und geradewegs auf den Sessel zu. Ich folgte ihm. Das letzte Mal hatte er beide Füße auf den Boden gestellt und die Hände in den Schoß gelegt. Diesmal lehnte er sich zurück, schlug die Beine übereinander und war ganz entspannt. Wenn er ein potentieller Klient gewesen wäre, hätte ich ihn als dollarschwer eingestuft. Ich gehe nach den Schuhen.

Nun mal langsam, ermahnte ich mich selbst. Vielleicht hat er ja einen Haufen schmuddeliger Sneakers im Schrank. Und er kann schließlich nichts dafür, daß er so aussieht, als wäre er für alles, was über Schnürsenkelbinden hinausging, zu jung.

Sein weizenblondes Haar sah womöglich großartig aus, wenn er es ein bißchen wachsen ließ. Er hatte ungefähr meine Größe und war recht gut gebaut – schmale Schultern, aber noch schmalere Hüften. Er saß aufrecht im Sessel und hatte offensichtlich einen langen Oberkörper. Bei mir sind die Beine für die Länge verantwortlich.

«Ich wollte Ihnen dafür danken, daß Sie Mrs. Woodrow zugehört haben», sagte er. «Das ist eine ziemlich traurige Geschichte.»

«Danke, daß Sie mir eine Klientin verschafft haben. Wollen Sie eine Vermittlungsgebühr?»

In seinen Augenwinkeln bildeten sich Fältchen, so daß er eine Spur älter aussah. «Nein wirklich, Sie haben Ihre Sache gut gemacht. Sie haben ihr geholfen. Schon, wenn jemand so zuhört wie Sie, hilft es.»

«Keine Ursache», erwiderte ich und fragte mich, warum wir solche Höflichkeiten nicht per Telefon austauschten.

«Hören Sie», sagte er, «so etwas mache ich normalerweise nicht. Ich hoffe, Sie haben nicht das Gefühl, ich hätte Ihnen den Schwarzen Peter zugeschoben.»

Ich rief mir die erfreuliche Höhe von Emily Woodrows Scheck und ihren Wunsch nach Geheimhaltung, selbst vor ihrem Therapeuten, in Erinnerung.

«Ich nehme alle Schwarzen Peter auf mich», sagte ich leichthin.

«Nein, wirklich, dieser Schritt, äh, mein Besuch bei Ihnen war ziemlich unorthodox. Psychiater sind eigentlich nicht für ihren Aktionismus berühmt.»

Da. Schon wieder. Psychiater. Wie alt mochte er sein?

«Selbst in der Volksrepublik Cambridge?» fragte ich.

«Hier gibt es tatsächlich eine radikalere Auffassung von Therapie», gab er zu, «aber nichtsdestoweniger ist mir irgendwie nicht ganz wohl bei dem Gedanken, Sie in etwas hineingezogen zu haben, das für Sie womöglich reine Zeitverschwendung und für Mrs. Woodrow hinausgeworfenes Geld bedeutet.»

Es war, als spräche er mit zwei verschiedenen Stimmen. Die eine war die des Psychiaters und verwendete Worte wie «nichtsdestoweniger» und «irgendwie», die andere war völlig entspannt und begleitet von einem Lächeln. Wenn er als Psychiater sprach, runzelte er die Stirn. Ich fragte mich, ob er das wohl vor dem Spiegel übte.

«Ich bin ein erwachsener Mensch», sagte ich. «Ich hätte nein sagen können. Sie tragen also keine Verantwortung, Doktor.»

«Keith», sagte er locker.

«Keith», wiederholte ich. Er hatte hübsche braune Augen und eine bestimmte, aber ausdrucksvolle Art, die Hände zu bewegen.

«Mrs. Woodrows Sicht der Wirklichkeit ist nicht unbedingt zuverlässig», fuhr er im Therapeutenton fort.

«Ach ja?» sagte ich und zog eine Augenbraue hoch. «Was genau meinen Sie damit? Daß sie gar nicht gesehen hat, wie irgendein Typ das Krankenzimmer ihrer Tochter betrat? Daß sie sich die Sache mit der Maske nur eingebildet hat?»

Er richtete sich auf und pflanzte die Füße fest auf den Boden. «Sehen Sie, wenn etwas so Furchtbares passiert im Leben eines Menschen, sucht der Betreffende unter Umständen automatisch nach einem Grund, einem Fehler oder nach dem Teufel, wenn er fromm ist, um wenigstens einen gewissen Trost zu finden angesichts der schrecklichen Willkür von Krankheit und Tod.»

Es klang, als zitiere er aus einem Lehrbuch, aber sein Blick war offen und aufrichtig. Zu offen und aufrichtig.

«Meinen Sie, daß sie über den letzten Tag lügt? Ihn dramatisiert?» Ich muß gestehen, daß mir seine akademische Art, um die Dinge herumzureden, und sein direkter, offener Blick gefielen. Ich hatte das Gefühl, als hätte er eigens an der medizinischen Fakultät einen Kurs belegt, wie man sich vorsichtig ausdrückt. Wenn ich ihm lange genug zuhörte, lernte ich es vielleicht auch.

Er senkte verschwörerisch die Stimme. «Krankenhäuser können sehr verwirrend sein. Leute kommen und gehen; alle haben es eilig, überall herrscht Hektik. Emily Woodrow hat viel Zeit im JHHI zugebracht. Sie glaubt vielleicht, sie würde genau das wiedergeben, was sie gesehen hat, dabei hat sie unter Umständen die Zeit verwechselt.»

«Dann wäre es ein anderer Tag gewesen?»

«Möglicherweise.»

«Ich würde meinen, daß ihr der Tag, an dem ihre Tochter starb, recht gut im Gedächtnis geblieben ist.»

«Sie ist den Tag immer wieder durchgegangen, Carlotta. Immer wieder. Hat ihn umgestaltet. Ihn aufpoliert. Ihn erträglich gemacht.»

«In ihrer Phantasie?»

«Es ist durchaus möglich, daß Emilys Version der Wahrheit sehr nahe kommt. Wer immer die Chemotherapie beaufsichtigt hat, hat womöglich gesehen, daß es mit dem Kind zu Ende ging, und einen Code durchgegeben.»

«Einen Code?»

«Jedes Krankenhaus hat ein Codesystem. Damit Besucher nicht durch Meldungen per Lautsprecher wie ‹Herzversagen auf neunzehn› verstört werden.»

«Und was passiert, wenn der Code durchgegeben wird?»

«Dann ist die Hölle los. Lauter fremde Leute strömen zusammen. Irgend jemand – der diensthabende Arzt – schnappt sich das fahrbare Notfallgerät, eilt damit in Rebeccas Zimmer und versucht, sie wiederzubeleben.»

«Emily hat aber nichts von vielen Menschen oder einem Notfallgerätwagen erzählt.»

«Stimmt.» Er machte eine Pause, lehnte sich zurück und schlug die Beine übereinander. Anscheinend genoß er die Situation. «Sie hat Ihnen wahrscheinlich auch nichts davon erzählt, daß eine ihrer prägenden Kindheitserinnerungen eine Mandeloperation war, der sie sich mit etwa vier Jahren unterziehen mußte. An viel erinnert sie sich nicht mehr. Nur daran, wie sich die Narkosemaske auf sie herabsenkte und ihr Gesicht bedeckte. An den Geruch. Die Angst.»

Es gefiel ihr nicht, daß er alles auf diese einfache Lösung bringen wollte. «Glauben Sie, daß sie die beiden Ereignisse durcheinanderbringt?» sagte ich langsam.

Sein selbstgefälliger Ausdruck verschwand wieder, und er zeigte sich von der ernsten, verständnisvollen Seite. «Ich kenne den Arzt, der ihre Tochter behandelt hat», sagte er. «Und glauben Sie mir, wenn irgend etwas Unkorrektes in jenem Zimmer vor sich gegangen wäre, hätte Jerome Muir die Sache mit Argusaugen verfolgt. Er ist weltweit bekannt und hat einen makellosen Ruf. Er ist ein sehr sympathischer, hochgeachteter Mann, und er würde sicher nicht besonders gern mit Ihnen über diese Angelegenheit reden.»

«Besser mit mir als mit dem Staatsanwalt», sagte ich. «Ich mache keine Protokolle.»

Er seufzte schwer, stellte die Beine nebeneinander und kreuzte sie erneut.

Ich sagte: «Und was machen Sie so mit Mrs. Woodrow? Über die Kindheit reden, ja? Von vier an aufwärts?»

«In der Hauptsache redet sie selbst.»

«Und Sie hören zu.»

Er zog seine Lesebrille aus der Tasche und klopfte damit gedankenverloren auf sein Knie. Ich fragte mich, ob er diese Taktik wohl auf der Seelenklempnerschule gelernt hatte. «Meiner Meinung nach wäre es gut, wenn diese Geschichte nicht zu lange dauerte», sagte er langsam. «Das therapeutische Ziel ist, Mrs. Woodrow dazu zu bringen, ihr gewohntes Leben wiederaufzunehmen. Längere Ermittlungen würden ihr kaum dienlich sein.»

«Also schnell und oberflächlich?» fragte ich.

«Auf jeden Fall schnell.»

Ich lächelte. «Nun, ich glaube nicht, daß Sie vorhatten, herzukommen und mich zu beleidigen, aber Sie sind ziemlich nahe dran. Wenn Sie Mrs. Woodrow hergebracht haben, damit sie hier ein Quantum Streicheleinheiten bekommt, haben Sie einen Fehler gemacht. Ich bin kein Psychiater, und Ihre therapeutischen Ziele interessieren mich, offen gestanden, überhaupt nicht. Sollte Mrs. Woodrows Einbildungskraft phantastische Blüten getrieben haben, werde ich es herausfinden und die Sache abschließen. Aber sie ist jetzt meine Klientin, nicht Sie. Klar?»

«Sie sind sehr empfindlich.»

«Bin ich das?»

«Ich wollte Sie nicht in Ihrer Berufsehre angreifen.»

«Ja, ja, das glaube ich Ihnen unbesehen.»

«Sie scheinen nicht allzuviel von Psychotherapie zu halten, stimmt's?»

«Da könnten Sie recht haben», gab ich zu.

Ich bin erst bei einem Therapeuten gewesen. Die Polizeiverwaltung hat mich hingeschickt, nachdem ich einen Mann erschossen hatte, kurz bevor ich aus dem Polizeidienst ausgeschieden bin. Reine Routine: knallt man jemanden ab, muß man zum Amtspsychiater. Unseren Psychiater haßte ich auf den ersten

Blick. Er war ein dicklicher, zu Glatzköpfigkeit neigender Egomane, der mich an einen Bussard erinnerte, der über seiner verwundeten Beute kreist. Er bedrängte mich, ihm alles zu erzählen, alles, die kleinste Einzelheit. Also, Sergeant, was haben Sie empfunden, als Sie den Finger am Abzug hatten? Bitte, Frau Carlotta, sagen Sie mir, wann genau Sie das Gefühl hatten, abdrücken zu müssen. Sagen Sie mir, was Sie in dem Moment gefühlt haben, in dem Sie abgedrückt haben. Waren Sie aufgeregt? Erleichtert? War es eine Art Befriedigung? Irgend etwa Sexuelles? Bitte sagen Sie's mir, war was Sexuelles im Spiel? Sagen Sie's mir, und es bleibt unser kleines Geheimnis.

Nicht, daß es mir nichts ausgemacht hätte, einen anderen Menschen zu töten. Nicht, daß ich nicht geweint hätte. Ich habe nur entschieden etwas gegen Zwang.

Und ich frage mich immer noch, was sie mit dem gottverdammten Schwerverbrecher gemacht hätten, wenn es umgekehrt gegangen wäre. Hätte der gleiche Klapsdoktor meinem Mörder die gleichen Fragen gestellt? Wann hatten Sie zum ersten Mal das Gefühl, unbedingt abdrücken zu müssen und den Cop umzulegen?

«Viele Leute mißtrauen der Psychotherapie», sagte Keith Donovan freundlich, «aber vielen hilft sie auch.»

«Wir haben alle unsere eigene Art und Weise, mit Scheiße fertig zu werden», sagte ich.

«So? Was machen Sie denn, wenn Sie wütend sind?»

«Schreien. Volleyball spielen. Den Ball wegschmettern.»

«Hmmm», brummte er.

«Was heißt da ‹hmmm›?»

«Einfach nur hmmm. Und was machen Sie, wenn Sie niedergeschlagen sind?»

Jetzt zögerte ich mit der Antwort. «Gitarre spielen.»

«Was wollten Sie denn vorher sagen? Ehe Sie auf die Gitarre kamen?»

Unsere Augen trafen sich, und ich hätte fast gelächelt. Er

grinste, und ich dachte, oh-oh. Wann immer ich anfange, mich aus nichtigem Grund mit einem Typen herumzustreiten, ist das ein sicheres Zeichen dafür, daß die guten alten Hormone in Wallung geraten.

«Was für eine Gitarre?»

«Blues», sagte ich. «Ich spiele alten Blues. Hauptsächlich Delta, und ein bißchen Großstadtblues.»

Er sagte: «Ich spiele Drums. Vielmehr spielte, früher. Rock. Punk.»

Meine Hormone betrügen mich nie. Kaum törnt mich ein Typ an, schon ist er der Falsche für mich.

«Da Sie nun einmal hier sind», sagte ich und brachte das Gespräch wieder in berufliche Bahnen zurück, «können Sie mir vielleicht ein paar Fragen beantworten.»

«Und die wären?»

«Wie bezahlt Mrs. Woodrow?»

«Durch Scheck. Ihre Versicherung deckt ihre Auslagen.»

Nett, dachte ich. So ein Arrangement müßte ich auch treffen. Eine Ermittlungsversicherung. «Und sie kommt jetzt seit drei Monaten zu Ihnen? Wöchentlich?»

«Kurz nach Beccas Tod war sie öfter bei mir.»

«Wer hat sie denn an Sie verwiesen? Und warum gerade an Sie?»

«Warum nicht?»

«Sie wirken – hm – sehr jung.»

«Sie auch.»

«Arbeiten Sie mit Harvard Health, Bay State Medical oder ähnlichem zusammen?»

Er zuckte die Achseln. «Vielleicht hat mich ein anderer Patient empfohlen.»

Ich akzeptierte diese ausweichende Antwort fürs erste. «Na, gut. Sie hat Blackouts infolge ihres Tablettenkonsums erwähnt.»

«Desorientiertheit», korrigierte er mich.

«Richtig. Was nimmt sie denn?»

«Hm. Ich weiß nicht, ob ich –»

«Ich kann sie selbst fragen. Sie brauchen mir nichts zu sagen, was Ihre Schweigepflicht verletzt.»

«Was läuft hier eigentlich ab?» fragte er, und seine Augen verengten sich.

«Ermittlungen.»

«Sie nehmen Ihren Beruf sehr ernst.»

«Sie nicht?»

«Ich wollte damit nur sagen, daß Mrs. Woodrows böse Vermutungen nichts Ungewöhnliches sind für jemanden, der einen plötzlichen Verlust erlitten hat.»

«Sie können gern jeden, der im Falle eines plötzlichen Verlusts Nachforschungen anstellen will, herbringen», sagte ich.

«Hören Sie, ich hatte nur das Gefühl, Sie warnen zu müssen, daß Sie es hier womöglich mit Wahnverhalten zu tun haben. Natürlich bin ich nicht sicher. Ich glaube aber, daß es als sehr wahrscheinlich anzusehen ist.»

«Was meinen Sie mit Wahnverhalten?» fragte ich. Ach, war das lustig. Ich hätte den ganzen Tag dort sitzen und «Was-meinen-Sie-mit»-Fragen stellen können.

«Mrs. Woodrow ist sicherlich argwöhnisch und feindselig. Etwas Schreckliches ist geschehen. Ihre Tochter ist gestorben. Aber ich weiß natürlich nicht, ob Mrs. Woodrow nicht schon argwöhnisch und feindselig war, ehe sie durch dieses Ereignis aus der Bahn geworfen wurde. Ich bin sozusagen die Feuerwehr in diesem Fall. Vor der Krise war sie nicht bei mir Patientin. Das sollten Sie wissen.»

«Sie werfen mit Worten wir ‹argwöhnisch› und ‹feindselig› um sich. Wie wär's denn mit ‹paranoid›?» fragte ich. Ich kannte einmal einen Privatdetektiv, der regelmäßig mit einem Psychiater zusammenarbeitete. Wann immer der Klapsdoktor es wünschte, ging der Detektiv mit seinem elektronischen Gerät zum Aufspüren von Wanzen über die Zahnfüllungen extrem paranoider Patienten. Der Arzt schwor, daß das die Leute enorm beruhigte.

Donovan atmete laut aus. «‹Paranoid› hat eindeutig einen klinischen Beiklang», sagte er langsam.

«Sie würden also Emily Woodrow nicht als paranoid bezeichnen?»

«Nicht so direkt, nein.»

«Klingt fast so, als bereuten Sie, mich Ihrer Klientin vorgestellt zu haben», sagte ich in die Stille hinein.

«Patientin», verbesserte er mich. «Ich will ihr nur helfen, eine abschließende Lösung zu finden.»

«Oder auch die Wahrheit.»

«Ihre Tochter ist an Leukämie gestorben. Das ist die Wahrheit.»

«Als ich bei der Kripo war, habe ich mir angewöhnt, jeden Todesfall als verdächtigen Todesfall anzusehen. Denn sonst hat man schon alle Spuren zertrampelt, bevor einem aufgeht, daß womöglich ein Verbrechen passiert ist.»

«Ich wußte gar nicht, daß Sie – äh – bei der Kripo waren.»

«Kriminalbeamtin. Hätte Sie das von dem Besuch abgehalten?»

Er versuchte es wieder mit einem Lächeln. «Das muß ich mir erst mal überlegen. Nein, ich glaube nicht. Ich finde es höchst interessant.»

«Was?»

Er zuckte mit den Achseln. «Eine Frau bei dieser Art von Arbeit. Ich hoffe, Sie fassen es nicht als eine Beleidigung auf.»

Jetzt zuckte ich meinerseits mit den Achseln. «Gibt es noch irgend etwas von Mrs. Woodrow, das Sie mir erzählen möchten?»

«Nur noch dies: Falls Sie mit Dr. Muir sprechen, wäre es mir lieb, wenn Sie meinen Namen nicht erwähnten.»

«Aha», sagte ich und zog eine Augenbraue hoch.

«Ein erster Anhaltspunkt?»

«Womöglich. Was können Sie mir denn von diesem Jerome Muir erzählen? Abgesehen von seinem internationalen Ruf?»

Er dachte eine Weile über die Frage nach, machte den Mund auf, um etwas zu sagen, überlegte noch einmal, rückte in seinem Sessel hin und her und runzelte die Stirn.

«Nun?» drängte ich.

«In seinen besten Jahren habe ich ihn noch nicht gekannt.»

Ich fragte mich, welche Jahre Donovan wohl die ‹besten› nannte. Teens? Twens?

Er verschränkte die Arme vor der Brust und sprach weiter. «Muir ist ein Genie. Was er geleistet hat, was er noch leistet ... Ich weiß nicht, ob er überhaupt jemals schläft. Er ist die treibende Kraft der Helping Hand, der Geschäftsführer, der Chef, und trotzdem macht er auch noch Patientenbesuche.»

«Gibt er bestimmten Patienten Vorrang?»

«Wenn das Kind irgendeines Ölscheichs Leukämie hätte, ja, dann würde Muir es wahrscheinlich selbst begutachten. Aber er bleibt auch so immer sein bester Arzt und übernimmt regelmäßig Fälle. Außerdem arbeitet er in einer Gemeinschaftspraxis.»

«Was für einer Praxis?»

«Der Muir-Gruppe.»

«Bescheiden ist er auch noch», sagte ich.

«Ist er tatsächlich. Wenn er gewollt hätte, hätten sie wahrscheinlich das ganze Krankenhaus nach ihm benannt. Er hat die Mittel aufgetrieben, die es gerettet haben. Haben Sie je von der Firma MedCare gehört? Sie kauft Krankenhäuser auf – meistens in Armenvierteln. Es handelt sich um eine rein profitorientierte Unternehmenskette, vorwiegend in den Südstaaten, und da können sie von mir aus auch bleiben. Wenn Muir nicht gewesen wäre, hätte MedCare die gute alte Hand-Klinik geschluckt. Der Zusammenschluß mit dem Helping Institute hat sie am Leben und funktionsfähig gehalten, und das Duo wäre ohne Jerome Muir nie zustande gekommen. Er hat MedCare fast im Alleingang auf Distanz gehalten und ein paar brillante finanzielle Schachzüge getan, um die Mittel für den Zusammenschluß aufzubringen. Hat die Leute an einen Tisch gebracht, Banker, Politiker, Ärzte, Sprecher der Bürgerinitiativen. Was die ‹Muir-Gruppe› betrifft, haben ihn wahrscheinlich die anderen Ärzte angefleht, seinen Namen verwenden zu dürfen.»

«Also wirklich ein Genie», sagte ich.

«Er ist ... ich weiß nicht, wie ich mich ausdrücken soll ... sehr engagiert. Er hat Stil. Er ist wie ein Motor. Er klemmt sich hinter eine Sache, sie gerät in Bewegung, und schon kommt alles ins Rollen.»

«Ist er ein guter Arzt?»

«Es gibt Ärzte, die sich nur so nennen, und solche, die wahre Heiler sind. Heiler aus Berufung. Muir ist ein Heiler.» Er schob trotzig das Kinn vor, als wollte er mich warnen, irgend etwas Nachteiliges über sein Idol zu sagen. Der Trotz stand ihm schlecht zu Gesicht, und er wirkte auf einmal verletzlich.

«Höre ich da nicht ein bißchen Heldenverehrung heraus?» sagte ich.

«Schieben Sie's auf meine Jugend», sagte er trocken.

«Wenn Sie zum Mitarbeiterstab der Helping Hand gehören, können Sie mir sicher etwas über das Krankenhaus erzählen. Falls wir kooperieren wollen.»

«Ich bin immer für Kooperation», sagte er, «sofern beide Seiten davon profitieren.»

«Nun, ich übernehme den Fall», sagte ich. «War es nicht das, was Sie wollten?»

«Wenn Mrs. Woodrow es will. Wenn sie die Nachforschungen fortgesetzt haben will.»

«Kennen Sie ihren Ehemann Harold?»

«Nein. Ich habe allerdings viel von ihm gehört. Aber nichts, was ich weitergeben würde. Sonst noch etwas?»

«Ja. Da Sie schon so freundlich sind», sagte ich, «würde ich gern noch eine Frage stellen.»

«Schießen Sie los.»

«Wie alt sind Sie?»

In seinen Augen glomm ganz kurz eine Spur von Unmut auf, ehe sich das Grinsen wieder einstellte. «Dreißig», antwortete er. «Warum?»

«Ehrlich?»

«Neunundzwanzig.»

«Das ist ein bißchen jung für –»

«Hören Sie, ich habe mit sechzehn die High-School abgeschlossen und nach sechs Jahren intensiver Arbeit mein Medizinstudium.»

«Warum denn die Eile?»

«Weiß ich nicht. Und Sie?»

«Ich?»

«Wie alt sind Sie denn?»

«Älter als Sie.»

«Wollen Sie mir nicht Ihren Werdegang erzählen?»

«Nein. Aber wenn ich Ihre Notizen über Mrs. Woodrow sehen wollte, was würden Sie dann sagen?»

«Meine ärztlichen Aufzeichnungen?»

«Ja.»

«Ich würde sagen, daß wir, wenn Sie Emilys Story überprüft und vielleicht sogar mit Dr. Muir gesprochen haben, uns mal auf ein Glas zusammensetzen sollten.»

Das waren ja interessante Aussichten.

«Ja, vielleicht», sagte ich.

«Jetzt will ich Sie nicht länger von der Arbeit abhalten», sagte er.

«Auf Wiedersehen.»

Sobald ich die Tür zuschnappen hörte, wählte ich die Nummer des JHHI und wurde in meiner Vermutung bestätigt. Dr. Keith Donovan gehörte tatsächlich zum Mitarbeiterstab.

Und, dachte ich, während ich mit einem Bleistift aufs Telefon klopfte, ich gehe jede Wette ein, daß irgend jemand im Krankenhaus, vielleicht sogar der große Muir selbst, Emily Woodrow an ihn verwiesen hatte.

7

Als Donovan weg war, legte ich los, tippte, brachte meine Akten in Ordnung, erledigte liegengebliebene Sachen und wählte zwischendurch immer wieder Patsys Nummer, bis mich eine fröhliche Stimme davon in Kenntnis setzte, sie hätte Feierabend gemacht. Ich hoffte, daß sie nicht gefeuert worden war.

Freitag nachmittag ist nicht die richtige Zeit, mit Ermittlungen zu beginnen. Da ich Anweisung hatte, nichts anderes zu tun als zu warten, konnte ich natürlich ehrlich behaupten, meinen Teil der Abmachung zu erfüllen. Meine Augen schweiften öfter zu dem Foto auf dem Kaminsims, während ich an das bedrohlich näherrückende Wochenende dachte. In den letzten vier Jahren hatten meine Samstagvormittage immer Paolina gehört. Und verflucht, es gab überhaupt keinen Grund, warum sie nicht weiterhin Paolina gehören sollten.

Außer ihrer Mutter.

Marta Fuentes ist jemand, um deren Freundschaft ich mich wahrhaftig nicht reiße, aber da sie die Mutter meiner kleinen Schwester ist, haben wir – bisher jedenfalls – einander toleriert. In gewisser Weise bewundere ich sie sogar. Sie hatte immerhin ein Gespür dafür, daß ihr einziges Töchterchen vielleicht noch ein weibliches Wesen in seinem Leben brauchen könnte, jemanden, der nicht – wie seine Mama – so vorbelastet war mit rheumatischer Arthritis, dem Hang, sich mit üblen Kerlen abzugeben, und drei kleineren Kindern, alles Jungen. Jemanden, der als Rollenvorbild dienen konnte, sicher, aber vor allem jemand, der Paolina zuhörte, der sie mochte und sich um sie sorgte.

Als ich meine kleine Schwester kennenlernte, war sie gerade sieben – älter, als Rebecca Woodrow geworden war – und hatte einen dicken blauen Fleck in Form einer Hand im Gesicht, mit dem sich die neueste Flamme ihrer Mama verewigt hatte. Was ich bei Marta nie begreifen werde ist, daß sie offenbar nichts dagegen hat, für den jeweiligen Mann ihres Lebens den Punchingball zu spielen. Andererseits beschützt sie vehement ihre Kinder. Der Typ, der Paolina geschlagen hatte, war schon Vergangenheit für sie, noch ehe die Beule blau geworden war.

Ich ließ die Finger über das Telefon gleiten, überlegte, ob ich Marta anrufen und darum bitten sollte, mir noch einmal eine Chance zu geben.

Es ist zu einfach, den Telefonhörer aufzulegen. Zu einfach, ihn neben der Gabel liegenzulassen. Und so räumte ich denn meinen Schreibtisch auf, indem ich alle unerledigten Papiere in die oberste Schublade schob, stieg ins Auto und schlug die Tür mit der Vorstellung zu, sie gegen Martas Dickschädel zu knallen.

Ich habe schon alles probiert. Ich habe mich entschuldigt, ich habe gebettelt, ich habe es mit Bestechung versucht.

Warum nicht noch einen Versuch machen?

Marta wohnt in einem Cambridger Wohnviertel, das nicht zu den besten gehört. Ganz in der Nähe von den stadteigenen Hochhäusern, aber nicht ganz die gleiche Klasse. Ihre Siedlung besteht aus identisch aussehenden Vierfamilienhäusern mit kümmerlichen Rasenstückchen und einem Betonspielplatz, der von zwei kaputten, netzlosen Basketballkörben flankiert wird.

Es ist immer mühsam, einen Parkplatz in der Nähe zu finden, aber ich ließ nicht locker und zwängte meinen Toyota schließlich in eine Dreiviertellücke, an der die anderen vorbeigefahren waren.

Die Eingangstür von Paolinas Haus stand offen, ein halber Hohlblockstein hielt sie weit aufgesperrt. Ich fragte mich, ob wohl jemand aus- oder einzog oder ob die Verriegelung mal wieder kaputt war. Vielleicht war die aufgesperrte Tür auch ein Zeichen für die Gangs dieser Gegend: Nichts mehr da, was sich zu stehlen lohnte.

Ich klingelte bei Marta und ging die Treppen hinauf. Womöglich hatte ein Mieter mit empfindlicher Nase die Tür weit geöffnet, um das Treppenhaus zu lüften, das so roch, als würde es nebenbei noch als Pissoir dienen.

Ich fragte mich, wie Emily Woodrows Haus in Winchester aussehen mochte und ob ihre Tochter in all dem Glanz, den ich mir ausmalte, glücklich gewesen war.

Martas Wohnungstür war geschlossen. Ich klopfte einmal, dann noch einmal, preßte ein Ohr an das Holz und horchte auf das Geplärr des Fernsehers, normalerweise ein Dauergeräusch. Nichts. Ich klopfte lauter. Ich meinte, jemand am Schloß herumfummeln zu hören.

Der kleine Alvaro ist erst drei. Es überraschte mich, daß er den Türgriff drehen konnte. Er sah unter dunklen Locken zu mir hoch, lächelte leicht und rannte wieder hinein. Ich sagte «Hallo!», obwohl niemand da war, trat ein und schloß die Tür hinter mir.

Marta ist keine besonders gute Hausfrau, aber so dreckig hatte ich die Wohnung noch nie gesehen. Geschirr mit unangenehm riechenden Essensresten stapelte sich auf dem Tisch. Bettzeug lag überall auf dem Fußboden herum, als wäre die Familie beim Camping. Zwei Jungen lagen bäuchlings ausgestreckt vor dem Fernsehapparat, der ohne Ton lief. Sie starrten die bewegten Bilder an, als seien sie wirklicher als ich.

«Ist eure Mutter da?»

Der Älteste nickte zu dem einzigen Schlafzimmer hinüber.

«*¿Quien es?*» Das war eindeutig Martas Stimme. «Paolina?»

Ich beugte mich zur Schlafzimmertür hinein.

«Ich habe ihnen gesagt, sie sollen nicht die Tür aufmachen», sagte sie. «Ich habe es den Jungen gesagt. Aber hören sie? Nein.»

«Marta, ist alles in Ordnung?»

«Sieht es so aus, als sei alles in Ordnung?»

«Was ist denn los?»

«*Nada*. Nur mein Magen. Ich kann kein Essen bei mir behalten. *Me duele*. Es tut weh.» Die letzten Worte sprach sie mit zusammengebissenen Zähnen.

«Nimmst du auch deine Medikamente?»

«Was da ist. *No puedo caminar*. Ich kann so nicht zur Apotheke gehen.»

«Du kannst sie dir bringen lassen.»

«Erzähl mir doch nicht, was ich machen soll. Was *du* hier machst, will ich wissen.»

«Marta, funktioniert das Telefon?»

«No. No esta trabajando.»

«Und warum nicht?»

«No es su problema.» Geht dich nichts an. Das war deutlich.

«Geld?»

Sie drehte das Gesicht zur Wand.

Ihr mittlerer Sohn, der auf einem anderen Bett schlief, hatte sich während des ganzen Gesprächs nicht gerührt. Ich legte ihm vorsichtig die Hand auf die Stirn. Sie fühlte sich ziemlich kühl an, aber es wunderte mich, daß ein Vierjähriger am hellen Mittag schlief.

Ich fragte mich, ob die Kinder überhaupt Mittag aßen.

Aber am meisten interessierte es mich, wo Paolina steckte. Marta schlief eigentlich immer auf der Bettcouch im Wohnzimmer. Warum lag sie jetzt in Paolinas Bett?

Ich warf einen prüfenden Blick in das selbstgebaute Regal aus Brettern und Ziegelsteinen an der Wand. Paolinas Kleider waren da, ordentlich gefaltet, und auch ihre dürftige Büchersammlung.

Marta blieb halsstarrig zur Wand gedreht. Ich ging wieder ins Wohnzimmer.

«Hallo.»

Der Name von Alvaros älterem Bruder fiel mir nicht mehr ein, wofür ich mich schämte. «Wie geht's?»

«Hunger. Kochst du?»

Ich hob den Telefonhörer ab. Tot.

«Kannst du die Tür zuschließen und aufmachen, wenn ich klopfe?» fragte ich. An der Ecke ist ein Münzfernsprecher.

«Darf ich nicht.»

«Ich bringe vielleicht etwas zum Essen mit.»

«Dann mach ich auf.»

Der Münzfernsprecher funktionierte, ein unverhofftes Glück. Ich wählte die 411, denn es gab kein Telefonbuch, und bekam die Nummer von der nächsten Filiale von *Pizza Delite*. Ich bestellte zwei große Pizzen – eine mit Käse und eine mit allem, was das Haus zu bieten hatte –, legte auf und überließ mich meiner Stinkwut.

Ich konnte mich nicht mehr an den Namen der Sozialarbeiterin erinnern, die für Marta zuständig war. Sie konnte sich wahrscheinlich auch nicht an Martas Namen erinnern. Sicherlich war sie der letzte Mensch, von dem Marta Hilfe erwarten würde, eine an den Vorschriften klebende Bürokratin, die einen Blick auf die Wohnung werfen und sofort davon reden würde, die Jungen in eine «kindgerechtere Umgebung» zu bringen.

Roz nahm beim dritten Klingeln den Hörer ab.

«Wann gehst du heute abend aus?» Freitags brauche ich gar nicht erst zu fragen, ob sie ausgeht. Ob die Hölle los ist oder Hochwasser herrscht, ob es eine Katastrophe beim Haarefärben gibt oder eine künstlerische Acryl-Eingebung, Roz ist bei der Weekend-Szene dabei.

«Um zehn, vielleicht auch elf.»

Bei ihren Zeiten könnte man meinen, sie lebte in New Orleans und nicht in Boston. «Willst du was zuverdienen?»

«Klar.»

«Halt bei einem Laden an und kauf Reinigungsmittel. Alles Nötige. Du triffst mich bei Paolina.»

«Von Putzen hast du nichts gesagt.»

«Du hast auch nicht gefragt.»

«Dafür muß ich mich umziehen.»

«Kannst du machen. Bis bald.» Dem letzten Wort verlieh ich besonderen Nachdruck.

Der älteste Junge war enttäuscht, daß ich nichts mitbrachte, aber ich versicherte ihm, daß alles unterwegs sei. Dann seufzte ich tief und stürzte mich ins Vergnügen.

Ich hasse normales Putzen aus tiefstem Herzen, aber dies war so weit vom Normalen entfernt, daß es eine gewisse Befriedigung gewährte, ungefähr wie archäologische Ausgrabungen. Ich konnte Entdeckungen machen wie etwa die wirkliche Farbe eines Tellers oder das wahre Muster des Linoleums. Ich hätte Roz bitten sollen, einen Freund mitzubringen. Mehrere Freunde.

«Wie lange ist eure Mama denn schon krank?» fragte ich die Jungen.

«Keine Ahnung. Lange.»

«Habt ihr heute zu Mittag gegessen?»

Der Kleine hielt mir eine leere Crackerschachtel hin.

Ich unterließ es lieber, den Kühlschrank zu öffnen.

Ich faltete das Bettzeug zusammen und überlegte, wo der nächste Waschsalon sein könnte. Wo blieb Roz?

Wo war Paolina?

Marta sagte nichts, und die Jungen sahen sich nur ernst an, wenn ich sie fragte. Also schrubbte ich mit einem bemitleidenswerten Rest von Schwamm die Arbeitsplatte neben dem Spülbecken und wartete auf den Nachschub.

Als es klingelte, dachte ich, sie wäre es. Sie war es nicht. Ich gab dem nervösen Pizzaauslieferer ein gutes Trinkgeld. Weder Taxifahrern noch Lieferanten behagt die Aussicht, in dieses Viertel zu müssen.

Die Kinder, einschließlich des eben aufgewachten Vierjährigen, fielen wie ausgehungerte Raubtiere über die Pizza her. Ich fand eine Dose Hühnersuppe ohne Beule und scheuerte einen arg mitgenommenen Topf sauber. Kein Tablett, so trug ich die Schale auf einem Teller ins Schlafzimmer.

«Du bist immer noch hier?»

«Kannst du dich aufsetzen?»

«Warum tust du das für mich?»

«Weil ich Paolina wiedersehen möchte.»

Sie knurrte etwas, während ich die Kissen zurechtrückte. Es schmerzte sie, sich zu bewegen und zu setzen. Ich machte den Fehler, darauf zu warten, daß sie den Löffel nahm. Als sie es nicht tat, sah ich genauer hin, und da bemerkte ich, was die Arthritis mit ihren Händen gemacht hatte.

Ich fütterte sie mit dem Löffel.

Sie hielt inne, die Zähne aufeinander, und sagte dann: «Mir recht. Du und Paolina, meine ich.»

«Will sie mich sehen? Sie hat nie auf meine Briefe geantwortet.»

«Ich habe mit der neuen Sozialarbeiterin gesprochen. Sie findet es nicht richtig, mit dir als Angloamerikanerin. Sie hält es für besser, wenn ich Paolina eine spanische Schwester suche.»

«Ist das auch Paolinas Meinung?»

«Sie antwortet dir nicht, weil ich die Briefe wegwerfe. Und jetzt bringst du mir ein Glas Wasser, ja?»

Ich verbiß mir eine ärgerliche Bemerkung. «Wer ist denn diese neue Sozialarbeiterin? Wie heißt sie?»

«Cynthia, die alte, hat gekündigt. Sie sagt, sie verdient als Angestellte in einem Lebensmittelgeschäft mehr. Warum besucht man dafür ein College? Ich habe ihr gesagt, sie soll heiraten. Ist besser.»

Aha, Martas Allheilmittel für Frauen. Heiraten. Ist besser. Sie, immer noch mit einem Kerl verheiratet, der abhaute, während sie schwanger war, ist der lebendige Beweis dafür.

Ich seufzte.

«Bringst du mir Wasser?»

«Was du brauchst, ist ein Arzt.»

Sie faßte mich ums Handgelenk und hielt mit erstaunlicher Kraft fest. «Keinen Arzt», sagte sie. «Keine Sozialarbeiterin. Niemanden. Oder du kriegst meine Paolina nie wieder zu sehen.»

Damit drehte sie das Gesicht erneut zur Wand, und ich ging hinaus.

Roz war angekommen und besah sich ungläubig und mit blankem Entsetzen die Wohnung. Ich hatte ihr Klopfen gar nicht gehört, aber einer der Jungen mußte sie hereingelassen haben. Ich fragte mich, was sie wohl angehabt haben mochte, ehe sie sich umgezogen hatte. Sollte sie etwas noch Ausgefalleneres, Unangemesseneres besitzen als das bis oben hin beinfreie Kleidungsstück mit Fransen, das sie jetzt trug?

Roz ist Karate-Expertin. Wenn man sich so kleidet, sind solche Fähigkeiten unerläßlich.

Das *pièce de résistance* war ihr Haar.

«Roz?»

«Ja?»

«Du hast dir ja den Kopf rasiert!» Manchmal muß ich einfach mein Gelübde brechen, nie einen Kommentar zu Roz' Erscheinungsbild abzugeben.

«Knapp die Hälfte. Magst du es?»

Es war eher ein Viertel ihres Kopfes, um ehrlich zu sein. Ein Streifen, der genau über dem rechten Ohr anfing und ungefähr einen Zentimeter vor der Stelle endete, an der hoffnungslos altmodische Frauen ihr Haar nach rechts scheiteln. Der kahle Streifen verlief wellenförmig, er war wie gemeißelt und so präzise wie ein Heckenformschnitt.

Sie muß vom Haarefärben genug gehabt haben, dachte ich, denn sie hat jede erhältliche Schattierung durch. Aber jetzt: welche Möglichkeiten – neue Horizonte für die Haarkunst!

Sie hatte nicht vergessen, Gummihandschuhe mitzubringen. Das gab ihrem Kostüm den Touch eines Science-fiction-Films.

«Wow. Stark», staunte sie und zog die Nase kraus. «Ist das hier ein Tatort oder was?»

Die Kinder hatten mehr Pizza gegessen, als ich für möglich gehalten hätte. Der mittlere Junge wischte sich mit tomatenverschmierter Hand über den Mund und erkundigte sich höflich nach einem Nachtisch. Sofort zog Roz ein Paket Girl-Scout-Plätzchen aus ihrer großen Leinentasche. Gott weiß, was sonst noch alles darin ist.

«Wollt ihr Milch?» fragte ich die Jungen.

«Cola», verlangten sie. «Limo.»

Vielleicht hatte Roz noch etwas Leckeres in ihrer Tasche. Ich füllte Marta ein Glas, das ich zuerst spülen mußte, mit Wasser. Die Arbeitsplatte neben der Spüle war so übersät mit Arzneimittelfläschchen, daß es wie in einer Apotheke aussah. Ich las die

Etiketten: Naprosyn, Medrol, Nalfon. Alle leer. Zorprin, voll. Felden, leer. Mit einem Warnhinweis, daß dieses Mittel nur zu oder nach einer Mahlzeit eingenommen werden dürfte.

Der Warnhinweis war auf englisch.

Ich öffnete ein Fenster und sog meine Nase mit Vorfrühling voll, bevor ich das stickige Schlafzimmer wieder betrat.

«Hast du deine Pillen nicht mehr genommen, weil keine mehr da waren?» fragte ich, während sie trank.

«Ich habe noch welche.»

«Nimmst du sie?»

«*Cuándo el dolor es muy fuerte.*» Nur bei sehr starken Schmerzen. «Mein Magen tut davon weh.»

«Du mußt sie beim Essen einnehmen.»

«*A veces no puedo comer.*» Manchmal kann ich nichts essen. «Dann darf ich die Pillen nicht nehmen?»

«Du mußt essen», sagte ich.

«Die Jungen, essen sie?»

«Sie haben gegessen. Und Paolina?»

«Du sorgst dich nur um sie. Die Jungen sind gute Kinder. Sie helfen mir.»

«Wo ist sie? Bitte sag's mir!»

«Ist heute Freitag? Dann hat sie vielleicht eine Verabredung.»

«Na hör mal, Marta! Sie ist ja noch ein Kind.»

«Du willst wissen, wo dieses Kind ist, ja? Wenn du es hörst, willst du sie vielleicht nicht mehr als Schwester haben.»

«Zerbrich dir darüber nicht den Kopf.»

«Das kleine Mädchen, das Kind, hat sich einen Mann geangelt. Fünfundzwanzig, vielleicht auch dreißig. Ich habe ihn mit ihr zusammen gesehen. Ich habe sie in seinem Auto gesehen. Oft. Sie sagt nein. Sie sagt, ich bin verrückt. Ich, ihre eigene Mutter.»

«Paolina? Mit einem Kerl?»

«Glaubst du mir etwa nicht?»

«Der über zwanzig ist? Das muß ein Lehrer oder so was sein.»

«Ach, du bist vielleicht dumm. Ein Typ wie der ist kein Lehrer.»

«Ein Typ wie wer? Weißt du, wie er heißt?»

«Der Kerl kommt mir nicht ins Haus. Ich werfe sie beide raus, wenn ich sie mit einem Kerl wie dem erwische.»

Ich wollte eigentlich fragen, was für einen Mann Paolina wohl nach Hause bringen sollte mit solch einer Mutter als Vorbild.

Statt dessen machte ich ihr noch einen Teller Suppe.

«Wann kommt Paolina nach Hause?»

«Bald, glaube ich.»

Als das letzte Abendlicht am Himmel erloschen war, wollte ich die Cops rufen. Genau da sagte Marta, ich sollte mir keine Sorgen machen, sie erinnere sich plötzlich wieder: Paolina bleibe über Nacht bei ihrer Tante Lilia. Nein, ich könnte die Tante nicht anrufen, um nachzuhören, ob alles in Ordnung wäre. Lilia legte nach neun Uhr abends den Hörer daneben. Zu viele falsche Verbindungen. Zu viele Vertreter. Zu viele Perverse.

Ich fuhr bei der Tante vorbei. Alles war still und dunkel.

Wieder zu Hause, spielte ich bis in die frühen Morgenstunden meine «National» Steel Guitar, suchte nach einer alten Melodie und probierte verschiedene Baßgriffe und -läufe aus, bis meine verhornten Fingerspitzen schmerzten.

Baby, please don't go.
Baby, please don't go.
Baby, please don't go down to New Orleans,
You know I love you so.

Ich sang alle Standardstrophen durch, borgte noch ein paar dazu von anderen Songs und machte sogar selber welche. Dazu paßten ein Down-and-dirty-Baßgriff und ein Bottleneck-Slide.

Zu meinen Sorgen.

8

Am Samstag morgen beschloß ich, selbst nach dem Rechten zu sehen. Was schwierig werden konnte. Marta zählt schon kaum zu meiner Fangemeinde, aber ihre Schwester Lilia – Paolinas einzige Tante – verachtet mich förmlich. Sie würde mich am liebsten anspucken.

Sie glaubt, ich wäre schuld daran, daß sie ihren Job verlor, als ich, fast im Alleingang, die Firma, bei der sie arbeitete, zumachte. Hätte sie allerdings auf meinen Rat gehört und Einwanderungsamnestie beantragt, hätte sie schnell eine andere Arbeitsstelle gefunden. Aber ihr Mißtrauen gegenüber der Regierung ist fast so groß wie ihre Abneigung gegen mich.

Statt dessen verläßt sie sich auf schlecht gefälschte Papiere, und im letzten Jahr ist sie zweimal gefeuert worden.

Bei derselben Geschichte, die Lilia ihren Job kostete, war Paolinas Leben in Gefahr geraten. Das ist der Hauptgrund für unsere Entfremdung. Dabei war ich gar nicht allein schuld daran. Vielmehr hat Marta eine Menge zu verantworten, und das ist wahrscheinlich der Grund dafür, daß sie unbedingt mir die ganze Schuld in die Schuhe schieben will.

Schließlich war nicht ich es, die Paolina etwas über ihren Vater vorgelogen hat.

Wie dem auch sei, ich wußte, daß Lilia vor Wut schäumen würde, wenn mein Auto auf ihrer Straße auftauchte, noch dazu am hellichten Tag, und so entschied ich mich für ein Taxi, das ein besseres Überwachungsfahrzeug ist als die meisten anderen, wenn man keinen Einsatzwagen der Elektrizitätswerke benutzen kann.

Gloria, die massige Fahrdienstleiterin und Miteignerin der Green & White-Taxigesellschaft, saß im Rollstuhl hinter ihrem verbeulten Metallschreibtisch, den Telefonhörer am Ohr, hörte zu, redete und aß zur gleichen Zeit, etwas, das nur Gloria und ein paar Politiker auf Tour für ihre Wahlkampagne perfekt beherrschen.

Ich werde nie begreifen, warum die Garage von Green & White in Allston nicht längst durch die Gesundheitsbehörde oder das Amt für öffentliche Sicherheit geschlossen worden ist. Vermutlich infolge von Schmiergeldern, die kein anderer verteilt als mein Liebhaber Sam Gianelli, der Mitinhaber der Firma.

Vielleicht ist das sein Hauptbeitrag zum Geschäft: der für Bestechungsgelder zuständige Teilhaber.

Vielleicht besteht sein Beitrag auch darin, Gloria mit Junkfood zu versorgen.

Ein Blick auf ihre Schreibtischplatte versetzte mir einen Schock. Bei einem normalen Besuch kann ich damit rechnen, in Armesweite Kostproben vom Besten, was Amerika zu bieten hat, zu finden, etwa eine Packung Bugles, eine Sechserpackung Hershey-Riegel, eine Pfundtüte M&M-Schokolinsen, ein offenes Glas mit Marshmallows und eine Dose Erdnüsse.

Diesmal war nichts da als eine einzige einsame und verlassene leere Tüte Mikrowellen-Popcorn.

«Bist du auf Diät?» fragte ich ungläubig.

«Meine Brüder, die blöden Ärsche», sagte sie wütend, legte den Hörer auf und übersah vorübergehend die blinkenden Lämpchen auf ihrem Schaltpult. «Meine Brüder sagen, ich müßte Diät halten, darauf achten, was ich esse, und so was. Ich komme hierher, und sie haben alles weggeräumt. Nichts mehr da als Karnickelfutter, Möhren und so 'ne Scheiße.»

Gloria hat die größten drei Brüder, die man sich vorstellen kann, aber keinen von ihnen würde man dick nennen. Man würde sie überhaupt nichts nennen. Alles ehemalige Sportasse, verdienen sie jetzt ihre Brötchen als Rausschmeißer bei Nachtclubs oder mit weniger feinen Geschäften.

Gloria könnte man dick nennen, aber nicht in Hörweite ihrer Brüder.

«Willst du etwas zu essen?» fragte ich in der Hoffnung, sie

würde nein sagen, denn wer würde sich schon, solange er noch alle Sinne beisammen hat, mit den größten Brüdern der Welt anlegen.

«Zum Teufel, solange es Pizza-Taxis gibt, werde ich nicht verhungern. Und ich habe Verstecke, die sie bisher noch nicht gefunden haben. Sie gestatten mir dieses Popcornzeug, aber wo ist die Butter?»

«Ich brauche einen Wagen», sagte ich. «Hast du einen, der halbwegs funktioniert?»

«Laß mich mal raten. Du willst ihn zum halben Preis mieten?»

«Wenn du mich fragst, sind all deine Schrottkisten nur den halben Preis wert.»

«Red nur weiter so, dann kriegst du ihn noch ganz umsonst.»

«Mach mir ein Angebot, und ich hole dir eine Packung cremegefüllte Hostess-Cupcakes.»

«Sagen wir vier Packungen.» Sie klopfte sich auf eine dicke dunkle Wange und ließ aus tiefstem Innern ein Lachen erschallen. «Schokolade ist gut für meinen Teint.»

«Du bist ein knallharter Verhandler.»

«Du bekommst einen alten Ford. Schlüssel hängen am Brett. Wie lange brauchst du ihn?»

«Das merkst du, wenn ich wieder da bin.»

«Sechs Packungen. Und ein paar Twinkies.»

Sie war immer noch dabei, ihre Einkaufsliste für mich zu ergänzen, als ich die Tür zuwarf.

Lilia wohnt in Cambridgeport, einem etwas verwahrlosten Teil des Universitätsviertels, in der obersten Etage eines dreistöckigen Hauses. Das Haus ist nicht gerade ein Prunkstück mit seinem abblätternden grauen Anstrich, aber besser als das ihrer Schwester. Lilia ist fünfzehn Jahre älter als Marta und hat selbst Probleme wie zum Beispiel chronische Arbeitslosigkeit. Aber wenn Marta darum bat, nahm sie Paolina zu sich. Daran bestand kein Zweifel, denn Familie bleibt Familie.

Nur selten wünsche ich mir, auch eine zu haben.

Nun ja, vielleicht die Familie von jemand anders, so etwas wie eine idealisierte Musterfamilie. Aber bestimmt hatte ich keinerlei Verlangen nach der kaum verhüllten Feindseligkeit in der Ehe meiner Eltern, ebensowenig wie ich meiner eigenen kurzen Erfahrung mit Familiengründung hinterhertrauerte.

Meine Ehe war praktisch für Sex, aber das Leben findet nicht im Bett statt.

Gedanken an Sex beschworen Bilder von Sam Gianelli herauf, die in Phantasien über Keith Donovan übergingen. Ich halte mich an die strenge Regel, mich nicht mit Klienten einzulassen. Aber im Grunde war er gar kein Klient. Und außerdem übertrete ich ständig meine Regeln.

Die Affäre zwischen Sam und mir kocht mit Unterbrechungen schon mehr Jahre, als die meisten Ehen halten. Sie wird nie ins Eheglück führen. Ich habe kein Interesse mehr daran, und ich bin zudem nach Auffassung seines Vaters als geschiedene, nicht katholische Frau sowieso out. Nutzte ich Sam für relativ sicheren Sex in dieser aidsgeplagten Zeit aus? Oder etwa er mich? Ja. Beides. Aber nicht die Sicherheit wirkte so anziehend auf mich; ich kannte nicht viele Typen, die mich so angetörnt hätten wie Sam.

Donovan war sicher vielversprechend. Natürlich zu jung, aber das hatte auch seine guten Seiten. Er wollte sich bestimmt nicht dauerhaft binden. Noch nicht.

Ich bin auf meine Art monogam. Jeweils einer genügt. Keine verheirateten Männer. Ob die Zeit reif war für den Bruch mit Sam?

Ich könnte Donovans Mutter sein. Ein Seitensprung mit ihm wäre fast Kinderschändung. Das Ebenbild dessen, was dieser ältere Typ bei Paolina versuchte. Wenn Marta recht hatte...

Ich lehnte mich im Auto zurück und starrte ins Leere. Bei einer Überwachung kann ich vor mich hindösen, fast wie in Trance. Das hat in meinen Augen nichts mit Geduld zu tun, es ist nur die Fähigkeit, abschalten und doch voll dasein zu können, wenn es nötig ist. Es war mal eine meiner größten Stärken als Polizistin. War das ein langweiliger Job! An guten Tagen.

Eine Pepsi, zwei kleine Tüten Rosinen und eine Banane später sah ich sie aus dem Augenwinkel kommen. Ich rührte mich nicht. Ich hatte erwartet, daß Paolina das Haus verlassen würde, nicht, daß sie dahin zurückkehrte. Ich hatte erwartet, daß sie in Lilias Begleitung wäre. Oder allein.

Er war über zwanzig. Mindestens. Marta hatte recht gehabt.

Er hielt nicht Paolinas Hand, aber sie gingen dicht nebeneinander, und sie lächelte ihn auf eine Art an, die aus dem Kind eine fremde, frühreife junge Dame machte. Ich merkte, wie ich mir auf die Unterlippe biß.

Ich hatte sie nur sehen wollen. Mich vergewissern wollen, daß sie in Sicherheit war. Mit ihr reden wollen, falls sie allein war, oder ihr ein geheimes Zeichen geben, falls Lilia dabei war. Jetzt kam ich mir wie ein Voyeur vor. Der Mann sagte etwas, und sie belohnte ihn mit einem strahlenden Lächeln.

Er war groß und bierbäuchig – ein Erscheinungsbild, das ich mit Bars und Motorradgangs in Verbindung bringe. Nietenverzierter Gürtel, Lederjacke, Fransenjeans, die tief auf der Hüfte saßen. Wenn ich von der Sittenpolizei gewesen wäre, hätte ich ihn auf Verdacht eingelocht.

Was, zum Teufel, fand Paolina bloß attraktiv an einem Mann, der seinem Alter nach fast ihr Vater sein konnte?

Bingo. Ich hatte gerade meine Frage selbst beantwortet.

Ich saß wie erstarrt und meine Gedanken jagten sich. Sollte ich rausspringen und ihn zur Rede stellen? Ihn fragen, was, zum Teufel, er mit einem Mädchen machte, dessen Jugend ihn leicht wegen Mißbrauchs Minderjähriger hinter Gitter bringen konnte? Wie würde Paolina darauf reagieren?

Sie war trotz der Kühle frühlingshaft angezogen und trug enge rosa Leggins. Ein langer lila Hemdzipfel hing unter ihrer roten Jacke mit den vielen Reißverschlüssen hervor. Eine rote Baskenmütze klebte ihr den Pony an die Stirn. Sie trug Ohrringe. Ohrringe! Wann, zum Teufel, hatte sie denn damit angefangen?

Er brachte sie nicht bis zu Lilias Wohnungstür hoch. Statt dessen bummelten sie auf dem Bürgersteig herum. Er schüttelte eine Zigarette aus einer Packung, bot ihr scherzhaft auch eine an und gab sich selbst Feuer. Sie unterhielten sich drei Zigarettenlängen lang. Ich konnte ihr Gesicht nicht sehen.

Ich öffnete das Fenster der Taxe einen Spalt, aber ich hatte zu weit entfernt geparkt, um mehr als nur Gemurmel mitzubekommen. Seine Stimme war deutlicher zu hören, sie war tief und heiser. Er zog etwas aus der Gesäßtasche seiner Jeans, einen Umschlag oder eine Karte. Paolina schüttelte den Kopf, nein, aber ihr Widerstand wurde immer schwächer, und nach zehn Minuten ging das Objekt von seinem in ihren Besitz über.

Ich hörte einen Knall und fuhr zusammen. Paolina sah rasch auf, aber nicht zu mir. Im dritten Stock des grauen Hauses war ein Fenster aufgegangen. Ich konnte Lilias ärgerliche Stimme hören.

Ich wäre auch sauer, wenn meine Nichte den Bürgersteig mit solchem Dreck wie diesem Kerl verunreinigte.

Paolina warf dem Mann noch trotzig einen Kuß zu und hastete ins Haus. Er machte mit erhobenem Mittelfinger eine obszöne Geste in Richtung Lilia, drehte sich um und ging die Straße hinunter.

Ich blieb sitzen, bis er um die Ecke bog. Dann wendete ich mit Vollgas und folgte ihm. Wenn er weiter zu Fuß ging, mußte ich unter Umständen meinen fahrbaren Untersatz stehenlassen und ebenfalls zu Fuß gehen, besonders, wenn er auf einen der U-Bahn-Eingänge vom Central Square zuhielt. Allein einen Kerl in der U-Bahn zu beschatten ist kein Vergnügen.

Wo hatte sie diesen Mistkerl bloß kennengelernt? Nicht in der Schule; da war er zehn Jahre herausgewachsen. Eher schon beim Herumlungern im Viertel. Ein arbeitsloser Verlierer. Oder papiereloser Schwarzarbeiter.

Er ging zwei kurze Häuserblocks Richtung Central Square,

während ich mir meine Möglichkeiten überlegte. Es gibt keinen Platz auf der Massachusetts Avenue, an dem man ein Taxi stehenlassen konnte, ohne daß es abgeschleppt oder gestohlen würde. Ich konnte es jetzt abstellen und zu Fuß gehen oder mich auf die göttliche Vorsehung verlassen, einen Parkplatz zu finden. Das letzte Mal, als ich das getan hatte, mußte ich mein Auto auf einem städtischen Abstellplatz auslösen, fünfundachtzig Dollar in zwei Raten dafür blechen und mich auch noch beinahe von dem wachhabenden Schäferhund auffressen lassen. Ich versuchte, mir auszurechnen, wie nahe ich sicher an den Central Square heranfahren konnte, bis ich den letzten verfügbaren Parkplatz fand.

Sie müßten eigentlich wie Tankstellen vorangekündigt sein: letzter Parkplatz vor der Mojavewüste.

Er ging immer noch die Pilgrim Street entlang, mit flottem Schritt, eine Zigarette in der Hand. Ganz offensichtlich war ich am letzten Parkplatz vorbeigefahren. Die Ladezonen und selbst die Hydrantenbuchten waren besetzt.

Schließlich überquerte er gemächlich die Mass. Ave., wobei er dem Verkehr auswich, und ging links hinunter in Richtung Prospect Street und U-Bahn-Station. Bog überraschend in die Gasse an dem Getränkeladen ein, der früher ein griechisches Restaurant war. Ich trat das Gaspedal durch und schleuderte auf zwei Rädern um die nächste Ecke. Ich dachte, ich würde ihn auf dem Bishop Richard Allen Drive wieder aufgabeln.

Keine Spur von ihm. Zwei schwarze Damen in vollem Osterstaat kamen langsam von der Kirche her über die Straße. Ein kleines Arabermädchen balancierte ein riesengroßes Kofferradio auf der Schulter.

Ein stahlblauer Firebird schoß aus der Parkplatzausfahrt.

Die letzten beiden Zahlen auf dem Nummernschild waren vier und acht.

Paolinas Freund saß am Steuer. Ich klemmte mich hinter ihn.

9

Er blinkte auf der Main Street rechts, bog links in die Mass. Ave. ab und kutschierte gemächlich im abgasstinkenden Kielwasser eines Busses dahin. Ich wollte schon zu Gloria durchrufen und sie bitten, die Cops zu alarmieren. Dann zögerte ich. Was hatte ich denn gegen diesen Kerl vorzubringen? Vielleicht den Mülldiebstahl? Daß er einer Minderjährigen eine Zigarette angeboten hatte? Die Cops würden nicht begeistert sein.

Vor dem MIT überholte er den Bus, gab Gas und fuhr über die Harvard Bridge in Richtung Bostoner Innenstadt, wobei er mit Karacho durch ein tiefes Schlagloch fuhr und ich mich wunderte, daß sein Motor nicht davonflog, nicht einmal eine Radkappe.

Links auf die Commonwealth. Schaute der Kerl denn nie in seinen Rückspiegel?

Rechts in die Gloucester.

Er war so geschlichen, daß ich auf ihn stieß, als er mit lautem Kreischen knapp noch bei Gelb links in die Boylston einbog. Wenn ich in meinem eigenen Wagen unterwegs gewesen wäre, hätte ich es riskiert, aber Gloria mag es überhaupt nicht, wenn einer ihrer Kotflügel auch nur die leichteste Schramme hat.

Wenn ich für sie fahre, habe ich insgeheim immer ein Reparaturkit dabei, das aus jeweils einem Fläschchen grünem und weißem Nagellack besteht. Die Punkmode hat mir geholfen, ein paar häßliche Kratzer zu vertuschen.

Ich sah zu, wie der Firebird rasch in der Prudential-Tiefgarage verschwand. Der Typ hatte offenbar etwas für kostenpflichtige Parkplätze übrig. Ich nicht.

Ich trommelte ungeduldig auf das Lenkrad. Die Ampel brauchte ewig, bis sie umsprang. Statt ihm in die Garage zu folgen, beschloß ich, die Taxe vor dem *Lenox Hotel* abzustellen. Der Hauptportier kennt mich, und ich dachte mir gerade eine gute Story aus, als ich sah, daß ein schrottreifer Renault eine

Parklücke vor dem Drugstore freimachte. Bedenkenlos wechselte ich über drei volle Fahrbahnen. Die Parkuhr lief noch.

Dann sprintete ich wieder über die Straße und die Einfahrt der dunklen Garage hinunter. Hatten sie den Parkscheinautomaten passiert, konnten die Autofahrer drei verschiedene Richtungen einschlagen, um sich einen Platz zu suchen. Kein Mensch da, der etwas über den Verbleib des stahlblauen Firebird hätte sagen können.

Ich ging die Fahrspuren entlang und suchte im Zickzack die grüne Parkebene ab.

Das Auto war die einzige Möglichkeit, seine Spur aufzunehmen. Ich konnte nicht sämtliche Ausgänge für Fußgänger abklappern. Er hatte die Wahl zwischen zwei Aufzugreihen und acht verschiedenen Treppenaufgängen. Er konnte sich in ein Kaufhaus verdrückt haben. Oder im Prudential Center Tower verschwunden sein und sich einen Weg über die Holzplankenwege der im Bau befindlichen Einkaufspassage zum *Sheraton* gesucht haben. War vielleicht durch den Glastunnel zum Copley-Platz geschlendert und mit der Rolltreppe zur Back-Bay-Station hinuntergefahren.

Der Wagen stand nicht im grünen Untergeschoß. Weiter zum blauen.

Während ich dort meine Runde machte, zählte ich unbewußt die aus Japan und Deutschland importierten Autos. Als geborene Detroiterin kann ich kaum glauben, daß die Dinge einen solchen Verlauf genommen haben. Aber als Fahrerin eines Toyota kenne ich den Feind: mich selber.

Der langen Rede kurzer Sinn: ich hatte ihn verloren. Ich konnte das verdammte Auto nicht wiederfinden. Hatte er mich bemerkt? Und war gleich mit irgendeiner fadenscheinigen Ausrede, sich verfahren zu haben, zur nächsten Ausfahrt wieder hinausgedüst?

Ich fand einen Münzfernsprecher. Probierte es mit Mooney. Er war nicht im Büro. Sein Glück, dachte ich. Wenigstens einer, der den Samstag genießt. Ich versuchte es mit seiner Privatnummer, und er hob ab, als hätte er auf einen Anruf gewartet.

«Gut», sagte er, sobald er meine Stimme hörte, ohne mir auch nur die Chance zu geben, loszulegen. «Damit du's weißt, anhand der letzten zwei Zahlen eines Kennzeichens läßt sich die Nummer nicht feststellen. Es liegt am Computer. Wenn man die ersten beiden Ziffern hätte, sagt mein Kollege, könnte er einen Ausdruck machen – Tausende von Namen, aber immerhin schwarz auf weiß. Aber für die letzten zwei Ziffern sind sie nicht eingerichtet. Ich werde ihnen die Hölle heiß machen. Also wirklich, wir haben doch oft genug solche bruchstückhaften Hinweise, und wenn sie die ersten beiden Zahlen finden können, frage ich mich, warum, zum Teufel, sie nicht auch die letzten beiden finden können, besonders, wenn sie die Wagenmarke –»

«Mooney», sagte ich, «hör zu.»

«Jeder ärgert sich über das Zulassungsamt. Ich auch, und ich finde es ganz richtig, daß du fragst, und es wird mir ein Vergnügen sein –»

«Fünf-drei-sechs, Mooney», sagte ich. «Fünf-drei-sechs – null-vier-acht. Ein Massachusetts-Kennzeichen. Und immer noch ein Firebird neuester Bauart.»

«Du hast alle Zahlen beisammen?»

«Eben das wollte ich dir sagen.»

«Der Typ hält sich hier in der Gegend auf? Belästigt er dich, oder was?»

«Nicht direkt», sagte ich widerstrebend.

«Willst du Papa nicht alles erzählen?»

«Du bist nicht alt genug.»

«Papa mag aber dreckige Geschichten», sagte er.

«Stellst du für mich fest, wer der Fahrer ist?»

«Mach ich», sagte er nach einer Pause, die lang genug war, daß ich mich fragen konnte, ob er es tun würde.

Ich legte auf. Ich hatte einen Quarter in den Geldschlitz gesteckt, obwohl ich nur ein Dime-Gespräch geführt hatte, denn ich hatte nur einen Quarter. Ich fragte mich, was mit dem Wechselgeld war, mochte aber meine Finger nicht in die Geldrückgabe stecken. Kinder kleben meist ausgediente Kaugummis hinein. Oder Schlimmeres.

Da ich einen so phantastischen Parkplatz hatte, beschloß ich, mir diesen Glücksfall zunutze zu machen. Ich kaufte im Pru-Star-Markt für Gloria ein. Ich erstand zwar Junk-food, schmuggelte aber immerhin ein paar nahrhaftere Sachen dazwischen – Apfelsinen, einige Äpfel. An der Kasse bat ich, beides getrennt einzupacken, das unverfängliche Zeug in eine, Twinkies und Kuchen in eine andere Tüte. Die Gesundkosttüte würde ich zuerst hineintragen, zu Glorias Entsetzen, aber zur Freude eines ihrer Brüder, falls er sich vielleicht gerade bei ihr eine kurze Pause gönnte von der Knochenarbeit für einen der örtlichen Kredithaie.

Gloria und ich aßen zusammen zu Mittag, ich nur eine kleine Portion Kraft-Makkaroni mit Käse, während sie sich die gesamte Palette einverleibte und dazu noch Tootsie-Brötchen, Mars-Riegel sowie eine große Schachtel Graham-Crackers mit Schokoladenüberzug. Ich hatte die ganze Zeit über Angst, ihre Brüder würden auftauchen.

Zumindest wußte ich jetzt, daß Paolina gesund und am Leben war.

Der Sonntag war eine einzige Pleite. Nichts über das Kennzeichen. Keine Nachricht von Emily Woodrow. Absolut nichts im Briefkasten.

10

Montag morgen war ich das Warten satt.

Sobald ich vom YWCA Cambridge zurück war, noch verschwitzt vom Volleyball, fiel ich über die New-England-Telefongesellschaft her und ließ mich mit immer höheren Diensträngen verbinden, bis ich endlich jemanden hatte, der meine Drohung, ich würde sofort rechtliche Schritte einleiten, ernst genug nahm, um mir zu versprechen, Martas Telefon wieder anzuschließen. In Siegesstimmung rief ich daraufhin Patsy Ronetti an.

«Tut mir leid», flötete sie sanfter als gewöhnlich. Ich hielt den Hörer statt der normalen zehn Zentimeter nur drei von meinem Ohr ab. «Habe bei einer Sache festgehangen.»

«Hast du, was ich brauche?» fragte ich, den Bleistift gespitzt.

«Ja.»

«Schieß los.»

«Harold Winthrop Woodrow. Alter: achtundvierzig», begann sie. Dann ratterte sie seine Versicherungsnummer und sein Geburtsdatum herunter. «Harvard University. Rutgers Law. *Law Review.*» Sie gab mir eine Liste der Firmen durch, bei denen er angestellt gewesen war, und mir dämmerte, um wieviel leichter das Leben sein könnte, wenn ich der Computergemeinde beiträte. Elektronische Datenübermittlung ist das einzig Wahre, sinnierte ich, während ich mit halsbrecherischer Geschwindigkeit mitschrieb. Oder ich mußte Stenographie lernen. Und Orthographie.

«Augenblicklich Teilhaber von Irwin, Woodrow and Place», fuhr sie fort und nannte eine einflußreiche örtliche Firma, zu der ich absolut keinen Kontakt hatte. Ich kenne eine Menge Anwälte; ich arbeite hauptsächlich für Anwälte. Aber die IWP-Kanzlei hat eine so noble Klientel, daß sie kaum mit Privatdetektiven zusammenarbeitet. Wenn sie es doch einmal tun, dann nur unter dem Deckmantel der Verschwiegenheit.

«Der Woodrow ist er also», sagte ich.

«Spezialität: Luxussteuern.»

«Und sie?»

«Hat eine Menge Geld geerbt.»

«Er auch, nach seinem Namen zu urteilen.» Niemand in meiner Familie hat einen Winthrop unter seinen Vornamen aufzuweisen.

«Nein. Er ist auf althergebrachte Art daran gekommen. Durch Einheirat. Sie ist eine Ruhly. Von den Kaufhaus-Ruhlys.»

«Bezahlt sie die Rechnungen?»

«Nicht nötig. Ihres steckt in Kapitalanlagen. Alles klar? Du weißt ja, wohin du den Scheck schicken mußt, nicht wahr?»

«Warte mal. Was ist denn mit ihr?»

«Habe ich doch gesagt. Reich.»

«Beruflicher Werdegang? Hat sie gearbeitet?»

«Nein.»

«Nie?»

«Ich habe sie nicht überprüft. Nur ihn.»

«Ziemlich frauenfeindliches Vorgehen», sagte ich.

«Klassenbewußt. Warum sollte sie arbeiten?»

«Frauenfeindlich, klassenbewußt, was auch immer, wenn ich schon für den kompletten Suchauftrag zahlen soll, dann will ich natürlich über beide Bescheid wissen.»

«Na schön.»

«Hör mal, hat sich irgend etwas ergeben mit dem Kerl, der wegen mir angefragt hat?»

«Tut mir leid, bis dann», sagte sie leise. Dann legte sie auf. Verflucht noch mal, ich würde wohl jemanden auftreiben müssen, der sich nicht ständig mitten im Gespräch verabschiedete.

Ich kaute an den Fingernägeln, bis der Postbote mir den gewohnten Stapel Rechnungen und Werbung brachte. Vielleicht richtete Emily Woodrow, weil sie den wöchentlichen Rhythmus nicht unterbrechen wollte, es so ein, daß ihre so geheimnisvollen, überaus wichtigen, wahrscheinlich völlig ersponnenen Informationen diesen Freitag oder nächsten Freitag oder den darauffolgenden Freitag eintrafen.

Zur Hölle mit der Warterei. Ich hatte ihren Scheck zur Bank gebracht. Zumindest konnte ich mich mit den Mitspielern bekannt machen.

Ich sah meine Notizen noch einmal durch. Mit Jerome Muir, Beccas Arzt, der Mann mit dem makellosen internationalen Ruf, laut Keith Donovan ein «Genie», wollte ich den Anfang machen.

Nach einiger Überlegung wählte ich aus meinem überreichlichen Angebot an falschen Visitenkarten eine aus und nahm vorsichtshalber ein paar Kopien davon mit. Oben versuchte ich mich entsprechend meiner neuen Identität zu kleiden. Eines Tages, wenn diese Nachforschungen je etwas fruchteten, würde ich Dr. Muir vielleicht gern in eigener Person entgegentreten. Der erste Überfall machte jedoch eine Verkleidung erforderlich.

Männliche Detektive tun mir leid, wirklich. Mögen sie auch lachen und fragen, wo sich ein einsachtzig großer Rotschopf verstecken könnte, ich habe gleich die Antwort parat: Ein *weiblicher* einsachtzig großer Rotschopf ist genauso leicht zu verbergen wie den örtlichen Perückenladen zu besuchen.

Ich könnte mir die Haare färben, wie Roz – Roz, bevor sie die Schere entdeckte –, aber die Wahrheit ist, daß ich meine eigene spezielle Rotschattierung mag, und ich reagiere ausgesprochen sauer, wenn jemand andeutet, ich hätte der Natur nachgeholfen. Und so habe ich mich auf Perücken verlegt. Sie sind nicht besonders angenehm, und die billigen Dinger von der Art, die die verdeckten Ermittler als Ausstattung mitkriegen, sorgen garantiert für Kopfschmerzen. Deshalb beschränke ich mich auf zwei von der besseren Sorte, eine braune mit langen, glatten Haaren und eine mit blonden Locken.

Ich starrte die Visitenkarte mit ihrer feinen Schrift an. Sandra Everett. Sandy. Eindeutig blondlockig. Niedlich wirkt man nicht so leicht bei Einsachtzig, darum entschied ich mich für Seriosität. Etwas älter als ich, vielleicht um die Fünfunddreißig oder Vierzig. Sehr gepflegt. Wohlhabend. Nicht darauf eingestellt, das Wort *nein* zu hören.

Ich besitze nur ein einziges gutes dunkelblaues, geschäftsmäßiges Kostüm, das ich in *Filene's Basement* erstanden habe. Noch eine ordentliche weiße Seidenbluse dazu, und es würde gehen. Ein Hut würde gut passen. In einem der vielen Zimmer, die ich an Harvard-Studenten vermieten könnte, wenn mir etwas daran läge, bewahre ich noch ein paar Sachen von Tante Bea auf, die ich nicht der Caritas vermacht habe. Ich entfernte die frivolen Seidenblumen von einem steifen Strohhut und befestigte ihn so an der Perücke, daß er in angemessen unkleidsamer Schräglage festsaß.

Perlen wären hübsch gewesen, wenn ich welche gehabt hätte.

Ich fand ein Paar italienische Lederslipper mit flachem Absatz, die meine Zehen einquetschten, auch ein Schnäppchen von *Filene's Basement*. Meistens trage ich Sneakers, aber das ging bei Sandra nicht.

Solcherart verkleidet, mußte ich eine ganze Weile in den Gelben Seiten suchen. Muir stand nicht unter dem Stichwort «Ärzte», sondern fand sich im Anhang für Ärzte und Chirurgen, nach Fachgebiet geordnet. Unter Onkologie beim Jonas Hand/Helping Institute. Im Kleingedruckten unter seinem Namen war zu lesen: Chefarzt, pädiatrische Onkologie und Hämatologie. Ich schnitt alles außer dem Fettgedruckten aus: Longwood Avenue. Ich überprüfte die Angaben noch einmal bei den Krankenhäusern, aber unter JHHI waren keinerlei Einzelheiten verzeichnet, nicht einmal die Namen der Ärzte. Nur eine zentrale Telefonnummer.

Während ich mit dem Finger die Spalten des Telefonbuchs durchging, versuchte ich mir vorzustellen, wie Sandy Everett in ihrer Kleidung sitzen, wie sie sich bewegen würde. Da sie flache statt hochhackiger Schuhe gewählt hatte, wollte sie sich bestimmt kleiner machen. Als ich den Kopf ein- und die Schultern hochzog, überkam mich tugendhafte Entschlossenheit.

Ich stellte sicher, daß mein Anrufbeantworter funktionierte, ergriff damenhafter, als es sonst meine Art ist, meine Tasche und verließ das Haus.

Wenn ich Taxi fahre, meide ich stets die Klinikgegend an der Longwood Avenue und mache statt dessen lieber eine raffinierte Linkswende und fahre in großem Bogen auf den Riverway, um die Krankenhausanlagen zu umgehen, zu denen – außer dem Helping Hand – das Kinderkrankenhaus, das Beth Israel Hospital, das Brigham and Women's, das Deaconess, das Dana-Farber Cancer Institute und wahrscheinlich noch ein paar neue Kliniken gehören, die seit meinem letzten Besuch hier eröffnet wurden. Der Verkehr ist erschreckend. Leute, die zu spät zu ihrem Arzttermin kommen, kurz vor einer Geburt stehen oder zu Angehörigen in ihrer letzten Stunde hasten, sind rücksichtslose Autofahrer. Hinzu kommt, daß jede Kreuzung im Umkreis von einer Meile mit einer sehr eigenwilligen Ampelanlage ausgestattet ist. Als Folge davon gibt es Verkehrsstaus, die selbst für Bostoner Verhältnisse gewaltig sind.

Ein alter gelber Saab beschloß, vor meiner Nase nach links abzubiegen. Von der äußersten rechten Fahrspur. Ohne zu blinken.

Ich fahre normalerweise nachts Taxi, weil ich die Geduld für Tagesfahrten nicht aufbringe. Ich nehme lieber mitternächtliche Straßenräuber in Kauf, als im Schrittempo hinter einem Strom von hupenden Pendlern herzuzuckeln. Während der schleppenden Fahrt legte ich Bonnie Raitts Kassette *Collection* ein, ein vielgeübter Handgriff, den ich mit verbundenen Augen in einer S-Kurve ausführen kann.

Ein weiterer Grund, warum ich die Longwooder Klinikgegend meide, ist der, daß man, einmal an seinem Ziel angelangt, keinen Parkplatz findet. Auf den paar Plätzen mit Parkuhren bekommt man spärliche zwanzig Minuten zugeteilt. Es gibt nichts, was man in einem Krankenhaus in zwanzig Minuten erledigen könnte, stimmt's? Die Parkuhren stehen also dauernd auf Rot, und jede Windschutzscheibe ziert ein Bußgeldbescheid. Dadurch entsteht aber keineswegs mehr Parkraum, und die Parkhäuser sind unglaublich teuer.

Wow, sagte ich zu mir selbst. Unglaublich teuer paßt gut zu Emily Woodrows Namen. Und da dieser Besuch auf ihr Konto geht, kann ich mir auch ein Parkhaus leisten.

Nach zwei Ampelphasen von Linksabbiegern konnte ich endlich die Brookline Avenue überqueren. Passierte im Schrittempo das Kinderkrankenhaus.

Im Gegensatz zu den übrigen Kliniken liegt das JHHI südlich der Huntington Avenue. Ich begann, ernsthaft nach einer Parkmöglichkeit Ausschau zu halten. Die Chancen für einen Autodiebstahl stiegen nach Überquerung der Straßenbahnschienen drastisch an.

Das JHHI besaß eine dürftige eigene Tiefgarage. Ich jonglierte den Wagen in die schlecht markierte Einfahrt. Die Rampe führte spiralförmig steil abwärts, mit zwei Fahrspuren, die für höhere Geschwindigkeiten als einen Stundenkilometer zu schmal waren. Die Halle unterhalb der Einfahrtsrampe wies enge Parkplätze aus, die fast alle besetzt waren. Etliche Autos paßten gar nicht ganz zwischen die gelben Markierungen. Zwei Dollar pro halbe Stunde war dafür entschieden zu teuer. Ich quetschte mich zwischen einen schlecht geparkten Mercedes und einen verbeulten Plymouth. Zeichen und Pfeile leiteten mich zu einem Aufgang, der in die Empfangshalle einmündete.

Ich fragte mich, ob der Aufgang, der neuer war als die Garage, gebaut worden war, um das Krankenhaus von der Umgebung abzuschirmen und Patienten direkt vom Parkplatz zum Empfang zu lotsen, so daß ihnen der Blick auf die mit Brettern vernagelten Mietskasernen auf der gegenüberliegenden Straßenseite, den abfallübersäten Spielplatz auf der einen und die anscheinend verlassene Fabrik auf der anderen erspart blieb.

Ich sah mich schnell um. Niemand in Sicht, also zog ich rasch meine Perücke mit beiden Händen noch einmal fest an, sicherte den Strohhut und schritt dann langsam durch die automatisch öffnenden und schließenden Türen, wobei ich mich fragte, wie Marie Antoinette es je geschafft hatte, ihre Frisur unbeschädigt zu erhalten.

Die hohe Eingangshalle machte einen freundlichen Eindruck, obwohl die eleganten Kronleuchter im Gegensatz zum ultranüchternen Empfangsdesk etwas fehl am Platz wirkten. Linker Hand sprudelte ein kleiner Springbrunnen in ein flaches Becken. Kupfer- und Silbermünzen glitzerten auf dem Grund. Natürlich:

Ein Wasserbecken in einem Krankenhaus mußte ja über kurz oder lang zum Wunschbrunnen werden.

Mach mein Kind gesund. Laß mich genesen.

Eine dunkelhäutige Frau zog unermüdlich eine merkwürdige Mischung aus Wagen und Rollstuhl um den Springbrunnen herum. Darin ruhte ein Kind, bleich wie die Kissen unter seinem Kopf, angeschlossen an ein gurgelndes, spuckendes Gerät. Über den Bildschirm eines zweiten Gerätes, das mit dem Arm des Kindes verbunden war, blitzten grüne Lichtimpulse.

Eine Krankenschwester schob einen Infusionsständer über den Weg des Gefährts. Er quietschte im Vorüberrollen.

Eine junge Mutter, beladen mit Windelpaketen und Kindersitzen, bemühte sich, zwei kleinen Kindern etwas Warmes anzuziehen. Ein drittes Kind, schon älter, vielleicht vier, planschte mit den Händen im Brunnen herum, wobei die Ärmel seiner dunkelblauen Jacke naß wurden, und jubelte. Die Mutter schrie es an, sah sich dann verstohlen in der Halle um und biß sich auf die Lippen.

In der Empfangshalle war es heiß. Sandra Everett würde bestimmt in ihrer Kostümjacke schwitzen. Transpirieren. Sandra würde transpirieren.

Ich schwitze.

Ich ging zum Empfangsschalter.

«Wo finde ich Dr. Muir?»

Die ältere Dame sah mich mit jähem Respekt an. Auf ihrem Tisch lag eine auf Millimeterpapier gedruckte Liste. Sie ging mit dem Zeigefinger erst eine, dann die nächste Spalte durch. «Sein Kliniktag. Angesichts der Bauarbeiten, mal sehen, wird er auf Eastman Zwei sein. Nehmen Sie den letzten Fahrstuhl rechts oder auch die Treppe hier, wenn Sie wollen.»

«Danke sehr.»

«Haben Sie einen Termin bei Dr. Muir?»

«Ja.»

«Ein wunderbarer Mann», sagte sie und schaute über meine

rechte Schulter in die Ferne. «Ich hoffe, es wird sich alles zum Besten wenden.»

Ich folgte ihrem Blick und sah eine Reihe von Porträts, lauter steife Herren in eleganten Anzügen, aufgereiht wie Vorfahren in einer Ahnengalerie. «Jonas Hand» stand auf dem Bronzeschild unter einem Bild. James Helping, ein lächelnder Dicker, hing neben ihm. Auch Jerome Muir hatte bereits seinen Ehrenplatz an der Wand bekommen.

Er sah außerordentlich gut aus. Ich hätte mir mehr Zeit genommen, um sein Porträt genauer zu betrachten, aber die Empfangsdame hielt ihre Augen auf mich geheftet, so daß ich Schuldgefühle bekam, als würde ich mich zu einem echten Termin verspäten.

Ich ging schnell die Treppe hinauf. Inmitten all der Rollstühle und Fahrgeräte war ich dankbar, das noch zu können.

Gleich vor mir war ein im Bau befindlicher Gebäudeteil abgetrennt. Hämmer dröhnten, und eine Kreissäge schrillte. Auf einem behelfsmäßigen Schild an einer Säule stand EASTMAN ZWEI. Eine Hinweistafel gab die Namen an und wies die Patienten mit Pfeilen zum Wartezimmer rechts oder links. Ich überflog die Angaben und wandte mich nach rechts.

Jerome D. Muir, Dr. Renee Talbot, Dr. Simon Piersall und Dr. Edward Hough waren im rechten Trakt tätig. Vermutlich die Muir-Gruppe.

Das Wartezimmer war nichts Besonderes. Blau- und Grautöne. Alter Wollteppichboden. Landschaftsdrucke an den hellen Wänden. Zeitschriften überhäuften einen viereckigen Couchtisch und lagen wahllos verstreut auf den geraden blauen Stühlen herum. Sitzplätze für dreißig. Der Raum roch nach Desinfektionsmitteln. Vielleicht bildete ich mir das auch bloß ein, nach all dem Weiß am Empfang.

An den Hauptraum schloß sich eine Nische an, eine Kinderecke, die mit kleinen Möbelstücken in den Grundfarben, stapelweise Kinderbüchern und Schränkchen voller Raggedy-Ann-Puppen und Spielzeugrennautos ausgestattet war.

Am Anmeldeschalter, im Rücken eine Wand von Hängeordnern, starrten zwei Frauen auf Computerterminals und gaben konzentriert Daten ein. Die mittelalte Dunkelhaarige trug eine Brille, die rote mondförmige Abdrücke auf beiden Seiten ihrer Nase zurückgelassen hatte. Die andere war umwerfend: schlank, jung und schwarz, mit verblüffend schrägen Augenbrauen. Keine von beiden nahm Notiz von mir, also wartete ich. Manchmal, wenn sie plötzlich merken, daß man dasteht, haben sie Schuldgefühle. Nicht allzuoft. Aber ich habe meine Beobachtungen gemacht: Wenn man sie unterbricht, reagieren sie meistens mit schlechter Laune.

Die Mittelalte blickte zuerst auf. «Kann ich Ihnen helfen?» fragte sie ohne eine Spur von Reue.

Ich holte tief Luft und spielte mein Spielchen.

Zuerst überreichte ich ihr meine Karte und lächelte dabei, als täte ich ihr einen Gefallen.

«*Suffolk News*?» sagte sie.

«Oh, lassen Sie sich dadurch nicht irritieren», sagte ich heiter. «Ich bin nicht in meiner Eigenschaft als Reporterin hier.»

«Ich verstehe nicht ganz.»

«Natürlich nicht», sagte ich großherzig. «Ich habe dem Beirat gleich gesagt, wir müßten erst anrufen, aber davon wollten sie nichts hören. Und da ich ohnehin in der Nähe war –»

«Miss Everett, ich weiß nicht –»

«Mrs. Everett, meine Liebe. Wenn Dr. Muir nicht gleich Zeit für mich hat, kann ich das gut verstehen. Ich bin auch durchaus bereit, zu warten, aber der Beirat hat darauf bestanden, daß ich die Einladung persönlich überbringe.»

«Einladung?» wiederholte sie.

«Ja, eine Einladung. Ich bin Vizepräsidentin der Stiftung ‹Silberner Halbmond›. Wir sind eine Wohltätigkeitsorganisation, und alljährlich ehren wir einen Menschen, der sich in unserer Stadt besonders verdient gemacht hat. Die Wahl ist auf den allseits beliebten Dr. Muir gefallen, und nach einstimmiger Meinung des Wahlkomitees sollte ich persönlich an ihn herantreten.»

«Er ist äußerst beschäftigt.» Das war ein Satz, der ihr so automatisch von den Lippen kam, daß sie ihn womöglich selber gar nicht mehr hörte.

«Es ist erst elf Uhr fünfzehn», sagte ich, «und ich habe mir eine Menge Arbeit mitgebracht. Ich könnte endlich die Protokolle des letzten Treffens aufarbeiten und schon einmal die Presseerklärung formulieren. Ich brauche ja nur wenige Minuten seiner wertvollen Zeit, und ich weiß, daß er sich freuen wird. Der ‹Silberne Halbmond› reicht zwar nicht ganz an Shriners heran, meine Liebe, aber wir tun, was in unseren Kräften steht.»

Die Mittelalte wechselte rasch einen Blick mit ihrer jungen Kollegin. Welche hatte Emily Woodrow als verrückt bezeichnet? fragte ich mich.

Die junge Schwarze am Empfang zuckte mit den Achseln und beugte sich wieder über ihre Tastatur, als wollte sie damit verkünden, daß die andere das Sagen hatte. Die mußte jetzt Farbe bekennen und den Anruf tätigen. Ich machte noch ein bißchen mehr Druck.

«Hören Sie», sagte ich mit einem Lächeln, das wie angeklebt war und Entschlossenheit verriet, «ich weiß, daß es aus Ihrer Sicht besser gewesen wäre, diese Angelegenheit vorher mit der PR-Abteilung des Hauses zu regeln. Aber dafür bleibt noch genügend Zeit. Im Augenblick warten die Damen des ‹Silbernen Halbmonds› nur auf meinen Bericht. Sie wollen nur hören, wie Dr. Muir darauf reagiert, wenn er erfährt, daß ihm die Auszeichnung zuteil geworden ist, von uns zum Mann des Jahres erklärt zu werden. Ich bin bereit zu warten. Dies ist doch das Wartezimmer, nicht wahr? Und früher oder später wird er sicher Zeit für mich finden.» Ich legte noch mehr Wärme in mein Lächeln und fügte hinzu: «Ich habe es wirklich nicht eilig, Barbara.»

Ich hätte entschieden etwas dagegen, ein Namensschild zu tragen, besonders, wenn es nur meinen Vornamen angäbe.

«Dr. Muir ist äußerst beschäftigt», wiederholte sie mit einem leichten Schwanken in der Stimme.

«Es muß wundervoll sein, für ihn zu arbeiten.»

Sie fuhr sich mit der Zunge zwischen die Zähne. Sie hatte einen Fehler gemacht, und das wußte sie. Sie hätte sagen müssen, er sei nicht auf der Station, mache die Runde durchs Haus.

Ich zog mich schnell auf einen Stuhl zurück und wühlte in meiner Handtasche. Wenn mein Auftritt nicht gewirkt hatte, dann weiß ich nicht, was überhaupt funktioniert hätte. Ich hatte die Stichworte «Wohltätigkeit», «verdient gemacht», «Shriners» und «Mann des Jahres» fallenlassen. Niemand vom Personal würde sich gern nachsagen lassen, eine stattliche Spende verhindert zu haben.

Ich war ein Risiko eingegangen, statt einer einfachen Visitenkarte eine Pressekarte zu benutzen, aber ich wollte einen Vorwand haben, um Fragen zu stellen. So konnte jedes mangelnde Taktgefühl auf journalistische Gewohnheiten zurückgeführt werden.

Ich musterte die Mitwartenden – eine junge Frau, die ins Leere starrte, ein Paar, das Händchen hielt, ein schmächtiger schwarzer Teenager mit einem Turban. Vergeblich versuchte ich, einen Augenkontakt herzustellen, zu ein wenig Klatsch und Tratsch anzuregen. Niemand nahm von Sandra Everett Notiz.

Zwei blasse Kinder, das eine ungefähr fünf, das andere acht, saßen teilnahmslos neben mir, ohne das Spielzeug zu beachten.

«Es kann aber dauern», warnte mich die Dame an der Anmeldung.

«Ich kann warten», sagte ich. Und das tat ich auch.

11

Die vor sich hinstarrende Frau wurde jäh wieder in die Wirklichkeit zurückgeholt, als eine Krankenschwester ihren Namen aufrief. Dem achtjährigen Kind voraus eilte sie an der Anmeldung vorbei, einen mit einem Vorhang abgetrennten Gang hinunter. Das junge Paar wechselte kein Wort miteinander, hörte jedoch auch nicht auf, Händchen zu halten. Das fünfjährige Kind ahmte Flugzeugbrummen nach und stampfte dazu mit den Füßen.

Ich vertrieb mir die Zeit damit, mich an die jiddischen Lieblingsmaximen meiner Mutter über Ärzte zu erinnern. Sie kannte eine ganze Menge, die alle von meiner Großmutter stammten, einer in jeder Hinsicht respekteinflößenden Frau, einer gewerkschaftlichen Unruhestifterin und Rachegöttin *par excellence.*

Der einzige Spruch, der mir einfiel, war: «*Far der zajt ken afile a dokter a mentschn nit awek'hargenen*» oder: «Wenn deine Zeit noch nicht gekommen ist, kann dich selbst ein Doktor nicht umbringen.»

Ich hatte ein Blatt Papier zusammengefaltet und in einen Umschlag gesteckt, bevor ich aus dem Haus gegangen war. Unter den wachsamen Augen der Sprechstundenhilfe schrieb ich sorgfältig ein paar Zeilen. Zu schade, daß Roz nicht daheim gewesen war. Sie hätte bestimmt etwas Feineres für mich gehabt, vielleicht sogar etwas Pergamentähnliches. Dieser Entwurf einer Ehrenurkunde schrie geradezu nach einer künstlerischen Hand.

Ein Mann mit einem weißen Kittel über einem Khaki-Overall ging mit flottem Schritt vorbei. Seine Schlüssel klingelten, als er einen Blechkasten an einer der Säulen öffnete. Er nahm verpackte Reagenzgläser heraus, steckte sie in eine Tasche und verschwand, wobei er in Richtung Anmeldung nickte.

Ich hörte auf zu schreiben, schob das Blatt wieder in den Umschlag, verlagerte mein Gewicht und lächelte wichtigtuerisch und bedeutsam Barbara, die Anmeldedame, an. Sie erwiderte meinen Blick ungerührt, und ich fragte mich, ob sie sich überhaupt die Mühe gemacht hatte, Muir von meinem Erscheinen zu unterrichten.

Am Mittag holte die exotische Schwarze Sandwiches für sich und ihre Kollegin. Sie fragte nicht, ob ich vielleicht auch Hunger hätte.

Gegen ein Uhr war ich völlig ausgehungert, aber ich wollte meinen Platz nicht aufgeben, meinen stillen Kampf mit der Dame an der Anmeldung.

Aus ein Uhr wurde langsam zwei Uhr. Ich nahm meinen Strohhut ab; unter der Perücke schwitzte ich. Den Wartezimmerzeitschriften entnahm ich, daß Meeresfrüchte möglicherweise schädlich sind, Rindfleisch jedoch mit Sicherheit zum Tode führt – vorausgesetzt, die Ozonschicht hielt noch weitere zwanzig Jahre. Sexuelle Belästigung zog aus den Büros aus und hielt Einzug in den Gerichtssälen, und drei von vier Filmen handelten von Mördern, die Hackfleisch aus ihren Opfern machten.

Ich bekam allmählich den Wartezimmerblues. Jedesmal, wenn ich in einem Raum bin, der nach Antiseptika riecht, muß ich an den Tod meines Vaters denken. Nicht, daß ich Vater damals oft gesehen hätte; meine Mutter und er hatten sich schon lange vorher getrennt. Aber ihn so geschrumpft, so verändert gegenüber seinem früheren großspurigen Polizistenauftreten zu erleben, so herabgewürdigt durch Schläuche, Tropf und baumwollene Krankenhausnachthemden … Die Erinnerung daran weckt noch immer das Verlangen bei mir, Teenagern die Zigarette aus dem Mund zu reißen.

Kurz nachdem die Mutter mit dem achtjährigen Kind gegangen war, verschwand das Pärchen im Gang. Ich wartete. Immer mehr Patienten wurden aufgerufen. Immer mehr kamen an und besetzten die freien Stühle.

Ich behielt meine Anmeldedame im Auge. Carlotta Carlyle dampfte unter dem Kragen, aber das war unwichtig. Wie würde Sandra Everett die Situation meistern?

Sandra, dachte ich mir aus, hatte zwei Kinder und war kürzlich geschieden worden. Sie hatte sich entschlossen, professionelle Journalistin zu werden, was sie studiert hatte, und war aufrichtig erstaunt, daß es für Frauen, die zehn Jahre pausiert hatten, um Kinder aufzuziehen, nicht mehr Möglichkeiten im Berufsleben gab. Die Art von Frau, die Sätze stets mit den Worten «Nun, ich bin zwar keine Feministin, aber –» anfängt. Vielleicht mit einem Südstaaten-Touch in der Familiengeschichte. Eine Frau, die dazu erzogen worden war, Nettigkeit höher zu bewerten als alles andere.

Eine Frau, die vielleicht in ehrenamtlicher Arbeit recherchiert, was die Frauen von Kommunalpolitikern zu sagen haben, die jedoch *nie* irgend etwas Skandalöses in Druck geben würde.

Ich zupfte an meinen synthetischen blonden Locken. Zeit, mich in Erinnerung zu bringen, dachte ich. Auf nette Art.

Ich wartete, bis die junge Schwarze allein an der Anmeldung saß.

«Hat Dr. Muir Ihnen gegenüber eine Andeutung gemacht, wann er ein paar Minuten für mich erübrigen könnte?» fragte ich.

«Tut mir leid», antwortete sie, «aber ich weiß von nichts.»

«Könnten Sie einmal durchrufen und nachfragen?»

«Nicht, wenn ich meinen Job behalten will.»

«So ist das?»

«So ist das.» Sie bedachte mich mit einem bitteren Lächeln, das sich änderte, als sie mir über die Schulter sah. Sofort beugte sie sich wieder über ihre Arbeit, und ich vermutete, daß der alte Drachen zurückgekehrt war. Statt dessen vernahm ich eine Männerstimme.

«Savannah», sagte sie zu der Schwarzen, «sind Sie ganz allein hier an der Anmeldung? Meinen Sie, daß Sie das können?»

SAVANNAH stand klipp und klar auf ihrem Namensschild. Aber aus seinem Tonfall ging hervor, daß er sie gut kannte.

«Barbara ist ja gleich wieder da», sagte sie mit leiser Schärfe in der Stimme.

«Sie müßten es eigentlich gut schaffen», sagte er kühl. «Rufen Sie Jerome an und sagen Sie ihm, daß ich jetzt in sein Büro komme.»

«Er – äh – ist beschäftigt, Dr. Renzel», sagte Savannah.

«Wo ist Barbara denn?»

«Ah, Dr. Renzel! Ich habe Sie gar nicht kommen sehen!» Die mittelalte Anmeldedame eilte lächelnd herbei und tätschelte überflüssigerweise an ihrer Frisur herum.

«Hallo», sagte der Arzt, und seine tiefe Stimme nahm bei ihrem Anblick einen warmen Klang an. «Sie sehen großartig aus. Wie ich sehe, lernen Sie wieder eine Neue an. Sie müßten eine Gehaltszulage bekommen als Chefausbilderin!»

Barbaras flaches Mondgesicht wurde fleckig vor Freude. Sie lachte leise, während Savannah die Lippen zur mißglückten Parodie eines Lächelns verzog.

«Ich werde im Büro seiner Ehren warten. Sie geben ihm Bescheid, nicht wahr, Barbara?»

«Er ist gerade bei einem Patienten.» Sie lächelte nachsichtig, ohne auch nur den leisesten Tadel auszudrücken.

«Das ist nichts Neues. Ich habe fünf Minuten Zeit.» Damit segelte der Mann mit einem kräftigen Augenzwinkern vorbei. Um die Vierzig, mittelgroß, mit schmalem, knochigem Gesicht und messerklingenscharfen Wangenknochen. Und dicker Brille. Seine äußere Erscheinung entsprach nicht ganz seinem sympathischen Bariton.

Barbara drückte sofort eine Taste auf ihrem Telefonschaltpult.

«Wenn Dr. Muir dran ist, erinnern Sie ihn doch bitte daran, daß ich warte», drängte ich.

Sie erwähnte lediglich Dr. Renzel, nicht Sandra Everett, bevor sie wieder auflegte.

Ich warf einen Blick auf die Schwarze. Sie zog in sichtbarer Resignation ihre hübschen Augebrauen hoch. Savannah, und weiter? fragte ich mich. Eine unzufriedene Angestellte kann eine Goldmine für Informationen sein.

Meine Kopfhaut juckte unter der Perücke. «Wo ist die Damentoilette?» fragte ich.

Barbara begann mit einer komplizierten Wegbeschreibung, derzufolge ich nach unten durch die Empfangshalle und halbwegs in den Himalaya hinein mußte.

«Es muß doch eine für Patienten geben», murmelte ich leise, als ihr Telefon klingelte und ihre ganze Aufmerksamkeit forderte. «Es dauert nur eine Minute.»

Sie sah nicht, wie ich in den engen Gang entschlüpfte, in dem Renzel und die Patienten verschwunden waren. Der Gang mündete in einen Raum, der mit goldgerahmten Urkunden geschmückt war. Auf nicht weniger als vieren stand der Name *Muir*. Ich studierte seine akademischen Grade und las die Stellen, die nicht auf latein waren. Harvard. Johns Hopkins. Yale. University of Michigan. Nicht schlecht.

Ich rechnete mir aus, daß Sandra Everett fünfzehn Minuten zur Verfügung standen, ehe die Anmeldedame Jagd auf sie machte, und da die Masche mit der Toilettensuche sich oft schon bewährt hat, schritt ich langsam den Gang entlang, auf dem sich Tür an Tür reihte.

Es ärgerte mich, daß dieser Dr. Renzel die bürokratischen Hürden so leicht übersprungen hatte. Vielleicht hätte ich mich einfach als Ärztin ausgeben sollen. Sicher, ganz einfach. Ich hätte bloß acht Jahre büffeln müssen, um die Rolle erfolgreich spielen zu können.

Wenige Schritte weiter am Gang hinunter stand eine Tür offen. Ich trat schnell ein und schloß die Tür hinter mir.

Ich war in einem kleinen Untersuchungsraum mit Liege an der Wand und einem Holzschemel davor. Die Wände waren getüncht, nicht tapeziert. Keine Spur von dem blauweißen Spitzenmuster mit Blumen, das Emily Woodrow beschrieben hatte. In der Ecke stand eine Waage. Die Manschette eines Blutdruckmeßgeräts hing über der Liege an der Wand. Keine Spur von einer Sauerstoffmaske.

Ich überlegte, wo die Chemotherapieräume liegen mochten, ob sie wohl wie Operationssäle ausgestattet waren und Anschlüsse für die Sauerstoff- und Luftzufuhr hatten. Waren Sauerstoffmasken auch an die Wand montiert? Ich drehte langsam den Türknauf, spähte auf den leeren Gang hinaus und begann meine Suche nach geblümter Spitzentapete. Die Krankenzimmer in Kliniken sind selten tapeziert; vermutlich waren alle Chemotherapieräume gleich gestaltet.

An den Untersuchungsraumtüren waren kleine Halter für die jeweilige Patientenakte angebracht. Zimmer ohne diese Halter waren wahrscheinlich Sprechzimmer. Nirgendwo ein Name oder eine Nummer.

Ich kam an einem Blechbehälter vorbei, auf dem in leuchtendroten Buchstaben MEDIZINISCHE ABFÄLLE stand. Er hatte einen gewölbten Deckel und auf jeder der vier Seiten einen Aufkleber mit dem Wort WARNUNG! Ein Philodendron in der Nähe brauchte dringend Wasser. Das Geräusch einer Toilettenspülung erklang hinter einer Holztür mit der Aufschrift WC.

Eine Frau ging an mir vorbei und nickte. Ein Kind weinte, und eine Männerstimme beschwichtigte es.

Stimmen drangen aus einem Zimmer zu mir. Die eine war der weiche Bariton von Dr. Renzel. Ich ging davon aus, daß die andere, tiefere, etwas heisere Jerome Muir gehörte.

Sandra Everett merkte, daß ihre Strumpfhose rutschte. Sie bückte sich, um sie glattzuziehen. Ich machte mir diese strategisch günstige Position zum Lauschen zunutze.

Zuerst klang es so, als sage Renzel nur einzelne Buchstaben auf. Ich beugte mich näher heran, und da bekam ich Sätze mit. «Ein Objekt in Florida hat in sechs Monaten dreimal den Besitzer gewechselt. Erst war es Humana, dann SurgiCare und schließlich CritiCare. Hat die Angestellten in der Buchhaltung ganz schön genervt.»

Ich hörte Schritte, und als ich mich rasch umdrehte, hatte mich der alte Drachen endlich eingeholt.

«Mrs. Everett», sagte er mit Nachdruck, «die Toiletten in diesem Bereich sind für Patienten reserviert. Sie müssen in die Empfangshalle gehen.»

Daß wir direkt vor Muirs Tür standen, kam mir wie gerufen. Ich sprach extra laut, um sicherzugehen, daß meine Stimme auch durch das Holz drang.

«Also wirklich», sagte ich, «können Sie sich vorstellen, wie die Damen vom ‹Silbernen Halbmond› reagieren werden, wenn sie erfahren, daß ich Dr. Muir unser Angebot nicht persönlich übermitteln durfte? Wie können wir da Einladungen drucken? Oder die Höhe der Spenden festlegen? Ich weiß, daß er ein vielbeschäftigter Mann ist, aber eine gute Nachricht sollte nicht einfach ignoriert werden. Er ist gewiß nicht der einzige Mediziner, der dieser Ehrung würdig –»

Ich hätte noch weiterreden können, aber es war nicht mehr nötig. Die Tür schwang an gutgeölten Scharnieren auf.

12

Dr. Renzel erschien und sah mich fragend an. «Ich wollte gerade gehen, Barbara», sagte er. «Hoffentlich habe ich Ihren Terminplan nicht durcheinandergebracht.»

«Was gibt's denn für Probleme?» hörte ich die heisere Stimme von drinnen fragen.

Ich trat an Barbara und Renzel vorbei und stellte den Fuß in die Tür.

«Ich hätte gern eine Minute Ihrer Zeit, Dr. Muir», sagte ich.

Die Heiserkeit war altersbedingt, wie ich bemerkte. Viel älter als sein Empfangshallenporträt, saß er auf einem Lederthron mit hoher Lehne hinter einem Mahagonimonstrum und neigte fast unmerklich den Kopf in meine Richtung. Ich hatte ein Gefühl, als sei mir ein Segen erteilt worden. Sein steifes weißes Hemd und die rotgetupfte Krawatte waren kaum geistlich zu nennen, aber ich wurde trotzdem lebhaft an einen alten Priester erinnert, den mein Vater, ein höchst pflichtvergessener Katholik, verehrt hatte. Jerome Muirs Haar war wunderbar weiß geworden, ohne eine Spur von Gelbstich; sein Schnurrbart und die buschigen Koteletten waren sehr gepflegt.

«Die Lady von dem Wohltätigkeitsverein», kommentierte Barbara mit leiser Stimme, als glaubte sie, ich sei schwerhörig. «Ich prüfe das immer noch nach. Die Zeitung ...»

Die Nummer meiner Geschäftskarte der *Suffolk News* ist ins innerbetriebliche Rufnetz der Green & White-Taxigesellschaft eingespeist, dank Sam Gianelli. Es handelt sich nicht einfach nur um eine Geheimnummer; vielmehr ist sie weder öffentlich zugänglich noch überhaupt überprüfbar. Sam hat über die Jahre ein paar Kniffe von seinem Gangstervater gelernt. Die tüchtige Barbara dürfte ein Band gehört haben: «Alle Anschlüsse zur Zeit besetzt. Bitte warten Sie.»

«Prüfen!» wiederholte ich indigniert. «Sie haben doch bestimmt schon vom ‹Silbernen Halbmond› gehört, Dr. Muir. Im Augenblick sind wir gerade dabei, uns mit dem ‹Morgenstern› zusammenzuschließen.»

«Barbara, ich widme mich dieser Angelegenheit am besten sofort.» Muirs breites Gesicht war leicht gerötet und von einem feinen Faltennetz überzogen. Seine durchdringenden blauen Augen blinzelten so gut wie nie. Er konzentrierte sich mit gesammelter Aufmerksamkeit auf mich, und es war wie ein seltenes Geschenk, etwas, das sich der Bittsteller verdienen mußte.

Renzels beiläufige Frage «Kann ich bleiben?» wirkte so, als handle es sich um eine Filmvorführung mit Popcorn und Cola.

Ich sagte: «Die Mitglieder haben mir genaue Anweisungen gegeben. Sie wünschten, daß ich so und nicht anders vorgehe.»

Renzel sagte gutmütig: «Ich will Sie nicht davon abhalten.»

Barbara spielte die Beleidigte und rauschte ohne ein Wort davon.

«Sie ist eingeschnappt», sagte Renzel. Ich wußte nicht, ob er zu mir oder zu Muir sprach. Von mir oder von Barbara.

«Übrigens, Jerome, das hätte ich fast vergessen: Hast du dich schon für die Konferenz in Portugal entschieden?» fuhr Renzel fort.

Während die beiden Ärzte über die Vorteile eines Treffens mit Kollegen in Lissabon debattierten, sah ich mich in dem Büro um. An zwei Wänden reihten sich zusammenpassende Bücherregale. Auf einem Tisch mit Marmorplatte stand eine reichverzierte chinesische Vase. Eine Sammlung rahmweißer Schneckenmuscheln füllte zwei Bretter des Regals auf der rechten Seite. Eine voll getakelte Fregatte in einer Flasche segelte in dem anderen Regal. Zwei Ölgemälde wirkten wie echt, aber wer hätte schon sagen können, ob es sich nicht doch um Polaroid-Reproduktionen handelte. Muir hatte die Wand hinter sich mit gerahmten Fotografien vollgehängt. Gruppenaufnahmen aus seiner Studienzeit, Fotos von der Verleihung der Doktorwürde in voller Montur, Muir neben einem Mann in flatternder arabischer Kleidung, Muir lächelnd, wie er gerade einem bekannten Kongreßabgeordneten einen Klaps auf den Rücken gibt.

Eine Power-Wand.

Auf den meisten Fotos trug er eine gepunktete Krawatte. Wie offenbar auch im wirklichen Leben.

«Ich werde es mir überlegen», sagte Muir mit fester Stimme. «Entscheidung am Mittwoch. Und jetzt nehmen Sie bitte Platz, junge Frau.» Muir nickte zu einem blauen Plüschsessel hinüber. «Ich hoffe, Barbara hat Ihnen nicht das Leben schwergemacht. Sie wacht wie ein Zerberus über meine Zeit.»

Ich setzte mich.

«Es tut mir leid, wenn wir unhöflich gewesen sind», fuhr er fort, «aber wir hatten den Eindruck, Sie seien eine Reporterin. Wir haben unsere Vorschriften –»

Er war zum königlichen *wir* übergegangen, aber es wirkte nicht lächerlich. Es wirkte nicht einmal fehl am Platz.

«Ich bin nicht wegen einer Story hier.» Ich zog den Umschlag aus meiner Handtasche und entfaltete mein kostbares Blatt Papier. «Darf ich vorlesen?»

«Bitte.» Muir unterdrückte ein Gähnen so gut, daß sich nur seine Nasenflügel leicht blähten. Ich wünschte, ich hätte mir das Bild in der Empfangshalle länger angesehen. Er mußte einmal unglaublich gut ausgesehen haben.

Ich sprach nur kurz, aber ich stotterte ein wenig und machte einige Fehler, damit es so wirkte, als hätte ich es nicht erst eben im Wartezimmer geschrieben, sondern so, als wäre ich in Gegenwart des Chefarztes und Leiters des JHHI nervös.

Zu meiner Überraschung war ich wirklich nervös. Hätte ich gewußt, daß Muir so war, dachte ich bei mir, hätte ich mehr Zeit auf meine kleine Ansprache verwendet.

«Die Mitglieder des ‹Silbernen Halbmonds›, Abteilung Nordküste, wählen jedes Jahr eine Persönlichkeit aus, die einen einwandfreien Leumund besitzt und Großes vollbracht hat», flötete ich. «In diesem Jahr ist Dr. Jerome Muir für diese Ehrung ausersehen worden. Wir, die Unterzeichneten, ernennen ihn hiermit zum Mann des Jahres vom ‹Silbernen Halbmond› und gewähren ihm alle traditionell damit verbundenen Ehren und Vorteile.»

Und Hokuspokus Fidibus, fügte ich im stillen hinzu.

«Spenden, Stiftungen und ehrenamtliche Arbeit», sagte Muir nach einer langen Pause, «sind der Lebenssaft des privaten Krankenhauswesens. Im Namen unserer Institution wie auch meiner Person danke ich Ihnen.» Ich fühlte mich wieder wie gesegnet.

«Leider hat sich der Druck der Ehrenurkunde selbst verzögert», sagte ich entschuldigend. «Wir mochten jedoch nicht länger warten. Deshalb haben mich die Mitglieder gebeten, Ihnen offiziell zu Ihren eindrucksvollen Leistungen in der medizinischen Versorgung Neuenglands zu gratulieren und Sie zu ersuchen, Ihnen die Ehre zu erweisen, bei unserem diesjährigen Thanksgiving-Bankett am 25. November als Redner zu erscheinen. Wir sind der

Meinung, daß Thanksgiving die Zeit des Schenkens und Spendens einläutet, und wenn Sie uns gern ein bestimmtes Krankenhausprojekt vorstellen möchten, dem unsere Spendenaktion gewidmet werden sollte, kommen wir Ihren Wünschen selbstverständlich gern entgegen.»

Renzel sagte: «Das ist ja großartig, Jerome. Gott weiß, daß wir Spenden für einige Projekte gebrauchen können.»

Das Telefon klingelte. Muir nahm beim ersten Ton den Hörer ab. Seine Hände waren nicht so schön alt geworden wie der übrige Muir; sie waren knotig, die Knöchel von Narben bedeckt und rot. «Ja, Barbara, ich weiß. Ich weiß. Bin schon unterwegs.»

«Nehmen Sie an?» fragte ich drängend. «Können Sie es einrichten?»

«Es ist mir eine große Ehre», erklärte er feierlich. «Und ich komme gern. Ich muß allerdings in meinem Terminkalender nachsehen, ob ich Zeit habe. Hank, laufen am Thanksgiving-Tag irgendwelche Konferenzen?»

«Nicht, daß ich wüßte», sagte Renzel. «Es sei denn, diese Hoffmann-La-Roche-Sache – nein. Das ist erst im Dezember auf Hawaii.»

Muir lächelte freundlich. «Mrs. Everett, bitte überbringen Sie Ihrer Organisation meinen Dank, und hinterlassen Sie Ihre Telefonnummer bei Barbara. Sie wird Ihnen innerhalb der nächsten Woche Bescheid sagen.»

«Das wäre wundervoll. Ich danke Ihnen von Herzen!» Ich holte tief Luft und wagte mich weiter vor. «Wir hatten schon Sorge, daß Sie ganz ausgebucht wären, und da Emily Woodrow Sie in so glühenden Farben geschildert hat – nun, wir hofften einfach, daß Sie annehmen würden.»

Muir wurde sehr still. «Emily Woodrow?»

«Ihre Tochter ist hier wegen Leukämie behandelt worden.»

Er sah mich forschend an. «Sind Sie sicher, daß Mrs. Woodrow mich empfohlen hat?»

«Ja, absolut.»

Er strich sich über sein sorgfältig gekämmtes Haar. «Das ist ja ungemein weitherzig von ihr! Ich dachte, sie hätte eher ... bittere Gefühle. Sie wissen sicher, daß die Therapie bei ihrer Tochter nicht ... ihre Tochter ist gestorben.» Er wirkte ehrlich bekümmert, eigentlich betroffener, als ein Arzt sein dürfte, der den Tod so oft gesehen hat.

«Oh, es tut mir leid», sagte ich. «Vielleicht irre ich mich. Ich dachte wirklich – nein, ich bin sicher, es war Emily Woodrow.»

«Es spielt keine Rolle», sagte Muir, beinahe wieder so königlich wie vorher.

«Nein», sagte ich zögernd, «wahrscheinlich nicht. Nur – nun ja, ich glaube, ich muß nachfragen. Die Damen werden mich sicher für unhöflich halten, aber fassen *Sie* es bitte nicht als Beleidigung auf. Ich will nur Klarheit schaffen. Es gibt doch keinen Grund, warum Sie *nicht* als Gastredner bei uns auftreten wollten, oder?»

«Ich weiß nicht recht, was Sie damit meinen.»

«Es sind wohl keine Schwierigkeiten – äh –, keine juristischen Schritte im Zusammenhang mit dem Tod von Emilys Tochter zu erwarten, nicht wahr?»

Die funkelnden Augen wurden eiskalt, und ein stählerner Blick traf mich. «Gewiß nicht. Meines Wissens nicht.»

«Bitte verzeihen Sie mir. Es ist nur, weil ich weiß, daß Emilys Mann Anwalt ist, und Anwälte neigen bekanntlich dazu, immer gleich zu klagen, wenn etwas nicht gutgeht.»

Er machte eine wegwerfende Geste und glättete seine perfekt sitzende Krawatte. «Manche Leute glauben, alles müsse ein Happy-End haben. Vielleicht sehen sie zuviel fern. Ich weiß es nicht.»

«Der Tod eines Kindes ist schwer hinzunehmen», sagte ich.

«Wahrhaftig», erwiderte Muir. «Für uns alle.»

Das Telefon klingelte erneut, zwei kurze Takte.

«Ich muß jetzt wirklich gehen, Mrs. Everett.»

«Vielen Dank für Ihre wertvolle Zeit und für all Ihre guten Werke.» Ich stand auf und bot ihm die Hand. Er erhob sich ebenfalls, kam zu mir und ergriff sie. Sein Händedruck war fest und trocken. Er duftete nach einem herben After-shave, das den Krankenhausgeruch erfolgreich überdeckte. Wir hätten uns im Konferenzzimmer irgendeines großen Konzerns befinden können.

Dr. Renzel unterbrach unseren Abschied. «Ich könnte Ihnen ein paar von unseren derzeitigen Bauvorhaben zeigen, falls Sie Interesse haben», sagte er.

Ich wandte mich zu ihm um, und er bedachte mich sofort mit einem Lächeln. Ich musterte sein Gesicht. Normal, bis auf die vorstehenden Wangenknochen. Das Kinn etwas zu flach. Seine Stimme war eine Sache für sich. So sanft wie ein gut gestrichenes Cello. In der Telefonwerbung würde er garantiert eine steile Karriere machen.

«Mrs. Everett, darf ich vorstellen: Dr. Renzel.» Muir machte uns hastig im nachhinein miteinander bekannt und fügte hinzu: «Mrs. Everett ist von einer Lokalzeitung», als hätte Renzel nicht jedes Wort mitbekommen. Ich fragte mich, ob Muir deshalb so betont auf meine Zugehörigkeit zur Journalistenzunft hinwies, um Renzel daran zu erinnern, nur Druckreifes mit mir zu besprechen.

«Von einer Wochenzeitung, um genau zu sein. Aber ich bin nur in meiner Eigenschaft als Repräsentantin des ‹Silbernen Halbmonds› hier», erinnerte ich sie.

Renzel lächelte begeistert. «Na also, vielleicht können wir Sie dazu überreden, die Werbetrommel für uns zu rühren. Mit einem Artikel, der Philanthropen davon abhält, auf ihren Brieftaschen sitzenzubleiben.»

«Eine gute Idee», sagte ich.

«Haben Sie schon etwas von den neueren Teilen des Krankenhauses gesehen?» fragte er mich.

«Nein.» Ich rückte meine falschen Locken zurecht. Vielleicht haben Blondinen wirklich mehr Spaß im Leben. Und vielleicht brachte ich ihn auch dazu, mich durch die Chemotherapieräume zu führen.

Muir ging vor uns aus dem Zimmer, den Rücken königlich gerade aufgerichtet. Wir folgten ihm wie Schafe, wie Höflinge.

13

«Was ich fragen wollte», sagte Renzel, während er rasch mit mir durch das Wartezimmer ging, dann scharf rechts abbog und wieder links zu den Aufzügen, «haben Sie all unsere Infos? Wir geben vierteljährlich eine Zeitschrift heraus, in der unsere Arbeit eingehend erläutert wird. Fachbeiträge. Klatsch und Tratsch. Wer in der Belegschaft neu ist.»

Ich wühlte ein Notizbuch aus meiner Tasche. Sandy Everett, die findige Reporterin, immer auf eine Story aus. Ich bezweifelte, daß *er* mir die richtige Geschichte erzählen würde, aber vielleicht konnte ich ihm doch etwas Wichtiges entlocken.

«Das ist sehr freundlich von Ihnen», sagte ich, «aber eins nach dem andern. Wer genau sind Sie denn eigentlich?»

Er senkte die Augenlider und schaute wie ein dummer kleiner Junge drein. Seine dicken Brillengläser vergrößerten seine braunen Augen stark.

«Die meisten Leute hier wissen wahrscheinlich, wer Sie sind und was Sie machen», sagte ich. «Aber ich muß ganz unten anfangen: wer, was, wann, wo und warum.»

«Daß die Leute im JHHI wissen, wer ich bin», sagte Renzel zerknirscht, «ist kein Grund dafür, wie ein aufgeblasener Heini daherzukommen. Entschuldigen Sie. Meine Begeisterung für dieses Krankenhaus hat mich mitgerissen.»

Der legendäre Muir mochte ja als aufgeblasener Heini eingeschätzt werden, dachte ich, aber Renzel mit seiner tollen Stimme und seiner Bereitwilligkeit, den Fremdenführer zu spielen, sicher nicht.

«Ich leite die Krankenhausapotheke», erklärte Renzel. Und nach einer kurzen Pause fügte er hinzu: «Alle hier nennen mich Hank.»

«Nicht Herr Doktor?»

«O ja, das auch. Ich habe einen Doktortitel. Aber keinen Dr. med., sondern rer. nat. Ich bin Forscher, nicht Arzt.»

Er drückte auf den Fahrstuhlknopf. «Ich werde Ihnen das neue Stockwerk zeigen», sagte er in einer Weise, wie ein beglückter Vater sagen würde: «Ich zeige Ihnen mein Baby.»

«Wie lange sind Sie denn schon hier tätig?» fragte ich.

«Etwa vier Jahre. Es wundert mich, daß ich es so lange ausgehalten habe. Ich bin im Grunde meines Herzens Wissenschaftler.»

«Leiter der Krankenhausapotheke klingt aber sehr imposant», sagte ich. «Falls Muir den Vortrag beim ‹Silbernen Halbmond› nicht halten kann, könnten vielleicht Sie für ihn einspringen.» Ich überlegte, wie weit ich mein Reporterspielchen treiben sollte. Warum hatte sich Renzel so freudig bereit erklärt, mich herumzuführen? War er einsam? Oder unausgefüllt?

«Na ja, es klingt vielleicht imposant», sagte er nachdenklich, «aber es wäre viel imposanter, wenn ich außerdem noch einen Lehrstuhl an der medizinischen Fakultät innehätte. Wissen Sie, was es heutzutage kostet, einen Lehrstuhl zu unterhalten? Zweimal sechs Nullen. Das macht zwei Millionen Dollar.»

Ich pfiff leise. «Mehr, als der ‹Silberne Halbmond› aufbringen könnte.»

«Und Sie können ruhig zugeben, daß ein relativ Unbekannter wie ich für Ihre Damen eine ziemliche Enttäuschung wäre. Hier bei uns ist Jerome Muir die Numero eins. Mit Recht. Er hat es verdient. Ich bin mehr Akademiker. Ich bin daran gewöhnt, daß mich die Leute Professor nennen, nicht Herr Doktor. Und Sie?»

«Bitte?»

«Werden Sie Mrs. Everett genannt, oder wie?»

Ich hätte mich beinahe zu Carlotta bekannt. Er hatte etwas an sich, eine nette Art, mit einem umzugehen. «Sandy», sagte ich.

Er ergriff meine Hand und schüttelte sie. «Sehr erfreut, Sandy.» Er hörte gar nicht wieder auf mit dem Händeschütteln. Aus der Nähe betrachtet wirkte sein hageres Gesicht eher markant als durchschnittlich.

«Sie scheinen Dr. Muir zu mögen», sagte ich. «Sehen Sie in ihm so etwas wie ein Ideal, eine Vaterfigur?»

«Warum fragen Sie das?» Sein Mund verzog sich zu einem Lächeln.

«Oh», sagte ich, «ich weiß nicht. Vermutlich, weil ich in letzter Zeit bei einem Therapeuten war. Da bleibt etwas an einem hängen.»

«Hatten Sie irgendwelche Schwierigkeiten?»

«Ach, nichts», log ich munter drauflos. «Nur meine Scheidung.»

«Das ist nicht ‹nichts›, Sandy», entgegnete er ernst.

Die Fahrstuhltüren schoben sich langsam auf. Wir gingen hinein, und seine Hand berührte die meine. Muir hatte After-shave getragen. Renzels Duft stammte eindeutig von Eau de Cologne, er war schwer und süß.

«Dann sagen Sie mir mal», fuhr er fort, «haben Sie schon wieder einen Freund?»

«Nicht direkt», sagte ich.

«Sollten Sie aber.» Er rückte ein wenig näher.

Ich trat einen Schritt zurück und spürte die Wand im Rücken. «Demnächst vielleicht», sagte ich.

Die Türflügel schlossen sich.

«Hm, Sie haben von einem neuen Stockwerk gesprochen», sagte ich. «Sie bauen noch an? Warum? Ich habe eine Menge leerstehender Gebäude ringsum gesehen.»

«Durch die ethnischen Veränderungen in dieser Gegend haben wir Finanzierungsprobleme», sagte er. «Im Augenblick beschränken wir uns auf Renovierung. Den Ausbau des sechsten Geschosses haben wir durch Rationalisierung finanziert. Durch Umstellung auf Computer und indem wir einen Teil der Buchhaltung auswärts erledigen lassen. Die Medizintechnik verändert sich so schnell, daß wir nur so Schritt halten können. Eine echte Erweiterung würde mehr Geld kosten, als wir haben. Es sei denn, der ‹Silberne Halbmond› ist Shriners dicht auf den Fersen.»

«Wohl kaum. Tut mir leid.» Allmählich bekam ich Schuldgefühle.

«Nun, wir setzen große Erwartungen in die Zukunft. Wir haben von einer größeren Hinterlassenschaft Wind bekommen.»

«Können Sie mir mehr darüber sagen?»

«Nein.»

«Gut, kann ich dann ein paar Fragen stellen?»

«Nur zu», erwiderte er.

«Dr. Muir», sagte ich schnell. «Wie alt ist er?»

«Ich dachte, Sie wollten etwas über mich wissen. Über meine Arbeit. Aber alle sind nur an Muir interessiert.» Er seufzte tief und grinste mich an. «Haben Sie ihn nicht selber gefragt, wie alt er ist?»

«Nein.»

«Warum nicht?»

«Ich habe mich nicht getraut. Es wäre mir furchtbar unhöflich vorgekommen.»

«Diesen Effekt hat er auf einen, nicht wahr? Man mag nichts Unangenehmes in seiner Gegenwart besprechen. Und was das Alter betrifft, nun, es besteht kein Grund zu der Annahme, er würde *nicht* bis in alle Ewigkeit so weitermachen.»

Die Fahrstuhltüren gingen auf. Renzel nahm mich am Arm und schob mich in eine unfertige Halle.

«Sie haben meine Frage noch nicht beantwortet», sagte ich.

«Stimmt.» Er schien es nicht eilig zu haben, mit der Führung zu beginnen. Offenbar gefiel es ihm, einfach herumzustehen und zu reden. Es machte ihm anscheinend nichts aus, daß ich größer war als er. Manche Männer hassen das.

Ich probierte es andersherum. «Sein Gedächtnis, wie gut ist es?»

«Wahrscheinlich muß er sich inzwischen mehr aufschreiben als früher, als er zwanzig war, wenn Sie das meinen. Aber keine Angst, er wird eine Superrede vor Ihrer Organisation halten.»

«Das habe ich nicht gemeint.»

«Was dann?»

«Es wundert mich, daß er sich gleich an den Namen Emily Woodrow erinnert hat.»

«Die Frau, deren Tochter gestorben ist?»

«Ich finde es rührend, daß er sich daran erinnert, so vielbeschäftigt, wie er ist.»

«Mich wundert es nicht», sagte Hank Renzel entschieden, «ich bin sicher, jedes Kind, das nicht durchkommt, raubt ihm den Schlaf.»

«Na hören Sie», sagte ich, «das schreibe ich aber nicht auf.»

«Schreiben Sie's oder lassen Sie's. Es ändert nichts daran. Jerome Muir ist wirklich ein Gentleman – ein altmodisches Wort, aber passend für diesen altmodischen Mann. Ich weiß, was ich sage. Ich begleite ihn auf seinen Reisen. Zeitverschiebungen, verlorengegangenes Gepäck, Fehler in der Hotelreservierung – er bleibt einfach höflich sitzen und wartet, als wäre er ein unbedeutender Schulmeister und nicht einer der mächtigsten Männer in der amerikanischen Medizin.»

«*Das* wäre eine gute Story», sagte ich. «Das Pendant zur Auszeichnung mit dem Preis des ‹Silbernen Halbmonds›: seine Bescheidenheit herauszustellen.»

Renzel fuhr fort: «Wir reisen viel zusammen. Geschäftlich. Meistens ins Ausland, aber auch in den Staaten. Reisen Sie gern? Zum Wochenende? In den Norden? Ich habe ein kleines Ferienhaus in Vermont, eigentlich nur eine Hütte, aber sie liegt auf einem Berg, und die Aussicht ist wunderbar.»

«Vielleicht kann ich das in die Story einarbeiten», sagte ich nachdenklich und ignorierte seine Anmache, «daß er sich an das kleine Mädchen, an Rebecca Woodrow, erinnert.»

«Haben Sie sie gekannt?» fragte Renzel.

«Nein, aber die Familie ist bekannt», erwiderte ich.

«Ein Name, der Zeitungen verkauft?» fragte er anzüglich. «Komisch, Jerome erinnert sich an den Namen der Mama, und Sie an den des Mädchens.»

Höchste Zeit, das Zeitungsthema fallenzulassen, dachte ich. Selbst auf die Gefahr hin, daß er zur Anmache zurückkehrt. «Erzählen Sie mir mehr von Ihrer Arbeit», sagte ich.

«In der Hauptsache Verwaltungskram», erwiderte er. «Die Mittel reichen nicht für die Art von Forschung und Entwicklung, für die ich ausgebildet bin.»

«Und das wäre?»

«Gentechnologie. Es ist nie genug Platz und nie genug Geld da. Heutzutage braucht man wirklich Rückendeckung durch eine Universität. Kommen Sie, sehen Sie sich das Stockwerk an.»

Er berührte wieder meinen Arm und führte mich einen Gang entlang, an zugehängten Sägeböcken und teilverglasten Räumen vorbei. Ich konnte keine Bauarbeiter entdecken, aber das Gehämmer und Gebrüll sagte mir, daß sie nicht allzuweit weg waren. Die beigefarbene Wandverkleidung war noch nicht angestrichen.

«Wir vollbringen Erstaunliches, wirklich Erstaunliches», sagte der Leiter der Krankenhausapotheke. «Sie können das hier nicht so erkennen, aber das ganze Stockwerk – ich kann Ihnen die Pläne zeigen, wenn Sie wollen – ist Patienten gewidmet, die sich einer Knochenmarktransplantation unterziehen müssen. Eine vollkommen sterile Station, denn das Immunsystem dieser Menschen ist so geschädigt, daß die Chancen für pathogene Erreger astronomisch hoch sind.»

Ich erfuhr mehr über Knochenmarktransplantationen, als mir lieb war. Der Mann redete nonstop wie ein Maschinengewehr, alles zum Wohle des Helping Hand. Sie hätten ihn als Spendenbeschaffer einstellen sollen.

«Werden hier oben auch Chemotherapieräume eingerichtet?» fragte ich in der Hoffnung, den Informationsfluß in eine andere Richtung zu lenken.

«Nein», sagte er, «warum?»

«Setzt die Chemotherapie nicht die Widerstandsfähigkeit gegenüber anderen Krankheiten herab?»

«Bis zu einem gewissen Grad ja, aber die konventionellen Sterilisierungsmethoden werden im allgemeinen für ausreichend erachtet.»

Ich seufzte. «Ich glaube, Rebecca Woodrow geht mir nicht aus dem Kopf. Wie sie gestorben ist.»

«Hunderte von Patienten genesen bei uns. Warum machen Sie nicht darüber eine Story?»

«Herz und Schmerz sind gefragt, so ist das nun mal. Dieses kleine Mädchen, das trotz allem nicht durchgekommen ist.»

«Das gefällt mir nicht», sagte er und starrte auf den glänzenden Linoleumbelag hinunter, der in Schnitt und Farbe Parkett imitierte. «Ich würde das auslassen, wenn ich Ihre Zeitung läse.»

«Daran haben die Leute nun mal Interesse», sagte ich mit einem Achselzucken. «Sie würden mir da nicht weiterhelfen können, oder?»

«Wie?»

«Nun – so aus dem Stegreif würde ich sagen, wenn Sie mich einen Blick in das Zimmer werfen lassen würden, in dem sie gestorben ist. Um mir so die Atmosphäre für den Artikel zu vermitteln.»

Er zuckte die Achseln. «Ich weiß gar nicht, wo das war.»

«Ist vielleicht sowieso eine lausige Idee. Mein Chefredakteur ist mehr von der forschen Art. Steht auf Sport.»

«Haben Sie von unserem Fahrradrennen gehört?» fragte Renzel eifrig.

«Bitte?»

«Einem Radrennen. Da die Forschungskosten ins Unermeßliche gestiegen sind, sind wir mehr und mehr auf Spenden angewiesen. Wir haben hervorragende Organisatoren hier. Jedes Jahr werden ein Cross-Country-Radrennen, ein Ballonwettbewerb, ein Volksfest und eine Las-Vegas-Nacht veranstaltet.»

«Hm», sagte ich, «ist ja hochinteressant.»

«Wenn Ihr Chefredakteur Sportfreund ist, liegt das Radrennen nahe.»

«Vielleicht», sagte ich.

«Klingt nicht gerade begeistert.»

«An ein Radrennen wird er einen seiner Spezis setzen. Ich komme mit der Idee für eine Story, und jemand anders darf den Artikel darüber schreiben und das Honorar einstreichen.»

«Ist ja unfein.»

«Wahrhaftig», sagte ich aus vollstem Herzen, während wir im nächsten Trakt an lauter unfertigen Räumen vorbeigingen. «Aber ich habe da noch eine Idee.»

«Und welche?»

«Sagen Sie mir, was Sie davon halten», sagte ich und griff auf Donovans Geschichte mit Emily Woodrows Kindheitserinnerungen zurück. «Als ich noch sehr klein war, sind mir die Mandeln entfernt worden.»

«Das wird heute kaum noch gemacht», sagte er. «Es überrascht mich, daß Ihre entfernt wurden. Es kann doch nicht mehr Mode gewesen sein, als Sie ein Kind waren. Sie sind viel zu jung.»

Er hatte recht. Ich hatte nicht an den Altersunterschied zwischen Emily und mir gedacht. «Sie waren entzündet», sagte ich hastig. «Aber woran ich mich hauptsächlich erinnere, ist ein Arzt, der mir etwas auf den Mund legte, eine Art Maske, und ich glaube, danach bin ich bewußtlos geworden.»

«Betäubung.»

«Worauf ich hinaus will: Es muß doch eine Menge Leute mit ähnlichen Erinnerungen geben. Vielleicht würde mir mein Chefredakteur eine auf den neuesten Stand gebrachte Version, wie es in einer modernen Klinik wie dieser gemacht wird, abkaufen. Ich möchte wetten, daß Sie Kinder nicht mehr dieser Tortur aussetzen, oder?»

«Anästhesie ist nicht mein Fachgebiet.»

«Gäbe es jemanden, mit dem ich sprechen könnte? Den Sie empfehlen könnten? Es muß nicht gleich heute sein. Ich würde die offiziellen Kanäle benutzen und mich vorher mit der PR-Abteilung in Verbindung setzen.»

«Dann müßten Sie einen Termin mit Dr. Hazelton vereinbaren. Oder sogar Dr. Peña.»

Ich kritzelte die Namen in mein Notizbuch. «Warum sagen Sie ‹sogar› Dr. Peña?»

«Er ist neu hier. Er verbringt so viele Stunden im Krankenhaus, daß er wahrscheinlich auch hier schläft. Sicher würde er es mir nicht gerade danken, wenn er durch mich noch mehr Arbeit aufgehalst bekäme.»

«Ich versuche es mit diesem Hazelton.»

«Würde ich auch. Ich weiß nicht, ob Peña mit seinen Methoden auf dem neuesten Stand ist.»

«Haben Sie nicht gesagt, er wäre neu hier?»

«Nach meiner Kenntnis hat er nicht gerade als Klassenbester an der Uni abgeschnitten.»

«Man sollte meinen, eine Klinik wie diese könnte da wählerisch sein.»

«Das war einmal», sagte er und schürzte mißbilligend die Lippen. «Sagen Sie, ist Ihre – äh – journalistische Tätigkeit ein Ganztagsjob?»

«Nein», sagte ich, entschlossen, ihm das Interesse an mir ein für allemal auszutreiben, «die Kinder beanspruchen den größten Teil meiner Zeit. Vor allem die Zwillinge.»

«Dann haben Sie bestimmt viel Arbeit», sagte er und zog sich schleunigst vom Abgrund zurück. Ich tat so, als bemerkte ich sein Unbehagen nicht, aber ich war fast sicher, daß er nahe daran gewesen war, mich einzuladen.

Er sah plötzlich auf die Uhr. «Entschuldigen Sie mich. Ich muß wieder ins Büro.» Das war ein klarer Rausschmiß. Es bestand kaum ein Zweifel: Er hatte sich als Begleiter angedient, weil er noch eine Verabredung für Samstagabend brauchte.

Ich lächelte höflich. «Jedenfalls danke ich Ihnen. Und ich werden den Damen bestimmt beim nächsten Treffen von Ihren Bauvorhaben erzählen.»

«Darf ich Sie hinausbegleiten?»

«Ich glaube, ich gehe erst noch einmal bei Dr. Muirs Anmeldung vorbei und erkundige mich, ob er auch wirklich am 25. November nichts anderes vorhat.»

«Wissen Sie das Stockwerk noch?»

«Zweite Etage.»

«Ich bin auf der vierten. Falls Sie beschließen, etwas über die Krankenhausapotheke zu schreiben. Oder einen Partner für die ‹Silbermond›-Fete brauchen.»

Also wenn Zwillinge und gute fünf Zentimeter Größenunterschied den Mann nicht entmutigen, was dann?

«Ich werd dran denken», versprach ich mit einem aufrichtigen Lächeln. Vielleicht, wenn er sich Kontaktlinsen zulegte...

Das Aussehen ändert sich, aber eine tolle Stimme bleibt eine tolle Stimme.

14

Ich dachte, ich hätte Glück. Savannah, die Schwarze, hatte den Empfang für sich. Sie erkannte mich gleich wieder und lächelte.

«Immer noch hier?» fragte sie.

«Wissen Sie, wo ich einen Mann namens Peña finden kann? Den Anästhesisten?»

Barbara, der alte Drachen, stand plötzlich hinter mir und räusperte sich, um mir klarzumachen, daß sie zuständig war.

«Hallo», brachte ich freundlich hervor. «Einen Anästhesisten namens Peña, wissen Sie, wo ich ihn finden könnte?»

«Dr. Peña?» Es war eher eine Richtigstellung als eine Frage.

«Doktor», stimmte ich zu, wohl kaum mit der nötigen Ehrerbietung.

«Kann ich Ihnen nicht sagen», sagte sie unwirsch.

Jetzt platzte die junge Schwarze heraus: «Ich habe Pablo vor etwa zehn Minuten in der Cafeteria im vierten Stock gesehen. Er trank Kaffee. Ein großer dunkelhäutiger Mann, sah ziemlich geistesabwesend aus.»

«Danke», sagte ich und bedauerte die unpassende Rückkehr des alten Drachen. «Sehr freundlich.» Ich ging, ohne die nette Schwarze noch nach ihrem Familiennamen zu fragen. Ich konnte mir an fünf Fingern ausrechnen, daß sie ohnehin Ärger bekam, weil sie einen Arzt beim Vornamen genannt hatte.

Pablo. Pablo Peña. Eigentlich hätten seine Eltern eine andere Wahl treffen sollen, fand ich. Andererseits hätten sie ihn auch Pedro nennen können, und das wäre noch schlimmer gewesen.

Leute wie ich, die mit einem Namen im Stabreim geschlagen sind, denken im Fahrstuhl über solche Sachen nach. Sandra Everett hatte dieses Problem nicht. Ich beschloß, daß Everett der durch Heirat erworbene Name war. Sie war der Typ Frau, der ihn der Kinder wegen behielt. Ich habe nie den Namen meines Exmannes angenommen, obwohl ich damit aus dem Stabreimschneider gewesen wäre.

Ich streifte auf der vierten Etage umher und suchte nach etwas, das einer Cafeteria ähnlich sah. Weit brauchte ich nicht zu gehen; das JHHI befindet sich in einem hohen, aber nicht sehr weitläufigen Gebäude. Ich kam an einer weiteren, durch Seile abgesperrten Baustelle vorbei und las auf einem Schild: BITTE ENTSCHULDIGEN SIE DIE BAUARBEITEN! DAS JHHI WIRD FÜR SIE RENOVIERT! Die Krankenhausapotheke nahm anscheinend mehr als ein Viertel des Stockwerks ein. Ich wunderte mich darüber, daß sie hier war, denn eigentlich wäre sie besser im Parterre untergebracht gewesen. Aber alte Gemäuer sind selten im Hinblick auf die menschlichen Bedürfnisse gebaut worden. Die Krankenhausapotheke wirkte geschäftig und effizient. Eine Schlange Kunden reichte an der Theke Rezepte ein, während eine andere Schlange vor der Kasse anstand. Ein Strom von weiß- oder grüngekleideten Leuten zog an den Menschenschlangen vorbei, um im Gewirr der Reihen, Regale und Kühlgeräte eigene Aktivitäten zu entfalten.

Hank Renzel war nirgendwo in Sicht, aber ich erwartete auch gar nicht vom Chef der Krankenhausapotheke, wie ein kleiner Angestellter vorn im Verkauf zu stehen und Pillen auszuzählen.

Solange ich zielstrebig ausschritt, hielt mich niemand an. Wenn ich nach dem Weg fragte, dann würde ich auffallen.

Ich verschaffte mir aus den Augenwinkeln einen Überblick und wählte dann einen Gang.

Die Cafeteria bestand aus vier kleinen Tischen und einer Reihe von Automaten hinter einem halb zugezogenen Vorhang. Sie war leer bis auf einen Mann, der Savannahs Beschreibung entsprach. Sein grüner Krankenhauskittel war zerknittert und fleckig, und unter seinem Kinn baumelte ein Chirurgenmundschutz. Er hatte die Ellbogen auf den Tisch und den Kopf in die Hände gestützt.

«Dr. Peña?» Er war gar nicht so dunkel. Eher heller Milchkaffee.

Er hob den Kopf. «Bitte?»

«Dr. Muir hat mir gesagt, ich könnte Sie hier finden.» Da ich ohnehin zu lügen gedachte, konnte ich auch gleich damit anfangen und einen Namen fallenlassen, der Gewicht hatte.

«Muir? Was will er denn?» murmelte Peña, allerdings nicht in dem ehrfürchtigen Ton, den ich erwartet hatte. Er sprach völlig akzentfrei.

«Er sagte, Sie hätten nichts dagegen, mit mir zu reden. Ich werde Sie nicht lange belästigen.»

Endlich sah er zu mir auf, und Sandy belohnte ihn mit ihrem schönsten Lächeln. Er machte eine Geste, als wollte er seine nichtexistente Krawatte geraderücken. Ein reiner Reflex.

«Ich hab Zeit. Setzen Sie sich.» Er schaute auf die Uhr. «Noch sechs.»

«Sechs Stunden?»

«Dreißig hinter mir, sechs noch vor mir.»

«Wollen Sie eine Tasse Kaffee?»

«Danke. Nach den ersten vierundzwanzig weiß ich nicht mehr, ob ich müde bin oder nicht. Ist auch besser so.»

Sandy kicherte. Ich gestattete es ihr. Ich selbst kichere nie.

«Weshalb hat Muir Sie denn geschickt? Um nachzuprüfen, ob meine Krankenversicherung bezahlt ist?»

«Er hat gesagt, sie könnten mir ein gutes Zitat liefern. Stimmt, wie ich sehe. Sie sind witzig.»

«Das hat er gesagt?»

«Nicht genau.»

«Es wundert mich, daß er überhaupt weiß, daß ich Dienst habe.»

«Ich habe den Eindruck gewonnen, daß er ein sehr persönliches Interesse an der Belegschaft hat.»

«Hören Sie, er ist großartig. Ich bin müde. Übermüdet. Es ist einfach nur –»

«Einfach nur?»

«Na ja, ich habe soviel über ihn gehört. Vorher. Ich glaube, niemand könnte diesen Lobhudeleien entsprechen. Er ist der großartigste Arzt der Welt, wissen Sie, und alles, worum er sich Sorgen macht, ist die Baufinanzierung. Worüber wollen Sie denn mit mir sprechen?»

Ich reichte ihm eine von Sandys gefälschten Visitenkarten. Ich weiß nicht warum, aber diese Karten scheinen Vertrauen zu wekken. «Ich schreibe eine Story über ein kleines Mädchen, das hier gestorben ist.»

«Sind Sie von einer Zeitung? Und trotzdem sind Sie reingelassen worden?»

«Ich bin persönlich mit Dr. Muir befreundet», sagte ich. Ich klinge viel überzeugender, wenn ich lüge, als wenn ich die Wahrheit sage.

«Ach, du meine Güte», sagte er.

«Oh, ich werde natürlich Jerome nichts von dem erzählen, was Sie gerade gesagt haben. Denn niemand würde mir etwas anvertrauen, wenn ich alles ausplaudern würde, nicht wahr?»

«Also, was wollen Sie wissen? Viele Kinder sterben.» Er sagte es ausdruckslos und ohne Interesse. Er sprach von sterbenden Kindern, als redete er von welkenden Pflanzen oder vom Wetter.

«Das Mädchen hieß Rebecca Woodrow. Ich mache eine Titelstory über ihren letzten Lebenstag.»

«Den hat sie hier verbracht? So ein Jammer. Sie hätte an den Strand gehen sollen.»

«Es war Januar.»

«Dann hätte sie zu Hause bleiben sollen.»

«Erinnern Sie sich an sie?»

«Wollen Sie Kaffee?»

«Wenn Sie eine Tasse trinken, nehme ich auch eine.»

Er klopfte all seine Taschen ab und machte ein bestürztes Gesicht, woraufhin ich mich erhob und uns die zwei Styroporbecher mit brauner Flüssigkeit spendierte.

Dienstkleidung, und seien es auch nur grüne Krankenhauskittel, macht es schwer, jemanden einzuschätzen. Seine Uhr war gut, aber nicht auffällig. Wahrscheinlich brauchte er sie für die Arbeit, eine genaugehende Uhr mit Armband. Er trug Klinikükerschuhe aus Papier, darum konnte ich weder seine Finanzkräftigkeit noch seine modische Einstellung an seinen Schuhen ablesen. Er war groß, sogar im Sitzen. Vielleicht einsvierundachtzig oder einssechsundachtzig. Zwanzig Pfund Übergewicht. Er hatte die Angewohnheit, sich die Lippen zu lecken.

«Erinnern Sie sich an Rebecca Woodrow?» fragte ich, nachdem ich genug von meinem Kaffee geschlürft hatte, um meine Spendierfreudigkeit zu bereuen.

«Ein großes Haus.»

«Wie groß?»

«Zweihundertzwölf Betten.»

«Das ist nicht gerade riesig.»

«Ich wiege sie in den Schlaf und wecke sie wieder auf.»

«Dieses Kind ist nicht wieder aufgewacht.»

«Für Namen habe ich kein Gedächtnis.»

«Ein sechsjähriges Mädchen. Zur Chemotherapie hier.»

«Sie reden mit dem Falschen. Ich habe nichts mit der Chemo zu tun. Das erledigen Krankenschwestern.» Seine Augen waren fast zu, und er sprach etwas undeutlich, als machte es ihm zuviel Mühe, sich klar auszudrücken.

«Haben Sie in letzter Zeit geschlafen?»

«Zwanzig Minuten hier, eine halbe Stunde da. Mir geht's gut, wirklich.»

«Sie sehen aber nicht so aus.»

«Hat Muir Sie hergeschickt, um hinter mir herzuspionieren?»

«Nein.»

«Noch knapp ein Jahr, dann habe ich die Approbation.»

«Sie sind noch kein richtiger Arzt?»

«Doch, natürlich. Ich werde nur noch nicht so bezahlt wie ein richtiger.»

«Ich wußte gar nicht, daß dieses Krankenhaus Ärzte im Praktikum ausbildet.»

«Es ist privat, aber selbst Privatkliniken nehmen ein paar Assistenzärzte. Müssen sie. Bei der Zeit, die ich hier investiere, bekomme ich wahrscheinlich höchstens einen Dollar die Stunde. Das System beruht auf Sklavenarbeit.»

Ich trank den schlechten Kaffee und ließ ihn reden.

«Die einen kassieren, die anderen schuften – zwei Sorten Mensch», klagte er.

«Und zahlen Darlehen zurück», warf ich ein.

«Ja, und meinen Sie, ich hätte ausgesorgt, wenn ich erst draußen bin? Teufel auch, bis dahin haben wir ein nationales Gesundheitssystem. Die alten Kerle, sie haben uns ganz schön beschissen. Haben so abgesahnt, daß wir übrigen bezahlen dürfen. Wenn ich in Betriebswirtschaft promoviert hätte – ein lächerlicher Betriebswirt wäre –, würde ich längst gut verdienen. Typen, die fünf Jahre jünger sind als ich, besitzen Häuser und zwei BMWs, und ich schufte mir den Arsch ab.»

«Sie sind doch spezialisiert. Werden Fachärzte nicht gut bezahlt?»

«O ja, und jetzt kommt die Regierung an und sagt mir, was ich zu tun habe, wie ich einen Patienten zu behandeln habe und wie lange ein Patient in dem gottverdammten Krankenhaus bleiben darf, und irgend so ein Verwaltungstyp frisch von der Schule setzt nach eigenem Gutdünken die Gebühren für mich fest. Es liegt an den verfluchten DRGs.

«DRGs? Irgendwas mit Drogen?»

«DRGs – *Diagnostic-Related Groupings.* Man verpaßt einem Patienten eine Diagnose und wird je nach der entsprechenden gruppenspezifischen Einordnung bezahlt, so, als würden alle Leute zu einem bestimmten Zeitpunkt jeweils nur an einer einzigen Sache leiden.»

Er hatte bisher kaum Augenkontakt mit mir aufgenommen, aber er sprach nicht mehr mit monotoner Stimme. «Liegt an den verdammten Juristen in der Regierung», fuhr er fort. «Sie hassen Mediziner. Versauen das ganze Gesundheitswesen, und es wird nur schlimmer. Bürokraten streichen das Geld ein, und den Patienten geht es immer dreckiger. Man fragt nicht mehr nach den Ärzten, sondern nach der Technologie. Nach Tests. Nach Geräten. Wenn man die richtigen Geräte und Maschinen hat, ist man ein gemachter Mann. Ich, zum Beispiel, wenn ich nichts investiere, werde ich weiter für einen Hungerlohn für eine Bürokratie arbeiten, die dem, was ich tue, nicht mal Hochachtung entgegenbringt.»

«So übel ist das?» murmelte ich mitfühlend.

«Und es ist nicht etwa so, daß kein Geld da wäre. Sie sehen ja die Bauarbeiten – wir müssen unbedingt einen neuen Flügel, neue Parkmöglichkeiten, ein neues Labor und einen Hubschrauberlandeplatz auf dem Dach haben. Schreiben Sie nicht mit? Ich dachte, Sie wären Journalistin.»

«Ich mache nur eine kleine Story über dieses Mädchen Rebecca Woodrow. Ihre Mutter heißt Emily. Akute lymphatische Leukämie hatte das Mädchen. Soweit ich weiß, ist das heilbar.»

«Ja. Dafür sind die Chancen verflucht gut.»

«Rebecca ist während einer chemotherapeutischen Behandlung gestorben.»

«Wissen Sie, was ich immer sage?»

«Und was?»

«Ein Haufen Dreck stirbt nicht. Da wird ein Kerl ins Krankenhaus eingeliefert, irgend so ein Abschaum, der in dreißig Bundesstaaten von der Polizei gesucht wird, und soviel ist sicher: Er kommt durch. Aber ein nettes kleines Kind, der Augapfel seiner Mutter, stirbt bei einer Routinebehandlung. So geht das immer.»

«Dieses Mädchen ist wirklich von seiner Mutter wie ein Augapfel geliebt worden. Das einzige Kind. Reiche Leute. Hübsches Mädchen.»

«Das zählt alles nicht.»

«Kann jede Krankenschwester hier die Chemotherapie anwenden?»

«Nein, nein. Nur speziell ausgebildetes Personal. Diplomierte Pfleger.»

«Für meine Story müßte ich mal mit den Leuten sprechen, die als letzte das Kind lebendig gesehen haben. Mein Chefredakteur steht auf solche Sachen. Menschliche Tragödien.»

«Bin ich froh, daß ich Ihren Job nicht machen muß», murmelte Peña.

«Ich müßte also die Schwester interviewen, die für die Chemobehandlung zuständig war. Bei einem kleinen Mädchen, das plötzlich gestorben ist. Im Januar.»

«Januar», wiederholte er.

«Ja.»

«Anfang Januar?»

«Ja.»

«Ich nehme mal an, das war Tina», sagte er, als führe er ein Selbstgespräch.

«Tina?» sagte ich ganz leise, denn ich wollte ihn nicht aufwekken, falls er im Schlaf redete.

«Tina Sukhia. Eine schöne Frau.» Und er fügte bedauernd hinzu: «Sie arbeitet nicht mehr hier.»

«Die Mutter des toten Mädchens sagt, zum Schluß wäre ein Arzt in das Zimmer gekommen und hätte eine Maske auf das Gesicht des Kindes gestülpt.» Emily hatte nicht angegeben, ob der Fremde selbst einen Atemschutz getragen hatte wie das schlaffe rechteckige grüne Ding, das Peña um den Hals hing. Aber sie hätte es sicher bemerkt, wenn ein Mann in Maske mit der Maske gekommen wäre. «Kann das ein Anästhesist gewesen sein?»

«Kann sein», sagte Peña. «Das liegt nahe. Erste Regel: für Sauerstoff sorgen. Wenn jemand nicht selbst atmet, hilft man mit Ambubeutel und Maske nach.»

«Erinnern Sie sich –?»

«Hören Sie, Lady – ich habe Ihren Namen schon wieder vergessen –»

«Sandy. Sandra.»

«Sandra. Wenn Sie glauben, ich wüßte noch, wovon wir vor zehn Minuten gesprochen haben, liegen Sie falsch. Ich bin völlig hinüber. Ich brauche dringend Schlaf. Manche kommen ja ohne aus, und ich bin auch ganz gut darin. Aber das, wovon Sie reden, liegt Monate zurück. Ich weiß nicht einmal mehr, ob ich schon gefrühstückt habe.»

«Haben Sie keine Angst, daß Sie einen Fehler machen könnten?»

«Nein. Nicht, wenn ich arbeite. Dann bin ich in Form. Das Adrenalin ist meine Rettung. Ich kenne meinen Job. Sie wissen doch, daß die Leute sagen: ‹Das kann ich im Schlaf.› Ich auf jeden Fall. Ich kann meinen Job im Schlaf. Dafür vergesse ich andere Sachen.»

«Wie Rebecca Woodrow.»

«Ich bin nicht für die Chemo zuständig. Das mache ich nicht.»

«Die Mutter sagt, der Mann mit der Maske hätte sie weggeschoben, sie aus dem Weg gestoßen.»

«Daran würde ich mich erinnern. Das war eindeutig nicht ich. Ich schubse keine Mütter weg.»

In einen Lautsprecher an der Decke kam Leben: «Nummer dreißig! Nummer dreißig!» Peñas Funkgerät gab schrille Pieptöne von sich. Dann war ziemlich klar zu hören: «Nummer dreißig, Zimmer vier-null-zwei bitte. Vier-null-zwei.»

«Ich muß gehen», sagte Peña überflüssigerweise. Und schon war er unterwegs.

Ich folgte ihm und wünschte, meine Schuhsohlen wären aus Gummi. Es war schwer, keinen Lärm zu machen, aber der Anästhesist hatte es so eilig, daß er gar keinen Blick zurückwarf.

Wir drängten uns zweimal durch Schwingtüren und bogen zweimal in gesichtslose Gänge ab. Dann stieß er eine Tür auf und trat mit vollem Schwung ein.

Bei einem Blick durch ein etwa fünfzehn Zentimeter breites deckenhohes Fenster neben der Tür überlief es mich kalt.

Das Zimmer war überfüllt wie eine Luxussuite in einem alten Marx-Brothers-Film. Aber an diesem Punkt endete auch jegliche Ähnlichkeit.

Den Bettinsassen konnte ich nicht sehen, nur hier einen ausgestreckten Arm und dort ein Bein. Es mußte sich um ein Kind handeln. Die Gliedmaßen waren klein.

Etwas, das wie ein Werkzeugschrank auf Rädern aussah, mit vielen Schubladen, die zur Hälfte aufgezogen waren, versperrte mir teilweise die Sicht. Plastikschläuche quollen aus einer Schublade. Durchsichtige Plastikbeutel mit Flüssigkeit lagen in einer anderen, und in einer dritten Flaschen und Gefäße. Oben auf dem Wagen befand sich eine Maschine mit komplizierten Skalen, Knöpfen und Monitoren. Ein paar Platten mit Griffen standen oben heraus. An der Seite des Wagens war mit Gurten eine zylindrische Stahlflasche befestigt.

Ein Mann in weißem Kittel hielt einen Ambubeutel und eine Narkosemaske in der Nähe des Kopfes über das Bett. Ein Schlauch führte von dem Ambubeutel zu einer Anschlußstelle an der Wand.

Eine Frau in weißen Hosen versetzte wiederholt dem kleinen Handrücken leichte Schläge, versuchte, eine intravenöse Injektion zu geben. Auf der anderen Seite des Bettes streifte eine zweite Frau die Manschette eines Blutdruckmeßgerätes von einem schlaffen Ärmchen. Ein Mann in Grün, es war nicht Peña, hatte eine Hand dort, wo die Körpermitte des Kindes sein mußte. Er sprach, aber ich konnte die Worte nicht verstehen.

Es mußten zwölf Leute in dem Zimmer versammelt sein, den Patienten nicht mitgezählt. Was immer Emily Woodrow gesehen hatte, als ihre Tochter starb, so war es sicher nicht gewesen. Höchstens, falls sie nach der Ankunft des ersten Fremden ohnmächtig geworden war.

Ich war der einzige untätige Zuschauer. Alle in dem Zimmer bewegten sich in bestimmter Absicht, führten ihre jeweilige Aufgabe durch, unternahmen in diesem geheimen Ballett die notwendigen Schritte.

Peña übernahm offenbar das Kommando. Es war nichts Schläfriges mehr an ihm, als er Anweisungen herausbellte und sich schneller bewegte, als seine Körperfülle hätte vermuten lassen. Eine Frau reichte ihm eine Spritze.

Jemand klebte dem Patienten kleine runde Pflaster auf verschiedene Stellen der Haut. Peña sagte etwas, und eine Frau nahm eilig die Platten mit Griffen oben vom Wagen.

Plötzlich hob der Anästhesist die Augen und begegnete meinem Blick. Sein Mund bewegte sich. Eine Frau mit scharfen Gesichtszügen kam auf die Tür zumarschiert.

Ich drehte mich schnell um und rannte los. Meine Perücke kniff entsetzlich. Erst nachdem ich den Abwärts-Knopf gedrückt hatte und sich die Fahrstuhltüren hinter mir geschlossen hatten, fiel mir die Tapete des Zimmers wieder ein: blau, mit weißem Spitzenmuster und goldenen Blumen.

Wenn alle Chemotherapieräume gleich ausgestattet waren, dann besaß jeder einen einzigen Anschluß an der Wand. Höchstwahrscheinlich für Sauerstoff. Unmöglich, bei nur einer Anschlußmöglichkeit einen Fehler zu machen.

Wenn in allen Räumen Sauerstoff zur Verfügung stand, fragte ich mich, was in der zylindrischen Stahlflasche gewesen sein mochte, die an den Wagen geschnallt war.

15

Auf einer Toilette im ersten Stock atmete ich tief durch, wusch mir die Hände und richtete meine falschen Haare, bis zwei Krankenschwestern ihren Streit beigelegt hatten und übereinstimmend feststellten, daß Isabell wirklich Nerven hatte, sich mit Danny zu verabreden. Ich betrachtete mich eingehend im Spiegel. Ich besitze Ausweise mit Fotografien – laminierte, amtlich wirkende Karten – sowohl für meine blonde als auch für meine braune Identität. Auf beiden habe ich kaum Ähnlichkeit mit mir, genausowenig wie die Frau im Spiegel.

Als die Schwestern endlich gegangen waren, schloß ich mich in ein Toilettenabteil ein, zog mir mit unglaublicher Erleichterung die Perücke vom Kopf und spürte, wie meine Haare wieder lebendig wurden. Ich fuhr mir mit den Fingern über die Kopfhaut, zauste mir die Locken und kratzte mir all die juckenden Stellen; dann wickelte ich die blonde Perücke in einen Streifen Klopapier ein und stopfte sie in meine Tasche.

Als Rotschopf ging ich wieder zum Spiegel und machte die obersten zwei Knöpfe an meiner Bluse auf. Ob ich noch ein Interview überstand? Ich legte mir eine Hand fest auf mein heftig klopfendes Herz und fragte mich, ob das Kind auf dem vierten Stock wohl noch atmete. Ich atmete so stark aus, daß der Spiegel beschlug.

Noch ein Interview. Ich behielt für alle Fälle meine Kostümjacke an. Mein eben befreites Haar sah wild aus, aber ein paar Haarnadeln und der Strohhut bändigten es einigermaßen. Sandys Lippenstift biß sich mit meinen natürlichen Farben, und so hielt ich ein rauhes Papierhandtuch unter warmes Wasser und rieb mir die Lippen, bis sie sich entfärbten.

Das Wasser tat mir so gut, daß ich noch ein Handtuch naß machte, diesmal mit eiskaltem Wasser, und es an meine Wangen preßte. Mein Herz klopfte allmählich wieder langsamer.

Ungefähr in einer Woche würde ich mit Hilfe von Roz einen Briefkopf für den ‹Silbernen Halbmond› fälschen und die ganze Geschichte absagen. Vielleicht ließ ich meine Phantasieorganisation einfach bankrott gehen, ihren Schatzmeister der Unterschlagung bezichtigen. Ein Skandal!

Tina. Tina Sukhia. Ich hätte Peña fragen sollen, wie man den Namen schreibt. Eine dürftige Spur, aber meine einzige, wenn man bedachte, daß meine Klientin sich als so wenig redselig erwies. Kein Krankenhaus würde Informationen über Exangestellte herausrücken. Ich mußte wahrscheinlich etwas von Emily Woodrows Vorschuß an Patsy Ronetti weitergeben, um die betreffende Adresse herauszubekommen. Aber zuerst einmal zwängte ich mich nach dem Verlassen der Toilette pflichtschuldigst in die nächste Telefonzelle. Das Nächstliegende zuerst, hatte Mooney immer gepredigt. Und verdammt wollte ich sein, wenn er nicht recht hatte.

Tina Sukhias Nummer stand im Telefonbuch, die Adresse war Buswell Street. Die Krankenschwester oder Arzthelferin, die wahrscheinlich die Chemotherapie von Rebecca Woodrow überwacht hatte, hatte eine bequeme Arbeitsstelle in der Nähe ihrer Wohnung aufgegeben.

Ich steckte eine Münze in den Schlitz. Dreimal das Rufzeichen, und schon hob jemand ab. «Hallo?» Die falsche Stimme. Ein Mann.

«Kann ich bitte Tina sprechen?»

«Wer is dran?»

«Ist Tina da?»

«Sie müßte gleich nach Hause kommen.»

Ich schlug einen amtlicheren Ton an. «Das freut mich. Ich rufe vom JHHI aus an, wegen Tinas Ausscheiden aus dem Dienst. Wir sind ein wenig in Sorge.»

«Ach ja? Weshalb denn?»

«Wie Sie sicher wissen, müssen wir ihren letzten Wochenlohn zurückbehalten, bis die Formalitäten abgeschlossen sind.»

«Oh.»

«Bleiben Sie bitte einen Moment dran», sagte ich, denn die Leute erwarten grundsätzlich von Bürokraten, aufs Wartegleis geschoben zu werden. Ich zählte langsam bis fünfundzwanzig, dann sprach ich weiter. «Entschuldigung. Wo waren wir stehengeblieben? Ach ja, hören Sie, machen wir doch folgendes. Wir haben eine Sachbearbeiterin gleich in Ihrer Nähe. Die Dame könnte in fünf Minuten mal kurz bei Ihnen reinschauen.»

«Und den Scheck mitbringen?»

«Das nicht. Aber ich könnte ihn gleich zur Post geben, wenn ich die telefonische Mitteilung erhalten habe, daß die Formalitäten erledigt sind.»

«Na schön», sagte der Mann. «Auch gut. Bis später.»

Draußen vor dem JHHI mußte ich blinzeln, als hätte ich den Tag in einem dunklen Kino verbracht, so benommen, orientierungslos und verwundert war ich vom lichten Himmel und der frischen Luft. Da ich in der Tiefgarage bereits den Tagessatz erreicht hatte – eine erstaunliche Summe –, ließ ich mein Auto ruhig stehen, ging die Longwood hinunter und zählte die Krokusse. Selbst auf der verkehrsreichen Brookline Avenue hatten es ein paar Blüten mit dem Beton aufgenommen. Auf den weniger befahrenen Querstraßen verwandelten leuchtende gelbe und blaue Flecken die städtischen Rasenflächen in Gärten.

Ich sog in tiefen Zügen die Luft ein, bis mich die Abgase zum Würgen reizten. Zur Hölle mit aller Förmlichkeit in dieser Spätnachmittagswärme, sagte ich mir, riß mir den Strohhut vom Kopf und schüttelte mein Haar hin und her. Ich wünschte, ich hätte mir auf der Toilette im JHHI die Strumpfhose ausgezogen. Das Verkleiden war ich satt.

Die Buswell Street liegt auf dem Gelände der Boston University. Die BU hat vor ein paar Jahren versucht, den größten Teil des Geländes aufzukaufen, und sie hätte sicher Erfolg gehabt, wäre die wachsame Bürgerinitiative nicht gewesen, die sich keine Vorteile davon versprach, noch mehr von den besten Vermögenswerten der Stadt – steuerpflichtige Grundstücke – an einen unersättlichen Moloch zu verlieren.

Die BU hat sich am Kenmore Place weiter vorangefressen, so daß die dortigen schäbigen Bars und Pizzerias von Sanierungsmaßnahmen bedroht sind, aber ein paar Häuserblocks weiter die Beacon Street hinunter ragen noch keine neuen Studentenwohnheime empor. Nur verwitterte vierstöckige Backsteinhäuser, die sich in verblichenem Glanz sonnen.

Nach zwei gestanzten Metallstreifen zu urteilen, die über der Klingel von Buswell Nr. 551 klebten, teilte Tina Sukhia die Wohnung 4D mit Tony Foley. In Boston, wo die O'Reillys mit den O'Days unter sich blieben und die Cabots mit den Forbeses, ergaben die Namen Sukhia und Foley ein merkwürdiges Paar.

Ich drückte auf die Klingel. Ein metallisches Quietschen kam aus der Sprechanlage. «Tina? Bist du's? Schlüssel vergessen?»

Ich brüllte meinen richtigen Namen hinein, machte aber keine weiteren Angaben, denn ich schreie meine Geschäftsinteressen nicht gern in fremde Hauseingänge. Ein Türöffner summte, und ich drückte die schwere Eichentür auf.

Der Hausflur war eng und mit dunklem Holz getäfelt. Die Treppenstufen knarrten. Wenn Leute ihr schwerverdientes Geld für Stairmaster-Trainingsgeräte rausschmeißen, muß das Treppensteigen ja gesund sein, oder? Ein kurzer Blick auf den Fahrstuhl ohne amtliche Prüfplakette bestärkte mich in meinem Entschluß.

Für nur vier Stockwerke kam mir der Aufstieg sehr lang vor. Die Treppe führte gewunden und spiralig aufwärts, mit drei Absätzen pro Etage. Ich hörte, wie eine Tür entriegelt wurde, und dann fragte eine tiefe Stimme, die mir vom Telefon her vertraut war: «Tina, bis du das?»

Ich war also noch vor ihr da. Ich stieg weiter hinauf. Mein Erscheinen löschte das Lächeln auf Tony Foleys Gesicht aus. Dann besann er sich eines Besseren und brachte ein Grinsen zustande, das zögernd und aufreizend zugleich war.

«Wer sind Sie denn?»

«Carlotta Carlyle. Das habe ich auch an der Tür gesagt», erwiderte ich munter, froh darüber, daß ich Sandy Everett hinter mir hatte.

«Die Sprechanlage is mal wieder im Eimer.»

«Ich möchte Tina sprechen.»

«Da hätten Sie sich die Treppen sparen können. Sie is noch nich da.» Er war hochaufgeschossen und blond und sprach mit dem Akzent des ländlichen Südens der Vereinigten Staaten. Während er redete, fuhr er sich mit der Hand durch das volle, fettige Haar, das ihm in die Stirn fiel. Fünfundzwanzig bis dreißig. Nach Shampoogebrauch und einer Menge Zahnkorrekturen würde er fast gutaussehend sein.

«Aber Sie erwarten sie doch bald zurück», sagte ich.

«Sie sind wohl die Lady, die wegen der Kündigung kommen sollte.»

«Richtig.»

Er starrte mich eine Minute lang mit leerem Blick an und setzte dann ein wissendes Grinsen auf. «Sie ham bestimmt Schiß, von ihr verklagt zu werden, was? Sie hat mirs erzählt. Jedesmal, wenn sie 'n Arbeitsverhältnis aufgibt, kriegenses alle mit der Angst, weil se 'ner Minderheit angehört, und jetzt wolln Sie wissen, ob sie Klage beim MCAD oder sowas erhoben hat.» Diese Aussicht schien ihm so zu gefallen, als sei ein Rechtsstreit die Pointe eines guten Witzes.

MCAD ist das Komitee gegen Rassendiskriminierung von Massachusetts.

«Nichts dergleichen», versicherte ich ihm.

Er sog an seinen lückenhaften Zähnen, wies mit ausgestrecktem Zeigefinger auf mich und bewegte den Daumen, als drücke er einen Abzug. «Oder kriegt sie 'ne Abfindung, weil sie da aufgehört hat?» Anscheinend versuchte er ernsthaft, die einzelnen Stücke eines Puzzles zusammenzusetzen.

Ich machte mir auch so meine Gedanken, namentlich über

diesen Typen, der wie ein Bauer redete, wie ein Ku-Klux-Klan-Mitglied aussah und mit einer Frau zusammenlebte, die mit Sicherheit nicht aus Irland stammte.

Ich stieß einen Seufzer aus. Ich freue mich immer, wenn ich Überraschungen erlebe. Eben meint man noch, alles schon zu kennen, und dann kommt wieder ein Hammer.

Er hatte mich nicht hereingebeten und blockierte die Tür zur Wohnung. Ich fragte: «Ob ich wohl ein Glas Wasser haben könnte?»

«Steckt der Aufzug schon wieder fest?»

«Sieht nicht sehr vertrauenerweckend aus.»

Er schnaubte. «Kommen Sie rein.» Er machte gute zehn Zentimeter Platz, und ich drängte mich an ihm vorbei.

An der Wand gleich gegenüber der Tür waren Holzpflöcke angebracht, an denen schwere Winterjacken und grellbunte Schleiertücher hingen. Vom Flur aus konnte ich vier kleine Räume überblicken: Küche, Wohnzimmer, Schlafzimmer und Bad. Die Wohnung war größer als der Aufzug, aber nicht viel. Aus dem Schlafzimmer kam beißender Räucherstäbchenduft, rauchig und süß, mit noch irgendeinem Unterton.

Tony nickte in Richtung Küche.

An der einen Wand drängten sich ein kleiner Gasherd, ein Spielzeugkühlschrank und ein Miniaturspülbecken. Der noch verbleibende Raum war zugestellt mit einem Klapptisch, zwei Stühlen und einem Stapel Kartons, die der Schriftzug eines örtlichen Radioladens zierte.

Der Mann suchte auf einem hohen Wandbrett nach, fand ein Glas, spülte es aus und füllte es mit Leitungswasser.

«Danke», sagte ich.

Meine Nase und mein Erinnerungsvermögen trafen auf einmal zusammen: Marihuana. Wie anheimelnd.

«Sie kriegt also Geld vom JHHI?» fragte der Typ, während ich trank.

«Sind Sie Tinas Mann?»

«Wolln Sie damit sagen, daß Sie darüber nich mit jemandem reden dürfen, der nich zur Familie gehört?»

«So ähnlich», erwiderte ich kühl. Neben der Spüle standen Pfauenfedern fächerförmig in einer lila Vase. Irgendwer in dieser Wohnung hatte ein Faible für exotische Farbzusammenstellungen, meines Erachtens aber nicht der Mann mit dem weißen T-Shirt und den Khakihosen.

«Wir sind verlobt. Ich bin Tony.» Er warf den Namen hin, als müßte jeder, der Tina je kennengelernt hatte, und sei es auch nur auf dem Papier, ihn sofort wiedererkennen. «Sie können mirs ruhig erzählen.»

Sein flüchtiges nervöses Lächeln ließ mich zweifeln, ob Tina wohl etwas von der Verlobung wußte. «Neue Stereoanlage?» fragte ich mit einer Kopfbewegung zu den Kartons, als hätte ich seine Aufforderung gar nicht gehört.

Sein Gesicht erhellte sich. Eine Schande, diese Zähne. «Deswegen hatte ich gehofft, es wäre Tina. Wollts ihr zeigen. Is sozusagen ihr Hochzeitsgeschenk für mich. Hat mir bloß gesagt, ich soll mir was aussuchen, auf ihre Kreditkarte.»

«Nett», sagte ich, weil seine Begeisterung eine Reaktion meinerseits erforderlich machte und Stereoanlagen zu den wenigen Dingen gehören, für die ich Geld ausgebe.

«Wahnsinn!» verbesserte er mich. «Wurde auch Zeit, daß es hier mal aufwärtsgeht.»

«Geht's denn aufwärts?»

«Tinas neuer Job.»

Ich holte einen Block aus meiner Tasche, fand einen Stift und gab vor, mir wie eine echte Sachbearbeiterin Notizen machen zu wollen. «Eine neue Tätigkeit? Freut mich, daß sie so bald etwas gefunden hat», sagte ich.

«Hätt sie nichts gehabt, hätt sie beim JHHI nich gekündigt – hören Sie, ich mach ihr doch keine Scherereien, wenn ich das sage, oder?»

«Ich bin nicht hier, um Scherereien zu machen. Ich soll nur ein abschließendes Gespräch über die Kündigungsgründe führen. Das Institut hält sich gern auf dem laufenden. Wir wollen sicher sein, daß wir gute Arbeitsbedingungen sowie wettbewerbsfähige Löhne und Gehälter anbieten –»

«Ha!» Tony konnte wirklich in allen Tonarten schnauben. «Ihr müßt doch blind wie die Maulwürfe sein. Wettbewerbsfähig!»

«Hat Tina sich denn verbessert?»

«Verbessert! Mann, das triffts nich mal annähernd!»

Ich wartete darauf, daß er mir mehr erzählte, aber er wollte nicht, und da tat ich so, als werfe ich einen Blick auf ein Formular. «Fand sie ihre Schichten beim JHHI zu anstrengend?»

«Ich auf jeden Fall. Verdammt, ich hab sie kaum noch gesehen. Eine Schicht nach der anderen. Wir ham nich mal mehr zusammen gegessen, und wenn, reichte die Zeit gerade dafür, uns was bringen zu lassen.»

Ich kritzelte etwas mit meinem Stift. «Würden Sie sagen, sie wäre beruflich überbeansprucht gewesen?»

«Sie war ständig müde, das weiß ich. Bei dem neuen Job bestimmt sie ihre Stunden praktisch selbst. Zum Essen gehen wir aus.»

«Und welcher Art ist ihre neue Tätigkeit?»

«Na ja, nich die übliche Krankenpflege. Da is nichts bei rauszuholen. Irgendwas in der Forschung oder was Experimentelles.»

Ich hielt meinen Stift in der Schwebe. «Wissen Sie zufällig, wie ihre neue Jobbezeichnung lautet?»

«Weiß ich nich.» Wieder setzte er ein nervöses Lächeln auf. «Sagen Sie, wolln Sie das Zeug mal sehen, das ich gerade erstanden habe? Ich *muß* es mal jemandem zeigen!»

Ohne daß ich ihn groß zu ermuntern brauchte, begann er, die Kartons aufzumachen, und baute den Inhalt eifrig auf dem Küchentisch auf. Er hatte die Kartons offenbar schon früher aufgerissen und die Styroporhüllen und -flocken in Müllsäcke gepackt. Was ich mitansehen durfte, erinnerte eher an eine Denkmalenthüllung mit laufendem Kommentar.

«Sehn Sie sich diesen CD-Player an! Ohne Wechsler, ohne das Ding, das sechs CDs auf einmal nimmt. Kostet zuviel. Hätte zwar fürs gleiche Geld 'nen Wechsler haben können, aber nich die Qualität.»

Eine gut zweitausend Dollar teure Stereoanlage stand vor mir auf dem Tisch, als er fertig ausgepackt hatte. Top-Marken: Bose, Nakamichi, Denon. Während er daran herumtätschelte und sein Loblied darauf sang, beugte ich mich aus der Küchentür und verschaffte mir schnell einen Überblick über die Wohnzimmereinrichtung: Korbmöbel, Topfpflanzen, rot-orange gemusterte Kissen. In dieser Wohnung war mehr Geld in die Stereoanlage investiert worden als in alles andere.

Krankenschwestern bekamen anständige Gehälter. Vielleicht fuhr sie ein teures Auto, hatte ein dickes Sparkonto, half ihrer Familie aus.

Ich dehnte unseren Smalltalk endlos aus, aber keine Tina. Wir wechselten ins Wohnzimmer hinüber und setzten uns in zwei Sessel mit Kissen, die rechts und links von einem Bogenfenster standen. Er bot mir ein Bier an.

«Glauben Sie, daß sie Überstunden macht?» fragte ich und sah dabei auf die Uhr. «Ich könnte es ja bei ihrer neuen Arbeitsstelle versuchen.»

«Sie hat nichts davon gesagt, daß sie spät kommen würde, aber man kennt ja Krankenschwestern.» Er beugte sich vor und senkte die Stimme. «Wenn sie nach Hause kommt und mich mit 'nem hübschen Mädchen erwischt, wett ich drauf, daß sie stocksauer is.»

Ich war froh, das Bier abgelehnt zu haben. Auf dem Fensterbrett stand das Foto einer jungen Frau. Durch die weiße Spitzenhaube auf ihrem Kopf wirkte ihre Haut wie Ebenholz. Sie hatte ein herzförmiges Gesicht und kluge Augen.

Ich ließ Tony merken, daß ich das Foto studierte.

«Sie ist schön», sagte ich.

«O ja», pflichtete er mir glücklich bei. «Wollen Sie wirklich kein Bier?»

«Nein danke.»

«Sie ham tolles Haar, wissense. Superfarbe. Wolln Sie vielleicht die Jacke ablegen oder sonstwas?»

«Nein danke. Vielleicht sollte ich es doch bei ihrer Arbeitsstelle versuchen. Oder hätte ich da Sprachschwierigkeiten?»

Er grinste und entblößte dabei die schrecklichen Zähne. «Mit Tina? Wegen ihrem Namen und wie sie aussieht? Verdammt, ihre Leute sprechen besser Englisch als ich, und dabei sind sie Ausländer. Tina is noch nie in Pakistan gewesen. Sie zieht zwar die Klamotten gern an, die Weiß-ich-wie-Dinger, aber sie is durch und durch Amerikanerin.»

«Kein Problem also, sie bei der Arbeit zu besuchen?»

«Hats denn nich Zeit?»

«Nein», sagte ich.

Seine Augen verengten sich. «Nun seien Sie nich gleich eingeschnappt. He, Sie gehören doch nicht etwa zu diesen QA-Leuten, oder? Diesen Qualitäts-Analytikern? Die das Niveau der Krankenhauspflege verbessern wollen oder sowas? Denn wissen Sie, Tina is 'ne verdammt gute Schwester.»

Ich machte ein unverbindliches Hmm und senkte dann vertraulich die Stimme. «Also hören Sie, wir haben einen Brief über sie bekommen», sagte ich und runzelte voller Besorgnis die Stirn.

«Klingt nich gerade nach 'ner Karte von 'nem dankbaren Patienten», sagte er.

Ich behielt sein Gesicht im Auge. «War von einer Mrs. Woodrow. Hat Tina sie oder Rebecca Woodrow, ein sechsjähriges Mädchen, mal erwähnt? Das war Tinas Patientin – vor drei Monaten. Sie ist gestorben.»

«Wissen Sie, Tina hat dauernd mit sterbenden Kindern zu tun gehabt, und wir ham beim Essen nich viel darüber gesprochen. Zu deprimierend, nich? Bin froh, daß sie da raus is.»

«Meinen Sie, bei ihrem neuen Job ist sie glücklicher?»

Sein Gesicht verdüsterte sich kurz, dann erschien wieder ein nervöses Lächeln. «Weiß ich nich. Ich hoffe.»

«Bevor ich ihre Papiere fertigmachen kann, muß ich mit ihr über diesen Brief sprechen», sagte ich. «Danke für das Wasser. Ist die neue Stelle in der Nähe?»

Er zuckte mit den Achseln.

«Sie haben mir noch gar nicht gesagt, wo sie jetzt arbeitet. Mein Chef bringt mich um, wenn ich ihm das nicht sagen kann.»

«In einem Laden namens Cee Co.»

Ich ließ mir nichts anmerken. «Wie schreibt man denn das?»

«Keine Ahnung.»

«Na egal, die Adresse tut's auch», sagte ich.

«Ich war noch nie da. Jeder weiß zwar, wo das JHHI is, und ich war mit Tina auf 'ner Menge Partys dort, aber mit dem neuen Job hat sie ja grade erst angefangen. Ham wir uns mal auf einer dieser Feten getroffen, Sie und ich? Im JHHI?»

«Glaube ich kaum», sagte ich. «Sonst würde ich mich bestimmt daran erinnern. Ist Cee Co. der vollständige Name?»

«'ne Abkürzung für was anderes, nehm ich mal an. Ich kapier diesen Quatsch sowieso nich. DG steht für Data General, also Datentechnik, und DEC für Digital Equipment Corporation –»

«Sind Sie im Computergeschäft?»

«Nee.»

«Was machen Sie denn?»

«Ich schlage mich so durch», sagte er mit einem flüchtigen Grinsen.

«Wird Cee Co. mit C oder mit S geschrieben, wissen Sie das?»

«C, glaub ich. Irgendein langer Name.»

«Und die Firma ist in der Forschungsmedizin tätig?»

«Ich glaube.»

Ich stand auf und steckte mein Notizbuch wieder in die Tasche. Ich war diesen ganzen Cee-Co.-Hokuspokus leid. Verdammt, ich würde heute abend Emily Woodrow anrufen, ihren Anweisungen zum Trotz, und mir ein paar Antworten holen.

Ich gab Tony Foley meine richtige Karte, die mit der Aufschrift «Carlyle-Detektivbüro».

«Bitte sagen Sie ihr, sie soll mich gleich anrufen, wenn sie zu Hause ist», sagte ich kurz angebunden. «Danke, daß Sie Zeit für mich hatten.»

«Tina kommt nie so spät. Wollen Sie vielleicht was zu essen?» fragte er hoffnungsvoll und zog eine Augenbraue hoch.

«Sparen Sie sich's», sagte ich.

«He, was soll das denn?»

Er hatte endlich meine Karte gelesen. «Detektivbüro?» stotterte er. «Was is das denn für 'ne Scheiße?»

Ich blieb nicht zum Essen.

16

Ich marschierte zur Longwood-Tiefgarage zurück und bezahlte das Lösegeld fürs Auto. Bei dem Preis hätten sie es eigentlich waschen und wachsen müssen.

Cee Co. war eine Firma. C-Sowieso-Company. Emily Woodrow hatte mir den Namen zugeflüstert. Tina Sukhia arbeitete dort, und ich hatte noch nie etwas davon gehört.

Der Verkehr kroch über die Boston University Bridge und schob sich träge den Memorial Drive entlang. Ich fuhr kurzerhand in die River Street hinein und nahm von da ab Taxiabkürzungen, das heißt, ich bog alle zwei Häuserblocks ab. Ich mache lieber meilenweite Umwege als festzuhängen. Ich legte eine Kassette ein und sang mit Chris Smither «It Ain't Easy», ein Text, dem ich im stillen beipflichtete, und bemühte mich, nicht an etwas Eßbares zu denken. Ein Zwischenstop für Hamburger und Fritten war nach der Junk-food-Orgie mit Gloria am vergangenen Abend höchst verlockend.

Ich esse im allgemeinen nicht viel, wenn ich bei Gloria speise. Ihr zuzusehen, wie sie Tootsie Rolls verschlingt, dämpft meinen Appetit.

Keine Zeit zum Essen. Ich bog in die Flagg Street ein und schlug mich nach Mount Auburn durch. Der Wirtschaftsteil des *Globe* würde mir vielleicht Cee Co. erklären. Es konnte ja sein, daß Cee Co. eine börsenübliche Abkürzung war. Ich würde mir die New York Stock Exchange, die American und die NASDAQ, die Bostoner Börse, vorknöpfen.

Stockender Verkehr auf dem Broadway in der Nähe der Cambridge Rindge & Latin School, der Schule, die Paolina eines Tages besuchen würde. Ich seufzte und trat auf die Bremse. Ein Auto mit Motorschaden, vielleicht ein Unfall. Eigentlich war Rushhour-Chaos untypisch für diese Gegend.

Ob Paolina wegen der Sticheleien ihrer Mutter und der häuslichen Verpflichtungen die Schule vor der High-School abbrechen würde? Was wollte ihr Typ bloß mit meinem Müll? Ich sträubte mich gegen das Wort *Freund*. Es war schon so schlimm genug. Was macht eine Elfjährige mit einem zwanzigjährigen Freund?

Ich mußte demnächst für etwas zu essen im Auto sorgen, Studentenfutter. Eingeschweißte Würstchen. Hinter mir fiel einem Mann in einem blauen Chevy nichts anderes ein, als zu hupen. Das mag ich ja, wenn der siebte Fahrer in der Reihe zu hupen anfängt. Ich zeigte ihm nicht mal den Vogel. Alle anderen Autofahrer auf der Straße waren mir ohnehin schon zuvorgekommen.

Das Problem: eine kaputte Ampel an der Cambridge Street. Sobald ich sie hinter mir hatte, flog ich förmlich und war in drei Minuten zu Hause, nur um einen Mann auf meiner Schwelle hin und her gehen zu sehen. Einen Augenblick lang dachte ich, es sei Mooney, der mir den passenden Namen zum Autokennzeichen des Mülldiebs mitgebracht hatte, aber der Körperbau war ganz anders. Ich kannte diesen Kerl nicht. Vielleicht wartete er auf Roz.

Auf dem Weg zum Eingang revidierte ich meine Meinung. Er war zu alt für Roz. Zu häßlich. Roz hat eine Vorliebe für Männer mit schönem Körper – nicht gerade vom Typ Schwarzenegger, aber doch kräftig gebaute Kerle. Dieser wirkte einsam, ungepflegt und verärgert.

«Miss Carlyle?» sagte er vorwurfsvoll.

Ich steckte den Schlüssel nicht ins Schlüsselloch, sondern behielt den Bund in der Tasche, wo ich fast unbewußt die Faust darum schloß. Das habe ich als Cop gelernt: Wenn du zuschlagen mußt, sind Schlüssel ein guter Ersatz für einen Schlagring. «Ja?»

«Haben Sie einen Moment Zeit?»

«Bitte.»

«Ich möchte mit Ihnen reden.»

«Mit wem habe ich denn das Vergnügen? Und worum geht es?»

«Mein Name ist Harold Woodrow.»

Ich machte die Faust auf und holte den Schlüssel hervor. Er folgte mir ins Wohnzimmer wie ein fügsames Hündchen und saß dann steif auf dem hochlehnigen Stuhl an meinem Schreibtisch.

Es ist die Nase, sinnierte ich, die sein Gesicht ruiniert. Sie war so schmal, spitz und lang, daß er dadurch schon arrogant wirkte, noch ehe er den Mund aufmachte.

«Was kann ich für Sie tun?» fragte ich und gestand mir ein paar Pluspunkte zu, denn ich klang viel höflicher, als mir zumute war. Ich war hungrig, und ich wünschte nichts sehnlicher, als meine Schuhe von den Füßen zu schleudern und kaltes Wasser über meine armen Zehen laufen zu lassen.

«Würden Sie mir dies bitte erklären.» Er zog einen kleinen Ordner aus der Innentasche seiner Jacke. Sein Tonfall und sein Benehmen taten nichts dazu, die Arroganz zu mildern. Seine Schuhe waren aus weichem Leder und glänzten teuer.

Der Ordner enthielt eine Auflistung der Schecks, die seine Frau ausgestellt hatte. Er klopfte mit einem manikürten Fingernagel darauf.

«Meine Frau hat Ihnen tausend Dollar bezahlt. Eingetragen als ‹Honorarvorschuß›.»

Ich tat so, als läse ich die betreffende Zeile, während ich statt dessen die übrigen Einträge überflog. Sie hatte nicht viele Schecks ausgestellt.

«Warum hat meine Frau Sie engagiert?»

«Mr. Woodrow, soweit ich weiß, sind Sie Rechtsanwalt, und Sie sind häufig als Gutachter und Finanzberater für Ärzte tätig.»

«Ja.»

«Wie würden Sie reagieren, wenn ich Sie über einen Ihrer Klienten befragte?»

«Sie haben aber nicht gefragt. Sondern ich.» Er hatte eine helle Haut und einen schmallippigen Mund, der durch die hervorspringende Nase noch schmaler wirkte.

«Fragen Sie doch Ihre Frau», riet ich ihm.

Er preßte die Lippen zusammen. «Meine Frau hat mir erzählt, sie wären eine Hellseherin, und der fragliche Betrag würde mehrere Séancen und eine detaillierte Tarotlesung abdecken.»

Vielen Dank, Emily.

Ich sagte: «Jeder muß sich seine Brötchen verdienen.»

«Ich habe Emilys befremdendes Verhalten einem Anwaltskollegen gegenüber erwähnt, der sich mit Strafsachen befaßt. Er kannte Sie dem Namen nach. Sagte, Sie wären Privatdetektivin.»

«Wie heißt denn Ihr Freund?»

«Ich bin nicht hergekommen, um darüber mit Ihnen zu reden.»

«Dann reden Sie endlich über das, weswegen Sie hergekommen sind», sagte ich trocken.

«Ich will wissen, was Sie für meine Frau tun.»

«Reden Sie nur weiter», sagte ich.

«Ich erwarte Antworten.»

Ich starrte auf meinen Schreibtisch, blickte im Zimmer umher und seufzte. Ich hatte seit Tagen dem Sittich nichts zu Fressen gegeben, und der Kater wartete wahrscheinlich nur darauf, die Krallen in mich zu schlagen, sobald ich die Küche betrat.

«1588», zitierte ich, «das war das Jahr der spanischen Armada. Ich weiß nicht, warum ich ausgerechnet dieses Datum behalten habe, aber es sitzt mir ebenso im Gedächtnis wie 1620 und 1492, was Antworten betrifft.»

«Sie nehmen die Sache nicht ernst.»

«Hm.»

«Junge Frau», sagte er, «Sie werden diese Angelegenheit sehr ernst nehmen, noch bevor ich zu Ende bin.»

«Oha», sagte ich, «und warum?»

«Wenn meine Frau Sie auf mich angesetzt hat, tun Sie mir leid. Leute wie Sie besitzen eine staatliche Lizenz.» Das Wort *Leute* kam ihm nur schwer von den Lippen, so daß es mehr wie *Gesindel* klang.

«Meine Frau ist bei einem Psychiater in Behandlung», fuhr er fort. «Sie ist nicht gut beieinander, und ich werde es nicht zulassen, daß sie von irgendeiner Privatermittlerin, die aus Gerüchten ihr Süppchen kocht, ausgenutzt wird.»

Er hatte vor nicht einmal vier Monaten ein Kind verloren, aber ich hatte Schwierigkeiten, Mitleid für ihn zu empfinden.

«Meine Frau, sosehr ich sie auch – äh – liebe, ist selbst in ihren besten Zeiten nicht immer ganz aufrichtig gewesen. Und jetzt – nun ja, man muß berücksichtigen, woher sie kommt.»

Ich hatte nicht vor, ihm irgend etwas zu erzählen, aber wenn er mir vertrauliche Mitteilungen machen wollte, war das eine andere Sache. Ich befreite die Fersen aus den Schuhen und wackelte mit den Zehen.

«Es kommt nicht sehr oft vor, daß man einem verwöhnten vierzigjährigen Kind über den Weg läuft», sagte er und bellte die Worte nur so heraus, «aber das ist meine Emily. Bis zu unserer Katastrophe hat sie sich meines Wissens nie etwas gewünscht, was sie nicht haben konnte. Sie kennen doch diesen Typ, nicht wahr? Die reiche, hübsche Ballprinzessin. Und jetzt benimmt sie sich so, als wäre sie die einzige Frau auf der Welt, die ein Kind verloren hat, die einzige, die leiden muß. Sie verhält sich so, als – als hätte sie vollkommen vergessen, daß Rebecca auch meine Tochter war.

Emily hat meine Gefühle abgekühlt, nicht umgekehrt. Ich bin kein gefühlloser Mensch. Vielleicht hat sie es so dargestellt, als sei ich lieblos, aber sie hat wirklich nicht gerade die perfekte nette Ehefrau gespielt.»

Seine Stimme zitterte, aber er tat so, als müsse er husten, und sie wurde wieder fest. Er fuhr sich mit der Hand an die Wange und rieb sie, als wolle er prüfen, ob er sich auch rasiert hatte. «Großer Gott», murmelte er leise, und seine Stimme wurde lauter, während sein Kummer in Ärger umschlug, «so weit hat sie mich getrieben, daß ich losbrabbel vor einer – verzeihen Sie mir, junge Frau. Ich hätte gar nicht herkommen sollen.»

«Damit haben Sie wahrscheinlich recht», pflichtete ich ihm bei.

«Verdammt noch mal.» Er preßte die Silben zwischen zusammengebissenen Zähnen hervor. «Ich gebe Ihnen noch *eine* Chance, ja? Wofür genau hat meine Frau Sie bezahlt? Welchen Dienst erweisen Sie ihr für tausend Dollar?»

Ich langte hinüber und nahm den Telefonhörer ab.

«Was haben Sie vor?»

«Ihre Frau anrufen», sagte ich und zwängte meine Fersen wieder in die Schuhe. Dabei wählte ich in Wirklichkeit Roz' Nummer oben im Haus, weil es nicht schaden kann, eine Karateexpertin bei sich zu haben, wenn man jemanden vor die Tür setzen will.

«Stop.»

«Es klingelt schon.»

«Ich will nicht, daß sie –»

«Meinen Sie nicht, daß es Zeit ist zu gehen?»

Er maß mich mit der Art von Blick, mit der ein Schauspieler mimt, daß er noch abrechnen wird, und schritt durch den Flur davon. Ich öffnete die Tür für ihn und schloß alle drei Schlösser wieder ab, sobald er weg war. Dann lehnte ich mich an die Wand.

Warum hatte ich an einen Schauspieler denken müssen? Irgend etwas an seinem Auftritt hatte nicht gestimmt. Die Worte oder die Empfindungen? Was?

«Meine Frau, sosehr ich sie auch – äh – liebe...» Drückte sein Zögern mehr aus als das peinliche Berührtsein eines Amerikaners, der eine Liebeserklärung abgibt? Liebte er seine Frau? Er schien davon überzeugt zu sein, daß ich engagiert worden war, ihm nachzuspionieren. Frage: Wann setzt eine Frau einen Privat-

detektiv auf ihren Mann an? Antwort: Wenn sie glaubt, daß er fremdgeht. Heute, nach der Reform der Scheidungsgesetze, kommt das seltener vor. Trotzdem, erwiesene Untreue kann eine starke Waffe beim Streit um die Kinder sein.

Doch hier war kein Kind mehr, um das man sich streiten konnte.

Ich befreite meine schmerzenden Zehen, trottete barfuß im Haus herum und grub mich durch den täglich anfallenden Postmüll, bis ich den *Globe* ordentlich zusammengefaltet auf dem Dielentisch fand. Daneben hatte Roz das glänzende Porträt zweier großer, mit einem Bund schlaffer Petersilie dekorierter Zwiebeln aufgehängt.

Umsonst. Die Montagszeitung brachte keine Börseninformationen, weil die Börsen sonntags geschlossen sind. Schludrigkeit im Haushalt hat durchaus ihre Vorteile. Ich entdeckte die Samstagszeitung unter einem Sessel, nahm sie mit zum Schreibtisch und fuhr mit dem Finger die Liste der an der Börse notierten Aktiengesellschaften entlang. CCO vielleicht. Ich fand eine C COR an der Bostoner Börse, aber das war eine Corporation, keine Company. Meine Augen fingen zu brennen an. Ich legte die Seite mit den Kursen weg und las statt dessen den gesamten Börsenteil von vorn bis hinten, einschließlich aller Kurznachrichten. Ein Kolumnist riet mir, meine «Aktien-Buchführung immer up-to-date» zu halten. Ich erfuhr, daß die Kurse der Investmentfonds in der Gesundheitsfürsorge im letzten Vierteljahr gefallen waren.

Nichts über Cee Co.

T. C. maunzte, während ich die Dose «Fancy Feast» an dem Ring aufzog und ihm den Inhalt servierte. Ich setzte einen großen Topf Wasser für Spaghetti auf. Ich verwende immer Fertigsauce aus dem Glas und kippe einen Schuß Rotwein hinein, damit sie wie selbstgemacht schmeckt. Nichts Tolles, aber es geht schnell. Essen nimmt genug Lebenszeit in Anspruch. Wer hat schon Zeit, um stundenlang zu kochen.

Ich übte ein paar knifflige Gitarrengriffe von Rory Blocks neuer Kassette *Ain't I a Woman* und horchte dabei auf die Türklingel oder das Telefon.

Ich hörte nichts von Tina Sukhia.

Ich bekam auch kein Päckchen von Emily Woodrow.

Meine Finger hielten mitten im Zupfen inne, während ich über Tonys Äußerung nachdachte, seine Verlobte sei eine gute Krankenschwester. Hatte das nach Verteidigung gerochen? Er hatte mich gefragt, ob ich zu den QA-Leuten gehörte – irgendwas mit Qualität. Qualitäts-Analyse? Qualitäts-Abteilung?

Und wie war das mit der Zeit? Wann genau hatte Tina beim JHHI aufgehört?

Ein Tod und eine Kündigung. Kein Grund, sie in Zusammenhang zu bringen.

Meine Finger verfielen auf einen Song von Robert Johnson:

I got a kindhearted woman, do anything in this world for me,
I got a kindhearted woman, do anything in this world for me,
But these evil-hearted women, man, they will not let me be.[1]

17

Ich verbrachte den nächsten Morgen damit, Telefonbücher zu wälzen. Varianten von Cee Co. durchzugehen, Sekretärinnen mit nutzlosen Anrufen zu verärgern und keine Spur von der Firma zu finden, bei der Tina Sukhia angestellt war. Tina selbst ging weder ans Telefon noch reagierte sie auf die Nachricht, die ich auf ihren Anrufbeantworter sprach.

1 Habe eine gute Frau, tut alles auf der Welt für mich, habe eine gute Frau, tut alles auf der Welt für mich, aber diese schlechten Frauen, Mann, sie lassen mich nicht.

Als die Türklingel kurz nach zwei schellte, fuhr ich mir mit der Hand durch die vom Volleyballtraining zerzausten Haare und strich das rattengraue Sweatshirt glatt, das ich zu schwarzen Jeans trug, die an beiden Knien zerrissen und von zu vielen Waschgängen ausgebleicht waren.

Ich spähte durch den Türspion und sah Mooney, das Gewicht nach klassischer Verkehrspolizistenmanier genau ausbalanciert. Da ich dachte, er käme wegen des Autokennzeichens, kettete ich die Ketten los und schloß die Schlösser auf. Nicht nötig, schnell noch in das Schminkzimmer zu verschwinden: Mooney ist an meine Komm-wie-du-bist-Erscheinung gewöhnt.

Er trug einen beigen Baumwollpullover, Chinos und Sneakers. Lockeres, bequemes Zeug, in dem er nötigenfalls auch rennen konnte. Nett von ihm, daß er mit dem Ergebnis der Fahrzeugsuche persönlich herkam. Er hätte auch anrufen können. Ich grinste, als ich die Tür öffnete. Er erwiderte mein Lächeln nicht. «Darf ich reinkommen?» fragte er ernst. Kein Funkeln in den Augen. Kein Handschlag, keine «brüderliche» Umarmung.

«Ist Paolina was zugestoßen?»

«Nein. Ich muß ja ziemlich grimmig aussehen.»

Ich seufzte. «Tust du. Willst du ein Bier?»

«Orangensaft?»

«Klar.» Das hieß, er war im Dienst. Nur wenn er nicht arbeitet, trinkt Mooney Bier. Er folgte mir in die Küche und machte einen Kratzer ins Linoleum, als er sich einen Stuhl vom Tisch wegzog.

«Der Typ, mit dem sich Paolina trifft, ist bekannt dafür, daß er Kinder belästigt, stimmt's?»

«Was für ein Typ? Setz dich», sagte Mooney. «Es geht nicht um Paolina.»

Ich setzte mich.

Mooney trank seinen Saft.

«Willst du es mir schonend beibringen?»

«Du hast gestern Tina Sukhia einen Besuch gemacht.»

Ich holte mir schnell die Straße vor ihrem Haus ins Gedächtnis zurück. War ich jemandem in seine Beschattung geplatzt? Der schale Marihuanageruch in der kleinen Wohnung fiel mir wieder ein, aber meines Erachtens interessierte Marihuana die Cops nicht mehr, seit es Crack gab. Und Heroin, Schnee, Speed, PCP und anderes mehr in jedem High-School-Spind.

Mooney sagte: «Ihr Freund hat uns deine Karte gegeben.»

«Und warum?»

«Ich nehme mal an, wegen des seltsamen Zufalls – du tauchst auf, sie stirbt.»

Stirbt.

«Nein», hörte ich mich sagen.

«Das muß bedeuten ‹nein, kein Zufall›, denn ich habe gerade die Leiche gesehen, und ja, sie ist tot.»

«Hölle und Teufel», sagte ich, und dann immer wieder «verdammt». Es klang so, als käme meine Stimme von weit her, als erschalle sie selbsttätig, ohne meine Lippen oder meinen Kehlkopf zu benutzen.

«Ich muß wissen, warum du mit ihr reden wolltest. Und du wirst es mir auch erzählen, denn es ist Teil einer offiziellen polizeilichen Ermittlung.»

«Mord?» fragte ich hinhaltend, obwohl ich wußte, daß Mooney sonst nicht hier wäre.

«Durchaus wahrscheinlich.»

«Aber keine Gewißheit?»

«Hör zu, wenn ich rede. Ich habe ‹wahrscheinlich› gesagt.»

«Wie wahrscheinlich?»

«Immerhin so wahrscheinlich, daß du mir antworten solltest, statt deine Spielchen mit mir zu treiben.»

«Scheiße.»

«Also reden wir jetzt?»

«Und wenn nicht? Willst du mich vielleicht zur Wache schleppen und mich mit dem Gummiknüppel bearbeiten?»

«Ich bin nicht in der Stimmung für Späße, Carlotta.»

«Entschuldigung. Was mich betrifft, ich bin in Hochstimmung.»

«Ich hätte jemand anders schicken können. Aber ich hab den weiten Weg hierher gemacht, und du kommst mir nur mit Scheiße.»

«Ich arbeite für meinen Lebensunterhalt, Moon. Genau wie du. Meine Klienten verdienen ein wenig Diskretion.»

«Jeder Klient, der dich zur Sukhia geschickt hat, sollte besser nicht die Stadt verlassen.»

«Warum erzählst du mir nicht, wie Tina Sukhia – eine Frau, der ich nie im Leben begegnet bin – eigentlich gestorben ist? Ich habe die Zeitung noch nicht gelesen.»

«So läuft das nicht.»

«Willst du mir die Einzelheiten vorenthalten, weil du glaubst, ich hätte sie umgebracht und dann meine Karte bei ihrem Freund gelassen – der mir übrigens gestern erzählt hat, er sei ihr Verlobter?»

«Freund, Verlobter, wilde Ehe, na und?»

«Du sagst Sachen, die habe ich zehn Jahre nicht mehr gehört. Wilde Ehe!»

«Und du sagst Sachen, die ich auch nicht oft höre», entgegnete er, «außer von Nutten.» Mooney ist streng katholisch erzogen worden. Frauen fluchten nicht, sie sagten nicht einmal heimlich *verflucht* oder *verdammt*. Sie wurden auch nicht Polizistinnen.

«Wird der Freund oder Verlobte verdächtigt?» fragte ich.

«In Anbetracht der Tatsache, daß es in einem Krankenhaus passiert ist, mit dem er nichts zu tun hat, nicht mehr als jeder andere auch.»

«Im JHHI?»

«Im guten alten Helping Hand», sagte er.

«Sie hat dort gearbeitet.»

«Arbeitest du für die?»

«Wofür?»

«Für das Krankenhaus?»

Nicht, daß ich etwas dagegen hätte, Lügen aufzutischen, aber ich weiß, daß es unklug ist, Mooney anzulügen.

Informationen vorenthalten geht vielleicht. Aber er hat einen unglaublich guten Lügendetektor im Kopf.

«Warum sollte mich denn das Krankenhaus engagieren?» fragte ich.

«Netter Ausfluchtversuch», sagte er.

«Na komm schon, Mooney.»

«Es sieht ganz so aus, als hätte die junge Dame eine Überdosis Barbiturate intus gehabt.»

«Dauernd sterben Leute an Überdosen. Was spricht dagegen, daß es ein Unfall war?»

«Es gibt keine Anhaltspunkte dafür, daß sie je so etwas genommen hat.»

«Wann ist sie gestorben?»

«Die Leiche ist gegen sechs Uhr fünfundvierzig heute morgen gefunden worden. Mehr kann ich nicht sagen, bis der Obduktionsbericht vorliegt.»

«Mehr wirst du wahrscheinlich nie erfahren», sagte ich mitfühlend. Der Obduktionsbefund nützt ziemlich wenig, wenn es um die genaue Todeszeit geht. Gut, sie können Thermometer in die Körperöffnungen stecken und Rechnungen anstellen, aber es gibt zu viele Unbekannte. Je mehr sie herausfinden, um so weniger wissen sie.

«Es ist nicht einmal hundertprozentig sechs-fünfundvierzig. Diese Ärzte», sagte Mooney und zog dabei die Augenbrauen hoch. «Bei Todesfällen in Krankenhäusern – ganz gleich, unter welchen Umständen – ist die Polizei die allerletzte Zuflucht. Die Ärzte sind der Meinung, es gäbe keine Situation, mit der sie nicht fertig würden.»

«Hat ein Arzt sie gefunden?»

«Eine Krankenschwester. Anne Reese, staatlich geprüfte Krankenschwester. Kannte das Opfer gar nicht. War völlig ungerührt. Nur ärgerlich darüber, weil es gegen Ende ihrer Schicht war und sie nach Hause wollte.»

«Reizend.»

«Als ob ich nicht auch nach Hause wollte. Aber ein Todesfall ist ein Todesfall. Da geht man nicht einfach davon und läßt die Sache auf sich beruhen.»

«In Krankenhäusern aber wohl.»

Mooney schnitt ein Gesicht.

«Du mochtest die Krankenschwester nicht», sagte ich.

«Getroffen. Und sie mochte mich nicht.»

«Dabei bist du so charmant, Moon. Sag mal, hat der Freund Tina letzte Nacht noch gesehen?»

«Nein. Und da hat er wohl einen draufgemacht, soweit ich das sagen kann. Blaue Ringe unter den Augen, aber es läßt sich nicht feststellen, ob vom Heulen oder Saufen.»

«Wenn Tina medikamentenabhängig war, könnte das der Grund sein, warum das Krankenhaus sie hat gehen lassen», sagte ich.

«Daran habe ich auch schon gedacht», erwiderte Mooney.

«Geld könnte ebenfalls im Spiel sein. Der Verlobte hatte eine supertolle neue Stereoanlage.»

«So?»

Ich wartete darauf, daß er Tinas neue Tätigkeit als Quelle dieses unverhofften Segens nannte. Tat er nicht.

«Sind Drogen im Krankenhaus abhanden gekommen?»

«Auch diese Frage ist mir durch den Kopf gegangen», gestand Mooney.

«Hat sie schon jemand beantwortet?» fragte ich.

«Ich habe noch nicht nachgefragt. Ich habe Termine mit einigen Ärzten vereinbart: mit dem Personalchef, dem Chefarzt, dem Chef der Krankenhausapotheke, dem Chef für besondere Probleme, wahrscheinlich der Chef der PR-Abteilung.»

«Und dann hast du beschlossen, dir zuerst mal mich vorzuknöpfen? Ich bereite dir wohl nicht soviel Kopfzerbrechen wie irgend so ein hohes Tier von der Ärzteschaft, was?»

«Carlotta, du weißt, daß das nicht –»

«Mooney, mir sieht es ganz so aus, als hättet ihr da einen

Unfalltod, und ich halte es für unnötig, meinen Klienten wegen eines unglückseligen Todesfalls in Schwierigkeiten zu bringen.» Während ich das Wort *unglückselig* aussprach, dachte ich, wie ich zugeben muß, im stillen an *Selbstmord*. Vielleicht hat Tina im JHHI gekündigt. Es bestand aber auch die Möglichkeit, daß die Frau entlassen worden war. Vielleicht hatte sie etwas falsch gemacht, so gründlich versaut, daß Rebecca Woodrow infolgedessen gestorben war. Was für ein Comeback kann man noch machen, wenn man aus Fahrlässigkeit den Tod eines Kindes verursacht hat?

Vielleicht kehrt man an den Tatort zurück und sühnt seine Schuld.

«Was meinst du mit ‹in Schwierigkeiten bringen›?» unterbrach Mooney mich in meinen Gedanken. «Könnte er denn in Schwierigkeiten kommen?»

«Ja.»

«Ha.» Er stellte sein Glas so fest ab, daß ich dachte, es würde zerspringen. «Wenn du den Besitzer dieser Autonummer erfahren willst, mußt du mir deinen Klienten verraten.»

«Das ist unfair», sagte ich.

«So?»

Verdammter Mist. Mrs. Woodrow war beharrlich dabei geblieben, ein Fremder, ein Arzt, ein Mann in einem weißen Kittel sei zugegen gewesen, als ihre Tochter starb. Keith Donovan hatte behauptet, Emily bilde sich den Vorfall nur ein. Harold Woodrow hatte durchblicken lassen, seine Frau sei eine Lügnerin. Pablo Peña, zum Stab des JHHI gehöriger Anästhesist, hatte geleugnet, je jemanden aus einem Krankenzimmer gescheucht zu haben. Und jetzt konnte ich Tina Sukhia nicht mehr fragen, wer von allen, wenn überhaupt, die Wahrheit gesagt hatte.

Mit einem flauen Gefühl in der Magengrube fragte ich mich, wo genau Emily Woodrow gewesen sein mochte, als Tina starb. Ich hatte die Tagespost noch nicht erhalten, hoffte jedoch inständig, daß kein Geständnis dabei war.

«Mooney, laß mir ein bißchen Zeit.»

«Carlotta, je mehr Zeit verstreicht, um so schlechter stehen meine Chancen.»

«Erzähl mir nichts, Moon. Hier ist keine Eile nötig. Ihr habt ja schließlich keinen Stadtrat mit einem Messer im Rücken gefunden. Die Presse sieht nur, daß eine einfache kleine Krankenschwester an irgendeinem Drogenproblem gestorben ist. Im Innenteil, bei den Stadtnachrichten, im unteren Drittel.»

«Morgen», sagte Mooney.

«Und was ist mit meiner Autonummer?»

«Morgen.»

«Moon, bitte.»

«Was soll dieser Unsinn? Ich kann ruhig abwarten, du aber nicht? Wenn diese Nummer etwas mit der Sukhia zu tun hat, ist es aus und vorbei mit dem Handel.»

«Mit Paolina, Mooney. Die Autonummer ist von einem Kerl, der sich an Paolina rangemacht hat.»

Er sah mich durchdringend an, doch dann seufzte er und zog sein Notizbuch aus der Tasche. «Der Kerl ist achtundzwanzig Jahre alt», sagte er.

«Darum will ich ihm auch schnell das Handwerk legen.»

Er verzog sein Gesicht. «Das Fahrzeug gehört Paco Lewis Sanchez. Eins-fünf-acht Peterborough, Boston.»

«Sonst noch was?»

«Größe: einssiebenundsiebzig. Gewicht: 87 Kilo.»

«Sonst noch was?»

«Das ist alles.»

«Du könntest ihn auf Vorstrafen überprüfen», schlug ich ihm vor. «Den Crime Computer runterticken lassen.»

«Kostet was», sagte Mooney.

«Wird anständig bezahlt», erwiderte ich.

«Zum Beispiel damit, daß du morgen früh alles erzählst, was du über Tina Sukhia weißt?»

«Sie ist tot», sagte ich, «und das weiß ich auch nur von dir.»

«Du kannst mir vertrauen», sagte er.

«Vertrauen beruht auf Gegenseitigkeit», sagte ich.

«Wie die Liebe?» fragte er nach kurzer Pause. Mooney versucht, solange ich mich erinnern kann, mich von Sam wegzulokken. Damit hätte er vielleicht sogar Erfolg gehabt, wenn wir nicht mal eine Zeitlang Kripokollegen gewesen wären.

«Wie die Lust», sagte ich. «Von Liebe verstehe ich nicht viel.»

«Ach ja?»

«Und dem bißchen, was ich von Liebe verstehe», fuhr ich fort, «traue ich nicht.»

18

Sie hatte mir gesagt, ich dürfe sie nicht anrufen.

Ich wählte ihre Nummer, sobald Mooneys Schritte vor dem Haus verhallt waren.

Ich habe noch nie einen Klienten vor die Cops gezerrt, aber es gibt immer ein erstes Mal. Ich nahm mir vor, Emily Woodrow mit Tinas Tod einzuschüchtern, so die Sache voranzutreiben und Emily dazu zu bewegen, mit der Wahrheit herauszurücken. Mit dem versprochenen Informationspaket. Über Cee Co. Darüber, warum sie jemanden brauchte, der mit einer Waffe umgehen konnte, um sich ihrem geheimnisvollen Papierkram zu widmen. Sonst ...

Als das Telefon klingelte, kritzelte ich Strichmännchen auf meine Schreibunterlage und versuchte, mir Emily in ihrem eleganten beigefarbenen Kostüm vorzustellen, wie sie Tina Sukhia gerade eine subkutane Nadel in den Arm stach. Oder einfacher, sie zwang, eine Ladung Tabletten zu schlucken.

War Emily einmal Krankenschwester gewesen?

Wenn Patsy Ronetti ihren Auftrag erledigt hätte, wüßte ich es schon. Warum, zum Teufel, hatte sie sich nicht gemeldet?

«Hallo?» Die Stimme klang gehetzt und angstvoll. Ich hatte

Harold, den Ehemann, am Telefon, was mitten am Tag eher seltsam war. Als ich meinen Namen sagte und darum bat, seine Frau sprechen zu dürfen, explodierte er, aber nicht so, wie ich es erwartet hätte.

«Sie ist nicht hier», schrie er. «Sie ist auch nicht bei ihrer Mutter. Selbst ihre Freunde wissen nicht, wo sie ist!»

«Beruhigen Sie sich.»

«Sie ist letzte Nacht nicht nach Hause gekommen. Und ihr Arschloch von Therapeut, dieser Wichser, weiß auch nicht, wo sie steckt.»

«Sie hat Ihnen nicht gesagt, wohin sie wollte?»

«Einkäufe machen, Herrgott noch mal, irgend so was. Ich hab keine Ahnung! Ich hab keinen blassen Schimmer!»

«Haben Sie – äh – jemanden benachrichtigt?»

«Die Polizei, meinen Sie?»

«Ja.»

«Warum um Himmels willen sollte ich die Polizei einschalten? Das Miststück hat mich einfach verlassen. *Mich!* Was haben Sie ihr von mir erzählt?»

«Bitte?»

«Sie war nicht besonders nett zu mir in letzter Zeit. Keine große Hilfe. Wenn Sie überhaupt noch in normalem Ton mit mir redete ... Ich will damit nicht sagen ... Na ja, die Dinge könnten anders stehen bei uns, so ist das. Sie wissen ja auch, daß jede Geschichte ihre zwei Seiten hat.»

«Ich weiß nicht genau, was für eine Geschichte Sie mir erzählen wollen», sagte ich.

Seine Stimme klang gepreßt vor Argwohn. «Ist sie bei Ihnen?»

«Klar», sagte ich sarkastisch, «deshalb habe ich auch bei Ihnen angerufen, um sie zu sprechen.»

Er legte auf. Ich biß mir auf die Zunge und zuckte zusammen.

Roz kam vorbeigesaust und stürmte gleich auf den Kühlschrank zu. Sie trug Schwarz, von den Leggins bis zum Bustier. Auf der Seite, die nicht geschoren war, machten sich grünliche

Streifen in dem weißen Haar breit. Es sah aus, als altere sie auf eine Weise, die normalerweise Pflanzen vorbehalten ist.

Ich fragte: «Viel zu tun?»

«Bloß keinen Putzjob mehr», flehte sie. «Bloß nicht. Meine Hände stinken. Irgend etwas aus Martas Kühlschrank ist direkt durch die Handschuhe gesuppt.»

«Leg sie in Terpentin», riet ich ihr.

Statt dessen hielt sie mir ihre Hände dicht unter die Nase, mit lauter merkwürdigen Ringen und hellgrünem Nagellack. «Riech mal.» Ihre Zehennägel waren ebenfalls hellgrün.

«Nein, danke.» Ich beschrieb ihr den Typen, der Paolina zum Haus ihrer Tante begleitet hatte. Dann kritzelte ich Paco Sanchez' Adresse auf einen Zettel. «Sieh dir an, wo dieser Kerl wohnt, was er tut, mit wem er sich trifft. Er fährt einen blauen Firebird.» Ich schrieb auch noch die Autonummer auf.

«Vielleicht kann ich mir Lemons Bus leihen.»

«Eine gute Idee. Sieh zu, daß du den Bus leihen kannst, ohne ihn mitzuleihen.»

«Zwei sind besser.» Lemon ist ihr Karatelehrer und gelegentlich ihr Liebhaber. Sie haben eine Vorliebe für Slogans gemeinsam: Sie trägt ihre auf T-Shirts herum, er seine auf den Stoßstangen seines Busses – alles, von freundlichen Walfischen, die RETTET DIE MENSCHEN blubbern, bis hin zu Warnungen für Touristen wie etwa NEW YORK CITY – WO DIE SCHWACHEN GETÖTET UND VERSPEIST WERDEN.

«Zwei sind besser wofür?» fragte ich.

«Beschattung.»

«Einer ist billiger», entgegnete ich. Die Woodrow-Reichtümer waren nicht für diese Ermittlung gedacht.

«Wenn es nichts kostet, hättest du dann was dagegen, daß er mitkommt?»

«Verpaßt bloß den Sanchez-Typen nicht, nur weil ihr gerade hinten im Bus bumst, okay?»

«Das traust du mir zu?»

«O Roz», sagte ich, «allerdings. Es ist schon passiert und könnte auch wieder passieren. Aber warum alte Geschichten aufwärmen!»

19

Als ich die Foley-Sukhia-Nummer gewählt hatte, kam wieder das Band. Tina mußte es besprochen haben, und es ging mir unter die Haut, die fröhliche Stimme einer Toten in der Leitung zu hören. Während ich zuhörte, mußte ich an ihr Foto denken, die weiße Haube auf dem glänzenden Haar, das Lächeln in dem faltenlosen Gesicht. Ich hinterließ keine Nachricht.

Nach einem kurzen Blick auf meine Uhr zog ich rasch die abgetragenen Jeans aus und schwarze Hosen an. Das schmuddelige Sweatshirt landete im Wäschekorb. Ich zerrte mir einen erbsengrünen Kapuzenpulli über den Kopf, den ich seit meinen High-School-Tagen in Detroit besitze und der aus irgendeinem Acrylmaterial gemacht ist, das nie aus der Form gerät und nie reißt. Ich bin sicher, daß die Bekleidungsindustrie es vor Jahren schon aus dem Verkehr gezogen hat.

Die Haare kämmte ich mir mit den Fingern, während ich die Treppe hinunterrannte.

Mein Haus hat auf der Vorderseite eine kleine Plattform. Vor Keith Donovans Haus, zwei Türen weiter, ist ein Vorbau, der groß genug ist, um sich Veranda nennen zu können. Ich klingelte und ging auf und ab in der Hoffnung, den richtigen Zeitpunkt gewählt zu haben. Fünf Minuten vor bis fünf Minuten nach einer anberaumten Sitzungsstunde müßte ein Psychiater an die Tür kommen.

Er kam, in grauem Oxford-Hemd und kohlschwarzen Hosen, die Krawatte lose um den Hals gelegt.

«Hallo», sagte er. «Sie haben Glück. Der nächste Patient kommt immer zu spät.»

«Haben Sie einen Augenblick Zeit?» fragte ich.

«Haben Sie Emily gesehen? Mit ihr gesprochen?»

«Das wollte ich Sie gerade fragen.»

«Sie ist nicht bei Ihnen?»

«Und nicht bei Ihnen?» gab ich zurück.

Er zog an einem Ende seiner Krawatte und spähte hastig die Straße hinauf und hinunter. «Warum kommen Sie nicht herein?»

Sein Parterre unterschied sich kaum von meinem. Flur mit Treppe. Eine Stufe zum Wohnzimmer hinab. Das Eßzimmer vom Flur aus geradeaus. Damit endete aber auch jede Ähnlichkeit. Wenn er die Einrichtung selbst besorgt hatte, hatte er als Therapeut den falschen Beruf. Eine Karriere bei *Schöner Wohnen* winkte. Der Flur war mit jagdgrünem Zweiersofa und zwei einladenden Sesseln zum Wartezimmer umfunktioniert worden. Die Tapete nahm das Grün des kleinen Sofas auf. Der weiche Teppichboden hatte ein ornamentales Muster.

Er stellte sich vor einen Spiegel mit vergoldetem Rahmen und brachte einen makellosen Windsorknoten zustande. Wenn mein Flur so aussähe, könnte ich mein Honorar anheben.

Er hatte das gesamte Wohnzimmer zum Büro umgestaltet, nicht nur eine Ecke, wie ich. Ich fing an, mich zu wundern. Wo war da noch Platz für Geselligkeiten? Wo empfing er seine Freunde? War er wirklich das Arbeitstier, das der Raum vermuten ließ?

Sein Mahagonischreibtisch mit Intarsien hatte wahrscheinlich mehr gekostet als all meine Möbel zusammen. Dabei konnte er noch nicht sehr lange als gutverdienender Seelenklempner praktizieren. Cambridge wimmelt nur so von Leuten, die ein Vermögen geerbt haben. Ich fragte mich, ob er wohl dazugehörte. Vielleicht hatte er eine schwerreiche Frau.

Wenn er eine Frau hatte, sprach allerdings nichts für ihre Existenz. Kein Ring am Finger. Kein gerahmtes Foto auf dem Schreibtisch.

Ich setzte mich absichtlich nicht auf die Couch gleich vor mir, da hätte ich mich zu sehr als Patientin gefühlt. Ich nahm auf einem hochlehnigen Sessel mit dem Rücken zum Fenster Platz. Nach Donovans Gesichtsausdruck zu urteilen, hatte ich ihm seinen Lieblingssitz weggenommen.

«Viel Zeit habe ich nicht», sagte er.

«Haben Sie mit Emily Woodrow je über die Krankenschwester gesprochen, die anwesend war, als Rebecca starb?» fragte ich, ohne mich mit der Vorrede aufzuhalten.

«Emilys Mann hat mich völlig aufgelöst angerufen –»

«Ich habe auch mit ihm gesprochen. Gibt's irgendeinen Grund, warum er erwarten könnte, Emily bei Ihnen zu finden?»

«Wie meinen Sie das?»

Ein Blick in sein wachsames Gesicht verriet mir, daß er genau wußte, was ich meinte. In letzter Zeit braucht man nur eine Zeitung aufzuschlagen, und schon hat man eine Story vor sich von einem Therapeuten, der belangt wird, weil er eine Patientin verführt hat.

«Ich meine es so, wie ich es gesagt habe», erwiderte ich. «Mrs. Woodrow nennt Sie Keith. Sie nennen sie Emily. Ich dachte, sie ständen sich vielleicht nahe.»

«Sie dachten, ich würde mit ihr schlafen? Zur Abrundung der Therapie?» Er klang eher amüsiert als aufgebracht.

«Eigentlich nicht», gab ich zu.

«Aber Sie wollten's unbedingt wissen.»

«Es sind schon viel unwahrscheinlichere Sachen passiert», sagte ich.

«Sie ist nicht mein Typ», sagte er.

«Also, was ist mit der Krankenschwester?» fragte ich.

«Wollen Sie denn nicht wissen, wer mein Typ ist?»

«Im Augenblick nicht. Die Krankenschwester.»

«Emily hat von ihr gesprochen», räumte er ein. «Kann ich sie weiter Emily nennen, ohne daß Sie billige Schlüsse daraus ziehen?»

«Hat Emily ihren Namen genannt?»

Seine hochgezogenen Augenbrauen deuteten an, daß er wirklich viel Geduld für mich aufbrachte, wenn er mir eine so lächerliche Frage beantwortete. Ich hasse das.

«Hat Emily ihren Namen genannt?» fragte ich nochmals.

«Wenn Sie den Namen wissen wollen, muß ich meine Notizen durchsehen –»

«Kommt Ihnen Tina bekannt vor?»

«Tina, ja.»

Verdammt, dachte ich. «Und der Nachname?» fragte ich.

«Spielt der eine Rolle?»

«Sehen Sie bitte in Ihren Notizen nach. Hat Emily je Tina für Rebeccas Tod verantwortlich gemacht?»

Er machte keine Anstalten, zu seinem Schreibtisch zu gehen oder wo immer er seine Akten aufbewahrte. «In den letzten drei Monaten hat Emily sogar den Kongreß für den Tod ihrer Tochter verantwortlich gemacht», sagte er und verzog den Mund.

«Sind heute irgendwelche Kongreßabgeordnete tot aufgefunden worden?»

«Was soll das denn bedeuten?»

«Heute morgen ist die Leiche einer Krankenschwester namens Tina Sukhia im JHHI gefunden worden.»

«Sukhia.» Er erkannte den Namen.

«Und jetzt wird Emily vermißt», sagte ich. «Und das ist womöglich kein Zufall.»

«Es könnte doch Zufall sein. Was sollte es sonst sein?»

«Ich könnte mir jede Menge Möglichkeiten vorstellen.»

«Welche zum Beispiel?»

«Tina Sukhia ist kürzlich zu Geld gekommen. *Nachdem* sie ihren Job aufgegeben hatte.» Die neue Tätigkeit erwähnte ich nicht. Ich hatte nicht vor, mit Emilys Therapeuten über Cee Co. zu diskutieren. Wenn Emily mit ihm darüber hätte sprechen wollen, hätte sie nicht einen Trick angewandt, um mich allein zu erwischen.

«Vielleicht hat sie gekündigt, *weil* sie zu Geld gekommen ist», meinte er.

«Sehen Sie? Sie kennen das Spielchen auch», sagte ich.

«Sie sind dran.»

«Emily hat Geld. Sie hätte es dazu verwenden können, Informationen zu erhalten.»

«Welche zum Beispiel?» fragte Donovan.

«Über die Identität des Mannes, der im Zimmer war, als Rebecca starb.»

Ich hatte das Gefühl, daß ihm die gegenwärtige Situation überhaupt nicht zusagte, daß er sich vielmehr lieber in seinem eigenen Sessel zurückgelehnt hätte, über den Dingen schwebend, und sich mit anderer Leute Probleme befaßt hätte. «Was man sich auch mit Geld erkaufen kann», sagte ich, «ist Schweigen.»

«So? Fahren Sie fort.»

Sollte hinter Cee Co. die Ruhly-Kaufhauskette stecken, die Quelle von Emilys Reichtum? Vielleicht bestand das Ruhly-Empire aus einer Gruppe von «Clothing-Coops» oder Boutiquen namens «Cecilia Corners». Vielleicht bestand Tinas neuer Job darin, Emily Woodrow zu erpressen.

«Wäre es möglich, daß Emily an irgendeinem Gerät herumgefummelt und dadurch versehentlich den Tod ihrer Tochter verursacht hat?» fragte ich. *Und daß Tina sie dabei gesehen hat,* setzte ich in Gedanken hinzu.

Donovan nahm seine Brille aus der Tasche und klopfte sich damit auf die Schenkel. «Emily fühlt sich innerlich für den Tod ihrer Tochter verantwortlich», gab er zu. «Aber, das ist natürlich nichts Ungewöhnliches.»

«Glauben Sie, daß sie ihre eigene Tochter absichtlich getötet haben könnte?»

«Sie haben ja eine hohe Meinung von den Menschen, was?»

«Habe ich mir mit der Zeit erworben», sagte ich. «Wissen Sie, ob das Leben des Kindes versichert war?»

«Ich wäre nie auf den Gedanken gekommen, das zu fragen.»

«Ich nehme mal an, daß das Kind selbst reich war», sagte ich.

«Durch Treuhandvermögen. Geld von den Großeltern, das beim Tod des Kindes an die Eltern fallen würde.»

«Wann immer Emily von Geld gesprochen hat, was nicht oft vorkam, war es einfach etwas, was man hat, ohne darüber nachzudenken.»

«War sie eifersüchtig auf ihre Tochter?» fragte ich.

Er schwieg gerade so lange, daß er schlucken konnte, und als er wieder sprach, gab er eine ausweichende Antwort. «Frauen töten selten», sagte er weich. «Und wenn, dann töten sie fast immer gewalttätige Ehemänner oder Liebhaber.»

Ich war eine Frau, die schon zweimal getötet hatte, einmal als Polizistin, einmal danach. Mein Exmann lebte und war wohlauf, soweit ich wußte.

Ich sagte: «Hat Emily nie darüber gesprochen, was an dem betreffenden Tag in dem Zimmer geschehen ist? Bevor Rebecca gestorben ist?»

«Ich glaube, sie hat mir jedes Wort wiedergegeben, das sie mit ihrer Tochter gewechselt hat, hat sich an alles erinnert, es bestätigt, es erklärt. Sie hat zwar die Möglichkeit eines ärztlichen Kunstfehlers in Erwägung gezogen, aber nie Mord.»

«Hat sie je von Selbstmord gesprochen?»

«In bezug auf sich selbst?»

«Ja», sagte ich scharf. «Sie wird vermißt. Leute, die vermißt werden, tauchen manchmal tot wieder auf. Das meine ich.»

«Lassen Sie es mich so ausdrücken: Die meisten Leute denken irgendwann einmal an Selbstmord.»

«Die meisten Leute interessieren mich nicht. Hat Emily Ihnen gegenüber erwähnt, daß *sie* vorhat, es zu tun?»

«Haben *Sie* je vorgehabt, es zu tun?» Die Frage kam falsch heraus, mit sexuellem Unterton. Die Stille im Zimmer wuchs. Er polierte seine Brillengläser und verbesserte sich dann vorsichtig. «Ich meine, sich umzubringen?»

Als meine Mutter starb. Der Gedanke schoß mir so schnell durch den Kopf, daß ich fürchtete, ich hätte ihn laut ausgesprochen.

«Hören Sie endlich auf, mich zu analysieren», sagte ich statt dessen. «Oder mir gönnerhaft zu kommen.»

«Na schön», sagte er. «Aber es bleibt unter uns. Verstanden?»

«Ich bin kein Anwalt, und außerdem handelt es sich nicht um vertrauliche Mitteilungen. Aber ich bin auch kein Plappermaul.»

Er beugte sich vor, streckte die Finger aus und legte sie dann gegeneinander. Eine ganze Weile betrachtete er mich, als würde er genau abwägen, wie weit er mir vertrauen könnte. «Also schön. Als Emily zum ersten Mal zu mir kam, litt sie unter Schlaflosigkeit. Sie sagte, sie schliefe nie oder höchstens zwei Stunden, und den Rest der Nacht würde sie herumlaufen. Ich habe ihr Dalman verschrieben, ein vielverwendetes Mittel. Mit minimalen Nebenwirkungen. Sie behauptete, es würde nicht wirken. Ich probierte es mit einem anderen Mittel. Dann gab ich ihr Serax, glaube ich, eher ein Beruhigungsmittel, das Benommenheit hervorrufen kann. Hat auch nicht angeschlagen.»

«Ist das untypisch?»

«Ja. Dann habe ich ihr Xanax, einen Tranquilizer, verschrieben, danach noch etwas. Sie war anscheinend immer noch resistent. Und dann ging mir ein Licht auf. Mir wurde klar, daß sie sie gar nicht nahm.»

«Wie bitte?»

«Sie bekam jedesmal genug für zwei Wochen oder einen Monat und hortete das Zeug. Ich nahm an, daß sie es aufhob, um eine tödliche Schlafdosis vorrätig zu haben für den Fall, daß sie die Qual nicht mehr ertragen konnte.»

«Und was haben Sie da gemacht?»

«Ich habe ihr nichts mehr verschrieben. Mit ihr Klartext geredet. Sie hat gesagt, sie hätte die Pillen weggeworfen.»

«Hat sie gesagt.»

«Sie schien Fortschritte zu machen.»

«Inwiefern?»

«Ihre Rachegelüste richteten sich mehr nach außen als nach innen.»

«Hat sie speziell damit gedroht, diese Krankenschwester umzubringen?»

«Auf wessen Seite sind Sie eigentlich?»

«Haben Sie eine Ahnung, wo Emily sein könnte?»

«Ich habe meinen Anrufbeantwortungsdienst angewiesen, Gespräche von ihr Tag und Nacht durchzustellen. Mehr kann ich wirklich nicht tun.»

«Weil Sie kein Aktionist sind», sagte ich trocken.

«Was würden Sie denn vorschlagen?»

«Daß Sie Ihre Notizen durchsehen und mit jedem Menschen Kontakt aufnehmen, den sie je erwähnt hat.» Ich konnte ihm den Protest an den Augen ablesen, deshalb fügte ich hinzu: «Oder Sie gehen Ihre Notizen durch und geben mir eine Liste der betreffenden Leute.»

Er nickte widerwillig.

Ich ging einen Schritt weiter. «Da Emily nicht zur Verfügung steht, muß ich auf anderem Wege an den medizinischen Bericht über ihre Tochter herankommen. Als Psychiater von Mrs. Woodrow könnten Sie sich die Unterlagen schicken lassen!»

«Das könnte ich wohl.»

«Zu aktionistisch?»

«Nein», sagte er abwehrend. «Wozu brauchen Sie sie denn?»

«Ich möchte wissen, wer zum Schluß in dem Krankenzimmer war.»

«Ich will's versuchen», sagte er.

«Und jetzt will ich Ihnen noch ein paar Namen nennen, die mir bei meiner bisherigen Arbeit untergekommen sind.»

«Sie haben Zeit, bis es klingelt.»

«Ich habe mit Dr. Muir gesprochen.»

«Ach was!» Seine Stimme hatte einen Ton, als hätte ich eine Audienz beim Papst gehabt.

«Alle um ihn herum gingen auf Zehenspitzen. Betrachteten ihn sozusagen als Staatsschatz. Bis auf einen Typen, einen Anästhesisten namens Pablo Peña. Kennen Sie ihn?»

«Nie von ihm gehört.»

«Assistenzarzt. Kann kaum noch die Augen offenhalten.»

«Das erklärt alles. Er war wahrscheinlich zu erschöpft, um zu salutieren, als Muirs Name fiel. Wenn man hundertzehn Stunden pro Woche arbeitet, wird man müde.»

«So müde, daß man Fehler macht? In Panik gerät und ein falsches Medikament verabreicht?»

«Anästhesisten sind nicht für die Chemotherapie zuständig.»

«Betrachten Sie es einmal so. Er ist im Dienst, die fünfunddreißigste von sechsunddreißig Stunden, und irgend etwas passiert bei Rebecca. Tina Sukhia fordert Hilfe an – wie ging das noch? Ach ja, sie ruft einen Code durch, und dieser Typ springt völlig übermüdet auf die Füße und kommt mit einer Maske angerannt, aber statt sie an den Sauerstoffhahn anzuschließen, nimmt er irgendeine Flasche vom Notfallwagen –»

«Das Zeug ist aber farbig markiert. Eine Flasche auf dem Ambulanzwagen kann nur Sauerstoff oder Luft enthalten –»

«Und wenn er sie nun töten wollte?» sagte ich. «Anästhesisten haben Zugang zu tödlichen Mitteln.»

«Sie denken wie ein Cop. Warum sollte er sie töten wollen?»

«Soll ich's so aus dem Stegreif sagen? Weil er auf die Macht abfährt, diese Herrschaft über Leben und Tod, wenn er Leute in den Schlaf versetzt und wieder aufweckt – oder auch nicht aufweckt. Vielleicht hat Rebecca etwas gesehen, was sie nicht sehen sollte. Etwas gehört, was sie nicht hören sollte. Vielleicht ist er ein Kinderschänder und hat versucht, sich an ihr zu vergehen.»

«Carlotta – darf ich Sie so nennen?»

«Bitte.»

«Haben Sie es je mitbekommen, wenn ein Code durchgerufen wird?»

«Ja, habe ich. Kürzlich erst.»

«Innerhalb von Sekunden wären mindestens zehn Leute in Rebeccas Zimmer gewesen. Meinen Sie, Peña hätte sie vor so vielen Zeugen umgebracht?»

«Im Gedränge, wo jeder sich auf eine bestimmte Aufgabe konzentrierte, hätte er gut eine Gelegenheit finden können.»

«Wenn mit Rebeccas Tod etwas nicht gestimmt hätte, dann hätte Muir eine Untersuchung eingeleitet.»

«Da bin ich mir nicht so sicher», sagte ich.

Donovan preßte die Lippen zusammen und bemühte sich, seine Empörung zu verbergen. «Sie haben den Mann doch nur ein einziges Mal gesehen!»

«Glauben Sie mir, ich bin vor Ehrfurcht fast vergangen. Aber dann hatte ich plötzlich das Gefühl, daß er ein Mensch ist, der um seinen guten Ruf besorgt ist. Und sein Ruf ist mit dem Ruf des JHHI verknüpft, stimmt's? Mit eisernen Bändern zusammengeschmiedet.»

«Ja», gab Donovan zu.

«Wer will schon sein Kind in ein Krankenhaus bringen, in dem vielleicht ein Mörder frei herumläuft? Wenn ich die Klinik leiten würde, könnte ich durchaus versucht sein, mir nicht in die Karten schauen zu lassen.»

Donovan zog die Augenbrauen hoch und sah mich an.

«So was kommt vor», sagte ich, angetrieben von seiner Skepsis. «Krankenhäuser können ein Lieblingsaufenthalt für Mörder sein. Wo sonst kann man eine Maske tragen, ohne ins Gefängnis geworfen zu werden? Wo sonst kann man so hilflose Menschen finden? Es gab einmal einen Pfleger, der zwischen Ohio und Kentucky hin und her pendelte und erst verdächtigt wurde, nachdem er schon Dutzende umgebracht hatte. Und ein Pfleger namens Richard Angelo hat auf Long Island vier Menschen getötet.»

«Und Sie wollen Peña mit auf diese Liste setzen? Nur weil er übermüdet war?»

«Ich habe noch mit einem Typen namens Renzel gesprochen», sagte ich. «Chef der Krankenhausapotheke. Er schien nicht viel von Peña zu halten.»

«Kann ich mir vorstellen.»

«Warum?»

«Ich rede zuviel.»

«Nur weiter so. Es bleibt alles unter uns», ermunterte ich ihn.

«Renzel steht Dr. Muir sehr nahe.»

«Ist das der Grund, warum Renzel eine Abneigung gegen Peña hat? Wetteifern sie beide um die Gunst Muirs? Wird einer von ihnen nach Muirs Pensionierung seine Nachfolge antreten?»

«Nichts dergleichen. Offen gestanden verstehe ich die Beziehung Muir-Renzel überhaupt nicht. Sie sind Freunde. Sie reisen zusammen. Vielleicht ist Renzel ein fröhlicher Reisekumpan. Mir kommt es so vor, als wollten Sie in einer Minute ein psychologisches Gutachten von mir.»

«Will ich auch.»

«Ich habe den Eindruck – ich würde es höchstens als ein vages Gefühl bezeichnen –, daß Hank Renzel etwas gegen nichtweiße Ärzte hat. Unter Männern einer bestimmten Altersgruppe ist das nichts Ungewöhnliches.»

«Alan Bakke», sagte ich.

«Wer?»

«Hieß er nicht so? Dieser Weiße in Kalifornien, der geklagt hat, weil er nicht zur medizinischen Fakultät zugelassen wurde. Er soll wegen eines weniger qualifizierten Schwarzen abgewiesen worden sein.»

«Für einige weiße Studienplatzanwärter war der Traum nach dem Gerichtsurteil ausgeträumt.»

«Für Renzel auch?»

Donovan zuckte die Achseln. «Er ist Naturwissenschaftler, nicht Mediziner. Und sein Vater war Chirurg. Fast so berühmt wie Muir. Medizinische Werdegänge sind oft familienbedingt.»

So ist das also, dachte ich, Renzels Kommentar über Pēna – daß er vielleicht nicht so auf dem neuesten Stand wäre mit seinen Methoden wie der christlich-weiße Hazelton – könnte reine Rassendiskriminierung sein.

Donovan sah betont auf die Uhr. Sein nächster Patient war sehr unpünktlich.

Ich versuchte es mit einem schnellen Themenwechsel. «Harold Woodrow. Weiß Emily, daß er eine Affäre hat?»

Er grinste und wollte nicht anbeißen. «Wissen Sie das? Oder vermuten Sie es nur?»

«Sagen wir einfach, daß ich mich das gefragt habe.»

«Jetzt mal eine Frage an Sie. Haben Sie jemals das Gefühl, mehr zu schaden als zu nutzen, wenn Sie so draufloswühlen?»

«Ich habe diese Sache nicht in Gang gebracht», erwiderte ich.

«Sind Sie da sicher? Haben Sie diese Tina noch gesehen, bevor sie gestorben ist?»

Ich wünschte wirklich, ich hätte.

«Darf ich Sie noch etwas fragen?» sagte er. «Falls Sie keine Fragen mehr an mich haben.»

«Bis es klingelt.»

«Haben Sie einen Freund?»

Es mußte irgend etwas in der Luft sein. Jetzt auch noch Donovan.

«Ja», sagte ich klipp und klar. «Ich habe einen Freund.»

«*Den* Freund?»

«Was meinen Sie mit ‹*den* Freund›?»

«Den Sie heiraten werden?»

Guter Sex kann einen blind machen für eine Menge Charakterfehler, aber selbst bei noch so phantastischem Sex war Sam kein Heiratskandidat. Was mir nur recht war.

«Um bis in alle Ewigkeit mit ihm glücklich zu sein?» flötete ich süß.

«Was meinen Sie, worauf meine Frage abzielt?»

«Auf nichts.»

«Ich wollte Sie einladen.»

«Weil wir so viel gemeinsam haben?»

«Weil Sie mich interessieren.»

«Aus medizinischer Sicht? Als Analysekandidatin?»

«Ich kenne nicht viele Frauen, die so locker mit Gewalt umgehen können wie Sie.»

«Ich bin nicht stolz darauf», sagte ich.

«Nein?»

«Lassen wir das erst mal auf sich beruhen», schlug ich vor.

«Bis Mrs. Woodrow wieder auftaucht.»

«Wir werden sehen», sagte ich.

«Sollen wir's einfach köcheln lassen?»

«Wir werden sehen.»

Es klingelte.

Ich sagte: «Haben Sie Mrs. Woodrow je Halcion verschrieben?»

«Nach ärztlicher Anweisung und unter Aufsicht eines Arztes in Maßen angewendet, ist an diesem Mittel nichts auszusetzen.»

«Und notfalls ist es ein verdammt gutes Argument für den Verteidiger», sagte ich.

«Mein Patient.» Er stand auf und durchquerte schnell das Zimmer, sein Gesicht vollkommen unter Kontrolle. «Auf Wiedersehen.»

20

Tony Foley ging immer noch nicht ans Telefon. Als Tina Sukhias Stimme vom Band erklang, schmetterte ich den Hörer auf die Gabel.

Ich wählte nochmals, legte wieder auf. Vielleicht war Tony zu Hause, ließ sich aber hartnäckig nicht ans Telefon locken. In Anbetracht der Statistiken über Freunde, die ihre Freundinnen umbringen, hatte ihn die Polizei womöglich bis zur Erschöpfung in die Mangel genommen. Die nächsten in der Reihe würden die Reporter sein, die ergreifende Äußerungen aus ihm herausquetschen wollten. Ich würde unter ähnlichen Umständen eine Woche lang nicht ans Telefon gehen.

Ich setzte mich an meinen Schreibtisch und drehte mir eine Locke um den Finger, eine Angewohnheit aus meiner Kindheit, die ich nie abgelegt habe. Im großen und ganzen fühlt sich mein Haar weich und seidig an, aber dazwischen sind ab und zu rauhe Fäden, die meine Fingerspitzen reizen. Das Spiel besteht darin, ein einzelnes rauhes Haar herauszufieseln und auszureißen.

Wahrscheinlich habe ich eine Glatze, bevor ich fünfunddreißig bin.

Ich mußte Tony Foley noch ein paar Fragen stellen. Und Statistik hin, Statistik her, ich sah in ihm keinen echten Mordverdächtigen. Vielleicht bin ich sentimental, aber ich war sicher, daß er mit der Tat gewartet hätte, bis Tina die VISA-Rechnung für die Stereoanlage beglichen hätte.

Ich überlegte hin und her, ob ich die Woodrows anrufen sollte. Ob Emily zurückgekehrt war?

Ich holte die Fotos, die sie mir geschickt hatte, aus der Schublade und legte sie auf dem Schreibtisch aus: Baby, Kleinkind, Mädchen. Alles, was ich je von Tina Sukhia gesehen hatte, war ein einziges Foto, ein lächelndes Gesicht.

Polizeifotografen hatten sicher Aufnahmen von ihrer Leiche gemacht, Bilder, die vielleicht Hinweise auf die Todesumstände geben konnten. Aber ich würde sie nicht zu sehen bekommen, nicht, bis ich Mooney alles erzählt und den Namen meiner Klientin preisgegeben hatte.

Roz war im Augenblick mit der Suche nach dem Mülldieb beschäftigt. Ich hoffte, Lilia paßte gut auf Paolina auf.

Ich zog mit einem Ruck, und fünfzehn Zentimeter lockiger Kupferdraht lösten sich, ein einsames Haar, das zwischen meinem Daumen und Zeigefinger eingeklemmt war. Ich wickelte es um die Fotos von Becca Woodrow und warf das Päckchen in die Schublade.

Ich fuhr auf Nebenstraßen zur Buswell Street und mied den Memorial Drive.

Tony Foley reagierte ebensowenig auf die Türklingel wie aufs Telefon. Ich ließ mich in einem Waschsalon einen halben Häuserblock weiter auf einem Metallklappstuhl nieder und stimmte mich auf den Schleudergang ein. Las den *Globe* und konzentrierte mich dabei auf das winzige Foto neben dem Artikel über die im JHHI aufgefundene Leiche. Frühere Angestellte. Identifizierung erst nach polizeilicher Benachrichtigung der Familie. Keine mutmaßliche Todesursache. Wie würde wohl morgen die Berichterstattung ausfallen?

Der Waschsalon war etwas zu warm, und er roch nach Bleichmittel und Weichspüler. Ich zog meine Jacke aus und setzte mich wieder. Meine Unruhe wuchs zusehends. Wenn Foley nicht bald nach Hause kam, würde ich noch anfangen, Wäsche zu falten.

Er war joggen gewesen; sein Outfit war nicht zu verwechseln. Ich unterdrückte den Gedanken, daß er eigentlich statt der königsblauen Shorts und dem grauen Sporthemd einen schwarzen Anzug hätte tragen müssen. Körperliche Betätigung ist auch für mich immer heilsam gewesen.

Ich legte selbst einen kleinen Sprint hin und war neben ihm, als er eben in den Eingangsweg zum Haus einbog. Er sah meine Beine an. Als sein Blick zu meinem Gesicht hochwanderte, drehte er sich abrupt um hundertachtzig Grad und lief wieder los.

«He!» rief ich. Er blieb nicht stehen.

«Tony!» schrie ich. «Hören Sie!»

Keine Reaktion. Er lief gut, mit langen, lockeren Schritten den Park Drive hinunter. Er war mir bereits dreißig Meter voraus.

Ich setzte mich hinter ihm in Bewegung.

Ich laufe nicht gern größere Strecken, ob zum Training oder zum Vergnügen. Ich spiele lieber im Wettkampf mit anderen Volleyball oder gehe schwimmen im tiefen Wasser, wo man sich nicht die Beine brechen kann. Aber ich hatte lange genug darauf gewartet, mit Tony Foley zu sprechen, und ich würde es nicht riskieren, ihn aus den Augen zu verlieren.

Er lief nicht allzu schnell, sondern trabte in einem guten Rhythmus dahin, wie ein Langläufer, mit einer Geschwindigkeit, die er wahrscheinlich eine ganze Stunde beibehalten konnte, während sie mich bereits nach einer halben Stunde umbringen würde.

An St. Mary's bog er ab Richtung Universität. Aus Angst, er könnte in irgendeiner Gasse oder einem Hof verschwinden, legte ich noch einen Zahn zu. Als ich ihn schließlich wieder im Visier hatte, war ich ein paar Meter näher an ihn herangekommen, und er schaute besorgt zurück. Ich hoffte nur, daß er bereits ein hartes Training hinter sich hatte, wenigstens einen Marathonlauf. Werd endlich müde, du Mistkerl, dachte ich, während meine Sneakers auf den Zement klatschten.

Er hielt anscheinend auf den Fluß zu, was vernünftig war, denn die Uferwege am Charles River sind die Hauptbahnen für alle, denen das Laufen mitten im Verkehr kein Vergnügen bereitet. Als ich über die Commonwealth Avenue sprintete, wäre ich beinahe von einem roten Buick überfahren worden. Ich hörte Bremsen kreischen, hielt aber den Kopf gesenkt und rannte weiter.

Ich dachte, er würde die Fußgängerbrücke zur Esplanade hinüber nehmen, aber er lief weiter, bog nach rechts, hechtete oben über die B.U.-Brücke, drehte wieder nach rechts ab und hielt auf das MIT zu.

Am Fluß war das Laufen angenehmer, Torf und Schlammfurchen waren besser als Pflaster, federnder, aber auch unebener. Jetzt mußte ich nach unten gucken, um nicht zu stolpern. Als ich wieder aufschaute, schien ich aufgeholt zu haben. Aber ich atmete schon schwer und hatte rechts Seitenstiche.

Ich weiß nicht, ob ich ihn eingeholt hätte, wenn er nicht gestolpert wäre. Dumme Ideen kamen mir in den Sinn. Ich sah einen anderen Läufer in der Nähe und überlegte, ob ich ihm zurufen sollte, Tony aufzuhalten, vielleicht mit dem traditionellen Ruf «Haltet den Dieb!» Aber wie es das Schicksal will, wäre ich vielleicht auf einen Rächer gestoßen, irgendeinen übereifrigen Muskelprotz, der zuerst schießen würde.

Ich sah förmlich vor mir, wie ich Mooney das zu erklären versuchte.

Er fiel in der Nähe der Stelle hin, wo die Gänse das Ufer bevölkern, gegenüber dem Zigguratturm des *Hyatt*-Hotels. Ich setzte zu einem Endspurt an. Er schaute zurück, senkte den Kopf und kämpfte sich auf die Knie. Ich war so nahe heran, daß ich den Schweiß auf seiner Stirn sehen und seinen rasselnden Atem hören konnte.

«Was zum Teufel soll das?» Ich blieb neben ihm stehen, die Hände auf meine schmerzenden Schenkel gestützt, und japste so sehr, daß die Worte kaum zu verstehen waren.

«Lassen Sie mich in Ruhe.» Er brachte die Worte nur keuchend hervor, und ich stellte erleichtert fest, daß er nicht taufrisch war, nachdem er mich fast fertiggemacht hatte.

«Verletzt?» fragte ich und hoffte auf ein Ja. Ich bekam eine Flut von Kraftausdrücken zu hören.

«Warum sind Sie denn weggerannt?»

«Ich muß schließlich nicht mit Ihnen reden, oder?»

«Haben Sie sich den Knöchel verstaucht oder eine Sehne gezerrt?»

Er trat auf und zuckte zusammen. «Es wird bestimmt superdick, wenn ich kein Eis draufpacke.»

«Ich habe für gewöhnlich kein Eis dabei», sagte ich, «aber wenn Sie lange genug warten, friert vielleicht der Fluß zu.»

Er versuchte aufzustehen, aber sein Fuß trug das Gewicht nicht. Er hüpfte ein paar nutzlose Meter weit und fiel wieder um.

«Helfen Sie mir?» fragte er ärgerlich.

«Aber sicher», sagte ich sarkastisch. «Was springt denn für mich dabei heraus?»

«Gestern habe ich nicht gemerkt, daß Sie Detektivin sind. Und heute benehmen Sie sich wie 'n verfluchter Supercop.»

«Der verfluchte Supercop würde Ihnen gern ein paar Fragen stellen», gab ich zurück.

«Ich wußte gar nicht, daß Sie 'ne Läuferin sind.»

«Bin ich gar nicht.»

«Sie haben aber 'n langen Atem.»

«Danke vielmals.»

«Können Sie mir wohl zum Hotel rüberhelfen?»

«Beantworten Sie mir meine Fragen?»

«Verdammt noch mal, sobald ich Eis auf dem Knöchel und einen Drink in der Hand habe, erzähle ich Ihnen gern meine ganze verfluchte Lebensgeschichte.»

«Okay», sagte ich.

Es war reine Glückssache, daß wir beim Überqueren des Memorial Drive nicht überfahren wurden.

21

Obwohl wir schweißtriefend hereinkamen, reagierte das Hotelpersonal nicht sonderlich bestürzt. Im Grunde wurden wir einfach ignoriert. Es war gedrängt voll, und das Fischrestaurant neben dem Empfang war bis zum letzten Platz besetzt und summte nur so vor Unterhaltungen und Musikberieselung. Dicke samtene Seile und ein schwarzweißes Schild verwehrten am heutigen Abend den üblichen Besuchern den Eintritt und verkündeten, daß das Restaurant für das Amerikanische Kollegium der Gynäkologen und Geburtshelfer reserviert war.

«Eine ganze Scheißladung voller Ärzte», klagte Tony Foley. «Wenn Sie einen sehen, der freiwillig Hilfe leistet, sagen Sie's mir, und ich krieg auf der Stelle 'n Herzinfarkt.»

Ich sagte: «Die sehen vielleicht nicht, daß Sie schwanger sind.»

«Ach Scheiße, Gynäkologen sind doch auch richtige Ärzte.»

Ein abgehetzter Oberkellner bemerkte uns schließlich. Ich bat um einen Eimer Eis und hatte das Gefühl, daß Tony nicht der erste verletzte Läufer war, den der Oberkellner bediente.

«Können wir was zu trinken haben?» Die Frage meines mißmutigen Gefährten klang eher wie eine Forderung.

«Gewiß, Sir. Ich schicke Ihnen die Kellnerin. Warum nehmen Sie nicht – äh – im Foyer Platz?»

Ich lächelte den Oberkellner an, und er erwiderte mein Lächeln etwas trübselig. Das «Foyer» bestand aus ein paar Sesseln, die neben dem Empfangsdesk für erschöpfte Reisende aufgepflanzt waren.

Tony humpelte zum Restaurant hinüber und spähte hinein. «Woll'n Sie mal raten, wie viele von diesen Haien ihr eigenes Geld verfressen?»

«Sie sollten sich wirklich hinsetzen.»

«Jedesmal, wenn irgendein Johnny ein beschissenes Aspirin nimmt, fließt die Kohle 'nem Arzt in die Tasche.»

Ich packte ihn am Ellbogen und lenkte ihn vor mir her. Er taumelte zu einem gelben Sessel und sank mit einem Ächzen in die Polster.

«Ob er das verdammte Eis heute noch bringt?» murmelte er, während er sich bückte, um die Schnürriemen seines abgetragenen linken Nike-Schuhs zu lösen. «Hätte ihm erzählen sollen, daß ich auf dem Hotelgelände über eine gottverdammte Wurzel gestolpert und gestürzt bin. Hätte ihm sagen sollen, daß ich 'n Rechtsanwalt bin. Da würde er schön springen.»

Eine Kellnerin näherte sich zögernd.

«'n doppelten Scotch», verlangte Tony, «und bringen Sie 'n, bevor Sie wieder da reingehen und den Fettärschen ihren Wein servieren, klar?»

«Bier. Was immer Sie vom Faß haben.» Ich dachte, ich könnte vielleicht mehr von Tony erfahren, wenn ich einen mit ihm trank. Und mich dadurch auch von den Cops absetzte.

Die Kellnerin war jung und leicht zu verwirren. Sie quetschte sich um Tonys Sessel herum. «Es ist wirklich viel los», sagte sie leise.

Tonys Miene verfinsterte sich. Sie drehte sich um und rannte förmlich davon.

Der Oberkellner brachte nicht nur Eis, sondern einen Eisbeutel, den er mittels eines Hotelhandtuchs improvisiert hatte. Foley hörte so lange mit Fluchen auf, wie er brauchte, um ein Dankeschön zwischen den Zähnen hervorzuquetschen.

«Das Eis und ein Drink», erinnerte ich ihn. «Zeit für die Lebensgeschichte.»

«Ziemlich belangloses Zeug», sagte er.

«Bis jetzt noch.»

«Was meinen Sie damit?»

«Jetzt werden Sie zum Hauptverdächtigen Nummer eins.»

«Ach Scheiße.»

«Und?»

«Die Cops sind ein Haufen Scheiße.» Er holte tief Luft und trank noch einen Schluck. «Niemand hat Tina umgebracht. Niemand würde das tun.»

«Und was ist wirklich passiert?»

«Sie hat 'ne Art Fehler gemacht, sonst nichts.»

«Heißt das, sie hat Drogen genommen?»

«Nein, das nich.»

«Hat Sie Pillen eingeworfen, wenn Sie dabei waren?»

«Lassen Sie 'n Band mitlaufen, oder was?»

«Sie sehen zuviel fern.»

«Scheiße», sagte er, «meiner Meinung nach hat Tina – hören Sie, ich mag sie wirklich, aber so seh ich's nun mal. Ich meine, sie is für alles zu haben. Probiert praktisch alles wenigstens einmal. Scheiße, und ich auch.»

«Meinen Sie, sie hat eine Überdosis genommen?» fragte ich zweifelnd. «Als Krankenschwester?»

«Woher soll ich das wissen? Woher, zum Teufel, soll ich das wissen? Was ich weiß, is, daß ich ihr nicht mehr für die Stereoanlage danken konnte. Ich hab ihr nie ein Geschenk gekauft, das mehr als gottverdammte zwanzig Eier wert war. Wir sind auf Flohmärkte gegangen, und da hab ich ihr mal 'n paar billige Ohrringe gekauft. Das is alles, was ich ihr je gekauft habe, 'n paar billige Ohrringe.»

Er brach abrupt ab und beschäftigte sich wieder mit seinem Glas. Wie er da dicht neben mir saß, wirkte er so still und fern wie Tinas Foto.

Ich nahm einen Schluck Bier und beschloß, das nächste Mal doch wählerischer zu sein, was die Marke betraf. «Wissen Sie, was Tina letzte Nacht im JHHI gemacht hat?»

«Versuchen Sie's mal mit was anderem. Damit ham mich die Cops schon den ganzen Tag gelöchert.»

«Ist sie zu einem Kursus gegangen oder für eine kranke Freundin eingesprungen?»

«Hören Sie, das hatte ich alles schon.»

«Sind Sie gestern abend mit jemandem essen gegangen?»

«Hab mir 'ne Pizza bestellt. Hoffe nur, daß der Junge, der sie ausgeliefert hat, sich auch an mich erinnert.»

«Wenn er die Treppen raufgestiegen ist, erinnert er sich bestimmt.» Nach dem Lauf am Fluß entlang war es warm im Hotel. Mein Pulli fing an, mir am Rücken festzukleben. «Meinen Sie, Tina ist zum JHHI gegangen, um Drogen zu klauen?»

«Darauf muß ich wohl nich antworten –»

«Wie wär's denn, wenn ich Sie wieder drüben bei den Gänsen absetzte und Sie nach Hause kriechen?»

Er raffte sich zu einem schwachen Lächeln auf. «Ich will noch 'n Drink.»

Ich winkte der Kellnerin. Wenn Cops ihre Verdächtigen immer mit Schnaps traktierten, würden sie mehr Verhaftungen vornehmen können.

«Ich hätte nie vermutet, daß Sie 'ne Privatdetektivin sind», sagte er, sobald die schüchterne Kellnerin wieder gegangen war. Er schnitt eine Grimasse, als er das sagte, entweder, weil ihm der Fuß so weh tat, oder weil ihm dieses Zugeständnis so schwerfiel. Daß so viele Leute meinen Beruf nicht erraten, ist einer meiner Haupttrümpfe in diesem Geschäft.

«Sie haben den Cops meine Karte gegeben», sagte ich. Warum war er vor mir weggelaufen? Weil er dachte, ich sei wütend über die blöde Sache mit der Karte? Hatte er gedacht, ich würde ihn erschießen, weil er der Polizei erzählt hatte, daß ich nach Tina suchte?

Glaubte er, ich hätte Tina umgebracht?

«Ja, klar habe ich das getan», sagte er. «Warum haben Sie sie mir überhaupt gegeben?»

«Mir ging die Geduld aus», gestand ich ihm. «Ich wollte schnell ein paar Antworten. Wollte wissen, ob ich meine Zeit verschwende, wenn ich den Phantasien einer reichen Frau nachgehe.»

«Hat diese reiche Frau Sie angeheuert, um Tina auszuhorchen?»

Das nicht gerade, dachte ich bei mir.

Tony senkte die Stimme. «Wenn Sie den Cops erzählen, ich hätt Sie angemacht, behaupte ich eisern, daß Sie lügen.»

Sie hatten ihn offenbar ausgiebig über seine Treue ausgequetscht. Ich sagte: «Das Thema wird gar nicht angeschnitten.»

«Wer sagt, ich würde Tina nich lieben, is verrückt. Ich könnte ihr nie weh tun. Scheiße, ich wußte nich mal, wo sie letzte Nacht war.»

«Blieb sie oft nachts weg?»

«Sie hat manchmal nachts gearbeitet.»

«Reine Zweierbeziehung?»

«Meistens. Hören Sie, ich behaupte ja nich, daß ich 'n Heiliger bin, aber Tina gehört zur treuen Sorte.»

«Sind Sie da sicher?»

«So sicher wie's Amen in der Kirche.»

«Haben Sie die Polizei angerufen, als sie nicht nach Hause gekommen ist?»

«Ich bin eingeschlafen. Die haben *mich* angerufen.»

Ein Geschäftsmann, komplett mit gelber Power-Krawatte und Krokodillederköfferchen, warf einen blasierten Blick auf uns, als wollte er sagen: «Wie kommen diese Obdachlosen eigentlich dazu, mein Foyer zu besetzen?»

«Haben Sie heute frei?» fragte ich Tony.

«Ich arbeite zur Zeit nich. Das hörten die Cops richtig gerne. Ich bin vor drei verfluchten Wochen gefeuert worden. Die miese Wirtschaftslage, Sie wissen schon.»

«Wo haben Sie denn gearbeitet?»

«Im Fahrradladen an der Cambridge Street. Ein bißchen reparieren, ein bißchen verkaufen. Es war nicht viel los, darum ham se mich auch entlassen.»

«Suchen Sie wieder was?»

«Ham Sie was anzubieten? Entschuldigung. Ich hab hin und her überlegt, ob ich vielleicht wieder zur Schule gehen soll.» Er bog mit einem Ruck den Kopf zur Seite. «Ich bin nich wie andere. Ich bin nich besonders ehrgeizig, um die Wahrheit zu sagen. Tina hatte genügend Ehrgeiz für zwei.» Er versuchte es wieder mit einem Lächeln, aber seine Unterlippe zitterte. «Wissen Sie, ich hatte so die Vorstellung, zu Hause zu bleiben, 'ne Art Hausmann.»

«Hat Tina gerne gearbeitet?»

«Ja. Bestimmt. Sie plante für uns beide, sie war diejenige, die darüber nachdachte, wie wir reich werden könnten. Und nein, schwanger war sie nich. Es waren nur Träume, und jetzt ist alles hin.»

Er runzelte die Stirn und nahm einen Schluck von seinem frischen Drink. «Warn Sie früher schon mal hier?»

Ich warf einen kurzen Blick auf die farnwedeldekorierte Bar. «Nee.»

«Sieht aus wie 'n Büffet da drüben. Meinen Sie, daß sie merken würden, wenn ein paar Muscheln fehlen?»

«Sie kriegen welche, wenn Sie wollen.»

Wenn Cops ihre Verdächtigen mit Muscheln traktierten, würden sie mehr Verhaftungen vornehmen können.

Ich organisierte einen reichlichen Teller voll. Ein Kellner starrte mich an. Ich starrte zurück. Niemand kam mir in die Quere.

«Woll'n Sie auch eine?» fragte Tony.

«Alles für Sie», sagte ich. «Haben Sie Tina letzte Nacht noch gesehen?»

«Nein», erwiderte er so, als hätte er diese Antwort schon hundertmal gegeben.

«Haben Sie denn gestern nacht noch einmal mit ihr gesprochen?»

Er sah mich durch seine hellen Wimpern an, den Mund voller Essen.

«Hat sie angerufen?» fragte ich.

«Ja.»

«Haben Sie das der Polizei erzählt?»

«Natürlich.»

«Falls nicht, sollten Sie's jedenfalls.»

«Ich hab's erzählt.»

«Von wo aus hat sie angerufen?»

«Weiß nich.»

«Haben Sie ihr von mir erzählt?»

«Ich glaub ja. Hab Ihre Karte vorgelesen.»

«Haben Sie sie darüber befragt?»

«Sicher.»

«Und?»

«Sie sagte, sie wüßte überhaupt nich, was Sie wollen.»

Ich seufzte. «Was macht der Knöchel?»

«Braucht noch 'nen Drink.»

«Nicht auf meine Rechnung. Aber ich hätte gern noch ein paar Infos über diese Cee Co.»

«Welche zum Beispiel?»

«Wie hat Tina davon gehört?»

«Weiß nich.»

«Ist sie zu einem Vorstellungsgespräch hingegangen?»

«Weiß nich.»

«Hat ihr jemand im Krankenhaus von dem Job erzählt?»

Er sah mich einfach nur ausdruckslos an.

«Wollte sie im JHHI aufhören? War sie dort unglücklich?»

«Sie war... deprimiert über irgendwas.»

«Irgendwas, was im JHHI passiert ist? Hören Sie, gestern abend haben Sie gedacht, ich wäre von einer Art Aufsichtsbehörde, die überprüft, wie Patienten behandelt werden. Stimmt's?»

Er schaute in sein leeres Glas und sah sich nach der Kellnerin um.

«Was ist passiert?» fragte ich sanft. «Was hat Tina so aufgeregt?»

«Warum sollt ich's Ihnen erzählen? Sie is tot. Sie war 'ne verdammt gute Krankenschwester. Sie versuchen, ihr anzuhängen, sie wäre drogenabhängig gewesen, wieder mal 'n dunkelhäutiges Mädchen, das an Drugs gestorben is, nichts Besonderes, nich wahr? Aber so war's nich.»

«Dann lassen Sie doch nicht zu, daß sie so abgeschrieben wird», sagte ich.

«Da kann ich doch nichts machen, oder?»

Ich zuckte mit den Achseln. «Vielleicht nicht», erwiderte ich und nippte schweigend an meinem warmen Bier, während er sich zu einem Entschluß durchrang.

Schließlich fing er mit leiser, tonloser Stimme langsam zu sprechen an. «Vor einiger Zeit, Anfang des Jahres, kurz bevor sie das JHHI aufgegeben hat, kam sie völlig aufgelöst nach Hause und ging gleich ins Schlafzimmer, wollte nich mal mit mir reden.»

«Ja?»

«Ich habe was gekocht. Sie hatte keinen Hunger. Ich erzählte was, sie hörte nich zu. Hat sich schließlich fast die ganze Nacht lang lauter Wiederholungen im Fernsehen angeschaut. Die *Tonight Show*, aber sie hat nich einmal gelacht. Hat die Witze nich mal gehört.»

Ich schwieg weiter. Er hielt sein leeres Glas in der Hand. Mit dem Zeigefinger der anderen Hand malte er einen Kreis auf die Armlehne seines Sessels, immer wieder den gleichen Kreis.

«Sie hat geduscht, bevor sie ins Bett gegangen ist. Ich weiß, daß es ihr wirklich dreckig geht, wenn sie abends statt morgens duscht. Als wollte sie was von sich runterwaschen. Als sie wieder zum Vorschein kommt, frag ich sie also direkt, ob sie 'n Kind verloren hat. Sieben Jahre isse schon Krankenschwester, und noch immer haut sie's um, wenn sie 'n Kind verliert. Und da hat sie diesen Ausdruck auf'm Gesicht und sagt: ‹Weißte, ich habe schon schlimme Tage erlebt, aber heute war mein Rekord.› Ich erinnere mich noch genau, dasse sagte, ‹mein Rekord›, denn sie is auch 'ne Läuferin, wie ich. Und dann erzählt sie mir, sie hätte drei verloren. Drei an einem Tag, eins nach dem anderen. Alle drei wirklich krank, ja, aber sie konnt's nich verstehen, und nun machte sie sich furchtbare Gedanken, ob sie vielleicht was falsch gemacht hatte. Dachte drüber nach, wie's aussieht und all das. Drei.»

Drei.

«Können Sie sich noch an das Datum erinnern?»

«Was? Wie denn?»

«Was gab es im Fernsehen? Außer der *Tonight Show*?»

«Weiß ich nich mehr.»

«War es in der ersten Januarwoche?»

«Kann sein.»

Becca Woodrow war am 6. Januar gestorben.

«Ist sie gefeuert worden?»

«Nein.»

«Gab es eine Untersuchung?»

«Weiß nich.»

«Hat sie nie darüber gesprochen?»

«Nein. Und ich hab auch nich gefragt. Ich wollte nicht, daß sie sich wieder aufregt. War verdammt froh, als sie da endlich aufgehört hat.»

«Und zur Cee Co. übergewechselt ist.»

«Den Namen Cee Co. hat sie nur ein einziges Mal erwähnt. Und dabei hat sie irgendwie gelacht.»

«Sie hat ihn nur ein einziges Mal erwähnt?»

«Genau.»

«Haben Sie sie nicht danach gefragt?»

«Warum sollte ich? ‹Hatteste 'nen angenehmen Tag, Honey?› Ja, so was hab ich sie gefragt. Aber ‹Sag mal, wie heißt denn die Firma, für die de jetzt arbeitest?› Nein, darauf wär ich nich gekommen.»

Ich spülte meine Wut mit einem Schluck schalem Bier hinunter.

«Wie bald nach ihrem furchtbaren Tag hat sie beim JHHI aufgehört?»

«Vielleicht 'nen Monat später.»

«Denken Sie mal gut nach, Tony. Können Sie sich erinnern, ob Tina jemals eine Frau namens Emily Woodrow erwähnt hat?»

«Nein, tut mir leid, nein.»

«Gibt es denn gar nichts, an das Sie sich im Zusammenhang mit Cee Co. erinnern können?»

«Ehrlich, nein. Ich hab kaum 'nen Gedanken dran verschwendet. Tina schien nich viel zu tun zu haben, um Ihnen die Wahrheit zu sagen. Hat nur wenige Stunden reingesteckt. Kein Vergleich zu den Stunden, die sie im JHHI runterkloppen mußte.»

«Wenige Stunden?»

«An manchen Tagen isse überhaupt nich hin. Aber in den letzten Wochen war sie viel weg. Manchmal allerdings zur Bibliothek.»

«Welche Bibliothek?»

«Weiß nich.» Er schien auf einmal beschämt zu sein über seine Unwissenheit, doch dann erhellte sich sein Gesicht, und er sagte: «Sie las was von Pakistan. Über ihre Herkunft, nehm ich an.»

«Pakistan? Hat sie eine Reise dorthin geplant?»

«Nein. Hat nur drüber gelesen.»

Ich nippte an meinem Bier und wünschte, ich hätte Tina Sukhia noch kennengelernt.

Frauen töten selten, hatte Keith Donovan gesagt. Und er hatte recht. Andererseits hatte eine Krankenschwester in einem Krankenhaus in Texas vor ein paar Jahren sechzehn Kinder mit einer Todesspritze umgebracht. Hatte landesweit Schlagzeilen gemacht, die Frau. Sagte, sie hätte es getan, um die Verwaltung darauf aufmerksam zu machen, wie dringend das Krankenhaus eine Kinderintensivstation benötigte. Die Dame saß im Gefängnis und würde dort auch bis zum Lebensende bleiben.

Ich wünschte, dieser kleine Leckerbissen wäre mir bei meinem Wortgefecht mit dem Seelenklempner eingefallen.

Ich rief für Tony ein Green & White-Taxi, bevor ich ging.

22

Der Himmel wurde schon dunkler, als ich über die Brücke in die Innenstadt zurückging. Die Luft hatte sich abgekühlt, und ein leichter Wind kräuselte den dunklen Fluß. Ein lycragekleideter Radler wich in weitem Bogen einem Fußgänger aus. Ein verbeulter Volkswagen tat an der roten Ampel mit lautem Hupen seinen Unmut kund.

Jage einen Trauernden von seinem Haus weg, lade ihn zu ein paar Drinks ein und laß ihn mutterseelenallein in einer Bar sitzen. Ich gratulierte mir zu meiner guten Arbeit. Sicher hätte ich noch bei ihm bleiben, ein paar ranzige Erdnüsse knabbern, nicken und zuhören können. Aber Tatsache war schlicht und einfach, daß ich nicht viel darum gab, die feineren Details seines Schmerzes zu erfahren.

Ich schüttelte den Kopf und trottete weiter. Es war nicht das erste Mal, daß ich mich ausgehöhlt und bar aller mitleidigen Regungen fühlte. Ich habe mit dem Polizistendasein Schluß gemacht, als diese Gefühlslage zum Dauerzustand wurde.

Sorgenvolle Gedanken verlangsamten meinen Gang wie Steine in den Schuhen. Paolina. Marta. Emily Woodrow. Und Becca und Tina waren tot.

Verdammt, wenn ich Tony Foley wäre, würde *ich* etwa in die leere Wohnung zurückkehren zu Tinas Pfauenfedern und Schleiertüchern, zu dem gemeinsamen Bett? Ich war wieder in das Haus meiner Tante gezogen, als ich mich von Cal getrennt hatte, und der war nicht einmal tot, obwohl er nach allem, was er mir angetan hatte, meinetwegen im Kokainrausch hätte sterben können.

Ich kam an einem Münzfernsprecher vorbei – keine Telefonzelle, sondern einfach nur ein öffentlicher Fernsprecher auf einem Eisenpfosten. Die Auskunft nahm sich Zeit, bevor sie die Woodrow-Nummer preisgab. Harold nahm beim ersten Ton den

Hörer ab, als hätte er neben dem Telefon gesessen und nur aufs Klingeln gewartet.

Nein, Emily war nicht zu Hause. Nein, sie war auch inzwischen nicht wieder zu Hause gewesen.

«Meinen Sie nicht, daß Sie die Polizei benachrichtigen sollten?» fragte ich. «Sie wird nun schon vierundzwanzig Stunden vermißt –»

«Was meinen Sie eigentlich mit ‹vermißt›? Sie hat es ja so gewollt! Oder wartet sie Ihrer Meinung nach darauf? Daß ich irgend jemanden anrufe und der breiten Öffentlichkeit eröffne, daß meine Frau ausgeflippt ist?»

«Betrachten Sie es einmal andersherum. Wenn ihr etwas zugestoßen ist, wenn sie in irgendeinem Krankenhaus liegt, macht es keinen guten Eindruck, daß Sie keinen Finger rühren, um sie zu finden.»

«Ich habe meinen Anwalt informiert. Böswilliges Verlassen ist ein Grund für –»

«Wie Sie wissen, spielt die Schuldfrage bei einer Scheidung kaum noch eine Rolle, Mr. Woodrow. Hören Sie, ich rede wirklich ungern am Telefon darüber, aber ich mache mir Sorgen um das Wohlergehen Ihrer Frau –»

«Ich wohl nicht, wie?»

«Stehen in Ihrem Arzneischrank Tablettenfläschchen? Ist Ihnen aufgefallen, daß sie viele verschreibungspflichtige Medikamente aufbewahrt?»

Er gab ein wütendes Schnauben von sich. «Worauf wollen Sie denn jetzt hinaus?»

«Ich glaube, Sie sollten mich engagieren und nach Ihrer Frau suchen lassen.»

«Sie engagieren? Ha! Nehmen Sie doch den Tausender, den sie Ihnen bereits bezahlt hat, das Geld, das Sie ihr schon aus der Tasche gezogen haben. Kommen Sie mir bloß nicht mit weiteren Forderungen!»

«Ich brauche kein Geld, ich brauche einen Auftrag! Ich kann

Ihnen nicht sagen, wofür mich Ihre Frau angestellt hat, aber das eine kann ich Ihnen sagen: Sie hat mich jedenfalls nicht angestellt, um nach ihr zu suchen!»

«Ich hänge jetzt ein.»

«Warten Sie. Tut mir leid, daß ich etwas laut geworden bin. Ich tu's nicht wieder. Sie haben gesagt, bei ihrer Mutter wäre sie nicht aufgekreuzt –»

«Ihre Mutter ist in einem Altenpflegeheim. Sie kann nicht sprechen. Die Pfleger haben meine Frau ewig nicht gesehen.»

«Gibt es noch irgend jemanden? Geschwister?»

«Ich habe schon bei ihrer Stiefschwester in Rhode Island angerufen.»

«Würden Sie mir die Nummer geben?»

«Glauben Sie, daß Emily dort ist, aber nicht mit mir reden will?»

«Es wäre möglich.»

«Sie hat kein besonders inniges Verhältnis zu ihrer Stiefschwester. Die beiden haben nichts füreinander übrig. Greta hätte mich angefleht, sie schleunigst abzuholen.»

«Wie steht's mit Freunden aus der Zeit vor Ihrer Ehe?»

«Vor unserer Ehe? Davon wüßte ich ja wohl nichts, oder?»

«Das bringt alles nichts. Hier am Telefon. Ich muß persönlich mit Ihnen reden. Ich würde – hm – etwa eine halbe Stunde oder vierzig Minuten brauchen.»

«Heute abend nicht.»

«Und fünfzehn Minuten von Ihrer Zeit, mehr nicht.»

«Es geht absolut nicht. Heute abend nicht.»

«Dann morgen. Um zehn Uhr.»

«Kommen Sie auch nicht zu spät?»

«Nein.»

«Neun Uhr dreißig würde mir besser passen.»

«Also neun Uhr dreißig.»

«Auf Wiederhören.» Sein Hörer knallte auf die Gabel, und ein schnarrendes Amtszeichen tutete mir ins Ohr.

Wie unpassend, dachte ich, wenn die Frau verschwunden ist.

Morgen. Bis morgen warten. Was, zum Teufel, sollte ich Mooney morgen erzählen? Daß meine Klientin verschwunden war? Daß sie vielleicht Tina Sukhia ermordet hatte? Daß sie unter Umständen auch sich selbst umgebracht hatte?

Ich bog automatisch ab und ging bergauf zur Brücke. Ein junges Mädchen in einem Sweatshirt mit Boston-University-Aufdruck joggte an mir vorbei. Sie wollte mich schon anlächeln, doch dann hielt sie jäh inne, die Mundwinkel leicht angezogen, und sah schnell weg.

Die arme Emily Woodrow. Mutter im Pflegeheim. Ehemann eiskalt. Tochter tot. Ich starrte das hohe eiserne Geländer an, das die Brücke zu beiden Seiten sicherte. Hoch genug, um nächtliche Selbstmörder vom Springen abzuhalten? Oder reichte dazu schon der verseuchte Charles River, der Gedanke an einen schmutzigen Tod in trüben Fluten? Einen Augenblick lang dachte ich, ich könnte Emily im Finstern sehen, still und klein in ihrem feinen Kostüm, mit zerrissenen Strümpfen, wie sie auf dem Geländer balancierte. Knapp außer meiner Reichweite.

Meine Mutter pflegte immer mit erhobenen Händen zu sagen: *«Ejner wil lebn un ken nit, der zwejter ken lebn un wil nit.»* Ihr jiddischer Universalkommentar zur Ungerechtigkeit und Sinnlosigkeit dieser Welt.

Wenn Tina von jemand anderem als Emily umgebracht worden war, dann konnte meine Klientin auch ermordet worden sein.

Wo, verdammt noch mal, waren bloß die Dokumente, die Emily zu schicken versprochen hatte? Wußte Harold etwas davon? Hatte sie sich ihrem Mann anvertraut? Würde er mir vertrauen?

Ich marschierte weiter.

Ich hätte zurückgehen und Tony Foley trösten können.

«Und was machen Sie, wenn Sie niedergeschlagen sind?» hatte Keith Donovan gefragt.

Ich hätte nach Hause gehen, Gitarre spielen und Tiefkühlpizza essen können.

Ich rief Sam Gianelli an.

23

«He», murmelte ich leise und kitzelte Sam leicht mit dem Finger hinter dem Ohr, «wach auf.»

Er lächelte und seufzte. Die Augen blieben geschlossen.

Ich für mein Teil bin langsam im Lieben. Wenn ich nicht gerade einen festen Bettgenossen habe, einen normalen Abend-und-Morgen-Mann, kommt mir ein Typ meist zu schnell, ist er zu leicht befriedigt, schlummert er zu rasch ein. Ich brauche lange, um voll dazusein, und lange, um fertig zu werden. Sam weiß das. Er vergißt es nur.

Aber wenn ich mitten in der Nacht aufwache und nach ihm greife, ist Sam nicht weiter überrascht. Das ist die Vertrautheit zwischen länger schon Liebenden, die einfach wissen, wo sie küssen, tasten, streicheln können.

«Na los doch», sagte ich ein bißchen lauter.

Manchmal vermisse ich die Verrücktheit Frischverliebter, die noch keine Ahnung haben, aber zu allem bereit sind. Mein Unterbewußtsein blendete das Bild Keith Donovans ein, wie er seine Krawatte knotete. Vertauschte es mit der Vorstellung, wie er sich gerade den Gürtel löste.

«Mmmmm», brummte Sam, «sehr angenehm.»

«Wie bringt man wieder ein Knistern in sein Verhältnis?» sagte ich.

«Du könntest Spitzen tragen», murmelte er.

Ich zog mein Tanktop-Unterhemd aus. «Schwarze Spitze?» fragte ich. «Was Perverses?»

«Was Perverses», stimmte er ernst zu.

Ich habe nie etwas für Klamottensex übrig gehabt. Mein Aphrodisiakum ist Musik, und da Sam meine alten Blues-Alben toleriert, sollte ich ihm vielleicht die kratzigen Spitzen gönnen. Ich besitze einen heißen schwarzen BH mit Bügeln, den ich seit meiner High-School-Zeit nicht mehr getragen habe. Die Sorte, die nach oben drückt; gekauft habe ich ihn, als ich noch dachte, jedes Mädchen müßte Sexbombenbrüste haben. Ob ich ihn weggeworfen hatte?

«Bleib bei der Sache», sagte Sam.

Tat ich. Wir verhedderten uns zwar in Bettuch und Decke, aber schließlich gab beides nach und fiel zu Boden. Wir schafften es, auf der Matratze zu bleiben, ich oben, mit ganz langsamen, windenden Gleitbewegungen, während Sam, die großen Hände frei und betriebsam, mich an den richtigen Stellen berührte.

Als das Telefon klingelte, war ich außer Atem, aber froh, daß es meinen Höhepunkt abgewartet hatte.

«Entspann dich», sagte ich zu Sam und lüftete mit einer Hand mein Haar von meinem verschwitzten Nacken. «Wahrscheinlich verlangt bloß jemand Lösegeld für meinen Müll.»

Ich hob den Hörer von der Gabel, ehe das Telefon zum fünften Mal schrill klingeln konnte. Die Frau am anderen Ende der Leitung verfluchte mich auf spanisch. Ich war versucht, wieder aufzulegen, aber ich kannte die Stimme nur zu gut.

«Marta», sagte ich in bestimmtem Ton. «*¡Por favor, repita!*»

Das blieb vollkommen wirkungslos.

«*¡Mas despacio!*» ermahnte ich sie.

Der Redestrom wurde langsamer und ergab allmählich einen Sinn.

«Wann war das? Hat sie Geld mitgenommen?» Ich sprach spanisch. Ich weiß, daß es keinen Zweck hat, mit Paolinas Mutter englisch zu reden, wenn sie aufgeregt ist.

«*¿Quanto? Gracias.* Und jetzt erzähl mir genau, was sie gesagt hat. Wort für Wort. Spanisch, englisch, egal! Wenn ich's nicht verstehe, frage ich.» Ich schloß die Augen und knirschte mit den Zähnen, um nicht laut zu schreien.

Sam beugte sich vor und knipste das Licht an.

«*¿Jamás? ¿Cómo se dice en inglés?* Nie? So wie *¿nunca?* Stärker, wenn man beide verwendet? Und sonst noch? Okay. Okay. *Cuanto antes.*» Ich legte auf, während sie mich immer noch ankreischte, daß alles meine Schuld sei, daß sie mich verklagen oder umbringen würde, wenn ihrer Tochter etwas passierte.

«Schlimm?» fragte Sam, der schon aufrecht saß und gerade begann, sich mit der Geschwindigkeit eines Mannes, der Schuldgefühle hat, weil er die vorherige Sache mit dem Müll schon verpaßt hatte, die Hosen anzuziehen.

«Paolina. Sie ist von zu Hause weggerannt.» Ich hatte gleich, nachdem das Amtszeichen wieder erklungen war, eine Nummer in die Tasten gehauen.

«Die Cops?»

«Noch nicht.»

«Green & White-Cabs», sang Gloria beim ersten Ton ins Telefon. Sie machte gar nicht erst den Versuch, mich zu unterbrechen, als ich ihr kurz die Sachlage schilderte. «Armes Schäfchen», murmelte sie. «Armes Schätzchen.» Und dann: «Bleib mal 'ne Sekunde dran, ja?»

Es dauerte länger als eine Sekunde, auch länger als eine Minute. Ich nutzte die Zeit, indem ich nach meinen Kleidern auf dem Fußboden angelte, ab und zu ein Kleidungsstück an Sam weiterreichte und mich, den Telefonhörer zwischen Schulter und Kinn geklemmt, fertig anzog.

«Dein siebter Sinn, Baby.» Glorias Stimme war so beruhigend, daß ich mich wunderte, warum ich sie noch nie angerufen hatte, wenn ich unter Schlaflosigkeit litt. «Johnny Knight hat sie an der Portland Street aufgelesen und vor fünfzehn Minuten vor dem Delta-Flugterminal abgesetzt. Das liebe Kind war so gescheit, ein Green & White-Taxi anzuwinken. Hier arbeiten keine Perversen. Sie hat bestimmt gehofft, dich zu kriegen.»

«Das bezweifle ich», sagte ich. «Ich hätte sie auf jeden Fall nicht zum Flughafen gebracht. Sie fliegen doch erst von Logan ab, wenn es hell ist, oder?»

«Das habe ich auf der anderen Leitung auch abgecheckt. Vor sechs Uhr achtzehn kein Abflug. Jedenfalls nicht von Delta.»

«Sie wird zu Delta wollen.»

«Soll ich die Flughafenpolizei verständigen?»

«Nein. Bin schon unterwegs.»

«Sag mir, wenn ich helfen kann.»

«Du hast mir schon geholfen. Danke.»

Sam war zur gleichen Zeit fertig wie ich.

«Woher wußtest du, daß sie ein Taxi nehmen würde?»

«Sie hat Geld aus Martas Börse entwendet, und sie ist nicht so blöd, daß sie trampt. Komm schon.»

Ich warf die Wagentür zu, drehte den Schlüssel im Zündschloß und trat das Gaspedal durch. «Soll ich fahren?» fragte Sam ruhig.

«Nein», giftete ich. «Ich hätt's mir denken können.»

«Was hättest du dir denken können? Du hast sie doch Monate nicht gesehen.»

«Ich habe Monate nicht mit ihr gesprochen. Aber gesehen habe ich sie Sonntag noch, habe hinter ihr herspioniert. O verflucht noch mal –» Der Umschlag fiel mir wieder ein, den der bierbäuchige Mann ihr zugesteckt hatte, der kurze Wortwechsel, der dem vorausgegangen war, die verschwörerische Atmosphäre. Geld?

«Trotzdem –»

«Sie hat sich mit Marta gestritten. Das übliche, nur schlimmer. Die Brüder haben sie dauernd geärgert, sie hatte überhaupt keinen Raum für sich. Und Marta hat gesagt: ‹Du bist keinen Deut besser als wir anderen, Mädchen. Beklag dich also nicht bei mir.› Der Streit geht weiter. Schließlich kommt auch noch die Geschichte mit ihrem Vater an die Reihe, und Paolina sagt, Marta hätte recht, sie wäre eben nicht so wie die anderen, und dann sagt sie noch: ‹*¡Nunca, jamás, volvere a verte!*›»

«Und was heißt das?»

«Sie zieht eine Tasche unter dem Bett hervor, fertig gepackt. Und sagt zu ihrer Mutter: ‹Wir werden uns *nie und nimmer* wiedersehen.›»

«So was sagen Kinder nun mal.»

«Marta erwidert: ‹Wo immer du hingehst, sie werden dich zurückschicken.›»

«Und?»

«Paolina benutzt daraufhin das Wort *extradición*, spricht also von Auslieferung statt von Zurückschicken. Das macht man nur, wenn man vom Ausland spricht.»

«Meinst du, sie will ihren leiblichen Vater suchen? Diesen Tagedieb aus Kolumbien?»

Eine Weile war es still im Auto, dann fügte Sam hinzu: «Wir werden sie schon finden.» Er bemühte sich, nicht zusammenzuzucken, als ich mit kreischenden Reifen in den Memorial Drive einbog.

Es war reine Nachlässigkeit von seiten der Polizei, daß ich nicht geblitzt wurde. Ich raste mit zwanzig Meilen über der erlaubten Geschwindigkeit, während Sam sich krampfhaft am Armaturenbrett festhielt, ohne einen Ton zu sagen, Gott segne ihn. Ich hatte den Tank nicht einmal ein Achtel voll. Das reichte, um noch bis zum Flughafen zu kommen, wenn es im Callahan-Tunnel keine Verkehrsstockung gab, aber das war in der Finsternis vor Sonnenaufgang unwahrscheinlich.

Am Leverett Circle nahm ich eine Ampel bei Gelb und warf das Lenkrad hart herum, um an dem Lastwagen vorbeizukommen, der auf meiner Fahrspur bereits angehalten hatte.

«Warum eigentlich Delta?» fragte Sam.

«Sie fliegen Miami an», sagte ich. «Miami liegt auf halber Strekke nach Bogotá.»

«Hat sie denn genug Geld dafür?»

Warum könnte Paco Sanchez ihr Geld gegeben haben? Warum hing ein Achtundzwanzigjähriger mit einer Elfjährigen herum? Ich war nicht umsonst einmal Polizistin. Ich weiß, daß es Männer gibt, die Kinder – besonders junge Mädchen – stehlen, Männer, die ihnen ein Märchen von schnellem Ruhm als Filmstar vorspinnen oder ein Wiedersehen mit lange verschwundenen Vätern versprechen.

«Ich fürchte, sie hat genug. Sie hat Marta sechzig Dollar geklaut. Sie hat das Geld, das sie mit Babysitten verdient hat. Und dann ist da noch dieser Kerl, der ihr womöglich etwas geliehen hat.» Ich ließ Sam über Sanchez im Unklaren; dadurch erschien er weniger real.

«Ist sie denn so scharf darauf, ihren Alten Herrn kennenzulernen?»

«Wärst du das nicht?» fragte ich zurück. «Wenn du ihn nie gesehen hättest? Wenn du nie etwas von ihm gewußt hättest, bis dir zufällig etwas zu Ohren kommt?»

«Ich wäre entzückt, wenn mein Vater zufällig gar nicht mein Vater wäre.» Sams Stimme klang etwas gereizt. Ein heikles Thema. Er ist der Sohn eines kleinen Bostoner Gangsterbosses, der Sorte Mensch, die in den Abendnachrichten an einer Zigarre herumkaut und aus dem Mundwinkel heraus «kein Kommentar» murmelt.

Ich bremste ab und fuhr auf den Delta-Parkplatz für Kurzparker. Wenn man seine Räder loswerden will, muß man am Logan International Airport parken. Professionelle Autodiebe sind so schlau, vom Parkplatz der Langzeitparker zu klauen, aber Junkies ist alles egal.

Ich achtete darauf, daß alle Türen abgeschlossen waren. Mein Toyota würde seinen Anteil am Risiko tragen müssen.

Aber die Sicherheitskräfte des Flughafens wollte ich nicht mit hineinziehen. Wenn man einen Kampfhund erst mal in Bewegung gesetzt hat, ist es schwer, ihn wieder zurückzupfeifen, und das Letzte, was ich wollte, war ein Haufen schießwütiger Wachleute, die sich an meine Fersen hefteten.

Sie würde sich am Schalter ein Flugticket kaufen oder jemanden überreden müssen, ihr eins zu kaufen. Sie würde darauf achten, ungesehen zu bleiben, bis sie sich unters Volk mischen konnte. Sich vielleicht eine nette Familie suchen, der sie sich vorübergehend anschließen konnte. Paolina ist eine ziemlich gute Schwindlerin. Wenn sie irgendeiner Dame mit einer Geschichte aufwarten würde von ihrer Mam, die sie mit dem nötigen Geld am Eingang hatte absetzen müssen, weil Tante Cecilia schnell zum Krankenhaus gefahren werden mußte, um dort ihr Baby zur Welt zu bringen, und von den Delta-Angestellten, die ihr keine Beachtung schenkten, weil sie ja noch ein Kind war ... also bestimmt würde man ihr den Gefallen tun, das Geld nehmen und ihr auf die eigene Kreditkarte ein Ticket besorgen.

Falls es einen Tarif für Kinder unter zwölf nach Miami gab, würde sie sich garantiert einer Familie anschließen. Ich versuchte, mich in ihre Lage zu versetzen, aber von elf Jahren bis Mitte Dreißig ist es eine Ewigkeit. Ich kann mich nicht mehr an die Zeit erinnern, als ich elf war, nur daran, daß es bei allem – ob Klassenarbeit, Junge oder Pickel – auf Leben und Tod ging.

In der Abflughalle herrschte Stille, sie war weitgehend verlassen. Reinigungstrupps leerten die Aschenbecher, an denen sich verzweifelte Raucher noch schnell eingequalmt hatten, bevor sie sich in die rauchfreien Lüfte erhoben. Ein hagerer junger Mann starrte ins Leere, während er seine Bohnermaschine in immer größeren Bögen übers Linoleum führte. Ich fragte ihn, ob er ein kleines Mädchen hätte herumlungern sehen, und es dauerte eine ganze Weile, bis ich merkte, daß er an einem Walkman hing und kein Wort von dem, was ich sagte, verstand.

«Nein», erwiderte er, als er die Ohrstöpsel herausgezogen hatte. «Hab nichts gesehen.»

Der ideale Zeuge. Typisch.

Wir probierten es mit dem Restaurant, der Snackbar, dem Buchladen, den zwei Kiosken und dem Andenkenladen. Es gab auch einen speziellen Warteraum mit lustigen Rutschbahnen und Flugzeugen zum Reiten für die Kinder auf dem Weg nach Disney World. Leer. Sams Ledersohlen machten klatschende Geräusche auf dem Linoleum. Meine Sneakers waren bis auf ein gelegentliches kurzes Quietschen leise. Der Aufzug fiel mir ein, und ich dachte, daß sie sich vielleicht dort aufhielt. Sie mag Aufzüge.

Die Türen schoben sich auf – niemand.

«Vielleicht sollten wir am Ticketschalter warten», sagte Sam und ergriff meine Hand.

«Du wartest, okay?»

«Und wohin gehst du?»

«Achte du nur darauf, daß sie kein Flugticket kauft.»

«Was soll ich denn gegebenenfalls machen? Sie mir schnappen und zum Auto tragen? Was ist, wenn sie schreit?»

«Tu, was nötig ist, Sam.»

«Wenn ich von der Flughafenpolizei erschossen werde, wird einer von Daddys Schlägern wissen wollen, warum. Denk dran.»

Ich beugte mich zu einem flüchtigen Kuß vor und machte mich in Richtung Toiletten davon.

Es gibt sechs Toiletten im Delta-Terminal. Ich kann mich rühmen, jede Damentoilette in Boston zu kennen – welche mit Tampaxautomaten bestückt sind, welche mit Ratten und Kakerlaken verseucht sind, welche sauber genug sind, daß man sie benutzen kann. Die Kenntnis der Toiletten war für mich als Polizistin sehr von Nutzen, besonders bei Beschattungen, und sie ist mir auch beim Taxifahren von Nutzen.

Zwei Flugbegleiterinnen plauderten in Nummer eins miteinander. Eine Putzkolonne scheuerte den Fußboden in Nummer zwei. Nummer drei war leer. Ich machte die Türen von allen Kabinen auf und sah auch in die Wickelnische.

In Nummer vier mußte ich. Bedürfnisanstalten wecken eben gewisse Bedürfnisse.

Nummer fünf war ein Volltreffer. Ein Hauch von Paolinas Parfüm mischte sich mit dem Geruch von Desinfektionsmitteln. Sie trägt es nicht oft, nur zu besonderen Gelegenheiten, und dann nimmt sie meist zuviel davon. Ich wartete, während eine Frau geduldig ihrem Töchterchen auf den Toilettensitz half, ihm dann am Waschbecken die Hände wusch und ihm schließlich zeigte, wie man den blöden Automaten zum Händetrocknen anstellt, dessen Luftstrom so schlecht trocknet, daß man seinen Flug verpaßt hat, wenn die Hände endlich trocken sind.

Die Tochter hielt ihr Gesicht in den Wind und ließ sich von der heißen Luft das Haar zerzausen. Der Automat besaß offenbar einen Unterhaltungswert, den ich bisher noch gar nicht zu würdigen gewußt hatte.

Nachdem die Frau und ihre Tochter gegangen waren, blieb ich zwei Minuten lang absolut still stehen. Dann ging ich auf Zehenspitzen zu der einen besetzten Kabine und spähte unten durch.

Sie trug die roten Schuhe, die ich ihr zum Geburtstag geschickt hatte, Slipper mit großen Lackschleifen. Ich hätte nie eine leibliche Schwester mit so winzigen Füßchen haben können. Bei ihrem Anblick mußte ich schlucken.

Ich räusperte mich. Die Füße versuchten, sich unsichtbar zu machen.

Ich wollte losbrüllen. Ich wollte sie so erschrecken, wie sie mich erschreckt hatte. Ich wollte ihr klarmachen, daß es Leute auf dieser Welt gibt, die ihre Unschuld auf unvorstellbare Weise ausnutzen würden.

Ich holte tief Luft, aber die Schelte blieb mir im Hals stecken, so verflucht erleichtert war ich, die kleinen Füße zu sehen. Ich konnte sie atmen hören, schnell und flach.

«Paolina», sagte ich.

Der rechte Fuß erschien wieder auf der Bildfläche, dann der linke. Sie fing leise zu schluchzen an.

«Mach die Tür auf, Kleines.»

«Geh weg.»

«Kann ich nicht.»

«Laß mich in Ruhe. Bitte.»

Ich machte kein Theater um das Türöffnen. Wenn es sein mußte, konnte ich darunterher kriechen.

Vor einigen Monaten war Paolina über ein Familiengeheimnis gestolpert: Sie hat nicht den gleichen abwesenden Vater wie ihre drei jüngeren Brüder. Sie ist vermutlich die Tochter eines reichen Mannes, Abkömmling einer der reichsten Familien Kolumbiens.

Ihre Mutter, Dienstmädchen in dem großen Haus, hatte Paolinas Vater nie geheiratet, obwohl er ihr, wie sie sagt, die Ehe versprochen hatte. Immer die gleiche Story. Kompliziert wurde sie durch die Tatsache, daß der Mann verschwand, nicht mit einer anderen Frau, sondern in den Dschungel, um eine revolutionäre Guerillatruppe anzuführen. Wo er – so behauptet es jedenfalls die Boulevardpresse – zunächst einmal in den Drogenhandel einstieg. Geld für *La Revolución, la Violencia.*

Jeder kennt die gerasterten Nachrichtenfotos von Paolinas Papa. Carlos Roldan Gonzales. Mitglied des Medellín-Kartells.

«Hast du Paco Sanchez von deinem Vater erzählt? Hat Sanchez dir versprochen, dir bei der Suche nach deinem Dad zu helfen?»

Stille.

«Paolina –»

«Ich muß ihn finden. Ich muß meinen Dad finden.»

«Mach die Tür auf, Kleines.»

«Ich kann nicht. Ich kann wirklich nicht. Ich kann nicht aufstehen. Ich kann nicht hier raus.»

«Beruhige dich doch, Herzchen.»

Wieder Stille, nur ab und zu unterbrochen von lautem Aufschluchzen. Ich überlegte, ob ich unter der Tür durchkriechen sollte.

Als ihre Stimme wieder erklang, hörte sie sich sehr kleinlaut an. «Ich bin krank, Carlotta. Irgend etwas stimmt bei mir nicht, in mir innen. Ich glaube, ich sterbe.»

«Was redest du da bloß, Kleines!»

«Ich kann nicht aufstehen. Es ist wieder passiert. Es war vorher schon mal, aber dann hat es aufgehört, und ich dachte, wenn ich in die Kirche gehe und bete und zu Hause helfe, muß ich vielleicht doch nicht sterben.»

«Was meinst du denn eigentlich?»

«Es ist wieder passiert.»

«Was ist wieder passiert?»

«Ich blute. Ich blute. Da unten.»

Elf Jahre alt. Du lieber Gott! Elf Jahre alt und mit einer Mutter geschlagen, die sie nicht darüber aufgeklärt hatte, was ihr bevorstand.

«Ach Kleines», sagte ich, «bitte mach die Tür auf.»

Ich hatte auch mit elf meine Periode bekommen. An einem Mittwoch, wie ich mich erinnere, bei der Tanzstunde in der Turnhalle. Wie ich sie gehaßt hatte, die Tanzstunde *gehaßt* hatte! Auf flachen Schuhen Foxtrott tanzen mit Jungs, die nur halb so groß waren wie ich. Und dann die plötzliche Feuchtigkeit zwischen meinen Beinen, die Finger, die auf mich zeigten, unterdrücktes Gekicher.

Ich hatte mich so geschämt, daß ich nicht einmal den Turnlehrer um die Erlaubnis bat, zur Toilette gehen zu dürfen. Ich war einfach geflüchtet, überzeugt davon, daß es durchaus möglich war, vor Scham zu sterben. Und dann die schrecklichen Blutflekken. Die Angst.

Vor meiner Mutter ließ sich absolut nichts verbergen. Schon der leisesten Änderung im Tonfall bei meinem Gruß am Nachmittag entnahm sie, ob ich eine Arbeit gut oder schlecht geschrieben, mir eine neue Freundin zugelegt oder eine alte verloren hatte.

Sie hatte gelassen reagiert und mir gratuliert. Hatte mich kurz und fest an sich gedrückt und mich dann anläßlich meines Erwachsenwerdens zum Essen ins Schnellrestaurant an der Ecke eingeladen.

«Wenn ich aufstehe», sagte Paolina mit schwankender Stimme, «bekomme ich Blutflecken in meine Kleider. Ich habe schon Blut an der Hose. Ich kann nicht raus. Alles ist vollgekleckert. Alles ist ruiniert. Ich werde meinen Vater nie zu sehen bekommen.»

«Schätzchen, beuge dich einfach mal vor und mach die Tür auf. Dir fehlt überhaupt nichts, wirklich nicht.» Ich sprach so ruhig, so beschwichtigend, so sanft, wie ich nur konnte, versuchte, mich durch die graue Stahltür hindurch verständlich zu machen, sie dazu zu bewegen, den Riegel zurückzuschieben.

«Ich blute», heulte sie.

«Ich weiß, daß dich das erschreckt», sagte ich, «aber das ist ganz in Ordnung. Ich komm rein. Nur keine Angst.» Damit setzte ich mich auf den Boden, ließ mich auf die Ellbogen hinunter, blieb mit Kopf und Kinn unter der Tür stecken und zwängte mich schließlich rückwärts zentimeterweise hinein.

Sie saß auf der Toilette und hatte ihre befleckten Slips und blutverkrusteten Hosen zusammengerollt hinter das Klo gestopft.

Ich kniete mich in der Enge neben sie und legte die Arme um sie. «Nun hör mal zu. Hör zu, Kleines. Dir fehlt überhaupt nichts, Paolina. Jede gesunde Frau blutet so. Bis sie zu alt dafür ist. Das heißt nur, daß sie gesund ist, daß sie reif ist. Ihr Körper wird erwachsen. Wenn du blutest, dann sagt dir dein Körper, daß alles richtig funktioniert. Dein Körper ist jetzt in der Lage, ein Baby zu bekommen.»

Sie sah mich unter Tränen verblüfft an. «Ein Baby? Ich will doch kein Baby!»

«Natürlich nicht. Jetzt noch nicht. Dein Körper ist dir voraus, sonst nichts. Aber eines Tages kannst du, wenn du willst, nur wenn du willst, ein Kind bekommen. Diese Wahl hast du, solange dein Körper dir sagt, daß er in Ordnung ist, daß er richtig funktioniert.»

Sie schaute mit rotverschwollenen Augen zu mir hoch, noch immer voller Angst und Entsetzen.

«Es tut mir so leid, daß es dir solche Angst gemacht hat», sagte ich und hielt sie noch fester umschlungen. «Tut mir so leid, daß ich nicht da war, um es dir zu sagen.»

«Muß ich nicht sterben?» fragte sie. «Habe ich nicht Krebs oder Lepra?»

Lepra. Heiliger Himmel.

«Du stirbst nicht. Du wirst nur älter. Du bist ein Mädchen, das sich in eine Frau verwandelt. Du menstruierst, so nennt man das. Wenn du blutest.»

«Aber was macht man dann? Wie kann man –?»

«Binden. Man benutzt Binden.» Im Waschraum war ein Tampaxautomat, aber ich wußte noch dumpf aus eigener Erfahrung, daß Tampons zu Anfang nicht zu empfehlen sind, solange man noch Jungfrau ist.

Paco Sanchez. Nein. Ich wollte nicht darüber nachdenken. Ich wollte sie nicht fragen. Statt dessen wickelte ich ein langes Stück Klopapier ab und faltete es zu einem dicken Polster zusammen.

«Wir werden an einem Drugstore halten», sagte ich. «Bis dahin kommst du hiermit aus.»

«Aber – schickst du mich wieder nach Hause?»

«Kleines, du bist erst elf.»

«Mein Vater wird langsam alt. Er könnte sterben. Er muß um die Fünfzig sein, sagt meine Mam.»

Und hat eine Lebenserwartung, die mit jedem Foto in der internationalen Presse abnimmt.

Paolina sagte: «Ich kann nicht mehr lange warten. Ich muß ihn ja bloß kennenlernen. Gucken, wie er aussieht. Ob er mir ähnlich sieht. Kannst du das nicht verstehen?»

Ich hatte große Lust, mit ihr das nächste Flugzeug zu besteigen, Emily Woodrow und Tina Sukhia zu vergessen, nach Südamerika zu reisen, den pflichtvergessenen Vater zu suchen. Und die ganze Angelegenheit damit ein für allemal aus der Welt zu schaffen.

Der Gedanke, wegen Kidnapping in Miami verhaftet zu werden, gefiel mir nicht. Alles übelste Verbrecher, was dort im Knast sitzt, wie man hört.

«Ach Kleines», sagte ich weich, «es tut mit so leid.»

«Du läßt mich nicht weg?»

«Kann ich nicht.»

Ihre Augen füllten sich mit Tränen und liefen über. Ich hielt sie umschlungen, bis ihr Schluchzen in leises Weinen überging. Wir verbrauchten noch mehr Klopapier, damit sie sich die Nase putzen und die Augen wischen konnte.

«Also wenn ich nicht sterben muß», verkündete sie dann feierlich, «kann ich vielleicht auch noch ein bißchen warten. Ich bin furchtbar müde.»

«Kommst du mit nach Hause?»

«Aber ich bin so schmutzig.» Ihre Stimme fing wieder an zu zittern. «Es ist alles verschmiert.»

«Das werde ich schon hinkriegen», sagte ich, klopfte ihr auf die Schulter und drückte sie fest.

Wir fanden Kleider zum Wechseln in der verbeulten grauen Reisetasche, die sie an die Trennwand geschoben hatte – Unterhöschen, dunkle Hosen. Sie hatte anscheinend zur Hälfte Kleidungsstücke und zur anderen Hälfte Plüschtiere eingepackt, alles durcheinander. Ich wusch ihre knielangen Hosen und die blutbefleckte Unterwäsche in eiskaltem Wasser aus und stopfte sie in eine Plastiktüte, in der sie ein Paar Turnschuhe hatte.

«Du siehst prima aus», sagte ich, nachdem sie ihre verschwollenen Augen mit einem nassen Papierhandtuch abgetupft hatte. Sie holte ein paarmal tief Luft und versuchte, sich daran zu gewöhnen, daß sie nun doch nicht auf der Damentoilette des Flughafens sterben würde.

Meine kleine Schwester.

«Fertig?» fragte ich.

«Fertig.»

Hand in Hand verließen wir die Toilette.

24

Als ich die Tür öffnete, konnte ich in der Ferne Stimmen hören, die aus der Richtung des Ticketschalters kamen. Ich meinte, Sams Stimme zu erkennen.

Ich zerrte Paolina am Arm hinter mir her.

«Ich kann nicht rennen», stöhnte sie. «Ich habe Bauchweh.»

Eine anderthalb Meter lange Kunststoffbank zog sich an einer Wand des Ganges entlang.

«Setz dich da hin und rühr dich nicht vom Fleck», sagte ich. «Ich bin in fünf Minuten zurück. Rühr dich nicht von der Stelle, Paolina. Versprich mir's.»

«Komm schnell wieder.»

Ich war schon zwanzig Meter den Gang hinuntergelaufen auf den Ort des Tumults zu.

Roz sah ich zuerst. Von zwei erheblich größeren Männern flankiert, von neugierigen Zuschauern umringt, zog sie doch sofort den Blick auf sich, weil alle Welt sie anzugaffen schien, entweder von ihrem grün-weißen Haar und dem teilweise kahlgeschorenen Schädel hypnotisiert oder von ihren schwarzen Ledershorts und dem metallbeschlagenen T-Shirt in den Bann geschlagen.

Der stämmige Mann war derselbe, den ich an Paolinas Seite gesehen hatte.

«Laß sie in Ruhe.» Das war Sam. Er sprach leise, aber mit drohendem Unterton.

Beide zusammen, Sam und Roz, trieben Sanchez in meine Richtung. Wenn sie ihn weiter zurückdrängten, mußte er genau über mich stolpern.

Ich schwenkte herum und spähte nach Uniformen – von Sicherheitsbeamten des Flughafens oder der Bostoner Polizei. Nichts zu sehen, nur ein paar mit goldenen Litzen besetzte Uniformen von Flugbegleitern. Jemand sprach in dringlichem Ton leise in ein rotes Telefon.

Die Polizei mußte gleich da sein.

Ich konnte nicht abwarten, bis Roz und Sam Sanchez näher an mich herangedrängt hatten. Ich rannte auf ihn zu. «Sie gehen mit Paolina nirgendwohin», sagte ich nachdrücklich. Beim Klang meiner Stimme drehte er sich um. Wenn ich eine Waffe gehabt hätte, hätte ich sie gezogen und ihn damit in Schach gehalten, bis die Cops eintrafen. Oder noch etwas Schlimmeres getan.

Das ist einer der Gründe, warum ich normalerweise keine dabei habe.

«Besitzen Sie eine Waffe?» hatte Emily Woodrow mich gefragt.

«Können Sie damit umgehen?»

«Haben Sie sie schon mal benutzt?»

«Würden Sie es wieder tun?»

Wozu benutzen, Emily? Hätten Sie mir das nicht erklären können, bevor Sie verschwunden sind?

Das herausfordernde Grinsen auf Sanchez' Gesicht erlosch, als er mich sah. Zwei gegen einen, damit schien er leben zu können. Bei dreien brach ihm der Schweiß aus. «Wovon reden Sie eigentlich? Aus dem Weg!»

Er senkte den Kopf und versuchte, an mir vorbeizukommen, aber weiter hinten im Gang saß Paolina, und ich war nicht gewillt, ihn auch nur einen einzigen Schritt näher an sie heranzulassen. Ich wich zum Schein nach links aus und ließ ihn rechts an mir vorbei, wirbelte wieder andersherum und warf mich zu Boden, um ihn an den Knöcheln zu fassen. Verdammte Scheiße. Es tut längst nicht so weh, wenn ich meine Volleyball-Knieschützer anhabe und mich auf dem Holzfußboden der Turnhalle langlege. Ich fluchte, während ich ihn umwarf, und hoffte nur, daß es ihm weher tat als mir.

Er bewegte sich schnell, kam sofort wieder hoch und sprintete in der Gegenrichtung davon auf eine automatische Ausgangstür zu, an einer plötzlich wie erstarrten Roz und einem Sam vorbei, der galanterweise stehengeblieben war, um mir zu helfen.

«Haltet ihn», schrie ich, als ich wieder stand und mir die schmerzenden Knie rieb, bevor ich zu Paolina zurückrannte. Ich hätte mich der Jagd anschließen können, aber ich dachte mir, sie würde, so allein, Angst haben.

Außerdem glaubte ich nicht, daß sie ihn fassen würden. Es gibt zu viele Möglichkeiten zu entkommen, zu viele Verstecke. Roz ist eine gute Karateschülerin, aber eine gute Läuferin ist sie nicht. Sam ist groß, aber langsam, und war er erst einmal aus dem

Flughafengebäude heraus, verschmolz Sanchez mit seinen dunklen Hosen und dem dunklen Hemd sicher schnell mit den Schatten.

Es überraschte mich folglich nicht weiter, als die beiden zurückkamen, Sam mit leeren Händen, während Roz ihren Kopf mit der seltsamen Frisur schüttelte und einen flachen braunen Briefumschlag fest in der Hand hielt.

Sie begrüßten Paolina, deren Erleichterung in Erschöpfung umgeschlagen war, so daß sie, den Kopf an meine Schulter gelehnt, fast schon schlief.

«Findest du das Scheusal wieder, Roz?»

«Sicher, aber er ist kein Scheusal», sagte sie.

Verlaß dich nie auf das Urteil von Roz, das hatte ich mir tief eingeprägt.

«Höre und staune», fuhr sie fort, «der Typ ist Privatdetektiv, genau wie du.»

«Mach keine Witze», sagte ich nach einer Pause.

«He, ich hab ihn den ganzen Tag beschattet. Der Kerl arbeitet für Griffith. Du weißt schon, den alten Carl Griffith, diesen Schleimer im Pru-Center!»

Ich gebe zu, daß mir Carl Griffith, ein Expolizist mit schillerndem Ruf, die paar Male, die wir uns getroffen haben, nie als großes Vorbild erschienen ist, aber: «Verstehe ich nicht», murmelte ich.

Sam sagte: «Hallo, wie geht's denn, Paolina? Lange her. Du bist ja ordentlich gewachsen.»

Sie starrte weiter zu Boden, aber ein schwaches, erfreutes Lächeln huschte ihr übers Gesicht.

«Was ist denn in dem Umschlag?» fragte ich Roz.

«Den hat der Kerl fallen lassen.»

«Absichtlich?»

«Glaub ich nicht. Es war gleich zu Anfang. Weißt du, ich hatte ja keine Ahnung, daß er wußte, daß ich ihm auf den Fersen war. Ich dachte, ich hätte Superarbeit geleistet, übrigens um so mehr, als er ein Profi ist und trotzdem nicht gemerkt hat, daß ich ihm durch die ganze Stadt gefolgt bin. Lemons Bus –»

«Der Kerl ist bestenfalls ein halber Profi. Ich habe ihn bis zum Pru verfolgt, und er hat mich nicht – um Himmels willen», sagte ich, «sieh dir das an!»

In dem Umschlag war ein Reisepaß. Ein einzelner amerikanischer Paß, ausgestellt auf eine Maria Elena Vargas, dreizehn Jahre alt. Das Foto war von Paolina.

Da hatten wir's. Den Beweis, daß Paco Sanchez vorgehabt hatte, Paolina dabei zu helfen, aus dem Land herauszukommen. Hatte er sie auch begleiten wollen? Und warum?

«Kleines», sagte ich und stupste sie wach, «weißt du irgendwas davon?»

«Nein», sagte sie.

«Du mußtest doch für das Paßbild posieren.»

«Ich weiß noch, wann Paco es aufgenommen hat. Siehst du, das ist die Mauer an der Schule, neben dem Spielplatz.»

«Hier», sagte ich und zeigte auf Maria Elenas Namenszug, der über das Paßbild gekritzelt war, «hast du das unterschrieben?»

«Nein. Ehrlich nicht. Stimmt was nicht?»

«Gut. Doch, alles klar. Hör mal.» Ich winkte Sam, sich neben Paolina zu setzen, während ich Roz beiseite zog. «Roz, geh du wieder dahin, wo Sanchez wohnt. Warte auf ihn und hefte dich an seine Fersen. Mit Lemon zusammen. Ich bezahle ihn sogar. Folgt diesem Typen überallhin.»

«Er kennt mich aber jetzt.»

«Setz 'ne Brille auf», sagte ich. «Benutz 'ne Perücke. Zieh dir etwas Konservatives an. Ich will wissen, wen er besucht und was er macht. Wenn er sich einem Bahnhof, einem Busbahnhof oder einem Flughafen nähert, haltet ihn auf.»

«Na klar», sagte sie sarkastisch, «und wie?»

«Laß deinen Charme wirken», riet ich ihr. «Und wenn der versagt, probier's mit Karate.»

25

Paolina war im Auto eingenickt, und so blieb ihr die weitere Peinlichkeit erspart, daß wir am Laden 24 anhielten, wo ein Jüngling an der Kasse saß, der beim Anblick der Packung Maxidamenbinden errötete.

Ich stellte sie auf das Nachtschränkchen im Gästezimmer. Paolina wachte nicht auf, sie stöhnte nur leise, als Sam sie die Treppen hinauftrug. Ich beschloß, sie in Kleidern schlafen zu lassen.

Nach einem zehnminütigen Wortgefecht am Telefon konnte ich Marta davon überzeugen, daß Paolina keinen Schaden nehmen würde, wenn sie eine Nacht unter meinem Dach verbrachte.

«Es wundert mich, daß Paolina keine Ahnung hatte», sagte Sam, nachdem ich ihm die Sachlage erklärt hatte. «Sie ist doch ein cleveres Kind der Straße.»

«Kind der Straße, schön und gut. Das heißt, sie hat Witze gehört, aber keine Fakten. Sie bekommt ihre Periode und gerät in Panik, also geht sie in die Kirche. Die Periode hört auf; das Beten hat Wirkung gezeigt. Als sie wieder einsetzt, meint sie, jeden Augenblick sterben zu müssen. Diese gottverdammte Marta!»

«Marta ist wahrscheinlich auch nie von ihrer Mutter aufgeklärt worden», sagte Sam.

«Verteidigst du sie noch?»

«Nicht, wenn dich das in Rage bringt.»

Ich lächelte widerstrebend. «Tut es nicht.» Ich legte meine Arme um ihn und schmiegte mein Gesicht an seinen Hals. «Danke, daß du mitgekommen bist.»

«Bringt es dich vollends in Rage, wenn ich jetzt gehe? Ich habe morgen eine wichtige Versammlung, und ich könnte noch ein paar Stunden Schlaf gebrauchen.»

Ich hätte es gern gehabt, wenn er geblieben wäre, aber nach ein paar heftigen Umarmungen und ein wenig Körpermassage – gerade soviel, daß ich in Fahrt kam –, ging er nach Hause.

Schon bald brach der Morgen an, ein rauher grauer Morgen, mehr wie Februar als wie April. Paolina atmete ruhig, die Decken überall wild verteilt, als hätte sie in der Nacht damit gekämpft. Sie war eine unruhige Schläferin und hatte sich über drei Viertel des großen Bettes ausgebreitet, die Arme ausgestreckt, als müßte sie allen verfügbaren Raum mit Beschlag belegen.

Ich haßte es, sie aufzuwecken, und zögerte. Aber ich konnte nicht länger bleiben. Ich hatte Punkt neun Uhr dreißig eine Verabredung mit Harold Woodrow. Vielleicht sollte ich neben dem Frühstück eine Nachricht auf dem Küchentisch hinterlassen. Sie sah so glücklich aus im Schlaf, so sorgenfrei und kindlich.

Unten hatte der Postbote den Flur mit Werbebroschüren zugeschüttet. Keine blauen Umschläge. Nichts von Emily Woodrow. Die Anzeige des Anrufbeantworters stand auf Null. Roz hatte sich noch nicht gemeldet.

Ganz gut, daß ich einen Termin bei Woodrow hatte. Ich würde fast den ganzen Tag unterwegs bleiben, um Mooney einen Schritt voraus zu sein. Sobald er die Verbindung zwischen Emily und Tina herausfand... na ja, vielleicht konnte ich dies als Drohung für mich nutzen. Wenn Sie nicht kooperieren, würde ich zu Harold Woodrow sagen, gehe ich zur Polizei.

Nach dem Treffen mit Woodrow würde ich versuchen, mich an Savannah heranzumachen, Dr. Muirs prächtige Empfangsdame zweiter Klasse. Auf die richtige Art angesprochen, würde sie mir vielleicht eine Menge über den Tag erzählen können, an dem drei Patienten starben.

Wenn ich häuslicher gewesen wäre, hätte ich Paolina einen hübschen Teller voll selbstgemachter Waffeln auf einer Warmhalteplatte hinstellen können und dazu ein Glas frisch gepreßten Saft. Unter den gegebenen Umständen jedoch, wo Roz für meine Vorräte verantwortlich war, fand sich kaum etwas zu essen.

Ich öffnete den Tiefkühlschrank in der Hoffnung, einen gefrorenen Bagel zu finden, starrte die Eisformation an und fragte mich, ob Roz den Schrank wohl jemals ohne gedruckte Aufforderung abtauen würde. Ganz hinten fand ich sechzehn Dosen Pfirsiche; sie mußte bei einem Sonderverkauf zugeschlagen haben. Außerdem eine verdächtig große Anzahl von Gläsern mit eingedickten Preiselbeeren. Vielleicht wollte sie sie zum Haarefärben benutzen. Oder als Fingerfarbe.

Es endete damit, daß ich Erdnußbutter direkt aus dem Glas aß, etwas, das ich Roz abgeguckt habe, weil ich sie zu oft dabei beobachtet habe. Erdnußbutter ist so ungefähr alles, was sie ißt; sie benutzt den Finger als Löffel, was zu ihrer Dauerstrategie gehört, das Geschirr- oder Besteckspülen zu umgehen. Zu meiner Ehre kann ich sagen, daß ich einen Löffel genommen habe. Ein Dosenöffner ist das einzige Küchengerät, das Roz je braucht.

Das Telefon schrillte, und ich dachte, daß sie es wäre, um mir von der Beschattung zu berichten. Ich würde sie herkommen und Paolina zum Frühstück ausführen lassen. Lemon würde wohl Paco Sanchez ein paar Stunden allein überwachen können.

Das Telefon plärrte zweimal, bevor ich den Hörer abnahm.

«Hallo», sagte ich.

Nichts.

«Hallo?» Ich meinte, schwaches Atmen am anderen Ende der Leitung zu hören.

«Roz?» fragte ich und brach damit das erste Gebot für die Beantwortung von unanständigen Anrufen: Nenne nie einen Namen, den diese Telefontypen benutzen könnten. Ich hörte noch ein paar Atemzüge, dann ein fernes Grunzen, und schmiß den Hörer auf die Gabel.

Da ich nun schon am Telefon war, rief ich Donovan an. Wenn Emily Kontakt zu ihm aufgenommen hatte, brauchte ich mich nicht mehr mit Woodrow herumzuschlagen.

Der Psychiater ging erst ran, als ich schon mein Standard-Anrufbeantworterspielchen angefangen hatte. Ich hasse das. Was wird da eigentlich erwartet, soll man dankbar sein, daß jemand nach sorgfältiger Prüfung entschieden hat, den Anruf anzunehmen?

«Von Emily Woodrow was gehört?» fragte ich.

«Wer spricht denn da?» Er klang verärgert.

«Carlotta. Ihre nette Schnüfflerin von nebenan, erinnern Sie sich noch?»

«Tut mir leid, das mit dem Anrufbeantworter. Ich bekomme komische Anrufe. Darum –»

«Ich habe auch einen bekommen. Gerade eben.»

«Telefonfreaks», sagte er. «Sie sind ständig am Ball. Nein, ich habe nichts von Emily gehört, und ich mache mir deshalb ganz schöne Sorgen.»

Also mußte ich Harold Woodrow unter Druck setzen. «Haben Sie sich schon den medizinischen Bericht über Rebecca Woodrow geben lassen?»

«Nein. Übrigens hallo, guten Morgen, wie geht's denn überhaupt?»

«Viel zu tun.»

«Ich auch. Deshalb bin ich auch noch nicht dazu gekommen.»

«Auch gut.»

Seine Stimme wurde eine Spur schärfer. «Brauchen Sie ihn nicht mehr? Ich habe mir eine Menge –»

«Ich brauche ihn. Und noch mehr. Ich brauche auch die Akten von zwei weiteren Patienten, die am gleichen Tag gestorben sind wie Rebecca.»

«Wie soll ich denn –»

«Sie sind der Arzt. Gebrauchen Sie Ihre Phantasie. Wickeln Sie die Angestellten von der Verwaltung ein. Reiben Sie ihnen den Doktortitel unter die Nase.»

«Und wer sind die anderen?»

«Die Namen weiß ich nicht.»

«Die Namen wissen Sie nicht?»

«Wiederholen Sie mich nicht ständig. Drei Patienten sind unter Tina Sukhias Pflege an dem betreffenden Tag gestorben.»

Es dauerte einige Zeit, bis er sich gefangen hatte, und als er wieder sprach, hatte er einen gemessenen, amtlichen Ton angenommen. «Bei einem kleineren Krankenhaus, wie dem JHHI, ist das ungewöhnlich.»

«Suchen Sie mir drei Todesfälle am gleichen Tag heraus – ich nehme an, durch Komplikationen bei akuter lymphatischer Leukämie, die Totenscheine alle vom gleichen Arzt unterschrieben –»

«Dr. Muir?»

«Wahrscheinlich.»

«Ich weiß nicht, worauf Sie hinauswollen.»

«Tun Sie es?»

Wieder eine Pause. «Vielleicht. Ich könnte mir etwas zurechtlegen. Eine wissenschaftliche Studie. Familienreaktionen. Nachsorgetherapie. Ich weiß noch nicht.»

«Gut.»

Vor dem Auflegen dachte ich für den Bruchteil einer Sekunde daran, ihn zu fragen, was ich Paolina sagen sollte, wenn sie aufwachte. Es ist immer eine Versuchung, Expertenmeinungen einzuholen. Ich widerstand ihr. Teufel auch, er kannte sie ja nicht einmal.

Ich sah auf die Uhr; ich mußte in zwanzig Minuten weg. Am besten weckte ich Paolina jetzt und brachte sie zu ihrer Mutter zurück. Vielleicht hatte ich noch genug Zeit, ihr ein paar Fragen über Paco Sanchez zu stellen, wie er an sie herangetreten war, wer auf die Idee mit dem Flug gekommen war –

Es ergab überhaupt keinen Sinn.

Er arbeitete für einen Detektiv. Und wegen des Mülls hatte es etwas mit mir zu tun.

Immerhin war ich sechs Jahre bei der Polizei gewesen und habe eine ganze Menge übler Kerle für ziemlich lange hinter Gitter gebracht. So mancher Verbrecher, Exverbrecher und Exehemann glaubt, es wäre besser gewesen, wenn ich ihm nie über den Weg gelaufen wäre.

Einer von ihnen konnte einen Schnüffler von der mieseren Sorte angeheuert haben, um eine Rechnung mit mir zu begleichen. Aber Paolina kidnappen, um mir weh zu tun?

Die Türklingel schellte. Ich eilte hin, denn ich sah im Geiste schon einen Mann von UPS mit einem dicken Ordner von Emily Woodrow.

Auf der Matte standen Cops.

26

«Du brauchtest ja nicht gerade einen Sturmtrupp zu schicken!» sagte ich mit einer so gefährlich leisen Stimme, daß es fast schon ein Flüstern war. Ich hielt die Lautstärke fest unter Kontrolle; wenn ich auch nur ein einziges Dezibel zulegte, würde ich schreien.

Mooney sah unschuldig von seinem Schreibtisch auf. «He», sagte er, schob seinen Sessel zurück und stand abrupt auf, «was ist denn das? Paolina? Kleines, das tut mir leid. Was soll das, Leute? Ein Kind?»

Der jüngere der beiden Polizisten grinste blöd. «Sie haben gesagt, wir sollten sie holen. Ohne das Kind war sie nicht vom Fleck zu bewegen.»

Mooney schloß die Augen und seufzte tief. «Richtig. Ich spreche noch mit euch. Geht wieder an die Arbeit.» Sobald die Tür ins Schloß gefallen war, zuckte Mooney die Achseln und wandte sich an mich. «Verkehrsstreife», sagte er. «Ich werde sie beide wieder in den Verkehr schicken.»

«In dicken Verkehr», riet ich ihm mit zusammengepreßten Lippen und stinksauer.

«Carlotta, sieh mal, es ist zu deinem eigenen Besten. Irgendwelche Typen aus Winchester suchen mit einem Haftbefehl nach dir.»

Winchester war Emily Woodrows Hinterhof. Ein Muskel an der rechten Seite meines Nackens krampfte sich wie eine Faust zusammen.

«Mooney, gibt's wieder einen Toten?»

«Carlotta, glaub mir, ich hatte keine Ahnung, daß Paolina bei dir war. Diese Kerle. Nicht zu glauben.»

«*Wieder ein Toter?*» wiederholte ich.

«Nein. Ehrlich nicht. Paolina, komm mal her und drück mich, ja?»

«Sie hat noch nicht gefrühstückt, Mooney.»

Paolina marschierte zu Mooney hinüber und legte ihm die Arme um den Hals. «Du hast mir gefehlt», sagte sie. «Diese Typen haben nicht mal die Sirene oder das Blaulicht angestellt. Sind das echte Polizisten?»

«Heh, das ist gut!»

«Mooney, ich unterbreche dich wirklich nicht gern, aber was ist hier eigentlich los?»

«Eine Minute», sagte er. «Paolina, Jo Triola hat vor ein paar Tagen nach dir gefragt. Wann kommt Paolina mal wieder? Und weißt du, sie hat einen ganzen Karton voll Doughnuts in ihrem Zimmer. Habe ich vorhin beim Reinkommen gerochen.»

«Mooney, leg schon los, damit ich mit Paolina frühstücken gehen kann, ja?»

«Seid ihr zwei miteinander böse?» fragte Paolina besorgt.

«Nein, Kleines. Aber ich muß unter vier Augen mit Carlotta reden. Nur kurz.»

«Meine Mam hat dich doch nicht angerufen, oder?»

«Es geht nicht um dich, Paolina. Ehrlich. Komm, wir schauen mal nach Jo und den Doughnuts.»

Ich wartete. Ich zappelte nervös herum. Polizisten aus Winchester mit einem Haftbefehl? Verdammt noch mal, ich müßte eigentlich jetzt in Winchester sein und mit Harold Woodrow plaudern. Vielleicht mußte ich mich sehr beeilen.

Als Innenarchitekt konnte Mooney es nicht mit Donovan aufnehmen. Es hing nicht einmal ein Plakat an der Wand, das mich vom Amtsanstrich und dem Geruch einer Polizeiwache hätte ablenken können. Ich spähte auf seine zwanghaft ordentliche Schreibtischplatte. Er hatte einen einzigen Aktenordner genau in der Mitte liegen lassen, der *Tina Sukhia* beschriftet war. Und versiegelt.

Ich fummelte gerade daran herum, als Mooney die Tür öffnete. Er tat so, als hätte er nichts gesehen. «Hier», sagte er und hielt mir etwas in eine Serviette Gewickeltes hin. «Mit herzlichen Grüßen von Paolina, ein Doughnut mit Zuckerguß.»

«Mooney, du kannst doch deinen Spürhunden nicht einfach befehlen, mich abzuholen! Ich arbeite nicht mehr für dich.»

«Das weiß ich. Und ich weiß auch, wer dein Klient ist. Darum können wir uns vielleicht endlich mal vernünftig unterhalten.»

«Ich sehe nicht ganz, wie das miteinander zusammenhängt», sagte ich. «Du glaubst, du weißt, wer mein Klient ist. Na und?»

«Wo warst du letzte Nacht?»

«Läßt du das Band mitlaufen?»

«Nun mach schon. Ich weiß, daß du nicht zu Hause warst.»

Das Doughnut war klebrig. «Gibt's dazu einen Kaffee?» fragte ich.

«Ich kann welchen holen. Bleib hier.»

Ich wartete.

«Hast du das Aktensiegel schon aufgebrochen?» fragte Mooney, als er mit zwei dampfenden Styroporbechern zurückkehrte.

«Kannst du das nicht selber?»

«Ich habe letzte Nacht bei dir angerufen. Spät. Hat sich niemand gemeldet.»

«Ich war auf einer Party», sagte ich. «Willst du die skandalösen Einzelheiten wissen?»

«Es geht hier nicht um dein Privatleben, Carlotta. Harold Woodrow, ein hohes Tier aus Winchester, dessen Name in Kreisen mit ziemlich guten Verbindungen bekannt ist, behauptet, du wärst in sein Haus eingebrochen.»

Ich nahm mir einen Kaffeebecher, welcher war egal. Mooney nimmt Sahne und Zucker, genau wie ich.

Soso. Sicher hatte es Harold nicht allzusehr verwundert, daß ich um neun Uhr dreißig nicht aufgekreuzt war. Vielleicht hatte Harold sogar die ganze Sache inszeniert, damit ich um neun Uhr dreißig nicht aufkreuzte. Aber warum?

Ich spielte mit meinem Becher herum. «Hat dieser Woodrow mich zufällig gesehen?»

«Er war gar nicht zu Hause.»

Ich leckte mir die zuckrigen Finger ab und dachte angestrengt nach. «Wo war er denn?» Mit einer Freundin aus, möchte ich wetten.

«Keiner glaubt, daß er selbst sein Haus verwüstet hat, Carlotta.»

«Sind Cops rausgefahren und haben sich umgesehen?»

«Ja.»

«Und warum glaubt keiner, er hätte es selbst getan? Weil er ein hohes Tier ist?»

«Wahrscheinlich ist er versichert.» Ich bekam ein Stück meiner Unterlippe zwischen die Zähne und nagte daran. Wer würde bei Harold Woodrow einbrechen? Jugendliche aus purem Übermut? Professionelle Einbrecher? Jemand, der auf das Material scharf war, das Emily mir schicken wollte, was immer das war?

«Reden wir lieber von dir statt von ihm», sagte Mooney.

Ich nippte am Kaffee, der noch zu heiß war.

«Er hat deinen Namen genannt», fuhr Mooney fort, als ich schwieg. «Hat den Beamten deine Adresse und Telefonnummer gegeben. Einer der Polizisten kannte mich. Sonst hättest du Bekanntschaft mit dem Untersuchungsgefängnis von Winchester gemacht.»

«Habe ich etwas entwendet, oder bin ich nur in das Haus des Herrn mit den guten Verbindungen eingedrungen?» fragte ich. «Heißt das übrigens ‹mit guten Verbindungen zur Unterwelt›?»

«Verbindungen auf Regierungsebene. Verbindungen mit wichtigen Leuten. Er ist Anwalt.»

«Aha, und wir wissen ja, daß Anwälte keine Verbindung zur Unterwelt haben.»

«Woodrow hat der örtlichen Polizei erzählt, seine Frau hätte dich angestellt, um ihm nachzuspionieren.»

Es machte mich wütend; es machte mich wirklich wütend. Ich war gewillt, ins Gefängnis zu gehen, um Emily Woodrow zu decken, und ihr Ehemann ging hin und verklickert den Cops seine idiotischen Theorien.

Ich brachte ein Lächeln zustande.

«Hat Emily Woodrow dich angestellt?» fragte Mooney.

Ich war sicher, daß er von den tausend Dollar gehört und vielleicht sogar den eingelösten Scheck gesehen hatte. «Und wenn?»

«Dann siehst du einen Zusammenhang zwischen den Woodrows und Tina Sukhia, richtig?»

Ich schwieg.

Er lehnte sich in seinen Sessel zurück, legte die großen Füße auf den Schreibtisch und faltete die Hände hinter dem Kopf. «Ich telefoniere mit diesem Woodrow, lasse den Namen ‹Sukhia› fallen, und er zögert und sagt, Sukhia könnte eine Krankenschwester aus dem JHHI gewesen sein. Nun, ich weiß verdammt gut, daß sie das gewesen ist. Also stelle ich mir vor, daß seine Frau ihn kaum beachtet hat, während das Kind im Krankenhaus war, und daß er vielleicht mit der Sukhia angebändelt hat, die nicht schlecht aussah. Seine Frau vermutet etwas Ungutes, engagiert dich, und du erzählst es ihr.»

«Schöne Folgerungen», sagte ich. «Warum bin ich in das Haus eingedrungen? Ich hab's vergessen.»

«Kannst du nicht einfach mal den Mund aufmachen? Sind wir nicht auf derselben Seite?»

«Welche Seite ist das denn?»

«Jemand hat Tina Sukhia ermordet.»

«Oder sie hat sich selbst umgebracht», beharrte ich, obwohl ich selbst kaum noch daran glaubte.

«Das kann mir keiner erzählen.»

«Intuition?» fragte ich.

Er streckte die Zunge heraus und gab ein nicht ganz glaubhaftes Schnauben von sich. «Ich bin auf bloße Vermutungen angewiesen», sagte er. «Vor meinen Ohren klatscht niemand.»

«Was erwartest du auch? Du siehst wie ein Cop aus», sagte ich. «Du hättest mir ruhig noch ein Doughnut bringen können.»

«Ich möchte wissen, wo deine Klientin ist.»

«Ich auch.»

«Nun komm schon.»

«Du glaubst mir doch nie, wenn ich die Wahrheit sage.»

«Aber sicher. Probier's mal.»

«Schließen wir einen Handel ab.» Das Spiel mit dem Handel läuft bei Mooney und mir schon seit Jahren als Fortsetzungsserie.

«Was bietest du?»

«Du hättest bestimmt diesen Ordner nicht auf dem Schreibtisch liegen, wenn du mich nicht reizen wolltest.»

«Vielleicht will ich das.»

«Vielleicht weiß ich nicht, wo meine Klientin ist.»

Wir starrten uns gegenseitig an.

«Ein faires Geschäft?» fragte ich.

«Ich mache keine Geschenke.»

Ich lächelte ihn an. «Du kannst deine kostbare Akte zulassen. Beantworte mir nur ein paar Fragen. Um meine Neugier zu befriedigen. Tina hat im JHHI aufgehört. Warum?»

«Hat gekündigt.»

«Sie ist nicht gefeuert worden?»

Er überlegte einen Moment. «Sie hat ziemlich plötzlich aufgehört. Könnte ihre Kündigung unter Druck eingereicht haben, nehme ich mal an. Aber ich habe das Kündigungsschreiben in den Akten gelesen. Nichts Besonderes.»

«Hatte sie 'ne neue Arbeitsstelle?» Ich fragte so beiläufig, als sei mir diese Möglichkeit eben erst durch den Kopf gegangen.

«Hat dem Freund erzählt, sie hätte eine.» Es war etwas in seiner Stimme, ein leichtes Zögern, das über seine normale Vorsicht hinausging.

«Hat sie ihn angelogen? Vielleicht betrogen?»

«Sie hat Geld verdient, viel Geld. Und nun kommt's: keine Lohn- und Gehaltsstreifen. Keine Schecks. Bargeld.»

Verdammt. Ich brauchte die Adresse dieser undefinierbaren Cee Co. Existierte die Firma überhaupt?

«Vielleicht hat sie ihn nicht nur betrogen, sondern ist anschaffen gegangen», sagte ich, um das Gespräch in Gang zu halten.

Er kritzelte etwas auf einen Notizblock. «Ich laß Triola das am Computer überprüfen. Aber eine Krankenschwester als Nutte? Meines Erachtens lassen Bargeldzahlungen und Ort des Todes eher darauf schließen, daß sie Drogen aus dem Krankenhaus geklaut hat.»

«Wenn sie deshalb gefeuert worden wäre, wegen Diebstahl, dann hätten sie dir's doch gesagt, oder? Nachdem sie tot war.»

«Die Krankenhausapotheken in Krankenhäusern sind keine Straßenapotheken, Carlotta. Jemand, der die richtige Vorgehensweise und die richtigen Computercodes kennt, kann wahrscheinlich eine ungeheure Menge stehlen, ehe er ertappt wird, wenn er überhaupt je ertappt wird.»

«Die Sukhia war Krankenschwester, nicht Apothekerin. Hätte sie sich denn ausgekannt?»

«Computer sind Computer. Wenn einer den Code eingeben kann, kann ein anderer den Code auch knacken.»

«Läßt du das auch von jemandem überprüfen?»

«Jetzt bin ich dran. Sagt dieser Woodrow die Wahrheit?»

«Damit, daß ich in sein Haus eingebrochen bin? Vergiß es. Ist etwas gestohlen worden?»

«Seiner Meinung nach nicht. Sagt er die Wahrheit darüber, warum du engagiert worden bist?»

Ich atmete aus, wartete ab.

Mooney lächelte. «Diese Romanze zwischen ihm und der Sukhia ist Quatsch, nicht wahr?»

«Intuition, Mooney? Instinkt?»

«Mehr als das. Hier, sieh dir das an.» Er holte ein dünnes Blatt

Papier aus der obersten Schreibtischschublade und wedelte mir damit vor dem Gesicht herum. «Du wirst deine Freude daran haben.»

«Was ist es denn?»

«Lies nur. Und nimm dir Zeit.»

Es handelte sich um die Fotokopie einer maschinengeschriebenen Notiz.

Die Anrede war dick ausgestrichen, so kräftig, daß meines Erachtens nicht einmal das Polizeilabor etwas damit anfangen konnte. Der Inhalt der Notiz war einfach genug:

SIE WIRD LEBEN, WENN IHR ALLE TOT SEID!

DAS LEBEN HAT KEINEN ANDEREN PREIS ALS DEN TOD.

FOLTERER, KILLER, MÖRDER.

«Du kennst ja die Woodrow», sagte Mooney ruhig. «Hat sie das geschrieben?»

«Woher soll ich das wissen?»

«Wirkte sie normal? Oder ausgeflippt?»

«Ihre Tochter ist gestorben.»

«Wie ihr Mann sagte, hat sie einen Psychiater aufgesucht.»

«Deshalb ist sie noch keine Psychopathin.»

«Lies es noch mal. Ich bin froh, daß ich nicht Arzt an dem Krankenhaus bin, in dem ihr Kind gestorben ist. Oder eine Krankenschwester wie Tina Sukhia.»

Ich zuckte die Achseln. «Wo hast du diesen Zettel denn her?»

«Von einem von Muirs Partnern. Ein Mann namens Piersall.»

Mit Piersall hatte ich noch nicht gesprochen. Ob er der Mann im weißen Kittel gewesen sein könnte, der Emily Woodrow aus dem Zimmer ihrer Tochter gedrängt hatte?

«Ist er der einzige, der einen solchen Brief erhalten hat?»

«Der einzige, der uns etwas davon gesagt hat.» Er senkte die Stimme. «Ich muß die Frau finden, Carlotta. Mir gefällt dieses ‹ihr alle› überhaupt nicht, als ob sie noch weiter morden wollte.»

Mir gefiel das auch nicht.

«Ich weiß nicht, wo sie steckt, Mooney.»

«Davon mußt du mich erst überzeugen.»

«Frag doch ihren blöden Ehemann, wie oft ich angerufen habe, weil ich sie sprechen wollte. Frag den Mistkerl doch, ob sie mir noch mehr Schecks ausgestellt hat. Er hält ein wachsames Auge auf ihre Schecks.»

«Was hast du ihr von Tina Sukhia erzählt?»

«Nichts.»

«Was hat sie dir von Tina Sukhia erzählt?»

«Nichts.»

«Ich muß dich wohl doch von der Winchester-Kripo einlochen lassen.»

«Dann müßtest du dich um Paolina kümmern.»

«Wenn sich diese Woodrow bei dir meldet, ruf mich an.»

«Okay.»

«Ich habe dich nicht verhaftet. Ich habe dir nicht deine Rechte vorgelesen. Ich habe dich nicht vor Paolina in Verlegenheit gebracht –»

«Ich rufe dich an, Mooney. Sobald ich was höre. Und du?»

«Ich?»

«Suchst du nach Emily Woodrow? Mit allen Mitteln? Gibt's einen Vermißtensteckbrief? Ich mache mir Sorgen um sie. Aus tiefstem Herzen Sorgen.»

«Wenn du dir solche Sorgen machst, hättest du uns gestern schon ihren Namen sagen sollen.»

Jemand hämmerte laut an die Tür und öffnete sie, ohne auf Antwort zu warten. «Oh, hallo. Wußte nicht, daß jemand bei Ihnen ist. Vielleicht sollte ich –»

«Bleiben Sie», sagte Mooney. «Haben Sie den Laborbericht schon?»

«Darum bin ich hier.»

«Die Flecken auf ihrer Kleidung, konnten Sie die identifizieren? War's Blut?»

«Rost», sagte der Mann. Er war dünn und schmächtig. Sein Schnurrbart hing herunter. «Ganz gewöhnlicher Rost.»

«Rost», wiederholte Mooney. «Danke. Ich seh mir den Rest gleich an.»

Der andere zog die Schultern hoch und schloß die Tür hinter sich.

«Tina Sukhia?» fragte ich.

«Ja.»

«Mit Rost auf der Kleidung?»

«Ein paar Fleckchen. Vorne, unten am Saum. Klingelt's da bei dir?»

«Ein Kleidungsstück von welcher Farbe?»

«Bräunlich, beige, nach Hellbraun hin.»

Ich überlegte. Wahrscheinlich nur schlecht gereinigt. «Nein», sagte ich.

«Wäre auch zuviel verlangt gewesen», murmelte er.

«Hättest du Zeit, diesen Kerl für mich überprüfen zu lassen? Diesen Sanchez?»

«Den Kerl mit dem Firebird? Der ist sauber», sagte Mooney.

«Hat sich bloß noch nicht erwischen lassen», korrigierte ich ihn. «Mooney –»

«Ja?»

«Liegt wirklich in Winchester ein Haftbefehl gegen mich vor? Wollen sie die Sache weiterverfolgen? Muß ich meinen Anwalt anrufen, oder was?»

«Hast du ein Alibi?»

«Ja.»

«Den Gianelli?» Mooney schob das Kinn vor. Er mag Sam nicht.

«Gianelli», gab ich zu.

«Na ja, ich könnte es vielleicht abwürgen.»

«Dann tu's doch!»

«Dir zu Gefallen», sagte er.

«Heißt das, ich schulde dir was?»

«Allerdings. Vergiß es nicht.»

27

Paolina, doughnutgesättigt und bester Laune, unterhielt sich mit dem wachhabenden Sergeant, während ich Münzen in den Fernsprecher warf und bei den Woodrows anrief.

Er hatte seine Frau in eine Mordsache hineingezogen. Und er hatte Sorgen gehabt, *ich* könnte indiskret sein.

War er einfach dumm und verärgert oder Schlimmeres?

War tatsächlich jemand in sein Haus eingebrochen? Und warum?

Ich hatte tatsächlich vorgehabt, sein Haus zu durchsuchen. Mit der jetzt nutzlosen Drohung, sonst die Polizei zu benachrichtigen. Ich hatte prüfen wollen, ob Emily vielleicht irgendwelche wichtigen Informationen unter ihrer Matratze versteckt hielt. War mir jemand zuvorgekommen?

«Na los doch», befahl ich dem tutenden Telefon.

Woodrow hob nicht ab. Und wenn er's getan hätte, hätte er wahrscheinlich beim Klang meiner Stimme sofort wieder aufgelegt. Ich hängte verärgert den Hörer ein. Ich mußte wohl hinfahren und schließlich doch noch dort einbrechen. Wenn ich schon eingelocht werde, will ich auch wissen, wofür, dachte ich.

Ich ließ mir von der Auskunft die Telefonnummer von Woodrows Antwaltskanzlei geben. Ein Angestellter setzte mich in patzigem Ton davon in Kenntnis, daß Mr. Woodrow nicht gestört zu werden wünschte, und nahm widerwillig eine Nachricht für ihn auf.

Paolina konnte ich auf eine Fahrt nach Winchester nicht mitnehmen. Ich hatte Marta versprochen, sie gleich morgens zurückzubringen, und es war schon fast Mittag.

Ich warf einen Blick auf meine kleine Schwester, die mit dem Sergeant herumalberte und lachte, ein riesiger Unterschied im Vergleich zu dem armen Würstchen von letzter Nacht. Eine kleine Verwandlungskünstlerin.

Wenn Emily Woodrow jünger gewesen wäre, als ihr Kind starb, wäre sie vielleicht besser darüber hinweggekommen. Wäre sie jünger gewesen, hätte sie noch ein Kind haben können.

Ich schaute Paolina an. Wenn ihr etwas zugestoßen wäre, wenn sie das Flugzeug nachts genommen und einfach so verschwunden wäre –

«Komm», sagte ich mit belegter Stimme, «deine Mutter macht sich Sorgen um dich.»

Ich klingelte nur der Ordnung halber. Paolina hat einen Schlüssel. Sie öffnete, und wir stiegen schweigend die Treppen hinauf. Ich konnte vom Treppenabsatz aus den Fernseher laufen hören, noch lauter als sonst.

Marta kam an die Tür gewankt, in einem zerfetzten Morgenrock, die langen Haare ungekämmt. Sie murmelte etwas auf spanisch, stolperte vorwärts, um Paolina zu umarmen, verpaßte sie und landete auf dem Fußboden, ein wirrer Haufen Arme und Beine, wobei sie Klagelaute ausstieß, die so klangen, als wüßte sie nicht, ob sie lachen oder weinen sollte. Ihre Augen schweiften zu unsichtbaren Horizonten.

«Mama, Mama, was fehlt dir denn? Was fehlt ihr bloß?»

Ich dachte, sie wäre betrunken, deshalb hielt ich meinen Mund. Ich kniete mich neben sie, beugte mich über sie und roch an ihrem Atem. Sauer, aber keine Spur von Alkohol.

«Marta!» Ihre Augenlider zuckten. Ich fühlte ihren Puls, der kräftig, aber ungleichmäßig zu sein schien.

«*Creo que estoy enfermo*», brabbelte sie.

«Ist es dein Magen?»

«*No. Sí.* Ich bekomme *pastas. Estómago.* Sie sagen, es wäre womöglich *úlcera.*»

«Was für Pillen?»

Sie winkte mit dem Arm in Richtung Küche, dann schlug sie sich auf den Magen. «*Por favor, llame al médico.*»

«Paolina, sieh mal nach, ob du ein neues Pillenfläschchen findest. Darauf steht der Name des Arztes. Ich bringe sie ins Bett.»

«Sie wird doch nicht –»

«Sie ist bald wieder gesund», sagte ich so zuversichtlich, wie ich konnte.

Martas plötzliches lautes Gelächter war beunruhigender als das Weinen. Angsterregend. Sie glich einer Harpyie, der viktorianischen Karikatur einer Wahnsinnigen mit ihrem schlangengleichen Haar, den knallroten Fingernägeln und dem weißen Morgenrock.

«Sieh nach, was auf der Küchenanrichte liegt», drängte ich Paolina. «Vielleicht hat sie zuviel von irgendeinem Zeug genommen.»

Marta brabbelte und kicherte vor sich hin, während ich sie in das andere Zimmer schleppte und sie dort ins Bett steckte. Ihre Stirn war eiskalt. Sie starrte mich an wie eine Unbekannte und nannte mich Lilia. Mit einem Ruck warf sie alle Bettdecken auf den Boden.

«*Muy calor.* Mir ist heiß», sagte sie. «Zum Frieren heiß.»

«Hier.» Paolina kam hereingestürzt und sprudelte los. «Es ist ein Arzt, von dem ich noch nie was gehört habe.»

«Ruf vier-eins-eins an und laß dir seine Nummer geben», sagte ich.

«Wird sie –?»

«Sie wird bald wieder in Ordnung sein. Ruf an.» Ich hievte Tücher und Decken wieder aufs Bett, gab beschwichtigende Laute von mir und war froh, daß die Telefongesellschaft ihre Zusage eingehalten hatte.

«Ich habe angerufen», sagte Paolina fünf lange Minuten später, einem hysterischen Anfall nahe. «Er macht gerade seine Krankenhausrunde. Ruft zurück.»

«Laß mich mal die Flasche sehen.»

Ich las das Etikett, und es machte Klick bei mir.

Marta schien ruhiger zu werden. «Bleib einen Augenblick bei deiner Mam sitzen», sagte ich. «Ich muß mal eben telefonieren.»

Paolina, die Wangen ganz blaß, war viel zu ruhig und gehorsam.

Ich nahm ihr das Arzneifläschchen aus der schlaffen Hand.

Die Auskunft fand sehr schnell Donovans Nummer für mich. Vielleicht hörten sie die Dringlichkeit in meiner Stimme heraus. Er jedenfalls hörte sie.

«Was ist los?»

«Xanax. Sie haben es doch Emily Woodrow verschrieben.»

«Und?»

«Was ist das?»

«Ein Tranquilizer. Ein Beruhigungsmittel.»

«Eine Freundin von mir hat einen neuen Arzt, und der hat ihr gesagt, sie hätte ein Magengeschwür. Sie hat außerdem rheumatische Arthritis und nimmt eine Menge Tabletten, die ihr auf den Magen schlagen. Er hat ihr Xanax verschrieben, und jetzt redet sie wirres Zeug und erkennt mich nicht.»

«Moment mal. Sagten Sie Xanax oder Zantac?»

«Ich habe das Tablettenfläschchen in der Hand.»

«Und was steht drauf?»

Ich buchstabierte.

«Scheiße. Sie hat das falsche Mittel bekommen. Vielleicht hat der Arzt unleserlich geschrieben. Oder der Apotheker hat sich vertan.»

«Ihr ist abwechselnd heiß und kalt, und sie ist völlig durcheinander.»

«Hören Sie, Xanax wirkt wie eine große Aspirintablette. Ein mildes Mittel. Es ist schier unmöglich, eine Überdosis davon zu nehmen.»

«Sie sagte, sie hätte furchtbare Magenschmerzen.»

«Zählen Sie die Tabletten.»

«Da sind noch jede Menge drin.»

«Zählen Sie sie!»

Elf fehlten.

«Bringen Sie sie zur Notaufnahme», sagte Donovan.

28

Ich kann nicht empfehlen, an ein und demselben Tag sowohl eine Polizeistation als auch ein Krankenhaus aufzusuchen.

Gegen das Massachusetts General Hospital wirkte der Sitz der Polizei effizient und human. Sicher, wenn ich die Polizeistation unter Arrest betrat, würde ich die Situation wahrscheinlich anders sehen. In der Ambulanz des Krankenhauses wirkte Marta nicht anders als eine Gefangene.

Nichts gegen die Leute als Einzelpersonen – die Krankenschwestern hätten gar nicht netter sein können, selbst die, die ein Gähnen unterdrückten. Eine junge Lateinamerikanerin nahm Paolina unter ihre Fittiche, während ich Fragen beantwortete, Formulare ausfüllte und wartete, wartete, wartete. Der Arzt, als wir endlich einen zu sehen bekamen, schnalzte mitfühlend. Ich fand es erstaunlich angesichts dessen, was ringsum zu sehen und zu hören war, daß er trotzdem noch Sympathie aufbrachte.

Sie sollte über Nacht dableiben. Zur Beobachtung. Eine ungewöhnliche Überreaktion, erklärten weißbekittelte Fremde. Eindeutig atypisch. Keine akute Lebensgefahr.

Worte, die ich nicht verstand, schwirrten mir um den Kopf. Alprazolam und Ranitidin. Intravenöse Infusion und Polimedikation. Codes und Farben wurden über Lautsprecher ausgerufen. Dauernd piepte etwas, und Geräte, die so aussahen, als seien sie in Raumschiffen zu Hause, ließen ihre Lichter spielen und sangen elektronische Weisen.

Ich warf Münzen in einen Fernsprecher. Lilia schluckte ihre Abneigung herunter und willigte ein, Martas Jungen zu holen und vorübergehend für sie zu sorgen. Die sauertöpfische Empfangsdame der IWP-Anwaltskanzlei behauptete weiterhin, Harold Woodrow sei nicht zu sprechen. Eine Konferenz. Schon wieder.

«Eine Konferenz im Hause?» fragte ich.

«Wenn Sie keine Nachricht hinterlassen wollen, können Sie es in einer Stunde noch einmal versuchen», sagte sie und knallte den Hörer auf die Gabel, ehe ich noch die Chance hatte, etwas zu erwidern.

Es war bereits nach vier. Ich fragte mich, ob sie sich wohl herablassen würde, das Telefon auch nach Dienstschluß zu bedienen. Ich suchte die Adresse der Anwaltskanzlei Irwin, Woodrow and Place im Bostoner Telefonbuch heraus. Dann rannte ich zu Paolina zurück.

Die lateinamerikanische Krankenschwester nickte heftig, als ich sagte, es sei Zeit zum Gehen. Ihre Mutter sei in besten Händen, versicherte sie Paolina, und wenn ihre eigene Schicht beendet sei, würde sie dafür sorgen, daß eine spanischsprechende Nachtschwester die Pflege übernahm.

«*Gracias*», sagte Paolina.

«Sie sind ein Schatz», fügte ich hinzu. «Danke sehr.»

Paolina behauptete, keinen Hunger zu haben, aber ich hielt trotzdem bei einem Burger King in der Nähe an und bestellte eine ganze Einkaufstüte voll verschiedener Snacks zum Mitnehmen.

«Wohin fahren wir denn?» fragte sie, als sie es sich auf dem Beifahrersitz bequem gemacht hatte und zum ersten Mal seit zehn Minuten aus dem Fenster sah.

«Nirgendwohin», antwortete ich übelgelaunt. Wir krochen gerade hinter einem schwerbeladenen Green-Line-Lastzug während der Rush-hour die Huntington Avenue hinauf, was man nie machen sollte. Der Verkehr war ins Stocken geraten, weil Studenten des Northeastern über die Straße latschten wie eine Herde herrenloser Schafe.

«Alles in Ordnung, Paolina?» fragte ich.

«Ja», erwiderte sie mit unsicherer Stimme.

«Deine Mutter wird bald wieder gesund sein.»

«Ja.»

«Geht's dir gut? Bauchschmerzen?»

«Nein.»

«Hör zu», sagte ich. «Ich habe da ein Problem. Ich will dich nicht bei Lilia absetzen. Ich will aber auch nicht, daß du ganz allein bist –»

«Kann ich denn nicht bei dir bleiben?» fragte sie schnell.

«Genau. Ich möchte, daß du bei mir bleibst. Aber ich habe noch etwas zu erledigen, und das ist nichts, wozu ich dich normalerweise mitnehmen würde.»

«Ist es gefährlich?» Sie setzte sich auf einmal kerzengerade hin, genau, wie ich es vorausgeahnt hatte.

«Eher langweilig. Hier.» Ich wühlte in meiner Tasche und drückte ihr mein Notizbuch in die Finger. «Lies mir mal Marke und Kennzeichen aller Autos vor, die ich bei Harald W. Woodrow eingetragen habe. Brauchst du Licht dazu?»

«Noch nicht. Ist er ein Gauner?»

«Nicht daß ich wüßte, Baby.»

«Bitte sag nicht Baby zu mir.»

«Ich tu's nicht mehr. Entschuldigung.»

«Zwei Autos», sagte sie und runzelte die Stirn, während sie mein Gekritzel über mein Gespräch mit Patsy Ronetti las. «Ein BMW sieben-drei-fünf-i und ein Saab neuntausend. Ein reicher Typ?»

«Anwalt.»

«Fahren wir zu ihm?»

«Zu seinem Büro. Hübsch langsam.»

«Warum?»

«Um zu sehen, ob er dort ist.»

«Ist er ein schlechter Mensch? Hat er was Schlimmes gemacht?»

«Bei meinem Geschäft darf man nicht alles ausplaudern, Paolina.»

«Oh», sagte sie enttäuscht.

«Aber wenn du willst, kannst du mir helfen.»

«Und bei dir bleiben?»

«Klar. Solange du genau das tust, was ich sage.»

«Abgemacht», sagte sie.

Bei den meisten Bostoner Anwaltskanzleien hätte ich keine Chance gehabt. Sie liegen allesamt um die Federal Street herum, dicht beieinander und bis auf die großen Tiefgaragen ohne Parkmöglichkeiten. Aber IWP hat Büroräume in einem renovierten Sandsteingebäude an der Newbury Street – sehr vornehm, sehr ruhig, mit einem Privatparkplatz nach hinten heraus.

Sobald ich die Huntington verließ, floß der Verkehr wieder. Ich fuhr im Halbkreis um das Prudential Center herum und bog langsam auf die Boylston ein, am Berkeley College links, über die Newbury hinweg und wieder links.

Ich fuhr auf die Rückseite der IWP-Kanzlei, nicht allzu langsam. Die Gasse ist ein Einbahnsträßchen, gerade so breit, daß die Müllabfuhr durchpaßt. Die Einfahrt zu dem kleinen Parkplatz war zu sehen, aber nicht die Autos.

«So», sagte ich zu Paolina, «weißt du die Autonummern noch?»

Sie ratterte zwei Zahlenfolgen aus jeweils sechs Ziffern und Buchstaben herunter.

«Dieser Anwalt könnte mich wiedererkennen», sagte ich. «Deshalb schicke ich lieber dich los. Du gehst zum Parkplatz, bleibst stehen und schaust dich um, als hättest du dich verlaufen.»

«Okay», sagte sie.

«Ganz unauffällig. Komm nicht hergerannt, wenn du sein Auto entdeckt hast. Tu einfach so, als wärst du falsch gegangen, und sieh auf die Uhr, als wärst du spät dran.»

«Keine Bange, ich mach's schon richtig», versicherte sie. Und schon war sie aus dem Auto und marschierte los.

Die Back Bay ist die sicherste Gegend in Boston mit einer viel geringeren Kriminalität als Paolinas Viertel. Trotzdem hatte ich ein merkwürdiges Gefühl, als ich sie so losschickte. Auch wenn sie dadurch von ihrer Mutter abgelenkt wurde.

Ich glaube, ich habe den Atem angehalten, bis sie wieder auf den Beifahrersitz kletterte.

«Der BMW steht da», sagte sie aufgeregt. «Was machen wir jetzt?»

«Essen», sagte ich.

«Im Auto?»

«Mach dir keine Sorgen um die Polster. Ketchup kann sie nur schöner machen.»

Ich wickelte lauter eingepackte Pakete aus – Sandwiches, Milchmixe und Fritten –, und wir griffen herzhaft zu, nachdem wir den ganzen Tag nichts als Doughnuts verschlungen hatten. Ich behielt meinen Rückspiegel im Auge und drehte den Spiegel auf Paolinas Seite so, daß sie mitaufpassen konnte. Nachdem ich ein bißchen gestochert hatte, erzählte sie mir endlich mehr von Paco Sanchez, wie sie ihn in ihrer Gegend kennengelernt hatte, daß sie die Art mochte, wie er sie ansah und nett mit ihr sprach, und daß er sie wie eine erwachsene Frau behandelt hätte.

«War der Flug Pacos Idee?» fragte ich.

«Nein», antwortete sie bestimmt und sah mir dabei direkt in die Augen, was bedeuten konnte, daß sie log. Was aber auch bedeuten konnte, daß sie die Wahrheit sagte.

«Er hat dir Geld geliehen.»

«Ja.»

«Warum?»

Sie schob das Kinn vor. «Weil er mich mag.»

Aber sicher, dachte ich.

«Wollte er dich begleiten? Nach Florida? Kolumbien?»

«Er wollte schon immer nach Kolumbien», sagte sie abwehrend.

«Willst du nicht deinen Hamburger aufessen?»

«Willst du ihn?» fragte sie zurück.

«Mir wär's lieber, wenn du ihn selbst ißt.»

«Ich werde langsam fett», sagte sie.

Fett ist gut bei Elfjährigen, dachte ich. Hält ihnen die Jungs vom Leib.

Der Himmel verdunkelte sich stetig, während wir aßen. Um sieben war er bereits samtig blau. Falls Woodrow länger als halb neun arbeitete, würde ich ihn für heute in Frieden lassen.

«He», sagte Paolina, «ist das nicht der Wagen? Na klar. Siehst du? Los!»

«Ist er allein?»

«Nur er. Beeil dich doch! Willst du nicht hinter ihm her?»

Allein, dachte ich. Verflucht. Dann war er höchstwahrscheinlich auf dem Heimweg nach Winchester. Wenn er wirklich eine Affäre *hatte*, dann konnte meines Erachtens nur eine Büroangestellte seine Zuneigung gewonnen haben. Wenn langverheiratete Männer fremdgehen, suchen sie selten in der Ferne.

«Immer mit der Ruhe», sagte ich und fädelte mich in den Verkehr ein. «Ich hänge mich ja dran. Aber nur locker. In weitem Abstand. Nicht wie im Fernsehen. Merk du dir gut, wie seine Rücklichter aussehen, und sag mir, wenn du sie abbiegen siehst. Zusammen haben wir vier Augen.»

«Er ist links abgebogen.»

«Ich bin ihm auf den Fersen.»

«Das ist toll», sagte Paolina. «Wie ein Videospiel.»

Nach weiterem zweimaligem Abbiegen stand fest, daß er nicht nach Hause fuhr. Einen Augenblick lang dachte ich, er steuere das JHHI an, aber er fuhr weiter in eine Gegend, die Mission Hill genannt wird.

«Verriegel mal deine Tür, Paolina», sagte ich mit Nachdruck.

«Wo ist er? Ich habe ihn aus den Augen verloren!»

«Er ist nach links abgebogen. Er fährt im Zickzack.»

«Meinst du, er hat etwas gemerkt?»

«Nachts kann er nur die Scheinwerfer sehen. Und Scheinwerfer sehen ziemlich gleich aus», sagte ich und wandte die Augen kurz vom Ziel ab, um meine Begleiterin zu betrachten.

Sie hatte sich vorgebeugt, mit glänzenden Augen, den Mund leicht geöffnet. Als ich sie so anschaute, überfiel mich auf einmal schiere Panik: Was, wenn sie auch Polizistin werden wollte?

«Er ist rechts abgebogen», sagte sie. «Er hält an!»

Meinen Toyota hätte ich nicht da stehenlassen, wo er seinen BMW parkte, ob Straßenlaterne oder nicht. Vielleicht hatte er eine schicke Alarmanlage. Oder er wollte, daß ihm sein Auto gestohlen wurde.

Ich fuhr vorbei, als er gerade aus dem Auto stieg. Er ging zielstrebig die Treppen eines Wohnhauses hinauf. Ohne Aktenmappe.

Ich sah mir das fünfstöckige Gebäude an. Nirgendwo ging Licht an. Entweder war er in eine Wohnung auf der Hinterseite verschwunden, oder er besuchte jemanden, der bereits das Licht angeschaltet hatte – wahrscheinlich jemanden, der ihn erwartete.

«Und was jetzt?» fragte Paolina aufgeregt.

Ich stellte den Wagen in einer Lücke mehr als einen halben Block von dem Wohnhaus entfernt im Parkverbot ab. Auf der anderen Straßenseite grenzt ein lose hängender Maschendrahtzaun einen verlassenen Sportplatz ab.

«Wir warten», sagte ich. «Er will vielleicht nur auf seinem Heimweg etwas abgeben. Papierkram.»

Das glaubte ich allerdings nicht. Die Klientel von IWP besaß vielleicht einige der Mietshäuser hier herum, aber ich bezweifelte, daß sie selbst in dieser armen, ethnisch gemischten, von Rassenunruhen bedrohten Enklave wohnte.

Wir warteten fast eine Stunde. Er war immer noch nicht wieder herausgekommen. Paolina gähnte immer öfter. «Ich muß bald mal», verkündete sie.

«Laß die Tür verriegelt», befahl ich ihr. «Ich bin gleich zurück.»

Ich ging entschlossen an dem Häuserblock entlang, drückte mich rasch in den Eingang des Wohnhauses und schrieb mir alle Namen auf, die auf den verrosteten Briefkästen standen. Einer – Savannah Cates – fiel mir ins Auge. Bei den übrigen handelte es sich um Männernamen. Oder Initialen. Oder Mr. und Mrs. Soundso.

Savannah. Exotische Augen, schräge Augenbrauen, ein einnehmendes Lächeln kamen mir in den Sinn. Mooney hatte schließlich doch gar nicht so falsch gelegen. Harold Woodrow *hatte* im Krankenhaus eine Frau kennengelernt. Nicht Tina Sukhia, sondern Savannah Cates, Muirs junge Dame am Anmeldeschalter …

Ich fuhr mit meiner kleinen Schwester nach Hause zu ihrem Koffer voller zerknitterter Kleider und hielt ihre Hand, bis sie im Gästezimmer eingeschlafen war.

Ich hatte eben mein Sweatshirt halb über den Kopf gezogen, um mich bettfertig zu machen, als das Telefon klingelte.

Mooney mußte Emily gefunden haben. Ich hob ab.

Roz.

«Hast du meine Nachrichten abgehört?» zischte sie.

«Hatte noch keine Zeit dazu.»

«Verdammt noch mal, ich weiß nicht, wie lange ich ihn noch hier festhalten kann.»

«Beruhige dich. Wo bist du denn?»

«An der South Station. In der Austernbar.»

«Und wohin will Old Paco?»

«Einfache Fahrt, New York.»

«Halt ihn auf.»

«Carlotta –»

«Ich habe vollstes Vertrauen zu dir, Roz.»

«Komm bloß.»

«In einer halben Stunde», sagte ich. «Tschüs.»

29

Ich hatte gelogen. Ich brauchte fast eine Stunde, denn ich mußte mich erst umziehen, dann Paolina aufwecken, Gloria anrufen, sicherstellen, daß Paolina allein zu Hause bleiben konnte, wenn Gloria am Telefon für sie da war.

Oh, und ich mußte noch einmal die Treppe hinaufrennen, um den netten gefälschten Paß zu holen, den Paco freundlicherweise fallengelassen hatte.

Während der Fahrt merkte ich, daß ich an den Kreuzungen in die leeren Straßen hineinspähte und die Gegend prüfend überflog, wie ich es als Streifenpolizistin immer getan hatte. Die schwarzweißen Schatten nach Emily Woodrow absuchte. Mir wünschte, ihre Lieblingsplätze zu kennen, genau zu wissen, worauf ich mich konzentrieren mußte. Hoffte, sie vor Mooney zu finden. Oder sie mich.

Hatte sie Tina umgebracht?

Hatte Tina Rebecca umgebracht?

War es letztlich das – Auge um Auge?

Oder hatte eine dritte Partei Tina *und* Emily ermordet? Tina, weil sie über Rebeccas Tod Bescheid wußte; Emily, weil sie das Geheimnis von Tina erfahren hatte.

Ich ließ eine alte Taj-Mahal-Kassette mit voller Lautstärke schmettern. Die Musik füllte meinen Kopf, aber sie beantwortete keine Fragen.

Die South Station ist kürzlich renoviert worden. Ein Innenarchitekt hat Fußboden und Wände kreuz und quer beige und himbeerrot gekachelt, eine französische Bäckerei installiert und für gutes Geld Gewerbescheine an Händler mit niedlichen grünen Wägelchen ausgegeben, die mit Krawatten, Krimskrams und Sonnenhüten oder mit Spielzeug gefüllt sind, das man den Kleinen nach Hause mitbringen kann. Riesige Ventilatoren tun ihr Bestes, um den Zigarettenrauch und die Abgase der Lokomotiven zu verteilen. Man kann sich die Schuhe putzen lassen, einen Strauß Schnittblumen kaufen oder sich ein Schokoladenhörnchen gönnen. Nur die eiligen Schritte, die zischenden Türen, die brummenden Dieselmotoren und metallische Gongklänge erinnern einen daran, daß man nicht durch eine Einkaufspassage bummelt.

Die Austernbar ist auf Straßenniveau in einer Ecke versteckt.

Ich sah mit einem Blick ein paar Veteraninnen des horizontalen Gewerbes, alte Freundinnen, die ich vor Jahren aus dem Verkehr gezogen hatte und die ohne Zweifel dank der Segnungen unseres Strafsystems und unserer Sozialämter wieder resozialisiert waren. Eine warf einem schamlos drapierten Flittchen die Art von feindseligen Blicken zu, die für neue Talente in einem bereits belegten Revier reserviert sind.

Es dauerte eine ganze Minute, bis ich merkte, daß die Frau des Tages, diejenige, die die feindseligen Blicke auf sich zog, niemand anders war als Roz.

Ich nehme an, sie war zu dem Schluß gekommen, daß sie bei ihrer Neigung zur Extravaganz keine Chance hatte, die Unauffällige zu spielen. Aber grüne Haare, dachte ich, das ging – außer am Tag des heiligen Patrick – doch etwas zu weit.

Gegen ihre Perücke sah das Zeug, das sie Barbiepuppen auf die Köpfe pflanzen, echt aus. Außerdem hatte sie auch meinen Rat nicht beherzigt, sich konservativ zu kleiden – nicht, daß ich so naiv wäre, von Roz zu denken, sie besäße ein knielanges Hemdblusenkleid. Ihr tiefausgeschnittener grüner Taftfummel sah aus wie ein Konfirmationskleid der fünfziger Jahre, das sich hierher verirrt hatte.

Eins mußte man ihr aber lassen: Sie hatte nichts mehr mit dem kahlköpfigen schwarzgekleideten Karatekrieger vom Flughafen gemeinsam. Sanchez konnte die beiden unmöglich unter einen Hut bringen. Roz trug Schuhe mit Pfennigabsätzen, um ihre Größe zu verändern. Eine Brille vervollständigte ihren Aufzug. Modell Harlequin, mit straßbesetzten Ecken.

Sie erinnerte an niemanden, den ich kannte. Oder kennenlernen wollte.

«Reg dich nicht auf, Yolanda», raunte ich der kleinen platinblonden Nutte zu. «Die ist eine Klasse besser als du.»

«He! Bist du wieder bei den Cops?»

«Nur keine Angst.»

«Hab ich auch nicht, Verehrteste. Aber du solltest mal das Herzchen dort überprüfen. Sie ist jung und heiß drauf, läßt ihren Kerl den ganzen Abend nicht los. Der Mann könnte nicht mal pinkeln gehen, wenn er müßte. Und schau dir ihren Aufzug an. Sie versaut das Geschäft.»

«Schon gut», sagte ich, «sie arbeitet für mich.»

«Biste unter die Zuhälter gegangen? Pfui Deibel.»

«Yolanda! Ich bin Privatbulle, und sie auch. Kümmer dich um deine Sachen.»

«Schickst du mir die Bullen auf den Hals?»

«Du bist ein hoffnungsloser Fall», sagte ich. «Geh nach Hause.»

«Läßte zwanzig springen?»

«Zehn», sagte ich. «Und jetzt ab nach Hause.»

«Später, Schätzchen.»

Roz und meine Augen trafen sich, und vor Erleichterung sackte sie etwas zusammen. Ich konnte das gut verstehen. Obwohl Paolina sein Lob gesungen hatte, konnte ich keine besonderen Vorzüge an Paco Sanchez ausmachen.

Entweder hatte er seit dem Wochenende die Kleider nicht mehr gewechselt, oder er besaß etliche gleiche T-Shirts und ausgebeulte Jeans. Sein Nachmittagsflaum hatte sich in einen schmuddeligen Dreitagebart verwandelt. Seine Augen hatten im Licht der Leuchtstofflampen tiefe blaue Ringe.

«He!» sagte ich in Anlehnung an Yolandas Allzweckgruß, während ich mich Sanchez näherte.

Sein Gesicht veränderte sich, als er mich sah. Er erkannte mich wieder, daran bestand kein Zweifel.

«Sie gehen nirgendwohin, bis wir nicht miteinander geredet haben», sagte ich zu ihm.

«Und warum nicht?» brauste er auf.

«Weil sich diese grünhaarige Dame, die Sie mit Ihrer traurigen Lebensgeschichte zu Tode gelangweilt haben, freuen würde, Ihnen auf meinen leisesten Wink einen Tritt dahin zu geben, wo es weh tut. Stimmt's, Roz?»

«Wie wär's denn jetzt schon?» sagte sie. «Wo bist du –»

«Warte noch 'ne Minute.» Ich zog den gefälschten Paß aus der Tasche und hielt ihn ein gutes Stück entfernt Sanchez vor Augen. Er griff trotzdem danach. «Hätten Sie wohl gerne?» fragte ich und steckte den Paß weg.

«Hören Sie», sagte er, «vielleicht können wir handelseinig werden.»

«Genau das, woran ich auch schon gedacht habe», sagte ich. «Roz, warum machst du nicht einen kleinen Spaziergang?»

«Darf ich in Sichtweite bleiben? Für alle Fälle? Ich würde ihm gern noch einen Tritt verpassen.»

«Geh auf die Toilette, Roz. Nimm das Haar ab.»

«Das ist eine Perücke?» sagte Paco. Es klang enttäuscht.

«Und jetzt zu unserem Handel», sagte ich.

30

Roz verschwand.

«Sehen Sie, ich verstehe einiges nicht», sagte ich zu Sanchez, nippte an der übriggebliebenen Pepsi meiner Assistentin und dachte daran, daß ich vermutlich bereits weit mehr als die Tageshöchstmenge Koffein eines kleinen Landes intus hatte.

«Darauf möchte ich wetten.» Sein Schnurrbart bewegte sich kaum, als er sprach. Ich fragte mich unwillkürlich, was für eine Mißbildung er wohl unter diesen Büscheln verbarg. «Mußte Ihre Freundin weg?»

«Ich gebe Ihnen später die Telefonnummer», versprach ich ihm zwinkernd. «Warum haben Sie meinen Müll geklaut?»

Er zündete sich eine Zigarette an, und ich sog den Rauch ein. «Der Typ, für den ich arbeite, hat mir den Auftrag gegeben.»

Wir standen an einem kleinen runden Tisch, einer Art Stehtisch für eilige Zugreisende. Die Bar war bis auf zwei Volltrunkene in einer Ecke und ein paar Nutten auf Kundenfang leer. «Carl Griffith», sagte ich. «Der Schnüffler. Er muß ganz schön sauer darüber gewesen sein, daß Sie auch die Tonnen mitgenommen haben. Es fällt zu sehr auf, wenn die Tonnen mitgestohlen werden.»

Paco blies eine Rauchwolke in meine Richtung. «Er sagt mir

nicht, wie ich es anstellen soll. Solche Sachen überläßt er meist seinen Mitarbeitern.»

Ich habe nichts dagegen, Rauch einzuatmen. Ich habe früher selbst ein Päckchen pro Tag geraucht, ehe mein Vater starb. «Arbeiten Sie erst seit kurzem für ihn?» fragte ich.

Sanchez machte den Mund auf und hielt gleich wieder inne, die Zunge ein Stück herausgestreckt. «Nee», sagte er.

«Ach», sagte ich, «ist das Ihr erster Fall?»

«Der dritte», sagte er beleidigt.

Ein Wunder, daß er sich so lange gehalten hatte. «Und was ist mit Paolina?»

«Griffith hat mir den Auftrag gegeben, sie auszuspionieren.»

«Hat er Ihnen gesagt, Sie sollen sie in ein Flugzeug setzen?»

«Das war ihre Idee», sagte er. «Ehrlich. Ich wollte der Kleinen nur helfen. Nicht geschäftlich, sondern rein privat.»

Privat, so ein Quatsch. Jetzt hätte *ich* ihm gern einen Tritt verpaßt. «Wer ist der Klient?» fragte ich.

«Was?»

«Für wen arbeitet Griffith?» wiederholte ich ungeduldig.

«'ne Menge Leute.»

«In der Paolina-Fuentes-Sache.»

«Er würde mich umbringen.»

«Er würde es gar nicht erfahren.»

«Sie verstehen das nicht.»

«Ich will das auch gar nicht verstehen, Paco. Ich will wissen, warum Sie Paolina Geld gegeben haben.»

«Ein privater Kredit. Hat nichts mit Griffith zu tun.»

«Das ist Mißbrauch Minderjähriger, wenn ich mich nicht irre. Wissen Sie, wieviel Jahre Knast auf Kindesmißbrauch stehen?»

«Ich habe sie nicht angerührt. Ich mochte sie, sonst nichts.»

«Wer ist Griffiths Klient?»

«Hat er mir nicht verraten. Und Ihnen wird er's auch nicht verraten. Mann, der hält doch ständig Vorträge darüber, daß er sich von niemandem dreinreden läßt.»

Klang nach einem netten Zeitgenossen. Nach der Sorte Mensch, die einen Mistkerl wie Sanchez einstellte. Auf dem Tisch stand ein Aschenbecher. Aber Sanchez ließ seine Zigarettenkippe auf den schön gekachelten Fußboden fallen und drückte sie mit dem Hacken aus.

«Er läßt Sie im dunkeln?» fragte ich.

«Teufel auch, ja, und wenn ich in irgendeiner Klemme sitze, muß ich allein klarkommen.»

«Jetzt sitzen Sie mittendrin.»

«Ich weiß aber nichts.» Er zuckte nachdrücklich mit den Achseln.

«Gehen wir», sagte ich.

«Gehen wir wohin?»

«Sie haben zwei Möglichkeiten, Paco. Bei der ersten fallen Sie unter das Bundesgesetz. Paßfälschung ist eine Bundeskriminalsache, stimmt's?»

Er schluckte, und sein Adamsapfel hüpfte auf und ab. «Hoho, ich dachte, Sie wären auf einen Handel aus.»

«Um wieviel Uhr macht Griffith sein Büro auf?»

«Erst ziemlich spät. Zumindest nicht vor Mittag.»

«Ich will nicht lange reden, Paco. Ich stehe ziemlich unter Zeitdruck. So wie ich es sehe, lieben Sie Griffith wie einen Bruder und geraten völlig aus der Fassung, wenn ich Ihnen vorschlage, daß wir mal sein Büro außerhalb der Öffnungszeiten aufsuchen, und deshalb können wir uns ebensogut gleich an den Uniformierten dort halten. Ich bin sicher, daß er Sie gern mit einem Beamten der Bundespolizei bekannt machen würde, der seine helle Freude daran hätte, Ihre Paßfälschung zu begutachten.»

Er schluckte wieder. «Nehmen wir mal an, wir würden Griffiths Büro einen Besuch abstatten. Was hätte ich dabei zu tun?»

«Anmelden. Abmelden. Das Sicherheitssystem unter Kontrolle halten. Es besteht kein Grund, den Boss von unserem Besuch in Kenntnis zu setzen. Und dann arbeiten Sie weiter für ihn. Oder fahren nach New York, was immer Sie wollen.»

Er überlegte sich die Sache.

«Und dann geben Sie mir den Paß zurück?»

«Davon habe ich nichts gesagt.»

«Ich aber.»

«Entweder die Bundespolizei oder ein kurzer Blick in Griffiths Akten.»

Ehe wir den Bahnhof verließen, machte ich Roz hinter einem Pfeiler ausfindig und bat sie, nach Hause zu Paolina zu fahren. Sanchez starrte wie gebannt auf die kahlgeschorene Seite ihres Schädels.

Wenn man Nachtschicht macht, hat man keine Mühe mit dem Parken. Ich fand eine ideale Parklücke auf der Boylston Street, und dann schlenderten Sanchez und ich wie zwei Kumpel gemächlich ins Prudential Center, fast schon Arm in Arm. Ich behielt den komischen Paß in meiner Handtasche, deren Riemen ich mir doppelt um den Arm geschlungen hatte. Ich traute meinem neuen Kumpel nicht.

Wie viele Bewohner von Bürohochhäusern hatte Griffith unerschütterliches Vertrauen in den Hauswachdienst, uniformierte Eckensteher, bei denen man darauf zählen konnte, daß sie auf die schriftliche An- und Abmeldung der Besucher achteten. Die Schlösser an der Tür zu seinen Büroräumen wären ein Kinderspiel gewesen. Und noch schlimmer: Er hatte Paco großzügig einen Schlüssel ausgehändigt.

Wieso kann sich ein Typ, der solche Affen wie Sanchez beschäftigt, ein Luxusbüro im Pru leisten? Das wundert mich; es wundert mich wirklich. Die Mieten hier sind astronomisch hoch, und die «Griffith Investigations» waren auch nicht gerade in eine Besenkammer gequetscht. Meine sozialistische Mutter hätte wochenlang über die soziale Ungerechtigkeit schwadroniert. Ich für mein Teil betrachtete den Hochflorteppichboden, die extravaganten Rouleaus und die Ledersessel, und dann machte ich mich an die Arbeit.

Griffith war ein Schwein mit Organisationstalent, vielleicht war das sein Schlüssel zum Erfolg. Die Fälle, um die er sich gerade kümmerte, standen gleich vorn in einem Aktenschrank aus Metall. Sechs an der Zahl. So ein Glückspilz! Ich las die Aufschriften, fand aber keine mir bekannten Namen.

Ich nahm mir den ersten Ordner vor, die Feststellung der Vermögenslage in einer wahrscheinlich unsauberen Scheidungssache, überflog ihn und achtete darauf, ob mein oder Paolinas Name vorkam. Im nächsten Fall, auch einer Scheidungssache, verfuhr ich genauso. Der dritte Fall, wieder eine Eheangelegenheit.

Der fünfte Ordner war es endlich. Da stand mein Name, dick unterstrichen. Meine Adresse. Meine Telefonnummer. Meine Versicherungsnummer. Der Ordner trug die Aufschrift *Vandenburg*. Ein Code? Nein. Thurman W. Vandenburg. Aus Miami Beach, Florida.

Ich sah auf die Uhr. Das erinnerte mich daran, daß ich Schlaf brauchte. «He», rief ich Sanchez zu, der in einem der Ledersessel versunken war und an seinen Schnurrbartenden kaute, «gibt's hier einen Kopierer?»

«Ja.»

«Wie lange braucht er zum Aufwärmen?»

«Es ist nur ein kleiner. Geht ziemlich schnell.»

«Stellen Sie ihn an und kopieren Sie mir das hier. Und ‹vergessen› Sie keine Seiten!»

Ich kannte keinen Thurman W. Vandenburg aus Miami oder sonstwoher.

Sanchez konnte gut mit dem Kopierer umgehen. Vielleicht war Papierkram seine Stärke.

«Können wir jetzt endlich abhauen?» fragte er, nachdem er die Maschine ausgeschaltet und aufgeräumt hatte.

«Mit Vergnügen», sagte ich.

«Ich weiß nicht recht», sagte er kopfschüttelnd.

«Wollen Sie Ihren Boss anrufen und beichten?» fragte ich ihn.

«Nein», sagte er.

«Sie sollten sich das nämlich vorher gut überlegen, sehr gut.

Wenn Sie singen, erzähl ich ihm, sie hätten mir die Akte verkauft. Und im Lügen bin ich gut. Er wird es mir glauben.»

Wir verließen das Gebäude, nachdem wir uns bei den Wachleuten abgemeldet hatten.

«Noch eins, Paco», sagte ich, als wir auf dem Bürgersteig waren.

«Ich mache keine Geschäfge mehr mit Ihnen, Lady», sagte er.

«Meine Mülltonnen, Paco. Wo sind sie?»

«Was?»

«Benutzen Sie sie?»

«Ich habe sie auf die Kippe geschmissen.»

«Verdammt, das ist wirklich schade.»

«Ist nun mal so.»

«Ich hätte mehr Mitgefühl von Ihnen erwartet, Paco. Ich mochte meine Tonnen. Aber wissen Sie was? Sie können den Verlust wiedergutmachen. Im True-Value-Haushaltswarenladen. Die grauen mit Rädern. Zwei Stück. Bis morgen abend.»

«Das soll doch wohl ein Scherz sein.»

«Morgen abend kommt die Müllabfuhr, Paco. Ist das ein Grund zum Scherzen?»

«Sie sind verrückt.»

«Jaja.» Ich seufzte. «Kann sein. Aber wenn ich meine Mülltonnen nicht bekomme, bekommt die Bundespolizei den Paß und Ihren Namen, und wahrscheinlich sind noch Ihre Fingerabdrücke drauf. Sie werden Fragen stellen. Und sie sind bestimmt nicht so höflich wie ich.»

«Scheiße», sagte er.

«Stellen Sie sie einfach seitlich ans Haus», sagte ich. «Sie brauchen nicht extra zu klingeln.»

Ich stieg ins Auto und schoß davon, während er noch immer nach Worten suchte.

Normalerweise höre ich mir beim Fahren nicht die Nachrichten an. Meist läuft mein Kassettenrecorder auf voller Lautstärke, aber ich hatte all meine Tapes schon siebenundzwanzigmal gespielt, und deshalb schaltete ich diesmal das Radio ein. Keinen Nachrichtensender, einen Blues-und-Oldies-Sender. Doch selbst dieser Sender bringt ab und zu Nachrichten, und so bekam ich sie mit. Ich hörte etwas über den gerade vorgelegten siebenunddreißigsten Antrag zum Gesundheitswesen und das Gemetzel in Bosnien. Alles genauso wie die Horrornachrichten der letzten Woche – ich beugte mich vor, um auszuschalten.

«Wie ein Sprecher der pharmazeutischen Firma Cephagen Company mitteilte, ist heute im *Marine Wharf Hotel* in der Bostoner Innenstadt ein Mann erschossen worden. Die Identifizierung ergab, daß es sich um David Menander handelt, den Präsidenten und Hauptgeschäftsführer der Firma.»

Sie sprach Cephagen mit langem *E* aus. Cee Co.

Mehr, befahl ich leise. Mehr. Los doch.

Drei Teenager, die von einem vorüberfahrenden Täter in der Gegend von Grove Hall, Boston, angeschossen wurden, waren zur Behandlung in das Boston City Hospital gebracht worden. Die Polizei vermutete Bandenaktivitäten.

Nein! Mehr von Cephagen mit langem *E*!

Die Frauenstimme ging zur Wettervorhersage über, heiter und sonnig, und dabei klatschte Regen an meine Windschutzscheibe.

Ich fuhr schneller, wobei ich im Rückspiegel nach Streifenwagen Ausschau hielt, und raste mit Fünfzig durch die Dreißig-Meilen-Zonen. In einer Filiale von Store 24 war noch ein ramponierter *Globe* übrig. Ich schleuderte meine fünfunddreißig Cent dem gelangweilten, teilnahmslosen Verkäufer über die Theke hin.

Es war eine jener Stadtnachrichten unter «Letzte Meldungen» auf den Innenseiten. Sensationell, weil das *Marine Wharf* keine billige Absteige ist, aber dadurch gedämpft, daß Touristen nicht unbedingt für Zweihundert pro Nacht Leib und Leben aufs Spiel setzen wollen. Pech, daß das Opfer Ansehen genoß. Das würde die Bemühungen erschweren, die Sache herunterzuspielen. Ich überflog den kleingedruckten Text. Mutmaßlicher Raubüberfall. Brieftasche entwendet, Armbanduhr übersehen.

Ich stieg wieder ins Auto. Cephagen Company. Cee Co. Cee Co. Pharmazeutika. Sie standen bestimmt miteinander in Verbindung. Ganz bestimmt. Ich fuhr schnell durch den Regen. Entgegenkommende Scheinwerfer blendeten mich. Meine Reifen kreischten auf dem glitschigen Straßenbelag.

Zu Hause war alles still. Paolina schlief.

31

Ich war so müde, daß ich im Auto hätte einschlafen können, aber ich mußte noch einen Anruf tätigen – das Krankenhaus, wo man mir mitteilte, Marta Fuentes gehe es den Umständen entsprechend gut, sie schlafe sanft. «Sanft schlafen» klang so schön, daß ich mir in aller Eile das Gesicht wusch, meine Zähne putzte, mir die Kleider aus- und mein Tanktopshirt als Nachthemdersatz anzog. Aber ich nahm mir noch die Zeit, barfüßig und leise in Paolinas Zimmer zu schleichen, auf ihre regelmäßigen Atemzüge zu horchen und die zerknüllten Laken glattzustreichen.

Wenn ich schlafe, dann schlummere ich tief und fest und erinnere mich nur selten an Träume. Dieser ist mir nur im Gedächtnis geblieben, weil mich kurz vor seinem Ende das Telefon weckte.

«Hallo?» Telefonschrillen mitten in der Nacht läßt sofort die Ängste meiner Kindheit wiederaufleben, aber auch als Erwachsene weiß ich gleich, daß niemand nach Mitternacht mit guten Nachrichten anruft.

«Hallo», wiederholte ich laut. Es war jemand dran. Ich hörte etwas am anderen Ende der Leitung, ein Krachen, dann Stille.

«Wer ist da?» fragte ich. «Ist da jemand?»

Ich brummte einen Fluch und knallte den Hörer auf die Gabel.

Ich konnte die Uhr ticken hören. Zehn nach vier in aller Herrgottsfrühe. Ich war schweißgebadet, und mein Puls dröhnte mir in den Ohren. Ich holte tief Luft, um mich zu beruhigen. Mein Hals kratzte. Nicht wie bei einer nahenden Erkältung, sondern durch den unterbrochenen Traum.

Ich war geflogen, war mit meinem Bett, das über dem Fußboden schwebte, herumgewirbelt, abrupt der Schwerelosigkeit anheimgegeben. Aber Laken und Steppdecke schränkten meine Freiheit ein und machten meine Arme und Beine zu Gefangenen. Langsam war die Maske herabgekommen, hatte meinen Mund bedeckt, meine Nase, mein Kinn, mich zum Würgen gereizt, mir den Atem benommen...

Wieso hatte ich angenommen, durch die Maske sei Sauerstoff, Luft, *irgend etwas* zugeführt worden? Wieso nicht, daß sie die Luftzufuhr abgeschnitten hatte? Wenn Nase und Mund abgedeckt sind und die Luftzufuhr abgeschnitten worden ist... ob Rebecca dann wild um sich geschlagen, sich gekrümmt und getreten hätte? Hätte Tina Sukhia ihre Qualen als solche erkannt? Erstickung.

Wenn es das wirklich gewesen war, verbesserte ich mich. Tina konnte ich nicht mehr fragen, und ich bezweifelte stark, daß das Wort «Tod durch Ersticken» im medizinischen Bericht über Becca stand. Ich schloß die Augen und versuchte, wieder in meinen Traum hineinzukommen, das resolute Gesicht über der Maske zu sehen.

Als ich dann wieder aufwachte, lag mein Wecker auf dem Fußboden, wohin ich ihn geschleudert haben mußte. Sonnenlicht flutete durch die Vorhänge.

Das Haus war still. Paolina schlief, holte den Schlaf der letzten zwei kurzen Nächte nach. Ich ging auf Zehenspitzen nach unten und nahm an meinem Schreibtisch ein Frühstück aus dick mit Erdnußbutter bestrichenen Crackers ein.

Im Telefonbuch stand unter JHHI nur eine Nummer. Die Patientenaufnahme wollte ich nicht. Muir wollte ich nicht. Das Personalbüro wollte ich auch nicht. Ich schloß die Augen und kam schließlich auf den Namen der Station, auf der ich soviel Zeit mit Warten verbracht hatte: Eastman Zwei. Ich wählte und gab der Telefonvermittlung den Namen durch.

Ich war fast sicher, daß die Frau, die den Hörer abnahm, Barbara war, der alte Drachen an der Anmeldung. «Könnte ich bitte Miss Cates sprechen?» sagte ich klar und deutlich.

«Wen?»

«Savannah Cates.»

«Ach so, Savannah. Richtig. Sie ist nicht mehr bei uns.»

Verdammt. «Ist sie krank?» fragte ich.

«Wer spricht denn?»

«Ihre Schwester. Ich habe es schon bei ihr zu Hause versucht –»

«Können Sie bitte einen Moment dranbleiben?» sagte Barbara und ließ mich mit dem Knacken in der Leitung allein.

Nach einer Minute war sie wieder da, mit belegter Stimme. «Hören Sie, Savannah hat nur auf Zeit bei uns gearbeitet. Versuchen Sie's bei ihrer Agentur, ja?»

Damit war die Leitung tot. Im Telefonbuch stand eine S. Cates. Ich ließ das Telefon zwanzigmal klingeln, ehe ich auflegte.

Harold Woodrow und Savannah Cates. Ein merkwürdiges Paar, aber wenn Emily mich engagiert hatte, um ihm Untreue nachzuweisen, hatte ich alle möglichen Spuren verfolgt, um meine Brötchen zu verdienen.

Ich nahm mein ungekämmtes Haar zu einem wirren Schopf zusammen und begann, einzelne Strähnen herauszuzupfen, während ich mich weit in meinem Sessel zurücklehnte und mir eine Verbindung zwischen Harold und Savannah vorzustellen versuchte, in der es um etwas Geheimnisvolleres als Sex ginge. Ob sie für Emilys Verschwinden verantwortlich waren? Gab es vielleicht einen Zusammenhang zwischen ihnen und Rebeccas Tod?

Ich sah keinen. Savannah hatte nichts mit dem weißen Mann gemein, der an Rebeccas letztem Tag in ihr Zimmer gekommen war. Und Woodrow konnte ich nicht für den Mörder seines eigenen Kindes halten. Arrogant und egozentrisch, ja. Aber ein Mörder, nein. Es stimmte psychologisch nicht.

Psychologisch ... Ich ließ mein Haar wieder los und ging eilig die Treppe hinauf.

In Jeans und meinem letzten sauberen T-Shirt drückte ich auf Keith Donovans Klingel und wippte ungeduldig auf den Zehen, bis er mit einem aufgebrachten Knurren die Tür aufriß. Er hatte haarige Beine, die unter einem blauen Bademantel hervorguckten, und war barfuß.

«Ich dachte, es wäre der Briefträger mit einer Expreßsendung», sagte er.

Ich sagte: «Ich hätte nicht gedacht, daß Sie noch schlafen.»

«Donnerstags», sagte er. «Keine Patienten. Haben Sie etwas von Emily gehört?»

«Nein, Sie?»

«Nein.» Als dieses Thema abgehakt war, zögerte er. «Ah ja, wie geht's denn Ihrer Freundin?» fragte er. «Der mit den Tabletten.»

«Es geht wieder. Passiert Apothekern das öfter?»

«Nicht, wenn sie ihre Lizenz behalten wollen. Doch, ja, es kommt vor. Ein paarmal im Jahr; jeder kennt irgendeine Horrorstory von einem Mittel, dessen Name einem anderen zum Verwechseln ähnlich ist, und wie er gerade jemandem eine tödliche Dosis in die Vene pumpen will, aber auf einmal von einer inneren Stimme gewarnt wird. Ich kann mich erinnern –»

«Ja?»

«Sehen Sie? Ich komme ins Erzählen.»

«Haben Sie die medizinischen Berichte?»

«Ja.»

«Kann ich sie sehen?»

«Jetzt sofort?»

«Jetzt sofort», sagte ich. «Und ich werde Hilfe brauchen bei den Fachausdrücken. Auch jetzt sofort. Ich habe aber nichts gegen Ärzte im Bademantel; mein Arzt hat mich schon in weniger gesehen.»

Er zuckte mit den Achseln und lächelte. «Dann kommen Sie rein. Wollen Sie Kaffee?»

«Klar.»

«Machen Sie ihn doch in der Küche, während ich mir ein bißchen kaltes Wasser übers Gesicht laufen lasse, okay?»

Die Küche war im Gegensatz zum Eingangsraum und Wohnzimmer weder renoviert noch schön hergerichtet. Mir gefielen die unebenen Fußbodendielen, die lädierten Regalbretter aus Eichenholz und der schwache Zimtgeruch. Der Kaffeeautomat mit all seinen Schaltknöpfen und Skalen wirkte fehl am Platz auf der Anrichte. Ich suchte gerade nach Instantkaffee und einem Löffel, als er wieder erschien und sich dabei einen Gürtel durch die Schlaufen seiner Khakihosen fädelte.

«Sie haben sich also doch noch angezogen», stellte ich fest. Er trug ein bräunlich-blau gestreiftes Hemd, das am Hals geschlitzt war. Ich fand diesen Aufzug besser als sein Oxfordhemd samt Schlips.

«Berufsethos», erwiderte er mit einem Grinsen und nahm eine Dose Kaffeemehl aus dem Kühlschrank. Er schaufelte den Kaffee in einen Filter, wobei er abzählte, schob diesen in den dafür vorgesehenen Platz in der klinisch weißen Maschine und drückte auf verschiedene Knöpfe. Das Ding gab einen zufriedenen Piepton von sich.

«Wollen Sie mir Ihre Horrorstory erzählen, während wir auf den Kaffee warten?» fragte ich.

«Die Tablettenstory? Die ist nicht von mir. Von einem Freund. Einem Anästhesisten.»

«Wie Paolo Peña.»

«Nicht von ihm. Von jemand anders.»

«Und was ist passiert?»

«Er hatte bei einer Patientin eine Epiduralanästhesie vorgenommen. Das heißt, sie hing an einer Betäubungsmittelinfusion. Fentanyl. Gegen Schmerzen. Es ist ein Narkosemittel, und die Nebenwirkungen sind Übelkeit und Juckreiz. Eine alte Dame war das, und sie klagte über Juckreiz. Die Krankenschwester ruft meinen Freund, und der sagt, geben Sie Ihr Narcan. Nennt ihr die Dosis. Geht.»

«Und dann?»

«Wird er sofort wieder angefunkt. Die Dame bekommt keine Luft. Mein Freund rennt also wieder zurück und findet eine völlig verängstigte alte Frau vor, die stärkstes Jucken hinzunehmen gewillt ist, wenn sie nur nicht noch mehr von dem anderen Zeug bekommt. Mein Freund geht der Sache nach und stellt fest, daß die Schwester ihr nicht Narcan gegeben hat, sondern Norcuron.»

«Klingt ähnlich», sagte ich.

«Norcuron wird verabreicht, um Patienten während einer Operation zu lähmen. Die Krankenhausapotheke durfte das Mittel überhaupt nicht an eine normale Krankenstation ausgeben. Hat aber zehn Fläschchen von dem Zeug raufgeschickt, genug, um jeden damit umzubringen, den es juckt, und noch ein paar mehr. Sehen Sie, Narcan ist eine Flüssigkeit, und Norcuron war gerade in flüssiger Form herausgebracht worden, deshalb die Verwechslung. Dauernd kommen Drogen in anderer Form auf den Markt. Immer etwas Neues.»

«Nette Geschichte», sagte ich. «Bestärkt mich wieder darin, daß man sich von Krankenhäusern fernhalten sollte.»

«Ein Rat, den ich selbst nach Möglichkeit beherzige», sagte er.

«Wo sind die Berichte?»

Er ging zu einem kleinen Pult. «Ich habe sie da unten drin. Ich kann Ihnen sagen, es war gar nicht so einfach, daranzukommen. Und erst einmal das Kopieren!»

«Ich bin sicher, Sie haben Ihre Sache großartig gemacht.»

Er reichte mir einen Stapel, der beinahe einen Fuß hoch sein mußte. «Ich habe fünf Berichte gefunden.»

«Fünf?» sagte ich scharf. «Ich wollte nur drei.»

«Aber fünf entsprechen Ihren Vorgaben.»

«Wollen Sie damit sagen, daß in einem kleinen Krankenhaus *fünf* Kinder am gleichen Tag gestorben sind und niemand Alarm geschlagen hat?»

«Ich will überhaupt nichts sagen», entgegnete er. «Ich übergebe Ihnen lediglich ein paar höchst vertrauliche Krankenberichte.»

«Das sieht mehr nach fünfzig als nach fünf Berichten aus.»

«Krankheiten sind mit einer Menge Papierkram verbunden.»

Jede Akte bestand aus einem Bündel nicht auseinandergetrennter Computerausdrucke, und auf der obersten Seite stand jeweils MEDIZINISCHER BERICHT, JHHI, 259 LONGWOOD AVENUE, BOSTON, MA 02117. NUR FÜR DEN INTERNEN GEBRAUCH.

Ich las die Namen der Toten in alphabetischer Reihenfolge:

Avalone, Renee F.
Eaton-Fitzgerald, William P.
Milbury, Heather C.
Schulman, Justin A.
Woodrow, Rebecca E.

«Einen gemeinsamen Nenner», murmelte ich und setzte mich unaufgefordert an den Küchentisch, «ich brauche einen gemeinsamen Nenner.»

«Danach habe ich sie ja ausgewählt», protestierte Donovan.

«Alles Patienten mit akuter lymphatischer Leukämie, und sie sind alle am selben Tag im JHHI gestorben. Ich weiß. Aber es muß noch mehr Gemeinsamkeiten geben.»

Hinter dem Namen jedes Patienten war das Alter und danach das Geburtsdatum notiert. Renee Avalone hatte am längsten gelebt. Sie war elf, fast schon zwölf gewesen – in Paolinas Alter –, als sie starb.

Ich hatte mit der Frage begonnen: Warum ist Rebecca Woodrow gestorben? So einfach war es jetzt nicht mehr. Die Frage war nicht mehr: «Warum dieses Kind?», sondern: «Warum diese Kinder?» Nicht mehr: «Was könnte Rebecca gehört, gesehen oder getan haben?», sondern: «Was könnten diese Kinder gehört, gesehen oder getan haben?»

Bitte, dachte ich. Bitte laß es mich in den Akten finden, damit ich nicht auch noch Heathers Mutter, Williams Eltern oder Renees Angehörige ausfragen muß.

Die Leute meinen immer, das Härteste am Polizeiberuf sei eine Schießerei mit irgendwelchen Gaunern in einem dunklen Straßenwinkel. Das Härteste, was ich je tun mußte, war, einer Frau, die völlig verstört am Rande einer verkehrsreichen Straße kniete, beizubringen, daß ihr vierjähriger Sohn unters Auto gekommen war.

«Aber er wird wieder gesund werden», hatte sie beharrlich gesagt, obwohl sie das gleiche gesehen haben mußte wie ich und folglich die Wahrheit kannte, «er wird doch wieder gesund werden.» Sie hatte meinen Arm nicht mehr losgelassen. Ich erinnere mich noch genau, wie sie meinen Arm festgehalten hat.

«Alles in Ordnung?» fragte Donovan.

Ich klopfte mit dem Finger auf die beschichtete Tischplatte und merkte, daß sie beruhigend klebrig war. «Jaja», sagte ich hastig. «Ich brauche eine Liste derjenigen Ärzte und Pfleger, die bei allen fünf Kindern zuständig waren. Außerdem eine Aufstellung der Behandlungsmethoden, die bei allen fünf Kindern gleich waren, und der Medikamente, die alle fünf Kinder bekommen haben. Ich hatte schon so etwas im Hinterkopf, als die Sache mit meiner Freundin und der Xanax-Zantac-Verwechslung passierte, bevor Sie mir die Narcan-Norcuron-Geschichte erzählt haben. Ich möchte gern wissen, ob sie an ihrem Todestag alle das gleiche Medikament oder die gleiche Medikamentenkombination bekommen haben.»

Sein Telefon klingelte. «Verdammt», sagte er und traf keine Anstalten, den Hörer seines Wandtelefons abzunehmen. «Überhören Sie's einfach.»

«Warum denn das?»

«Bestimmt wieder Telefonbelästigung. Ich kriege schon den ganzen Morgen solche Anrufe, und der Betroffene legt stets gleich wieder auf.»

«Ich hatte den letzten gestern nacht. Gehen Sie doch mal ran, ja?»

Er nahm den Hörer ab.

«Hallo?» Er schüttelte den Kopf und schnitt eine Grimasse, wiederholte sein Hallo noch einmal und sagte dann: «Nichts.»

«Hören Sie jemanden atmen?» fragte ich.

«Jetzt nicht mehr. Amtszeichen.»

«Könnte das Emily sein?»

«Emily? Auf den Gedanken bin ich noch gar nicht gekommen. Ich weiß nicht...» Und fast zu sich selbst gewandt murmelte er: «Was bedeuten solche stummen Anrufe eigentlich?»

«Sie sind doch hier der Psychiater», sagte ich.

«Rein rhetorische Frage», erwiderte er trocken. «Manchmal kann ich nicht anders.»

«Wenn ich hinter einem Ausreißer her bin», erklärte ich, «zapfe ich das Telefon bei ihm zu Hause an. Kinder rufen immer an. Sie sagen zwar nichts, aber sie rufen an. Nur um Mamas Stimme zu hören.»

«Zur Beruhigung», sagte er.

«Was gibt's sonst noch?»

«Anrufe aus Haß, Anrufe aus Liebe. Belästigungsanrufe. Alles, was man sich von Menschen so vorstellen kann.»

«Irgendwas dabei, was in Ihr Bild von Emily passen würde?»

«Ich weiß nicht genug von Emily.»

«Nanu», sagte ich, «ich habe sie nur fünfzehn Minuten erlebt. Sie waren jedoch über drei Monate lang ihr Therapeut. Sie müssen einfach mehr wissen als ich.»

«Drei Monate. Zwölf Wochen: nur ein Kratzer an der Oberfläche von jemandem, der so reserviert ist wie Emily.»

«Sie war Ihrer Meinung nach reserviert? Kalt?»

«Ängstlich. Verschüchtert ist vielleicht das treffendere Wort», sagte er und setzte sich mir gegenüber an den Tisch. «Ich meine nicht, daß sie vor etwas Bestimmtem Angst gehabt hätte. Sie hatte eher Angst vor dem Leben, was nicht unnormal ist bei jemandem, der einen so schweren Verlust erlitten hat. Sie hatte das Gefühl, daß ihr das Steuer entglitten war. Fiel ins Leere. Wenn Rebecca Leukämie bekommen und sterben konnte, war es ihres

Erachtens ebensogut möglich, daß Harold auf dem Nachhauseweg einen schweren Autounfall hatte. Sie wartete darauf, vom Blitz getroffen zu werden.»

«War sie ja schon.»

«Genau. Es war, als wollte man jemanden, der gerade von einem Hai angefallen wurde, davon überzeugen, daß es kaum Haie im Wasser gibt.»

Jeder Krankenbericht war noch einmal in verschiedene Rubriken mit eigenen Überschriften unterteilt: *Diagnosen und Anmerkungen, Krankenhausaufenthalte, Therapien, Testergebnisse, interne Konsultationen.*

«Wissen Sie was?» sagte Donovan stirnrunzelnd. «Ich glaube, Emilys Angst hat nicht mit Rebeccas Tod angefangen. Ich glaube, sie war schon vorher scheu.»

«Und warum?»

Stirnrunzelnd verschränkte er seine Finger und legte die Hände auf den Tisch. «Reine Spekulation meinerseits, aber wenn sie Harold nicht geheiratet hätte, wäre sie womöglich im verborgenen geblieben, hätte sich weiter hinter ihrer Kamera versteckt.»

«Ihrer Kamera?» fragte ich.

«Emily Ruhly, sie war E. J. Ruhly. Haben Sie je von ihr gehört? Sie hat Fotos gemacht – wahrscheinlich haben Sie schon mal welche von ihr gesehen. Aufnahmen von Wanderarbeitern, von Indianern. Ich glaube, man würde sie eine Fotojournalistin nennen. Nach ihrer Heirat hat sie kaum noch etwas gemacht. Harold hatte etwas gegen die Arbeitszeiten und Reisen einzuwenden, und als Rebecca geboren wurde, hat sie ihre Arbeit ganz aufgegeben.»

Die Fotos. So klar, so scharf, so aufschlußreich. Und dennoch war nichts an ihren Fotos von Rebecca, das ich als *Kameratechnik* bezeichnet hätte, nichts, das nach *Professionalität* gerochen hätte. Keine Tricks. Nur das Kind, im perfekten Augenblick erfaßt.

«Scheue Menschen werden manchmal kamerasüchtig», fuhr Donovan fort. «Oder sie füllen Skizzenbücher. Das ist ihre Art, die Augen der Welt von sich abzulenken. Im Hintergrund zu bleiben. Na gut, ich weiß, daß das nach Groschenpsychiatrie riecht, aber manchmal ist das Offensichtliche einfach wahr.»

Meine erste Reaktion war: Diese Patsy Ronetti, der Teufel soll sie holen! Sie hatte mir nie die versprochenen Daten über den beruflichen Werdegang Emilys durchgegeben. Meine zweite Reaktion war, die erste zu überprüfen: Wenn Patsy es mir doch gesagt hätte, hätte ich Emilys Geschichte dann eher Glauben geschenkt? Waren die unbestimmten Vermutungen einer Mutter in meinen Augen weniger glaubhaft als die unbestimmten Vermutungen einer ehemaligen Fotojournalistin?

«Kaffee», sagte Donovan.

«Danke. Den brauch ich jetzt. Ich meine, ich brauche ihn, bevor ich hiermit anfange. Allein schon Rebeccas Akte – bestimmt sechs Zentimeter dick. Schüchtert mich ein.»

«Sie war monatelang krank. Sie hat viele, viele Stunden im JHHI verbracht.»

Emily Woodrow auch. E. J. Ruhly.

«Sie brauchen sich eigentlich nur auf das Ende zu konzentrieren», sagte Donovan. «Oder nicht? Auf den letzten Tag.»

«Vielleicht.»

«Sie sind alle an Komplikationen im Verlauf der ALL, akuter lymphatischer Leukämie, gestorben», sagte er.

«Auf Rebeccas Totenschein steht einmal ALL und dann noch etwas anderes. Sepsis. Was ist denn das?»

«Blutvergiftung. Bakterien im Blutkreislauf.»

«Wodurch verursacht?»

«Die Sepsis? Durch irgendeine Infektion.»

«Führt das schnell zum Tode?»

«Das hängt von allen möglichen Faktoren ab.»

«Ist Blutvergiftung etwas Ungewöhnliches?»

«Ich kenne mich mit Totenscheinen nicht gut aus. Ich würde allerdings bei einem Krankenhaus voraussetzen, daß diese Dinge überprüft werden. Krankenhäuser haben Prüfungsgremien, die

Erkrankungsziffern und Sterblichkeitsraten im Auge behalten, alle möglichen Verwaltungskörperschaften.»

Er trank Kaffee, und ich kämpfte mich durch die Akte. Ich kam nur mühsam und langsam voran, als würde ich etwas in einer Fremdsprache lesen, und es wimmelte nur so von vielsilbigen Wörtern, die ich erst in ihre Bestandteile zerlegen mußte, ehe sie einen Sinn ergaben.

«Hepatisch», sagte ich, «das ist die Leber, richtig?»

«Die Funktionen der Leber betreffend. Vielleicht sollte ich ein paar Eier braten.» Er schien nicht gerade begeistert von der Idee zu sein.

«Wegen mir keine Umstände, bitte.»

«Kuchen?»

«Klingt gut.»

Er holte einen Sara-Lee-Kranzkuchen aus dem Gefrierfach und fummelte am Mikrowellenherd herum, während ich mich durch Sätze voller *Extravasat* und *Meningoencephalomyelopathia leucaemica* quälte.

«Alopecia?» fragte ich.

«Haarausfall», übersetzte er.

«Konnten sie das denn nicht schreiben?» Mehrmals war ich nahe daran, in einem Anfall von Verzweiflung alles hinzuschmeißen, aber der starke Kaffee und der Duft des auftauenden Kuchens hielten mich auf meinem Stuhl fest, und so machte ich tapfer weiter. Ab und zu stellte ich eine Frage, die Donovan ernsthaft beantwortete.

Wenn ich nicht die Berichte durchging, mußte ich die trauernden Familien aufsuchen und Wunden aufreißen, die noch nicht einmal richtig verheilt waren.

«Hier», sagte ich, «dies hier, was ist das?» Ich mußte es ziemlich laut gesagt haben. Donovan sah mich an.

«Was denn? Cephamycin?» sagte er. «Ich glaube, das ist ein Medikament für die Chemotherapie.»

«Von wem?»

«Meinen Sie, wer es herstellt?»

«Wo kommt es her?» sagte ich betont langsam.

«Das weiß ich nicht. Hier. Schlagen Sie's nach.»

Er reichte mir ein dickes gebundenes Arzneimittelbuch von der Größe eines Branchentelefonbuches, nur schwerer und mit kleinerer Schrift. Ich fand das Medikament, geriet aber bei der Angabe «zytotoxisches anthrazyklines Antibiotikum» ins Stottern.

«Was ist Naphthochinon?» fragte ich, ohne mir die Zunge abzubrechen.

Er verzog das Gesicht. «Gehen Sie mal an den Anfang des Eintrags zurück und lesen Sie den Namen des Labors.»

Cephagen. Die Cephagen Company. In Orlando.

«Keith», sagte ich ganz leise. «Der Präsident dieser Firma ist gestern in einem Bostoner Hotel getötet worden.»

«Getötet?» wiederholte er.

«Wie wird Cephamycin verabreicht?»

«Geben Sie mal das Buch her.»

«Mit Vergnügen.»

«Hier», sagte er nach langen zwei Minuten. «Intravenös. ‹Allmähliche Verabreichung mittels Langzeitinfusion in einer intravenösen Kochsalz- oder Glukoselösung.›»

«Was?»

«Ein Tropf», erklärte er.

«In welcher Darreichungsform gibt es Cephamycin?»

«Mal sehen.» Er fuhr mit dem Finger über die dreispaltige, dichtbedruckte Seite. «In zwei Formen. Einmal als Flüssigmittel in Zehn-, Zwanzig- oder Fünfzig-Milligramm-Fläschchen. Und als Pulver. Das wird aufgelöst.»

«Wenn der Auslöser der Vergiftung – der Sepsis – im Tropf ist, wie lange dauert es dann, bis jemand daran stirbt?»

«Wenn die verabreichte Flüssigkeit kontaminiert ist – was höchst unwahrscheinlich ist –, bekommt der Patient Schüttelfrost und hohes Fieber, der Blutdruck sinkt ab. Der Patient stirbt innerhalb weniger Stunden oder noch schneller.»

«Darf ich mal telefonieren?» fragte ich. «Ein Ferngespräch?»

«Bitte.»

Ich tippte die Vorwahl 407 in Florida ein und verlangte die Nummer der Cephagen Company.

«Cephagen. An wen darf ich Sie vermitteln?» Eine Dame nahm das Gespräch entgegen. Sie klang nervös und feindselig.

«Den Verkauf bitte.»

«Wir nehmen keinen Anruf mehr an von der Presse.» Das letzte Wort spie sie förmlich aus.

«Nein, nein, nichts dergleichen», sagte ich. «Hier spricht Diana Hudson. Wir haben schon miteinander geredet. Ich rufe vom JHHI aus an, Krankenhausapotheke. Boston.»

«Und?» Anscheinend war sie noch nicht ganz beruhigt.

«Es muß ja wirklich hektisch hergehen bei Ihnen», fuhr ich fort, vor Mitgefühl triefend. «Ich belästige Sie nur ungern. Ich würde auch noch mal anrufen, aber Sie wissen ja, wie das ist – jeder will alles am liebsten schon gestern erledigt haben.»

«Ich glaube, Mr. Knowlton ist da.»

«Wunderbar. Danke sehr!»

Er war sofort selbst am Telefon, ohne daß noch eine Sekretärin zwischengeschaltet gewesen wäre. Ein Herr ziemlich weit unten in der Hackordnung, wie ich vermutete.

«Knowlton», sagte er. «Womit kann ich Ihnen dienen?»

Ich stellte mich wieder als Diana Hudson vom JHHI vor und entschuldigte mich erneut.

«Was brauchen Sie denn?» fragte er und glaubte mir offenbar aufs Wort.

Dadurch ermutigt, fuhr ich fort: «Es handelt sich nicht um eine Bestellung, Mr. Knowlton. Wir sind nur dabei, unsere Liste bewährter Medikamente für die Chemotherapie, Schwerpunkt ALL-Behandlung, auf den neuesten Stand zu bringen. Und ich bin der Glückspilz, der dafür sorgen muß, daß alles richtig geschrieben ist, ehe die Sachen in Druck gehen –»

«Haha, dann vermurkst es der Drucker!»

Gut. Er kaufte mir meine Story ab.

«Ich weiß, aber trotzdem muß ich es versuchen, nicht wahr?» sagte ich. «Mein Chef nimmt es peinlich genau mit der Schreibweise. Könnten Sie mir also bitte die Namen und Schreibweisen der Medikamente von Cephagen durchgeben, die in die Liste aufgenommen werden sollten?»

«Wir haben bloß eins.»

«Dann das eine.»

«Es ist Cephamycin. Ich kenne es so gut wie meinen eigenen Namen, aber ich sehe lieber noch einmal nach – sicher ist sicher. C-E-P-H-A-M-Y-C-I-N. Erst Ypsilon, dann I.»

«Vielen Dank», sagte ich.

«Keine Ursache. Viel Glück.»

«Oh, noch eine Frage. Eine Freundin von mir hat mal bei Ihnen gearbeitet. Sie war des Lobes voll über die Firma, auch Orlando fand sie so schön. Das Wetter hier bei uns ist ja einfach scheußlich.»

«Wem sagen Sie das! Ich habe früher in New Hampshire gewohnt.»

«Wirklich? Wo denn?»

«Hollis.»

«Ist ja 'n Ding! Ich war mal mit einem Jungen aus Nashua befreundet.»

«Ich vermisse den Winter jedenfalls nicht.»

«Darauf möchte ich wetten», sagte ich. «Aber um auf meine Freundin zurückzukommen – sie ist von Orlando weggezogen, und da fragte ich mich, wissen Sie, ob ihre Stelle noch offen ist. Ich könnte wirklich einen Klimawechsel gebrauchen.»

«In welcher Abteilung war sie denn?»

«Oje, das weiß ich nicht mehr.»

«Nun ja, Diana – Sie sagten doch Diana?»

«Diana Hudson. Und Sie?»

«Peter. Aber ich weiß nicht über offene Stellen Bescheid. Ich werde Sie mit der Personalabteilung verbinden.»

«Moment, Mr. Knowlton. Peter. Lieber nicht. Wenn Sie mich mit dem Personalbüro verbinden, wissen wir beide, was passiert, nicht wahr? Sie werden einfach sagen, sie brauchten niemanden, oder daß ich ihnen eine schriftliche Bewerbung schicken soll.»

«Hören Sie, Diana», sagte er, weich geworden. «Ich werde Sie mit Janet Lee verbinden. Sie ist eine Freundin von mir und kann Ihnen vielleicht weiterhelfen.»

Ich legte auf. Dann wählte ich sofort die gleiche Nummer von neuem und geriet wieder an die nervöse Empfangsdame.

«Personalabteilung», sagte ich diesmal.

«Mit wem möchten Sie sprechen?» Sie war wirklich darauf aus, die Unerwünschten abzuwimmeln.

«Janet Lee, bitte.» Namen wirken Wunder. Das weiß jeder gute Schnüffler.

Als ich die Lee am Apparat hatte, erwähnte ich sofort Peter Knowlton und wiederholte meine Geschichte. Sie war nicht aus New England. Wir hatten nicht so viel gemeinsam.

«Wir stellen niemanden ein», sagte sie abweisend. Vorsicht, warnte mich meine innere Stimme. Nicht zu stürmisch.

«Na ja, es wäre ja nicht direkt eine Neueinstellung, sondern nur Ersatz für jemanden, der gegangen ist.»

Sie gab nach. «Wie war noch der Name Ihrer Freundin? Ich kann zumindest mal nachfragen, ob die Stelle schon besetzt ist.»

«Tina Sukhia.»

Eine Pause, dann: «Dieser Name ist mir nicht geläufig.»

«Ich bin aber sicher, daß sie ‹Cee Co. Pharmaforschung› gesagt hat.»

«Ist auch richtig. Sukhia?»

Jetzt war ich mit Buchstabieren an der Reihe. «S-U-K-H-I-A.»

«Tut mir leid», sagte sie nach einer ziemlichen langen Weile. Ich konnte das leise Klappern hören, als sie in die Tasten ihres Computers haute. «Jemand dieses Namens hat nie bei uns gearbeitet.»

Ich legte auf.

«Sie sind eine hervorragende Lügnerin», sagte Donovan.

«Und ich kann gut mit Gewalt umgehen. Eine reizvolle Kombination.»

«Finde ich auch», sagte er.

«Sie verhalten sich aber nicht danach.»

«Sie sind diejenige, die gesagt hat, immer langsam. Bis Emily gefunden ist. Ich habe Sie beim Wort genommen.»

«Gut. Ich mag's, wenn man mich beim Wort nimmt.»

«Sie sehen aber nicht gerade glücklich aus», sagte er.

«Seelenklempner sind offenbar sehr aufmerksam.»

«Und lassen sich mit Wonne als ‹Seelenklempner› bezeichnen.»

«Tina Sukhia ist auf jeden Fall nicht das fehlende Bindeglied», sagte ich.

«Glauben Sie denn immer noch, daß eine Verbindung besteht?»

«Ja.» Aber nur Emily Woodrow kennt sie, dachte ich im stillen.

Ich ging und nahm die Berichte und noch ein Stück des Sara-Lee-Kuchens mit, das ich mir in eine Serviette wickelte. Jetzt, dachte ich, wäre genau der richtige Zeitpunkt für eine Eilbotensendung von Emily Woodrow, die mir ins Haus geschneit kommt.

Nichts.

Ich sah die Berichte noch einmal durch und markierte alle Hinweise auf Cephamycin. Ich trommelte mit den Fingern auf die Schreibtischplatte und zerrte an widerspenstigen Haarsträhnen herum.

Was wußte ich überhaupt?

Fünf Kinder waren an ein und demselben Tag im JHHI gestorben. *Fünf.*

Drei, einschließlich Becca Woodrow, waren Tina Sukhias Patienten gewesen.

Tina Sukhia verabreichte die Medikamente für die Chemotherapie.

Cephamycin war ein Medikament für die Chemotherapie. Alle fünf Patienten hatten an ihrem Todestag Cephamycin bekommen.

Tina Sukhia war tot.

Der Präsident der Firma Cephagen war tot.

Ich fuhr mir mit den Fingern an die Schläfen und massierte sie mit kreisförmigen Bewegungen. Herrgott noch mal, Emily, Emily, Emily!

Ich wünschte, ich hätte mir die anonyme Nachricht kopiert, die Mooney mir gezeigt hatte. «*Sie wird leben, wenn ihr alle tot seid!*» So ähnlich.

Hatte Emily das geschrieben? Wer würde als nächster sterben?

Ich schluckte. Ich. Mooney würde mich umbringen.

Ich holte die Fotokopien der Detektei Griffith aus meiner Handtasche. Letzte Nacht war ich zu müde gewesen, um sie noch zu lesen. Auch jetzt hatte ich keine Zeit, mich damit zu befassen. Ich stopfte sie in eine Schreibtischschublade, die ich abschloß.

Ich zog die Jeans aus und dunkelblaue Hosen an. Mein weißes Hemd tat's noch, Gott sei Dank. Und ich besaß einen Hut, den ich mir einmal von einer Politesse geliehen und vergessen hatte zurückzugeben.

Ich weckte Roz. Durch den Kuchen versöhnlich gestimmt, willigte sie ein, Paolina zum Frühstück auszuführen und dann Marta im Krankenhaus besuchen zu gehen. Ich ermahnte sie, sich gut zu benehmen und die Krankenschwestern möglichst nicht mit obszönen Redensarten oder vulgären T-Shirts zu erschrekken.

«Werde ganz brav sein», murmelte sie verschlafen und sarkastisch, den Mund voller Kuchenkrümel.

«Und falls Marta Paolina bei sich behalten will und kann, habe ich einen Ermittlungsauftrag für dich. Du sollst alles über eine Firma namens Cephagen herausfinden. Nicht über die Fernmeldeämter, die sind wahrscheinlich ziemlich zugeknöpft. Die Verwaltung ist in Orlando.»

«Darf ich Feldforschung betreiben?»

«Nein. Und bleib wach.»

Unten schloß ich hastig die Schreibtischschublade auf, in der ich gefährliche oder belastende Sachen aufbewahre, darunter meine nicht geladene 38er. Ich griff dahinter, um einen Satz schlanker Dietriche hervorzuholen – handgefertigt von einem früheren und zukünftigen Insassen des Staatsgefängnisses von Walpole –, warf sie in meine Handtasche und rannte hinaus zum Auto.

32

Ich mußte tatsächlich in meiner Arrow-Straßenkarte nachsehen, um das Haus der Woodrows zu finden, eine riesige pseudokoloniale Backsteinvilla inmitten sanft gewellter weiter Flächen, an die sich ein Golfplatz anschloß. In der Ferne flatterten die Markierungsfähnchen im Wind.

Als geborene Detroiterin fühle ich mich am wohlsten zwischen Betonwänden, aber trotzdem hatte die Gegend ihren Reiz. Jeder, der so aussah wie Paolinas Freund Paco, würde hier sofort verhaftet, wenn er sich blicken ließ. Ich hingegen in meinen uniformähnlichen dunklen Hosen und dem Politessenhut, der meine Locken versteckte, glich eher der Sorte Mensch, die Gasuhren abliest oder Post austrägt.

Einbrüche wie der, den ich jetzt vorhatte, sind leichter in verkehrsreichen Stadtstraßen zu bewerkstelligen, wo niemand darauf achtet, ob ein Auto mehr oder weniger in dem geschäftigen Gewimmel geparkt wird oder ein neues Gesicht in der Menge auftaucht. Der Vororteinbrecher verläßt sich auf Abwesenheit und Gleichgültigkeit: zugezogene Vorhänge, Hausfrauen, die sich von rührseligen Fernsehserien hypnotisieren lassen, wenn Väter und Kinder aus dem Haus sind.

Ich schlenderte zum Hauseingang hinauf, drückte auf die Klingel und kam mir dabei wie ein verdächtiges Subjekt vor.

Harold Woodrow riß die Tür auf und setzte meinen kriminellen Phantasien ein jähes Ende. Er war in Bürokleidung, aber sein dunkelblauer Anzug war zerknittert, seine teure Krawatte hing schief, und sein schütteres Haar war ungepflegt. Die Falten unter seinen Augen hatten sich in dunkle Säcke verwandelt. *Bemitleidenswert* und *arrogant* passen im allgemeinen schlecht zusammen, aber er schaffte es, völlig deprimiert und unausstehlich zugleich auszusehen.

Ich zog den Hut vom Kopf und stopfte ihn mir unter den Arm. Vielleicht lag es an seiner Nase, daß er immer so arrogant wirkte. Dafür konnte ich Verständnis aufbringen: Meine Nase war schon dreimal gebrochen und sagt unter Umständen Dinge über mich aus, die von Natur aus gar nicht vorgesehen waren.

Ich las in Woodrows Augen, daß er mich wiedererkannte. Wut.

«Savannah Cates», rief ich und lehnte mich mit meinem ganzen Gewicht gegen die sich schnell schließende Tür.

Ich fiel ihm fast in die Arme, als er sie ganz unerwartet wieder aufriß.

Eine Spur von Unsicherheit flackerte in seinem Gesicht auf. Trotzdem spielte er den Ahnungslosen. «Savannah wer? Was haben Sie gesagt?» Er versuchte, die Tür wieder zuzudrücken.

Ich hielt stand. «Probieren Sie es gar nicht erst», riet ich ihm. «Jeder Richter würde Sie für schuldig erklären. Im Sinne der Anklage schuldig.»

«Was wollen Sie eigentlich? Noch mehr Geld?»

«Sprechen wir drinnen weiter», sagte ich.

Er atmete heftig aus und hielt die Tür auf. «Hier entlang», sagte er kurz und führte mich durch einen langen Gang mit gerahmten Drucken von Jagdszenen in ein Zimmer voller Bücherschränke mit Gesetzbüchern und Polstermöbeln in dunkelrotem Leder. Ich setzte mich unaufgefordert auf ein kleines feingepolstertes Sofa.

«Haben Sie etwas von Ihrer Frau gehört?» fragte ich.

Er blieb stehen. «Nein.»

«Ist wirklich bei Ihnen eingebrochen worden?»

«Jemand ist durchs Küchenfenster eingestiegen.»

«Keine Alarmanlage?»

«Emily stellt den Alarm immer ein. Ich hab's vergessen.»

«Betrachten wir die Sache einmal vernünftig», sagte ich. «Wenn Ihre Frau mich für einen Einbruch engagiert hätte – sagen wir, damit ich ein paar nette kleine Vermögensnachweise zusammensuche für den Fall, daß sie sich von Ihnen scheiden lassen will –, müßte ich dann durchs Küchenfenster kriechen? Meinen Sie nicht, sie hätte mir dafür den Hausschlüssel geliehen?»

Er dachte über diese Theorie nach, die Lippen zu einem schmalen Strich zusammengekniffen.

«Fehlt irgend etwas?» fragte ich.

«Ich glaube nicht», gestand er.

«Wo hat denn dieser angebliche Einbrecher herumgewühlt?»

«Es *war* ein Einbrecher, verdammt noch mal. Und er hat dieses Büro durchsucht, soviel steht fest.»

«Woher wissen Sie das?»

«Ich halte stets penibel Ordnung. Sieht es hier vielleicht ordentlich aus?»

Ich fand es normal, mit Papierkram, der in verschiedenen Stapeln auf dem Schreibtisch verstreut lag, und Bücherstapeln auf dem Fußboden.

«Wonach hat denn der Einbrecher gesucht?» fragte ich.

«Keine Ahnung.»

«Papiere? Ein Adreßbuch?»

«Ich habe keine Ahnung», wiederholte er halsstarrig.

«Bewahren Sie hier Akten aus Ihrer Firma auf? Rechtsunterlagen?»

«In meiner Kanzlei gibt es einen Safe.»

«Savannah könnte an Ihrer Finanzlage interessiert sein.»

«Ihr liegt nichts an Geld», sagte er. Ich konnte mir nicht vorstellen, daß sich seine Lippen noch schmaler zusammenpressen konnten, aber es ging.

«Ja», pflichtete ich ihm bei, «sicherlich. Sie kam mir auch eher wie ein geistig interessierter Typ vor. Aber Sie vergnügen sich doch bestimmt nicht hier mit ihr, als verheirateter Mann, vor den Augen der neugierigen Nachbarn und so weiter. Und vielleicht hat sie einfach einen Freund im Einbruchsgeschäft.»

«Sie sind genauso mies wie dieser Flegel im Krankenhaus», sagte er. «Ich finde Ihre Äußerung rassistisch.»

«Welchen Flegel meinen Sie denn?»

«Savannah ist eine schöne Frau, elegant, leidenschaftlich –»

«Und Sie wären stolz, sie beim nächsten Weihnachtsfest in der Kanzlei als Ihre Braut vorstellen zu dürfen, ja, ja. Die Tatsache, daß sie für eine Zeitarbeitsagentur jobbt und in einer Mietskaserne wohnt, während Ihre derzeitige Holde Millionen besitzt, ist Ihnen nie in den Sinn gekommen, was? Lassen wir's auch dabei, beantworten Sie mir nur meine Frage, ja?»

Er schien kurz nach Auswegen zu suchen, ehe er ärgerlich erwiderte: «Ich verwahre mich gegen Ihre Mutmaßungen.»

«Macht nichts. Wer war dieser Flegel im JHHI?»

Er setzte sich auf das benachbarte Sofa und zog geschickt die Hosenbeine am Knie hoch, um die scharfen Bügelfalten zu erhalten. «Ein Freund von Dr. Muir hat uns einmal dabei erwischt, wie wir händchenhaltend in einem Café in der Nähe des Krankenhauses saßen. Eine kleine, unvorsichtige Dummheit. Ich kannte den Mann. Sowohl privat als auch beruflich. Renzel. Hank Renzel.»

«Beruflich?» Ich stürzte mich förmlich auf dieses Wort. «Heißt das, Sie haben seine Interessen vertreten? Vertreten Sie auch die Interessen anderer Leute vom JHHI? Jerome Muir zum Beispiel?»

«Darauf werde ich Ihnen nicht antworten. Ich werde Ihnen nicht eine dieser Fragen beantworten.»

«Hat Muir Sie mit Savannah bekannt gemacht?»

«Nein.»

Er antwortete also doch noch, na schön. Solange es nicht um juristische Dinge ging.

«Zurück zu Renzel», sagte ich. «Was für eine Flegelei hat er sich denn zuschulden kommen lassen?»

«Mich angestarrt. Savannah angestarrt. Er kannte uns beide. Er – schreckte vor uns zurück. Als hätten wir eine ansteckende Krankheit.»

«Vielleicht hat er was gegen Untreue.»

«Er hat was gegen andere Rassen», platzte Woodrow heraus. «Vor ihrer Teilzeitarbeit hatte Savannah eine feste Anstellung in der Krankenhausapotheke. Bis er sie zur Kündigung zwang.»

«Wirklich?» Ich legte Zweifel in meine Stimme.

Meine Skepsis schien ihm die Zunge zu lösen. «Er hat einen Vorfall inszeniert, hat behauptet, sie hätte sich bei irgendwelchen Tabletten absichtlich verzählt. So ergeht es jeder farbigen Person, die mit der Krankenhausapotheke betraut wird», beendete er seinen Satz unbeholfen.

Mich wundert es immer wieder, was da zwischen Männern und Frauen abläuft, welche chemischen Prozesse in Gang gesetzt werden. «Farbige Person.» Selbst wenn Savannah diese Worte gebraucht haben sollte, aus dem Munde des gesetzten, etablierten Harold Woodrow klangen sie jedenfalls schief. O ja, ich sah durchaus, was für ihn dabei heraussprang: ein Hochgefühl, ein Aufleben in der männlichen Menopause, eine Möglichkeit, vor seiner Frau zu fliehen, die nur noch Augen und Ohren für Krankheit und Tod der Tochter hatte, ein Weg, den eigenen Schmerz über den Verlust Beccas zu verdrängen.

Und für Savannah?

«Beantworten Sie mir bitte eine Frage», sagte Woodrow plötzlich. «Glauben Sie, daß Emily zurückkommt? Was ist mit ihr geschehen?»

«Diese Frage kann ich Ihnen vielleicht beantworten, wenn ich ihre Sachen einmal durchgesehen habe.»

«Unmöglich.»

«Sind Sie auf eine Scheidung aus?» fragte ich. «*Wenn* sie noch lebt, finde ich sie. Was meinen Sie, wie sie reagiert, wenn ich ihr erzähle, daß Sie eine Affäre mit einem Mädchen in der Anmeldung des Krankenhauses haben, in dem Ihre Tochter gestorben ist?»

«Raus aus meinem Haus», sagte er, aber es lag keine Drohung in seinen Worten. Er klang erschöpft und kraftlos.

«Sobald ich einen Blick auf Emilys Sachen werfen durfte.»

«Verstehe ich Sie richtig? Wenn ich Ihnen erlaube, in Emilys Privatsphäre einzudringen, werden Sie über meine – äh – persönlichen Angelegenheiten schweigen?»

«Ihre Frau hat mich nicht engagiert, um Ihnen nachzuspionieren.»

«Warum dann? Warum hat sie Sie engagiert?»

«Darauf werde ich Ihnen nicht antworten», sagte ich und wendete damit seine eigenen Worte gegen ihn.

«Was könnte es nützen, ihre Sachen durchzuwühlen? Wozu kann das dienen?»

Ich stand auf.

Er erhob sich ebenfalls, holte tief Luft und blickte in seinem Arbeitszimmer umher, als wäre die Unordnung ein Schlachtfeld und sein Leben auch. «Das Zimmer oben am Ende der Treppe links», sagte er.

«Ich komme alleine zurecht», erwiderte ich.

33

Oben an der Treppe links. Das Zimmer war groß und durchgestylt – alles war auf Hochglanz poliert und perfekt, und nur weniges deutete darauf hin, daß es von Menschen bewohnt wurde. Das Queen-size-Himmelbett mit seiner gelb und rostrot getupften Paisley-Schondecke war farblich auf die Chaiselongue und die Vorhänge abgestimmt. Die langettierten Kissen hoben sich davon ab. Die gerahmten Aquarelle sahen so aus, als wären sie für ein Luxushotelzimmer ausgewählt worden. Selbst der Nippes wirkte so unpersönlich wie Bücher, die ihrer attraktiven Einbände wegen meterweise eingekauft werden.

Ich legte meinen Politessenhut auf die Kommode und fing an, Schubladen aufzuziehen.

Emily hatte ihre nach Kräuterkissen duftenden BHs und Slips säuberlich gefaltet und alles in ihrem Schrank rigoros nach Farben geordnet. Harold hatte selbst einen Schrank und ein Ankleidezimmer, ebenfalls untadelig.

Ich fragte mich, was Keith Donovan aus dem Zimmer folgern würde. Zwanghafte Persönlichkeitsstörung?

Ein Ganztagshausmädchen mit zuviel Zeit, folgerte ich.

Das einzige Papier in dem winzigen Schreibtischchen – vom Innenarchitekt zweifellos «Sekretär» genannt – befand sich in der einzigen Schublade und bestand aus einem Karton makellosen blauen Briefpapiers. Zwei goldene Füller steckten in einem Lederetui.

Drei Männerzeitschriften mit viel nackter Haut lagen verknittert zuhinterst in der Nachttischschublade auf Harolds Bettseite. Sehr zahmes Zeug.

Ich arbeitete mich langsam durch Emilys Schals und Strümpfe. Ihre Schmuckschatulle, ein großes Teil aus Leder, weckte Hoffnung bei mir, aber das einzige, was ich in einem vielversprechenden Umschlag fand, war eine Handvoll Perlen, die darauf wartete, wiederaufgeschnürt zu werden.

Nichts klebte unter den Böden der Schubladen. Nichts verbarg sich unter der Matratze. Ich ließ meine Finger prüfend über die Bildrückseiten gleiten in der Hoffnung, dort auf einen Papierumschlag zu stoßen.

Wo mochten die Dokumente sein, die ich erhalten sollte? Hatte Emily sie mit auf die Reise genommen? Ihr superkleines Handtäschchen fiel mir ein. Ob sie sie im Auto aufbewahrt hatte?

Mooney fahndete bestimmt nach ihrem Auto.

Das Arzneischränkchen im gemeinsamen Schlafzimmer war vollgestopft mit rezeptfrei erhältlichen Heilmitteln, Vitaminen und Badezusätzen. Ein Muskel in meinem Nacken lockerte sich, als ich die ärztlich verordneten Mittel fand, die Donovan erwähnt hatte – Serax, Xanax, Dalman –, alles da, alles unangebrochen. Ich entdeckte ein Fläschchen mit der Aufschrift Halcion.

Da dieses Schlafmittel eine sehr schlechte Presse hatte, zählte ich die Tabletten sorgfältig. Es fehlte keine.

Ich wandte mich wieder dem Zimmer zu, ließ mich in den Polstersessel am Schreibtisch sinken und schaute mich um.

Hatte Emily hier gesessen, als sie die Fotos von ihrer toten Tochter in blaue Umschläge geschoben hatte? Hier vor dem dunkelroten Briefbeschwerer und der klotzigen Kristallvase?

Wenn Emily Geheimnisse vor Harold hatte, hätte sie sicher nicht das gemeinsame Zimmer dafür benutzt. Ich schnappte mir meinen Hut von der Kommode und drückte ihn mir auf den Kopf, um ihn nicht zu vergessen. Ich horchte eine Weile am Treppenabsatz, hörte keine Schritte und eilte den Flur entlang.

Von den sieben Türen, die den Flur des ersten Stockwerks säumten, waren drei verschlossen. Ich drehte vorsichtig an den Knäufen. Die Türen öffneten sich geräuschlos, die erste zu einem geräumigen Wäscheschrank, die nächste zum Badezimmer.

Rebeccas Zimmer hatte unter dem gleichen Dekorateur zu leiden gehabt wie das der Eltern, und die Folge davon war ein völlig überzogenes «Kleinmädchen-Zimmer» mit Pastellfarben und Blumenmustern. Das Hausmädchen war allerdings herausgehalten worden, und so war noch ein wenig von dem Kind, das hier gewohnt hatte, geblieben, zusammen mit dem Staub.

Sie hatte Plüschtiere gesammelt. Ein großer Löwe duckte sich in einer Ecke neben eine an der Wand lehnende Giraffe und ein Känguruh mit Baby im Beutel. Kleinere Tiere überall auf dem Bett. Nilpferde waren anscheinend ihre Lieblingstiere gewesen.

Der große Holzstuhl in der Ecke wirkte fehl am Platz. Ich hob ihn an und bemerkte, daß die Druckstellen, die er auf dem Teppich hinterlassen hatte, flacher und neuer waren als die des danebenstehenden Schaukelstuhls, des einzigen anderen Sitzmöbels in dem Zimmer. Hatte ihn jemand erst kürzlich hereingebracht? Saß Emily stundenlang im Zimmer ihrer verstorbenen Tochter?

Bewahrte sie hier ihre Geheimnisse auf?

Ich begann mit dem Schreibtisch und öffnete alle Schubladen nacheinander systematisch von unten nach oben und links nach rechts. Meine Finger glitten durch Stapel von weißen Unterhemden, Baumwollhöschen und bunten Rollis. Rebeccas Strümpfe waren ordentlich zusammengerollt, manche hatten Spitzenkanten.

Ich inspizierte ein Wandbrett voller Puppen: mehrere zerschlissene Raggedy-Ann- und abgenutzte Babypuppen, starre Porzellanfiguren, ausländische Zierpuppen in fremdartiger Kleidung, eine Reihe von Barbiepuppen mit Wespentaillen und wattigen Haarschöpfen.

Ihr Schrank war der ihrer Mutter *en miniature*, nach Farben sortiert, extrem ordentlich. Ihre Schuhe waren paarweise aufgereiht: Lackschuhe, Turnschuhe, winzige rosa-weiße Laufschühchen.

Ich saß auf dem großen Stuhl, biß mir auf die Zunge und zerrte an meinem Haar. Der Stuhl stand in einem seltsamen Winkel, weder aufs Fenster noch aufs Bett gerichtet. Wohin hatte Emily geschaut, wenn sie hier saß? Warum hier?

Oder war der Blick unwichtig, zählte vielleicht nur die Tatsache, daß sie im Zimmer ihrer Tochter sitzen und sich vorstellen konnte, Rebecca würde nach der Schule heraufgerannt kommen, um sich zum Spielen umzuziehen? Hatte sie die Augen dabei geschlossen gehalten, um ihre Phantasie noch mehr zu beflügeln? Um irgendeinen hängengebliebenen Duft besser riechen zu können? Mit sieben hatte Paolina nach Kirschbonbons geduftet. Rebeccas Zimmer roch nach Pfefferminze.

Ich starrte zur Decke empor, konnte aber an der weißen Fläche nichts ablesen. Ich sah nach unten.

Schwache Spuren führten von den vorderen Stuhlbeinen zum begehbaren Schrank, als wäre etwas über den Hochflorteppichboden gezogen worden. Ich verfolgte die Spur bis zu einem rechteckigen Wäschekorb mit Deckel und zögerte. Falls die Frau mit der ungewaschenen Kleidung ihrer Tochter kommunizierte, wollte ich mich eigentlich nicht näher damit befassen.

Der Wäschekorb war bis oben hin voll mit Fotografien: Sammelalben, lose Bilder, Papierumschläge von Automatenentwicklern und einem Instantfotoservice. ZWEITABZÜGE GRATIS! warb ein Coupon reißerisch. WERDEN SIE MITGLIED IN UNSEREM FOTOCLUB! Ich zerrte den Korb entlang den alten Spuren zum Stuhl hinüber.

Während Harold im Büro war, hatte Emily auf einem Stuhl mit hoher, gerader Lehne gesessen und das Leben ihrer Tochter Revue passieren lassen. Ich hob fünf dicke Alben links aus dem Wäschekorb. Ein spitzenverziertes rosa Babyalbum trug ein Messingschild mit der Aufschrift REBECCAS ERSTES LEBENSJAHR. Vier Folgealben mit einem Pfauenfedermuster auf dem Einband – jeweils ein Jahr – erwiesen sich als ebenso systematisch geordnet wie die nach Farben sortierte Kleidung.

Die meisten Eltern stellen ein Babyalbum zusammen – selbst meine unstete Mutter hatte sich daran versucht –, aber ihre Fotografierwut legt sich meist nach dem zweiten oder dritten Lebensjahr wieder. Emily hingegen war ihr Motiv nie müde geworden. Wollte sie sich bestätigen, daß sie zu Recht die Mutterschaft der Karriere vorgezogen hatte, indem sie sich immer wieder ihre Tochter als einziges Motiv vornahm? Und eine billige Automatikkamera benutzte, wie viele Mütter? Dadurch, daß sie ihre sorgfältig komponierten Fotos bei einem Instantservice entwickeln ließ?

Ein Rennpferd, das den Heuwagen zieht? Eine vielversprechende Dichterin, die Schüttelreime produziert? Auswüchse der Mutterliebe?

Ich überließ die Entscheidung lieber Dr. Donovan.

Ich kämmte jedes Album durch. Rebecca im Schwimmbassin mit Mickymaus-Schwimmring. Rebecca auf ihrem ersten Schlitten, einem roten Flexible Flyer. Rebecca in einem leuchtendgelben Kleid, die weißen Strumpfhosen an Knien und Knöcheln ausgebeult, mit einer Kamera aus knallrotem Kunststoff in den ungeschickten Händen, strahlend.

Alle Aufnahmen sorgsam mit Klarsichtfolie geschützt. Ich packte jedes Album am Rücken und schüttelte es. Nichts Loses flatterte zu Boden. Ich stapelte die Alben auf dem Bett und fing mit den gebündelten und losen Fotos an. Alles wie gehabt.

Sie hatte mir Fotos geschickt. Sie hatte Fotos im Wäschekorb versteckt. Vor der Ehe war die Fotografie ihr Lebenssinn gewesen.

Ich begann, die Umschläge nach Datum zu ordnen, von Beccas letztem Geburtstag bis zu ihrem Todestag. Ich wog jeden Packen in der Hand. Sie kamen mir nicht unterschiedlich schwer vor.

Sie hatte mir Fotos geschickt, verdammt noch mal.

Ich sah zuerst die neuesten Umschläge durch, die kurz vor Beccas Tod datierten, und arbeitete mich rückwärts durch ihr Leben.

Nichts Ungewöhnliches. Nichts.

«Was – was zum Teufel machen Sie –» hörte ich Harold Woodrow aufgebracht von der Tür her schimpfen. «Wer hat Ihnen denn erlaubt, in Beccas – in *ihren* Sachen herumzuschnüffeln? Wie können Sie es wagen!»

«Ihre Frau muß eine Dunkelkammer haben», bemerkte ich trokken.

«Nein. Nur ein Bad im Keller. Und das hat sie so gut wie nie benutzt. Es stank dann immer. Ich mochte das nicht.»

«Nachdem Becca gestorben ist –»

«Nennen Sie sie nicht mit ihrem Kosenamen. Dazu haben Sie kein Recht.»

«Nachdem Ihre Tochter gestorben ist, hat Ihre Frau da die Dunkelkammer benutzt?»

«Kann sein. Ein-, zweimal.»

«Vor kurzem?»

«Gehen Sie hier raus. Raus! Packen Sie alles wieder genau so weg, wie es war, und gehen Sie endlich!»

Sein Mund verzerrte sich vor Wut, als er sprach. Ich stopfte die Fotos in die Umschläge zurück, warf sie in den Wäschekorb, stellte den Korb wieder in den Schrank.

«Bevor ich gehe», sagte ich und maß Woodrow am Treppenabsatz mit einem langen Blick, «will ich noch die Dunkelkammer sehen.»

«Da gibt's nichts zu sehen.»

«Nicht mal ein Bild von Savannah Cates? Dabei möchte ich wetten, daß sie fotogen ist.»

Er preßte die Lippen zusammen und brachte sie gerade so weit wieder auseinander, daß er sagen konnte: «Das ist pure Erpressung. Wenn ich nicht mitmache, reden Sie.»

«Das haben Sie ja immerhin kapiert», sagte ich. «Könnten Sie mir jetzt die Kellertreppe zeigen?»

34

Wenn man das Alter eines Hauses wissen will, muß man sich den Keller ansehen. Vor zwei Stunden noch dachte ich, das Haus der Woodrows sei praktisch brandneu. Jetzt merkte ich, daß es renoviert worden war, und zwar gut. Der Keller mit seinem rissigen Zementboden und den freiliegenden Balken, dem alten Öltank in der Ecke – nur für den Fall, daß die moderne Gasheizung mal kaputtging –, machten es fünfzig Jahre älter.

Eine Stufe tiefer drang aus einer Ecke, in der vielleicht früher einmal Gemüse gelagert wurde, ein chemischer Geruch aus einer halboffenen Tür.

Wenn die Tür abgeschlossen oder zu gewesen wäre, hätte ich es mir wahrscheinlich noch einmal überlegt, selbst mit den Dietrichen, die in meiner Tasche auf ihre Chance warteten. Ich verstehe nicht viel von Fotografie: was ich in dieser Hinsicht brauche, erledigt Roz für mich.

Falls ich drinnen einen Film fand, der noch nicht entwickelt war, mußte ich sie anrufen und sie bitten, herzukommen.

Daran hätte Woodrow sicher seine Freude. Ich zog die Schultern hoch. Wer weiß? Vielleicht war Roz für einen konservativen Anwalt wie Harold ein echter Kick.

Ich ging vorsichtig die Stufe hinunter, schob die Tür auf und bückte mich unter dem niedrigen Rahmen durch.

E. J. Ruhlys Karriere wurde durch drei Zeitungsausschnitte dokumentiert, die in billigen schwarzen Rahmen steckten. Für stark gerasterte Zeitungsfotos waren die Aufnahmen zwar eindrucksvoll, aber die schlechte Art der Präsentation ließ sie doch im Vergleich zu Dr. Muirs Power-Wand sehr schwach abschneiden.

Ich hoffte, daß die Originale hervorragend gerahmt waren und stolz die Wände des Woodrowschen Wohnzimmers zierten. Aber ich hatte so meine Zweifel.

Vor der Umwandlung war das Bad spartanisch gewesen mit einfacher weißer Einrichtung und nackter Glühbirne. Ein kleines Waschbecken sowie ein größeres Edelstahlbecken waren von einer Arbeitsplatte aus geschmirgeltem Sperrholz eingefaßt. Aus einem Sockel an der Wand ragte eine zweite nackte Glühbirne, eine rote.

Gemessen an Harolds mit Leder und Nußbaum möbliertem Arbeitszimmer sah Emilys Dunkelkammer wie Aschenputtels Winkel aus. Eigentlich sogar noch schlechter. Ob Emily sich geärgert hatte über diese Geringschätzung ihrer Arbeit, dieses Verbanntwerden in den Keller, diese Herabsetzung ihrer früheren Karriere?

Vielleicht nicht, aber mich ärgerte es. Ich sah die drei körnigen Fotos, die billigen Rahmen an. Ich hatte immer das ungute Gefühl, daß Vincent van Gogh, wenn er Virginia van Gogh geheißen hätte, auf dem Plumpsklo hätte malen müssen. Da bleibt alles, was übel riecht, hübsch beieinander, meine Liebe.

Ich durchsuchte den Raum mit den Augen. Es konnte eigentlich nicht schwer sein bei so einem kleinen Raum. Aber die verschiedenen Geräte, unter denen ich vage einen Vergrößerungsapparat zu erkennen glaubte, die flachen Schalen, die Vorratsbehälter und Ordner waren mir fremd und hatten kaum Ähnlichkeit mit so alltäglichem Zeug wie Büros und Schreibtischen.

Ich verstand immerhin so viel davon, daß ich nicht an lichtdichten Fotopapiertüten herumfummelte.

Drei davon lagen aufeinander auf dem Toilettensitz. Ich prüfte sie vorsichtig. Nicht mehr versiegelt.

Ich knipste die Tageslichtbirne aus, fand den zweiten Schalter, und schon war die Kammer in rotes Licht getaucht. Jetzt konnte es mir nicht passieren, daß ich unabsichtlich zerstörte, wonach ich suchte.

Die unversiegelten Tüten waren leer.

Auf Holzregalen standen große Flaschen aus farbigem Glas. Fixativ, Entwickler, unbeschriftete Flüssigkeiten mit scharfem, beißendem Geruch. Zwischen Pappdeckeln waren Zeitschriftenausschnitte von alten verlassenen Steingemäuern gesammelt.

Spinnweben bedeckten die Ecken.

Über meinem Kopf hingen Bilder wie Wäschestücke auf einer Leine quer durch den winzigen Raum. Sechs Aufnahmen, sechs Fotos, deren Motiv eindeutig nicht Rebecca war.

Waren sie es, die Harolds Einbruchskünstler gesucht hatte?

Ich tastete mit den Händen nach den Ecken der ersten Aufnahme. Sie war klein, dunkel und körnig. Das Innere eines Hauses. Eisenrohre und Eimer. Maschinen.

Ich hob das nächste an. Noch mehr Rohre. Fässer und Kühlbehälter. Schläuche. Ein Zementfußboden mit Ablauf. Das JHHI? Verdammt. Gab es denn keine erkennbaren Einzelheiten auf diesen dunklen Fotos? Ich betrachtete sie nacheinander. Abflüsse, Rohre und Fässer. Nichts drumherum. Ohne Sinn. Ohne Worte.

Ich nahm mir die Ordner vor. *Künstler* enthielt eine Serie von Porträts, Achtzehn-mal-vierundzwanzig-Vergrößerungen von unbekannten faszinierenden Gesichtern. *Bären* war im Zoo aufgenommen worden. Eisenkäfige wirkten in ihrer Schemenhaftigkeit und Bedrohlichkeit viel schreckenerregender als Zähne oder Krallen. Kein Ordner *Krankenhäuser*. Keine hilfreichen Hinweise. Keine Kartons mit der Aufschrift: «Im Falle meines Verschwindens oder Todes öffnen.» Als ich schließlich bei *Wampanoagindianer* ankam, waren meine Finger steif vom Öffnen und Schließen der Umschläge, meine Augen müde vom Einstellen auf Nah- und Normalsicht.

Ich schaltete das helle Licht wieder ein und mußte blinzeln. Ich nahm eine der leeren Fototüten, steckte die sechs Aufnahmen hinein und schob mir das dünne Paket hinten im Kreuz in den Hosenbund.

Harold Woodrow begleitete mich hinaus. Er schien nicht zum Plaudern aufgelegt zu sein. Als ich in mein Auto stieg, stieß ich mir den längst vergessenen Politessenhut vom Kopf; er fiel ins Gras. Ich angelte ihn wieder hoch und stopfte ihn ins Handschuhfach.

Vielleicht dachte Harold Woodrow, ich würde als Politesse schwarzarbeiten. Womöglich war das der Grund für seine Feindseligkeit.

35

Bevor ich ins Haus ging, schaute ich auf allen Seiten des Hauses, ja sogar unter der hinteren Veranda nach, wo die Mülltonnen normalerweise stehen. Sie waren nicht zurückgekehrt. Mußte ich doch den gefälschten Paß der Bundespolizei übergeben, ihre endlosen Fragen beantworten und für den Rest meines Lebens Formulare ausfüllen, nur wegen ein paar Mülltonnen im Wert von achtzig Dollar?

Ich war so sicher gewesen, daß Paco Sanchez auf den Handel eingehen würde.

Wieder hatte sich eine gute Idee zerschlagen. Jetzt mußten Roz und ich den Abfall einer Woche in Plastiksäcke packen, die immer von Hunden geplündert werden. Die Nachbarn würden sich beschweren.

Ich knallte meine Tasche mit einem lauten Bums auf den Tisch im Flur. Keine Nachrichten auf dem Band des Anrufbeantworters. Kein Päckchen von Emily Woodrow. Emily war der Schlüssel zu allem, verdammt noch mal. Gab es irgendwelche Plätze, die Mooney ausgelassen hatte? Sicher hatte er die örtlichen Krankenhäuser, Flughäfen und Busdepots überprüft. Einkäufe auf Kreditkarte. Das Leichenschauhaus.

Wenn sie Tina getötet hatte und dann sich selbst ... wenn sie hinausgefahren war an einen der Strände, sich ausgezogen hatte und ins Meer hinausgeschwommen war – mit kräftigen Stößen gekrault war und sich dabei verausgabt hatte, bis sie zu erschöpft war, um umzukehren, wie lange würde ihre Leiche dann unter Wasser, unentdeckt bleiben?

Ich bin eine gute Schwimmerin. Als meine Mutter starb, als ich von allem, was ich kannte, getrennt wurde und es mich plötzlich von Detroit nach Boston verschlug, hatte mich das Meer beinahe in die Tiefe gezogen. An trüben Novembervormittagen in meinem siebzehnten Herbst fuhr ich mit der U-Bahn nach East Boston und ging langsam den Strand hinunter aufs Wasser zu, mit dem Gedanken im Kopf, daß ich einfach immer weiter gehen könnte, immer weiter ... immer weiter gehen, bis ich schwimmen mußte, in den kalten endlosen Fluten schwimmen, bis ich nie wieder irgend etwas tun mußte.

Wenn Emily wirklich nach dem Mord an Tina Selbstmord begangen hatte, was war dann mit dem Tod des Cephagen-Präsidenten? Nur die übliche Großstadtkriminalität?

Oder war Emily ermordet worden, wie die anderen auch?

In der Küche machte ich mir eine Pepsi auf. Jemand hatte den Präsidenten eines Forschungslabors ermordet, einer Pharmafirma, die Medikamente zur Chemotherapie herstellte, ausgerechnet diese Woche, ausgerechnet in dieser Stadt. Tina Sukhia hatte vielleicht nicht für Cephagen gearbeitet, aber es mußte einen Zusammenhang geben.

Der *Globe* verbarg sich diesmal unter dem Dielentisch; in diesem Haus ist nichts je an dem Platz, wo es sein sollte. Nach dem ersten durstigen Schluck schmeckte mir die Cola nicht mehr, also machte ich mir mit kochendem Wasser eine Tasse Instantbrühe und setzte mich hin, um so viel wie möglich über den verstorbenen David Menander von Cephagen in Erfahrung zu bringen.

Anerkennende Nachrufe von Kollegen, aufgebrachte Schreie nach mehr Polizeischutz, das interessierte mich nicht weiter. Fakten. Wo waren Fakten? Das Wer, Was, Wo, Wann und Warum, das Journalisten früher immer in den ersten Absatz packten, während sie sich jetzt meist gar nicht mehr die Mühe machten, es überhaupt noch zu erwähnen, wenn es pikante Einzelheiten gab. Erst als ich gelesen hatte, wieviel sein Luxushotelzimmer pro Nacht gekostet hatte, erfuhr ich, daß Menander gar nicht als Tourist hergekommen war. Seine Leiche war entdeckt worden, als er trotz Zusage nicht zu einer Versammlung des Jonas Hand/James Helping Institute erschienen war. Wenn das Mooney nicht stutzig machte, wollte ich meine Dietriche fressen.

Wer mochte Menanders Kontaktperson beim JHHI gewesen sein? Sicher niemand vom Fußvolk. Hohe Tiere sind daran gewöhnt, mit hohen Tieren umzugehen. Also bestimmt Muir. Oder Renzel, der Chef der Krankenhausapotheke? Oder etwa ein kleiner Hausanästhesist wie Peña?

Die Polizei verhörte verschiedene, nicht namentlich genannte Personen. Niemand hatte die zwei Schüsse gehört, was auf einen Schalldämpfer schließen ließ. Eine Dame vom Empfang glaubte sich zu erinnern, daß Mr. Menander Blumen aufs Zimmer geliefert worden waren.

Auch eine gute Methode, um seine Zimmernummer in Erfahrung zu bringen.

Menander, neununddreißig, hatte immer als eine Art Geheimtip gegolten, obgleich es mit seiner Firma nie so aufwärts gegangen war, wie die Entwicklung und Vermarktung des wichtigsten dort hergestellten Arzneimittels, des teuren, aber wirksamen Cephamycin, zu Anfang hatte vermuten lassen. Menander war angegriffen worden, weil er keine aggressive Marktpolitik betrieben und die Firma immer in Privatbesitz gelassen hatte, statt massiv Kapital aufzunehmen und sich kopfüber in die zukunftsträchtige Biotechnologie zu stürzen. Seine Entscheidung vor einigen Jahren, Cephamycin eine neue Verpackung mit einem ausgefallenen holographischen Firmenemblem zu verpassen, war von etlichen Leuten des Firmenvorstands, die ihn fast abgewählt hätten, als reine Extravaganz gewertet worden. Andere hatten darin nur die logische Gegenwehr gegen die allgemeine Angst vor Arzneimittelfälschungen gesehen, die das Tylenol vorübergehend von den Regalen gefegt hatte. Das stand alles im Wirtschaftsteil, nicht bei den Tagesmeldungen.

Ich schlürfte die versalzene Brühe auf, spülte die Tasse aus, schüttelte sie trocken und stellte sie wieder in den Schrank. Dann ging ich zu meinem Schreibtisch hinüber und breitete meine entwendeten Schätze aus. Sechs dunkle Fotografien. Ich rieb mir die Augen, schüttelte den Kopf, ging wieder in die Küche und wühlte im Kühlschrank herum, bis ich die angebrochene Pepsi fand. Ich mußte unbedingt Koffeintabletten kaufen.

Ich betrachtete das erste Foto durch mein Vergrößerungsglas und versuchte, die Maschinen zu identifizieren. Die Beleuchtung war so schlecht und die Schatten waren so dunkel, daß ich nichts richtig erkennen konnte.

Genauso erging es mir beim zweiten Bild. Auch beim dritten, obwohl ich darauf eine gewisse Ordnung erahnen konnte, etwas, das mich an ein Fließband erinnerte. Das große Stahlfaß auf dem vierten Foto trug keine besonderen Markierungen. Die Aufnahmen fünf und sechs waren noch dunkler und trüber als die ersten.

Hatte Emily so schlecht fotografiert, oder hatte sie absichtlich so schlechte Abzüge gemacht?

Verärgert drehte ich die Fotos um und legte sie mit der Bildseite nach unten auf die Schreibunterlage, da sprang mir etwas Lesbares in die Augen, eine schwache Bleistiftnotiz in der unteren linken Ecke des vierten Fotos.

Winzige Zahlen: 6, 3, 2. Ein Buchstabe: L. Ein Wort: wood.

Ich starrte darauf, bis mir der Kopf schmerzte, aber die Erleuchtung blieb aus, und so schloß ich die oberste Schreibtischschublade auf und nahm den Ordner heraus, den Paolinas Freund Sanchez gezwungenermaßen für mich hatte kopieren müssen. An zwei oder drei Fällen gleichzeitig zu arbeiten ist gar nicht so übel. Wenn man bei einem Fall gegen eine Betonmauer rennt, kann die Konzentration auf einen anderen die Gehirnzellen so anregen, daß man beim ersten Fall einen Durchbruch erzielt.

Manchmal steigt allerdings auch nur der Frustrationspegel und schießt geradewegs in den gefährlichen Bereich hinein.

Je mehr ich über Mr. Thurman W. Vandenburg las, den Bastard, der meinen Mülldieb angeheuert hatte, um so weniger wußte ich. Als Anwalt und damit der verschwiegendsten Gattung zugehörig, arbeitete er im Auftrag eines Klienten namens Jaime Valdez Corroyo. Valdez Corroyo interessierte der Verbleib einer gewissen Marta Fuentes Giraldo, die er für seine lange verschollene Cousine hielt. Es ging um eine Erbsache, aber obwohl er Marta Fuentes' Aufenthaltsort zu erfahren wünschte, wollte er sie nicht direkt kontaktieren. Zuerst wollte er sich vergewissern, daß sie nicht dem Spiel oder der Trunksucht verfallen war wie so viele andere Mitglieder der Fuentes-Familie. Bestimmte Klauseln im Testament konnten sie von der Erbschaft ausschließen, falls sie eine Spielerin war. Darum wollte man ihr nicht unbedingt Hoffnung machen, ehe eine angesehene örtliche Kanzlei ihren Charakter und ihre Einkommensverhältnisse überprüft hatte.

Wie bitte?

Beigefügt war eine Liste, in der Martas «Bekannte» aufgeführt waren, und mein Name war mit einem Sternchen versehen. Der Klient hatte ein besonderes Interesse daran, so viel wie möglich über mich zu erfahren, einschließlich meiner Beziehung zu Martas einziger Tochter.

Das Telefon schrillte. Ich ließ es dreimal klingeln und versuchte währenddessen, auf die Zauberformel zu kommen. Vielleicht legte der Phantomanrufer nur beim Klang meiner Stimme auf. Ich hob den Hörer ab, schwieg jedoch.

Ich hörte schwache, gedämpfte Geräusche, ein Brummen oder Knurren.

«Hallo?» sagte ich leise. «Sind Sie das, Emily?»

Ein langsames, offenbar absichtliches Klicken.

Verdammt.

Ich klappte die Vandenburg-Akte zu und widmete mich noch einmal den Fotos.

Emily hatte sie selbst entwickelt, also waren sie kostbar. Sie hatten einen Sinn. Sie waren Teil einer Geschichte, die sie zu erzählen hatte. Ich mußte mich auf die Fotos konzentrieren, auf die Örtlichkeit, die auf den Bildern zu sehen war.

632 L wood.

Sechs-zweiunddreißig Longwood Avenue?

Warum sollte ich der Sache nicht nachgehen? Paolina war in Sicherheit und entweder mit Roz zusammen oder bei ihrer Mutter. Falls Sanchez es sich doch noch anders überlegte und mir meine Mülltonnen ersetzte, brauchte ich ihn nicht unbedingt mit einem Tusch zu empfangen.

Meine Dietriche hatte ich bereits in der Tasche.

Ich lehnte mich in meinem Sessel zurück und schloß die Augen. Vor knapp einer Woche hatte ich Emily Woodrow zum ersten und einzigen Mal gesehen … So vieles blieb unsichtbar. Emilys Tochter Rebecca: Von ihr kannte ich nur Fotos. Tina: ein einziges Foto. Der Cephagen-Manager: ein verschwommenes Zeitungsfoto. Einen Augenblick lang kamen mir die unsichtbaren Toten wirklicher vor als Emily Woodrow. Durch ihre Fotos bekamen sie Substanz, nahmen sie Gestalt an, erstarrten sie zur Form. Emily hatte sich bewegt, war gegangen, hatte geredet.

Hatte geschluchzt und geflüstert. Wenn sie zur Tür hereinkäme und andere Kleider anhätte, würde ich sie wiedererkennen?

Die leuchtendblauen Augen. Die abgehackte Redeweise.

«Besitzen Sie eine Waffe?»

«Können Sie damit umgehen?»

«Haben Sie sie schon mal benutzt?»

«Würden Sie es wieder tun?»

Während ich auf den Anbruch der Dunkelheit wartete, reinigte, ölte und lud ich meine Polizeispezialwaffe, Kaliber .38.

36

Sechs-zweiunddreißig war der Gebäudekomplex, den ich als ehemalige Fabrik eingestuft hatte, ein Schandfleck, der den Immobilienwert des JHHI herabsetzte. Ich fuhr um den Block herum, umkreiste ihn zweimal und musterte die Gegend.

Durch Anschauen kann man eine Menge lernen. Cops, die regelmäßig auf Streife gehen, wissen, wer das Licht anläßt, wer es ausschaltet, wer die Vorhänge zuzieht, auf welchen Winkel Mrs. Patterson jeden Abend ihre Jalousien einstellt, ehe sie zu Bett geht. Besonders in kleinen Städten oder in kleineren Stadtvierteln halten solche Gewohnheiten die Polizei auf dem laufenden. Wenn ich die Cops gekannt hätte, die für das Krankenhausgebiet zuständig waren, hätte ich ihnen ein paar Bier spendiert und das Gespräch auf Nummer 632 gebracht.

Wenn ich sie gekannt hätte. Und nicht das Gefühl gehabt hätte, Emilys Zeit laufe ab.

Wieder *wenn*. Dieses häßliche Stotterwort.

Da ich keinen Streifenpolizisten auf seiner Runde sah – und wohl auch keinen zu sehen bekam, da die meisten Bostoner Streifenpolizisten hinter zu schnell fahrenden Autos her sind –, beschloß ich, so zu tun, als sei ich die Polizistin auf Streife.

Ich trug noch immer meine Winchester-Einbruchskleidung, mein Auftritt war also einigermaßen überzeugend. Der Politessenhut hatte im Handschuhfach ein wenig gelitten, aber ein bißchen Klopfen hier und da glättete ihn ausreichend für den Nachtgebrauch. Ich zog noch eine schwarze Jacke an, eines der vielen Kleidungsstücke, die ich immer im Auto habe, um mich der Dunkelheit anzupassen und meine Pistole zu verstecken.

Ich schritt den Häuserblock ab. Sechs-zweiunddreißig war größer, als ich erwartet hatte, und grenzte an die enge Gasse hinter dem JHHI. Das Gebäude hatte zwar keine Wand mit dem Helping Hand gemeinsam, berührte es aber fast auf einer Länge von fünfzehn Metern. Ich fragte mich, ob es wohl innen einen Verbindungsgang gab, einen unterirdischen Tunnel. Wenn ja, dann wäre das Gebäude eine interessante Erweiterungsmöglichkeit für das Krankenhaus.

Die Fenster auf der Vorderseite waren mit Sperrholz vernagelt und kreuz und quer mit Fichtenholzlatten gesichert. Verwitterte Bretter. Rostige Nägel. Staub und Spinnweben, welkes Laub und Dreck. Die Eingangstür benötigte kein Sperrholz; ein jalousieartiges Eisengitter, verriegelt und rostig, erfüllte den gleichen Zweck.

Vielleicht hatte die Bostoner Baubehörde Pläne, das Gebäude abzureißen und von Grund auf neu zu bauen. Ich überlegte, wann Nummer 632 zum letzten Mal bewohnt gewesen sein mochte. Es war architektonisch nicht viel wert und lohnte sich nicht zu renovieren. Soweit ich wußte, handelte es sich auch nicht um ein historisches Gebäude. Ein paar hohe Fenster waren eingeschlagen und so gelassen worden. Ein Vogelnest füllte ein Loch in der Dachrinne aus.

Gehörte es schon zum JHHI? Wartete es auf einen Bautrupp? Lag es brach, bis irgendeine goldene Gans starb und dem Krankenhaus eine beträchtliche Erbschaft hinterließ?

Zwei Säufer sahen mich argwöhnisch an, als ich vorbeiging. Ich nickte ihnen zu, und der eine senkte den Kopf zum Gruß.

Statt noch einmal um den Block herumzumarschieren, quetschte ich mich zwischen dem JHHI und Nummer 632 durch, weil ich dachte, vielleicht eine Möglichkeit zu finden, ungehindert einen Blick ins Innere werfen zu können, eine Stelle, von der aus Emily ihre Aufnahmen gemacht haben könnte. Warum sollte jemand sich die Mühe gemacht haben, ein Fenster zuzunageln, das einer Backsteinmauer gegenüberlag? Höchstwahrscheinlich fand ich gar keine Fensteröffnung, aber sicher war es nicht, Wände wurden hochgezogen, ohne daß der Erbauer ahnen konnte, daß seine Panoramafenster fünf Jahre später von irgendwelchen Stadtplanern in sonnenlose viereckige Löcher mit Aussicht auf eine Mauer verwandelt würden.

Kein Fenster. Ich blieb mit der Jacke an einem Nagel hängen und bewegte mich vorsichtig rückwärts, damit aus dem Riß keine Dreiangel wurde. Ein scharfer Geruch hing in dem engen Durchlaß.

Ich mußte den Atem anhalten, um es bis zur Gasse zu schaffen. Der Gestank ließ mich fast kotzen. Nach hinten hinaus war es besser. Die Fenster waren vernagelt und vergittert, die Tür mit Maschendraht versehen.

Jemand hat mich einmal davor gewarnt, mit einer Waffe umgehen zu lernen. Wenn du erst weißt, wie's geht, hatte er gesagt, wirst du sie auch benutzen. Genauso ist es mit dem Aufbrechen eines Schlosses. Wenn man weiß, wie es geht, und stolz auf sein Wissen ist, neigt man dazu, es auch praktisch anzuwenden. Wenn der Tag frustrierend war und man nicht weiß, wo der Klient ist oder wer den nächsten Honorarscheck ausfüllt – also gut, ich gebe zu, daß meine Dietriche sowohl in der Tasche als auch im Kopf einen größeren Raum einnahmen.

Ich spähte nach links und nach rechts. Leichter Nieselregen hatte den Fußgängerverkehr ausgedünnt, und da ich nur noch gelegentlich einen Fußgänger hören oder ein Paar Autoscheinwerfer am Ende der Gasse vorbeihuschen sehen konnte, war die Versuchung groß, und das Risiko erschien mir gering.

Die Gebäude standen so eng zusammen und waren so hoch, daß ich mir fast wie in einem Lüftungsschacht vorkam, verborgen durch die Höhe der Wände um mich herum. Ich griff in meine Schultertasche, holte meine Taschenlampe heraus und leuchtete das Schloß der Hintertür an.

Es glänzte. Ich kniete mich vor die Tür, die Zunge zwischen den Zähnen, das Dröhnen meines Herzschlags in den Ohren. Das Vorhängeschloß vor dem Riegel war fast neu. Darunter war mit zwei Messingschrauben ein kleines Metallschild am Türpfosten befestigt. Nichts Elegantes, sondern die Sorte, die in jedem Eisenwarenladen erhältlich ist. Gegen den Regen mit Plastik beschichtet und mit einem Schlitz, der gerade groß genug war, um eine Visitenkarte aufzunehmen. LIEFERUNGEN FÜR CEE CO. stand in kleinen, gut lesbaren Buchstaben darauf.

Ich stand wieder auf, ließ den Lichtkegel über die Türkante gleiten und betastete die Scharniere. Ich rieb Daumen und Zeigefinger aneinander und hielt sie unter meine Nase. Öl. die Scharniere waren vor kurzem geölt worden. Ich vergrößerte den Lichtkegel. Frische Reifenspuren, tiefe, breite Spuren furchten den Matsch der Gasse.

Ich gehöre nicht zu der Art von Frauen, die um Mitternacht ein Treffen in einem verlassenen Lagerhaus vereinbart. Ich bin zu groß, um überzeugend ein Mädchen in Bedrängnis zu spielen. Ich habe schon zu viele Horrorfilme gesehen.

Ich wäre vielleicht trotzdem eingedrungen. Aber der Rand des Lichtkegels beleuchtete die Bügelfalten meiner Hose, als ich mich eben wieder hinknien wollte.

Rost.

Rostflecken.

Wie die auf Tina Sukhias Kleidern.

War es Tina gewesen, nicht Emily, die da mit der Kamera im Anschlag gekniet hatte? Hatte Tina die undeutlichen Fotos geschossen? Emily Woodrow den kostbaren Film gegeben?

Ich beeilte mich, aus der Gasse herauszukommen, und horchte

dabei auf leiseste Schritte. Bevor ich ins Auto stieg, musterte ich durchs Fenster die Rückbank.

Verlassene Lagerhäuser sind nichts für mich, nein danke.

37

Ich fuhr direkt nach Hause. Ich zog mir nicht einmal die Jacke aus, sondern rief gleich Mooney an. Ich trommelte mit den Fingern auf den Schreibtisch. Geh schon ran, verdammt noch mal, geh endlich ran.

Jemand hob ab.

Mooney war unterwegs. Ob sie ihn erreichen könnten?

Vielleicht. Ja, wenn's wirklich dringend wäre, würden sie's versuchen.

«Er soll Carlotta anrufen.»

«Ja.»

«Hören Sie, Mister, es geht nicht um irgendwas Privates. Dies ist was Dienstliches.

«Ja, ja, ich habe doch gesagt, daß ich ihn um Rückruf bitte.»

«Aber schnell», sagte ich.

Ich hängte meine Jacke über die Sessellehne, bückte mich und betrachtete noch einmal die sechs körnigen Fotos. Wischte den Staub von meinem Vergrößerungsglas. Knipste die Schreibtischlampe an und holte die Fotos noch näher heran. Meine .38er bohrte sich mir ins Kreuz. Ich wollte sie erst in die Schublade zurücklegen, steckte sie aber statt dessen in die Handtasche.

Ich hatte den Telefonhörer schon in der Hand, noch ehe das erste Klingeln verstummt war.

«Mooney –»

«Was? Hallo? Sind Sie das?»

Die Stimme war undeutlich, aber vertraut. Ich konnte sie nicht einordnen.

«Wer spricht denn?»
«Hier ist Tony. Erinnern Sie sich? Tony Foley!»
Heiliger Himmel. Ich hoffte nur, daß er nicht mehr in der Bar des *Hyatt* war.
«Hallo. Wie geht's?»
«Beschissen», sagte er mit einem kurzen, bitteren Lachen.
Von plötzlichem Argwohn befallen, sagte ich: «Sie haben doch nicht in letzter Zeit irgend jemanden mit Anrufen belästigt und immer gleich wieder eingehängt, oder, Tony?»
Er blieb so lange still, daß ich schon dachte, ins Schwarze getroffen zu haben.
«Tony? Sind Sie noch da?»
«Hören Sie», sagte er. «Ich weiß nich, von was für Anrufen Sie da reden. Vielleicht hab ich was für Sie. Weiß nich. Vielleicht sollte ich's wegwerfen, vergessen, daß ich's gesehen hab. Ich weiß nich, was Tina gewollt hätte, was ich tun soll. Weiß ich wirklich nich.»
«Alles in Ordnung?»
«Wolln Sie einen mit mir trinken?»
Ich sah auf die Uhr. Nach Mitternacht. «Jetzt?»
«Teufel auch, na egal. Ich vergeß's einfach. Keinen unnötigen Ärger –»
«Wo sind Sie denn?» fragte ich.
«Bei mir zu Hause. Bei Tina zu Hause.»
«Ich kann hier nicht weg», sagte ich.
«Na ja ... ich werf's einfach in den –»
«Warten Sie. Ist es was, das Sie tragen können?»
«Sicher, aber können Sie nich herkommen? Mir geht's nich so gut.» Er klang auch nicht sonderlich gut. Betrunken.
«Ich muß am Telefon bleiben», sagte ich.
«Oh.»
«Bringen Sie's her.»
«Ich weiß nich. Eigentlich –»
«Sie müssen nicht selber fahren», sagte ich schnell. «In fünfzehn

Minuten holt Sie ein Taxi ab. Von Green & White. Der Fahrer wird hupen.»

«Ein Taxi? Ich weiß nich.»

«Sie brauchen nichts zu bezahlen», versprach ich ihm. «Nicht mal ein Trinkgeld. Wird alles erledigt.»

«He, na schön! Green & White.»

«Vergessen Sie nicht, es mitzubringen.»

«Ich steck's gleich in die Tasche.»

Ich rief Gloria an.

Vielleicht hatte Mooney versucht, mich zu erreichen, während die Leitung besetzt war.

38

Das Taxi hupte, bevor es seine Fracht auslud. Die Nachbarn mochten das sicher, aber als ich Tonys Verfassung sah, verstand ich alles. So, wie er über den Bürgersteig schwankte, konnte er ebensogut zum Pinkeln in die Büsche verschwinden wie an meiner Haustür klingeln. Das warnende Hupen war reine Menschenfreundlichkeit gewesen.

«He», sagte er und bemühte sich, die eine Stufe zum Wohnzimmer nicht hinunterzufallen. «Nett.»

«Ich mach Kaffee», sagte ich und wich vor einem Handschlag zurück, der in eine feuchte Umarmung auszuarten drohte.

«Bier. Wissen Sie, ich könnt 'n Bier gebrauchen.»

«Ist Ihnen nicht sowieso schon schlecht?»

«Mir is nie schlecht.»

«Na ja, gut, aber setzen Sie sich lieber nicht auf die Couch, ja? Ich habe Sie schon einmal reinigen lassen.»

Echter Kaffee mag ja besser schmecken, aber Instantkaffee ist ein Segen. Tony Foley betrachtete ihn und mich vorwurfsvoll. Ich stellte die angestoßene blaue Henkeltasse vorsichtig auf einen

Beistelltisch, wo sie weniger leicht von ihm umgestoßen werden konnte.

«Ist es nun so wichtig, oder was ist los?» fragte ich. Vielleicht war der Dummkopf bloß einsam.

«Sie sind doch nich von der Polizei, stimmt's?» Er ließ den dampfenden Kaffee einfach stehen.

«Ich bin nicht von der Polizei.»

«Vielleicht will ich nich, daß die Polizei davon erfährt, klar?»

«Tony, wenn Sie mich schon um Mitternacht anrufen, müssen Sie mir auch die Entscheidung überlassen, ob die Polizei eingeschaltet werden soll.»

Er lehnte sich im Schaukelstuhl meiner Tante zurück und blickte mich finster an. Seine Augen waren halb geschlossen und verquollen.

«Es würde mir weiterhelfen, wenn ich wüßte, wovon Sie gesprochen haben», sagte ich.

«Wenn man tot is, isses aus und vorbei? Richtig?»

«Ich bin nicht in der Stimmung für Ratespiele, Tony», sagte ich.

In seine Augen kam ein listiger Blick. «Geben sie mir noch 'n Bier. Ich tausch meins gegen 'n Bier.»

Noch ein Bier, und er fällt womöglich um, dachte ich. Er bekam sein Bier. Er nahm einen tiefen Zug und hielt die Flasche dabei steil nach oben. Ein albernes Grinsen erschien auf seinem Gesicht, und er sank auf dem Stuhl in sich zusammen.

«Tony, verdammt noch mal –»

Er richtete sich nicht wieder auf, öffnete jedoch die Augen. «Ich hab nur noch gesoffen, seit ich's gefunden habe.»

«Nur noch gesoffen, seit Sie *was* gefunden haben?»

«Läßt Tina in 'nem komischen Licht erscheinen, wenn Sie verstehen, was ich meine. Ich will nich, daß ihre Mama 's in 'n Nachrichten hört.»

«Dann geben Sie's schon her, Tony.»

Das alberne Grinsen wurde noch breiter. «Wolln Sie darum kämpfen, Lady?»

«Verflucht noch mal, nein.»

«Kommen Sie, lassen Sie uns kämpfen. Nur 'n bißchen ringen.»

«Herrgott noch mal, Tony! Sie rufen mich an. Ich zahle Ihnen ein Taxi. Ich gebe Ihnen ein kühles Bier. Meinen Sie nicht, daß sie jetzt dran sind?»

Er überlegte eine Weile, dann erhob er sich auf wackeligen Beinen und steckte die Hand tief in die Tasche seiner fleckigen Khakihosen. «'tschuldigung», murmelte er, schlug sich die Hand vor den Mund und ließ einen zerknitterten Umschlag auf die Erde fallen. «Wo is Ihr –»

«Oben. Erste Tür rechts. Aber schnell.»

Ich sah zu, wie er zur Treppe torkelte. Entweder er schaffte es, oder er schaffte es nicht. Den Läufer mußte ich sowieso bald von der Treppe entfernen. T. C. hat sich schon zu oft darauf verewigt.

Als ich keine alarmierenden Geräusche hörte, ging ich zum Umschlag, bückte mich und hob ihn auf.

Er war an die Weltgesundheitsorganisation in Bern, Schweiz, gerichtet, ohne Straßenangabe, nur zwei Zeilen in Druckschrift. Ich untersuchte die Lasche. Der Umschlag war nie zugeklebt worden. Auch nicht abgestempelt.

Mit blauem Kugelschreiber auf Luftpostpapier handgeschrieben, konnte der inliegende Brief sowohl ein erster Entwurf als auch in Eile geschrieben worden sein. Warum sollte er sonst so viele Korrekturen und Abänderungen enthalten?

«Sehr geehrter Mr. ________», begann er. Das war durchgestrichen und durch: «Sehr geeehrte Damen und Herren» ersetzt.

«Wo haben Sie das gefunden, Tony?» schrie ich nach oben.

Keine Antwort.

Ich las weiter:

> Warum habe ich nichts von Ihnen gehört? Ich weiß nicht, ob ich die Food and Drug Administration oder die Polizei anrufen soll. Jedesmal, wenn jemand an meine Tür kommt, jedesmal, wenn es klingelt, habe ich Angst, sie kämen, um mich zu

verhaften. Und dann bin ich erleichtert, weil alles vorbei wäre, wenn ich verhaftet würde. Selbst wenn ich das Medikament vom falschen Platz genommen habe, weiß ich, daß ich nicht wirklich schuldig bin. Großer Gott, wenn ich nur einen Augenblick meines Lebens noch einmal durchleben könnte, das wäre er.

Vielleicht glauben Sie, ich wäre von Anfang an mit von der Partie gewesen, weil ich das Geld angenommen habe. Vielleicht trauen Sie mir nicht, und ich habe deshalb nichts von Ihnen gehört. Aber ich schwöre, daß ich nie einen Penny genommen hätte, wenn ich das gewußt hätte. Über einen Fehler Schweigen zu bewahren ist eine Sache. Und ich hatte auch Angst um mich selber, hatte Angst, er würde alles so hinbiegen, als sei alles nur meine Schuld.

Eine der Mütter, die ich in meinem ersten Brief bereits erwähnt habe, läßt nicht locker, und ich glaube, ich bin ihr eine Erklärung schuldig.

Der ganze letzte Satz war mit einem einzigen dünnen blauen Strich durchgestrichen worden.

Ich habe mir noch nicht alles zusammenreimen können, aber ich lege ein Stück von einer Cephamycin-Verpackung bei, die Sorte, in der 50 Fläschchen für jeweils eine Dosis à 25 mg verpackt sind. Können Sie überprüfen lassen, ob an der Versiegelung irgendwie herumgefummelt worden ist? Sie müssen doch Labors haben, in denen Sie das machen können.

Ich habe noch einen Karton gesehen, der ins Ausland gehen soll, nach Karachi, wie alles übrige auch. Ehe ich dieses Schreiben absende, werde ich noch die genaue Adresse herausfinden, damit Sie den Transport stoppen und den Inhalt überprüfen können.

Meine Eltern stammen aus Karachi, und ich bin froh, wenn ich den Menschen dort helfen kann. Aber andererseits bereitet es mir auch wieder Sorgen. Ich frage mich: Wenn ich nicht Pakistani wäre, würde ich dann den Mund halten wie die anderen? Es ist so viel Geld im Spiel.

Bitte schicken Sie schnell jemanden vorbei. Ich kann nicht glauben, daß die Leute im JHHI wissen, was vorgeht, aber wenn ja, muß ich es in Erfahrung bringen. Ich muß es wissen.

Keine Unterschrift.

Ich las den Brief zweimal, dann wandte ich meine Aufmerksamkeit Tony Foley zu, der die Treppe heruntergewankt kam und sich am Geländer festklammerte, als wäre er dabei, sich von einer Steilwand abzuseilen. Der Kopf baumelte zur Seite. Sein Kiefer hing schief. Ich marschierte zu ihm, packte ihn am Arm und ließ ihn in den nächsten Sessel fallen.

«Wo ist das Päckchen?» fragte ich.

«Was –»

«Sie hat ein Stück von der Verpackung beigefügt. Wo ist es?»

«Hä?»

Ich wedelte ihm mit dem Brief vor der Nase herum. «Wo haben Sie den her?»

«Warten Sie mal. Warten Sie. Immer langsam, ja? Sie hat vergessen, eins der Bücher in die Bibliothek zurückzubringen. Die Bücher über Pakistan, von denen ich Ihnen erzählt hab. Ich dachte, ich sollt's vielleicht mal lesen, mal sehn, was daran so spannend war, warum sie soviel gelesen hat und so. Das verdammte Buch, ich hab's genommen und an die Wand geschmissen. Und danach lag der Brief auf'm Boden.»

«Er ist da rausgefallen?»

«Ehrlich. Rausgefallen.»

«Und das haben Sie mir so lange vorenthalten? Weil Sie meinen, sich Tinas Geldstrom erhalten zu können?»

«Zum Teufel, nein.»

«Haben Sie das Buch noch?»

«Zu Hause.»

«Ist noch irgendwas herausgefallen, Tony?»

Er wand sich und schluckte, machte ein Gesicht, als hätte er einen schlechten Geschmack auf der Zunge. Ich hoffte nur, daß er mein Badezimmer nicht in einen Schweinestall verwandelt hatte.

«Nur ein kleines Stückchen Folie.»

Folie. Folie.

Ich sprintete durchs Wohnzimmer und riß die oberste Schublade meines Schreibtischs so heftig auf, daß sie beinahe herausgefallen wäre. Wo hatte ich ihn bloß hingetan, den Umschlag mit Rebeccas Totenschein, den Umschlag, den Emily mir heimlich gegeben hatte? Ich wühlte Rechnungen und Briefe durch. Verwandelte ordentliche Stapel in einen unordentlichen Wirrwarr.

Da. Ich drehte ihn um und schüttelte ihn über der Schreibtischauflage aus. Der glänzende Folienschnipsel segelte langsam zu Boden.

«Tony? Wachen Sie auf, verdammt noch mal!»

«He, he. Da isses ja. Da isses ja. Warum sind Sie denn so sauer? Ich hab's schließlich nich verloren oder so was. Da isses ja.»

«Das hier?»

«Ja. Hübsch, was? Wenn Sie's richtig halten, können Sie die Farben sehen. 'n Hologramm. Nett, was?»

Ich hielt es ins Licht. Blaue, rote und grüne Cs – das Muster, in dem ich zu Anfang fälschlicherweise Halbmonde gesehen hatte – trieben an die Oberfläche, verschwammen und verschwanden wieder, sobald ich die Position veränderte. Ein Stückchen von einer Cephamycin-Packung. Vielleicht die Versiegelung einer Cephamycin-Packung.

Das Telefon klingelte. Mooney, endlich! Ich hob ab.

«Hallo?»

Nichts. Entferntes Gemurmel.

«Hallo?» War das eine Glocke im Hintergrund?

«Emily, bitte, wo sind Sie?» fragte ich.

Stille. Ich hörte ein fernes Piepen und noch einmal eine Glocke, aber nicht wie eine Telefon- oder Türklingel.

«Mrs. Hodges, meine Liebe, was machen Sie da bloß?» Die Stimme war kaum zu hören und weit weg, eine Stimme, die ich nicht kannte, eine resolute Stimme, fröhlich, aber unpersönlich.

Ein Klacken ertönte in der Leitung, und eine weit entfernte Stimme sagte: «Code sechzig, Code sechzig.»

Dann klickte es im Telefon, und die Leitung war tot.

Ich hielt den Hörer noch lange ans Ohr.

39

Ich schellte fünfmal hintereinander und drückte dabei meinen Daumen so fest auf die Klingel, daß mir die Knöchel weh taten. Ich schlug den Messingklopfer an und haute noch einmal auf die Klingel. Ich wollte eben die Tür eintreten, als ich Schritte und das Rasseln der Sicherheitskette hörte.

Das Außenlicht ging an.

«Hölle und Teufel», sagte Keith Donovan und riß die Tür auf. «Diesmal dachte ich *sicher*, es sei Emily Woodrow.»

Er trug wieder den blauen Bademantel. Wie er da vor mir den Schlaf wegblinzelte, hatte er seine Augen nicht unter Kontrolle und wirkte sehr jung.

Ich trat ins Haus. «Code sechzig», sagte ich. «Ich habe gehört, wie jemand ‹Code dreißig› durchsagte, als ich im JHHI war. Bedeutet die Sechzig, daß es sich um ein anderes Krankenhaus handelt?»

«Sechzig gibt's auch im JHHI», sagte er und blickte verwirrt drein. «Bei dreißig ist es ein Kind. Herzstillstand eines Kindes.»

«Aha, sie verdoppeln die Zahl», mutmaßte ich, «und sechzig ist ein Erwachsener.»

«Richtig. Dürfte ich –»

«Ich brauche Ihre Hilfe. Sofort», sagte ich.

Er rieb sich mit den Händen die Augen und schielte mich an,

als dächte er, ich würde mich dabei wieder in Luft auflösen. Als ich das nicht tat, folgte er mir ins Wohnzimmer. Ich tastete nach dem Schalter einer Stehlampe und hob den Hörer von seinem Schreibtischtelefon ab.

«Rufen Sie das JHHI an», sagte ich. «Versuchen Sie, alles, was in Ihrer Macht steht, über eine Patientin namens Hodges herauszufinden. Eine Mrs. Hodges.»

«Wieviel Uhr ist es eigentlich?»

Die Stehlampe warf Schatten auf die dunkelgrünen Vorhänge und erhellte kaum die Hälfte des Raumes. «Nach zwei. Spielt keine Rolle.»

«Hodges?»

«Mehr weiß ich nicht.»

«Können Sie das nicht von Ihrem eigenen Haus aus? Am Vormittag?»

«Ich bin kein Arzt», sagte ich. «Ich könnte nur die Krankenhausinformation anrufen und mich nach Mrs. Hodges' Befinden erkundigen. Ende. So sieht's aus.»

«Haben Sie das schon probiert?»

Ich zerrte an meinem Haar. «Verdammt, hätte ich machen sollen.» Ich hämmerte die 411 ein. Zählte, wie oft es klingelte. Fünfmal. Sechsmal. Abheben!

«Die Nummer des JHHI lautet fünf-fünf-fünf-sieben-drei-acht-null», sagte Donovan.

«Danke.»

Ich wußte ihren Vornamen nicht, darum legte ich ein Zittern in meine Stimme. Ich sprach die Vermittlung mit «meine Liebe» an. Ich sprach aufgeregt und wiederholte mich. Ja, sagte die Vermittlung nach einer Pause, die mich rasend machte, eine Thelma Hodges gäbe es. Ob sie meine Freundin wäre? Ja? Nun, sie stehe unter «Beobachtung».

«Jetzt sind Sie dran», sagte ich zu Donovan, als das Amtszeichen wieder ertönte, und schwang den Hörer.

«Was? Womit bin ich dran?»

«Bringen Sie das Zimmer, die Station in Erfahrung. Die Diagnose. Die Prognose.»

«Wenn sie unter ‹Beobachtung› steht, weiß man noch nichts Genaues.»

«Quetschen Sie alles heraus, was Sie an Informationen sammeln können. Bitte!» sagte ich.

«Geht's hier um Ihre Freundin? Die die falschen Tabletten eingenommen hat?»

«Hier geht's um Emily Woodrow. Nun telefonieren Sie endlich!»

Er starrte mich an, als würde ich vielleicht gern einen baldigen Termin für eine therapeutische Sitzung vereinbaren, aber dann beugte er sich über den Schreibtisch und blätterte durch sein Adressenregister. Ich ging auf und ab, während er sich schließlich eine von zwei Karten vornahm, wählte und mit jemandem am anderen Ende der Leitung herumschäkerte. Ganz beiläufig, als wäre es ihm gerade noch eingefallen, fragte er nach der Zimmernummer von Thelma Hodges.

Er machte seine Sache hervorragend. Der Mann konnte fast so gut lügen wie ich.

«Fünfter Stock rechts», sagte er mir, als er aufgelegt hatte. «Die Krebsstation. Erwachsene Patienten. Wofür tue ich das eigentlich?»

«Kennen Sie irgend jemanden, der auf dem fünften Stock arbeitet? Jemanden von der Nachtschicht?»

«Ich kenne wahrscheinlich ein paar Schwestern.»

«Namentlich? Vom Ansehen her?»

«Beides. Nun beruhigen Sie sich doch!»

Ich faßte ihn ins Auge. «Rufen Sie eine Schwester an. Eine bestimmte Schwester, die Sie mit Namen kennen. Fragen Sie sie nach Mrs. Hodges.»

«Und was soll ich sie fragen?»

Ich sichtete einen Notizblock auf seinem Schreibtisch und fing an, Fragen hinzukritzeln. «Wie lange ist sie schon da? Wer hat sie eingewiesen? Was fehlt ihr?» Ich zögerte. «Ist sie ans Bett gefesselt? Kann sie ans Telefon kommen?»

«Sonst noch etwas?» fragte er sarkastisch.

«Noch eine Menge. Aber fangen wir hiermit an.»

Diesmal hörte ich mit seiner Erlaubnis vom Zweitapparat in der Küche aus mit und hielt den Atem an. Mrs. Hodges' Behandlung werfe gewisse Probleme auf, erfuhr er von der mütterlich klingenden Frau namens Ava. Ob das nicht eine Schande sei? So jung und schon so krank. Zum einen die ersten Anzeichen der Alzheimer-Krankheit, die dem armen Ding schon so sehr zusetze, und nun auch noch Krebs. Wäre ihr nur schwer zu erklären, was für sie getan werde und daß es zu ihrem Besten wäre. Im Grunde wie die Behandlung eines Kindes. Nur schwieriger. Ob Dr. Donovan ein Buch über das erste Stadium der Alzheimer-Krankheit schreiben würde?

Nein, Thelma Hodges sei nicht ans Bett gefesselt, aber man halte nach Möglichkeit ein Auge auf sie. Sie stolpere im Krankenhaus herum und störe die anderen Patienten. Und sie würde dauernd herunterbaumelnde Telefonhörer finden. Er hätte sie sicherer unterbringen sollen, unter stärkerer Bewachung, aber das müßte ihm wohl zu schwer fallen, da er ja wüßte, daß sie im JHHI ausgezeichnet behandelt werden könnte.

Er? Dr. Muir natürlich.

Ich wünschte, ich hätte noch mehr Fragen aufgeschrieben, andere Fragen.

Donovan legte jetzt selber los und improvisierte.

Dr. Muir? Ach, er käme nie zur Visite, aber das könne man ihm wirklich nicht übelnehmen. Sie hätten sich sehr nahe gestanden, soweit Ava mitbekommen hätte. Onkel und Nichte, ja, aber eigentlich mehr wie Vater und Tochter. Die Eltern der armen Thelma hätten sich getrennt, die Mutter sei tot. Niemand würde die Patientin besuchen, kein Mensch. Aber Dr. Muir sei schließlich ein so vielbeschäftigter Mann. Und es wäre so schmerzlich für ihn, seine Nichte in ihrem jetzigen Zustand sehen zu müssen.

Ja, er hätte eine Privatschwester engagiert. Ob Dr. Donovan mit ihr sprechen wollte? Jetzt nicht? Jedenfalls würde Mrs. Hodges gut mit ihr klarkommen. Alles sei zu ihrer Bequemlichkeit eingerichtet worden.

Bald würde Ava fragen, was Dr. Donovan denn eigentlich wünsche.

Aufhören, drängte ich Donovan im stillen. Nicht überstrapazieren. Ich drückte mehrmals auf die Gabel des Zweitgerätes, um Klickgeräusche zu erzeugen, aber er quatschte weiter. Ich legte auf, ging zu ihm hinüber und zog mit dem Finger einen Strich über meine Kehle, um ihm zu bedeuten, daß ein schneller Abschied angeraten war.

«He, ich dachte, Sie wollten alles über sie wissen», sagte er abwehrend und rieb sich den Schlaf aus den Augen. «Hören Sie, ich nehme mal an, ich war Ihnen etwas schuldig. Ich bin Ihnen mit einer Klientin ins Haus geplatzt, und jetzt sind Sie mir ins Haus geplatzt, aber immerhin habe ich doch zuerst angerufen –»

«Sie ist Emily Woodrow», sagte ich.

Seine Finger blieben wie erstarrt in den Augenwinkeln liegen. Die Augenlider klappten ein paarmal hoch und runter. Für einen Mann mit so hellem Haar waren seine Wimpern sehr dunkel. «Wovon reden Sie bloß?»

«Thelma Hodges ist Emily Woodrow. Ihr Dr. Muir hält sie als Gefangene.»

«Nun hören Sie aber auf!» sagte er.

«Sie ist wahrscheinlich mit Medikamenten vollgepumpt.»

Sein Haar war so kurz geschnitten, daß es sich kaum bewegte, als er den Kopf schüttelte. «Das kann ich nicht glauben.»

«Glauben Sie nichts», sagte ich, «überzeugen Sie sich mit eigenen Augen.»

«Versuchen Sie's am Morgen noch einmal bei mir. Nach einer guten Nachtruhe.»

Ich kam über den Teppich so dicht an ihn heran, daß uns nur noch der Schreibtisch trennte. «Diese Krankenschwester, mit der

Sie gerade gesprochen haben, Donovan – sie klingt nicht gerade so, als sei sie die Verschwiegenheit in Person.»

«Ava? Sie redet einem die Ohren voll. Haben Sie ja gehört.»

«Meinen Sie, daß sie Ihren Anruf für sich behält? Meinen Sie nicht, daß sie nur zu gerne wüßte, warum sich ein Psychiater für Dr. Muirs kranke Nichte interessiert? Sie prüft wahrscheinlich gerade, ob Dr. Muir heute Nachtdienst hat.»

«Es war aber Dr. Muir, der mich empfohlen hat, von dem dies alles ausging», protestierte Donovan. «Ich sollte Emily helfen.»

«Warum haben Sie mir das denn nicht gleich erzählt?»

Donovan senkte den Blick, als betrachte er die Maserung seines Schreibtischs. «Er hat mich gebeten, die Sache vertraulich zu behandeln. Im allgemeinen empfiehlt er andere Therapeuten. Sie sollten nicht das Gefühl bekommen, er wolle sie ausbooten.»

«Er verweist also normalerweise keine Patienten an Sie?»

«Sie ist meine erste. Ich hatte gehofft –»

«Er hat Sie ausgesucht, weil Sie unerfahren sind, Donovan. Oder damit er sie mit Ihrer Hilfe besser im Auge behalten kann. Gehörte das mit zum Geschäft? Haben Sie ihm Bericht erstattet?»

Der Therapeut zögerte. «Er hat sich gelegentlich nach ihr erkundigt.»

«Haben Sie ihm erzählt, daß Emily mich engagiert hat?»

«Nein», sagte er, «das war im wesentlichen Emilys Idee. Und ich war mir nicht sicher, ob er das gutheißen würde.»

«Er hat sie sich geholt», sagte ich, «und hält sie gegen ihren Willen fest.»

«Warum um Himmels willen sollte er das? Sie wecken mich mitten in der Nacht auf, um mir eine – eine schauerliche Horrorstory aufzutischen! Was? Glauben Sie, der Mann sei plötzlich verrückt geworden? Bilden Sie sich ein, er würde sich mitten in einem angesehenen Krankenhaus einen Harem von Gefangenen halten?»

Ich ging weiter auf und ab und preßte mir die Hände an die Schläfen. Ich konnte meinen Puls darin spüren. «Okay, versuchen

Sie's mal anders», sagte ich. «Kommen Sie mit rüber zu mir. In meinem Wohnzimmer liegt ein Kerl, völlig hinüber.»

«Das ist nicht mein Problem», sagte er ärgerlich.

Ich dämpfte meine Stimme. «Der Mann heißt Tony Foley. Er hat mit Tina Sukhia zusammengelebt; sie waren verlobt. Er ist betrunken. Wecken Sie ihn, und er wird Ihnen was erzählen. Und ich kann Ihnen etwas zeigen.»

«Was zeigen?»

«Aufnahmen von einer Firma, in der Schwindelmedikamente für die Chemotherapie abgepackt werden.»

Er schüttelte wieder den Kopf und griff sich mit der Hand an den Nacken.

Ich wollte ihn am Arm packen, ihn dazu zwingen, sich zu bewegen. Statt dessen zwang ich mich, leise und eindringlich zu sprechen. «Jemand stellt falsches Cephamycin gleich neben dem JHHI her. Es hat Rebecca Woodrow und vier weitere Kinder umgebracht. Gott allein weiß, wie viele Kinder noch umgebracht worden sind.»

«Noch?»

«Tina Sukhia hat dieses falsche Cephamycin angewandt. Sie hat eine Packung genommen, die für ferne Länder, ferne Tode bestimmt war. Für Tode in Ländern, in denen die Sterblichkeitsrate so hoch ist, daß ein paar Tote mehr gar nicht auffallen würden.»

Jetzt kam Bewegung in beide Hände Donovans: Er massierte sich die Nackenmuskeln.

Mit Mühe hielt ich meine Stimme gedämpft. «Kommen Sie mit. Reden Sie mit Tony. Sie haben mir schließlich gesagt, Ihnen wäre die Beziehung zwischen Dr. Muir und Dr. Renzel unerklärlich. Aber hier ist die Verbindung: Sie reisen zusammen zu internationalen Tagungen, der Chef des Krankenhauses und der Chef der Krankenhausapotheke. Sie verschieben falsche Medikamente in Dritte-Welt-Länder.»

«Das stimmt niemals.»

«Tina Sukhia wollte es auch nicht glauben. Sie ist tot. Ihr Idol hat nicht nur Dreck am Stecken, es watet knöcheltief in der Scheiße, und ich kann es beweisen.»

Er zog sich gar nicht erst Schuhe oder Mantel an. Falls irgendwelche Nachbarn durch ihre herabgelassenen Jalousien spähten, dürften sie bei unserem Anblick die Augenbrauen hochgezogen haben, wie wir eilig über den feuchten Rasen schritten.

In meinem Wohnzimmer schnarchte Tony Foley laut. Ein rotes Licht flackerte an meinem Anrufbeantworter.

«Selbst wenn wir ihn wach bekämen –» hob Donovan angeekelt an.

Ich warf ihm den *Globe* zu. «Hier. Vor vier Jahren hat die Cephagen Company ihr Cephamycin freiwillig neu verpackt, mit großem Kostenaufwand, um mit einer fälschungssicheren Verpackung aufzuwarten, einer mit einem Trademark-Hologramm versiegelten Packung. Warum bloß?»

«Warum? Weil Chicago und der Tylenol-Skandal ihnen Angst eingejagt haben.»

«Cephamycin ist kein regulär in den Apotheken erhältliches Arzneimittel.»

«Und?»

«Sie müssen also schon Fälschungsprobleme *gehabt* haben. Oder konkret befürchtet haben. Wissen Sie, wieviel eine Dosis Cephamycin kostet?»

«Nein.»

«Der *Globe* nennt den Preis horrend.»

«Die Forschungskosten sind sehr hoch.»

«Hunderttausende?» fragte ich. «Millionen?»

«Es kostet Hunderte von Millionen», sagte Donovan, «ein neues Arzneimittel auf den Markt zu bringen. Lange Forschungsjahre.»

«Könnte Cephamycin tausend Dollar pro Dosis kosten?» fragte ich.

«Das nehme ich stark an. Vielleicht sogar mehr.»

Tina hatte fünfzig Einzeldosen erwähnt. Fünfzigtausend Dollar pro Päckchen, dachte ich. Genug für eine Bauerweiterung, einen neuen Flügel, eine ganz neue sterile Etage. «Sehen Sie sich das hier mal an», sagte ich.

Donovan hielt das glänzende Schnipselchen Folie behutsam zwischen Daumen und Zeigefinger. Ich beobachtete, wie sich sein Gesichtsausdruck veränderte, während er Tina Sukhias Gesuch an die Weltgesundheitsbehörde WHO las; er überflog es einmal, dann noch einmal.

Er hob das silbrige Folienstück ins Licht und betrachtete die dreidimensionalen Cs. «Lag das mit im Brief?» fragte er sehr ernst. «Ist das die echte Versiegelung einer Cephamycin-Packung?»

«Ich weiß es nicht ganz sicher», sagte ich. «Emily Woodrow hat es mir an dem Morgen gegeben, als Sie mit ihr herkamen. Als sie behauptete, ihren Handschuh vergessen zu haben.»

«Sie hat mir nicht getraut.»

«Sie stehen ja auch mit dem JHHI in Verbindung», sagte ich. «Als ich das Hologramm Tony Foley gezeigt habe, hat er geschworen, es sei das gleiche, das Tina ihrem Brief beigelegt hatte.»

«Er ist betrunken. Er kann sonstwas erzählen.»

«Wenn Sie den Beweis haben wollen, helfen Sie mir, ihn in mein Auto zu verfrachten. Das dazu passende Hologrammstückchen müßte bei ihm zu Hause liegen. Dann können Sie sich mit eigenen Augen überzeugen.»

Donovan sank in den Sessel neben meinem Schreibtisch und zog den Bademantel vorn zu. «Wenn wir den Beweis haben», sagte er langsam, «müssen wir zur Polizei.»

«Ja», stimmte ich zu, «auf jeden Fall. Sobald Emily Woodrow aus dem Krankenhaus heraus ist.»

Das rote Lämpchen an meinem Anrufbeantworter blinkte anklagend. Ich drückte auf den Knopf und hörte das Band so lange ab, bis ich Mooneys Stimme vernahm. Ich haute auf «Reset».

Ich würde ihn nicht zurückrufen. Ich war zu lange bei der

Polizei gewesen. Ich wußte zuviel von den bürokratischen Verzögerungen und Verwicklungen. Der Polizeiapparat ist notwendig, aber nicht perfekt. Er ist groß und schwerfällig, und Geheimnisse pflegen sich wie ein Lauffeuer auf allen Ebenen zu verbreiten.

Gehirnchirurgische Eingriffe werden nicht mit einer Kettensäge vorgenommen. Das ist zwar keiner der jiddischen Sprüche meiner Großmutter, aber er hätte ihrem Temperament entsprochen.

40

Krebsgeschwülste wachsen, ohne sich um die Uhrzeit zu kümmern. Schnitte heilen und vernarben, Babys erheben ihr anklagendes Geschrei, und die Alten verröcheln ihren letzten Atemzug, wenn ihre Zeit gekommen ist. Krankenhäuser kennen weder Tag noch Nacht.

Ich fuhr in eine Parkbucht mit Parkuhr knapp einen Häuserblock vom Krankenhauseingang entfernt. Es war kurz vor sechs Uhr früh.

«Ich weiß nicht recht, ob wir das wirklich tun sollten», sagte Keith Donovan.

Ich überhörte ihn einfach. Es war nicht das erste Mal, daß er Zweifel anmeldete.

«Gehen Sie doch nach Hause», drängte ich ihn. «Zu Fuß. Oder nehmen Sie ein Taxi.»

«Sie wüßten ja gar nicht, was Sie mit ihr machen sollten.»

«Hier sind überall Krankenhäuser. Sie haben Ihren Teil an der Arbeit getan. Dafür bin ich Ihnen dankbar. Aber jetzt gehen Sie besser nach Hause.»

«Ich kann nicht.»

«Dann warten Sie im Auto. Können Sie fahren?»

«Natürlich kann ich fahren.»

«Geben Sie mir fünf Minuten, und fahren Sie dann ein Stück vor bis zu einer Lieferzone oder einem Hydranten, irgend etwas genau vor dem Ambulanzeingang. Lassen Sie den Motor laufen.»

«Ich habe keine Angst davor, hineinzugehen.»

«Dann hören Sie endlich mit Ihrem Gejammer auf.»

Immer noch angeschnallt, sah er mich forschend an.

Tinas weißer Schwesternkittel war kurz und ein bißchen zu eng, aber mit meinen eigenen weißen Hosen zusammen ging es. Ich hatte mir nicht die Mühe gemacht, Schuhe von ihr anzuprobieren, als Donovan und ich ihren betrunkenen Verlobten in der Wohnung an der Buswell Street absetzten. Donovan hatte mir geholfen, Foleys schweren Körper in den engen Aufzug zu zwängen, der ruckelnd bis zum vierten Stock hochzuckelte. Ich bezweifle, daß ich Tony ohne ihn hätte fortbewegen können.

Ohne seine Hilfe hätte ich sicher auch nie das winzige, aber unwiderlegbar identische holographische Siegelstückchen gefunden.

Donovan trug Krankenhausgrün, ein Relikt aus seiner Zeit als Medizinstudent.

Außer dem Kittel hatte ich mir noch einige Schwesternattribute aus Tina Sukhias Schrank geholt: ein Stethoskop, ein Schreibbrett mit Klammer und eine Taschenlampe, die erheblich stärker war als die, die ich normalerweise in meiner Handtasche habe. Ihr Namensschild stak an der Kitteltasche, aber das Foto darauf war so klein, daß man Tinas dunkles lächelndes Gesicht kaum von meinem eigenen blassen, grimmigen Gesicht unterscheiden konnte. Zumindest nicht von weitem.

Ich hatte mein Haar oben am Hinterkopf zusammengenommen und zu einem festen Knoten geschlungen, den ich mit den Haarnadeln der Toten feststeckte, die noch immer in einer Schale im Badezimmer herumlagen. Ich fragte, ob ich eine Haube brauchte, aber die sei nur für besondere Anlässe, sagte Donovan. Für die Fotos zum Schulabschluß.

Ein erster Sonnenpfeil schoß durch die Windschutzscheibe meines Toyota und zerfiel in glitzernden Staub.

«Lassen Sie bitte die Waffe im Wagen», sagte Donovan, «bitte.»

«Nein», erwiderte ich bestimmt.

Er löste seinen Gurt, öffnete die Tür, und ich atmete auf.

Wir gingen durch die Pendeltüren der Ambulanz, zwei Ärzte – oder ein Arzt und eine Krankenschwester, je nach Ansicht des Betrachters –, in ein ernstes Gespräch vertieft, die Köpfe über ein paar wichtige Daten auf dem Klemmbrett gebeugt. Donovan hatte den Ambulanzeingang empfohlen. Der Haupteingang, hatte er erklärt, werde von Sicherheitsbeamten bewacht.

Wir durchschritten zielstrebig die automatischen Türen des ersten Aufzugs, den wir sahen. Niemand hielt uns auf; ich rechnete auch nicht damit, aufgehalten zu werden. Eine kleine Inderin gesellte sich zu uns, sie lächelte uns an und nickte uns zu, als hätte sie uns schon hundertmal angelächelt und zugenickt. Es war möglicherweise nur Nervosität, aber bei mir weckte es Selbstvertrauen und ein Gefühl, als kämen wir mit unserer Maskerade durch.

«Fünfter Stock», murmelte Donovan, obwohl mein Finger schon auf dem Knopf lag.

«Ich weiß», sagte ich. «Wenn Ihnen unser Eindringen zu aktionistisch ist, können Sie auf der zweiten Etage noch abschieben.»

«Sie würden sich verirren», sagte er.

Wir glitten am zweiten Stock vorbei, am dritten. Die Inderin stieg im vierten Stock aus.

«Ich hoffe, daß es dort einen Rollstuhl gibt», bemerkte ich.

«Es gibt immer einen Rollstuhl. Wenn Sie einen mitbringen, erregen Sie Aufsehen. Alles läuft nach bestimmten Regeln ab.»

«Darum sind Sie ja mit von der Partie», erinnerte ich ihn. «Sie suchen einen Rollstuhl, setzen die Patientin hinein, und ab geht's.»

«Meiner Meinung nach sollten wir noch etwas warten. In den Besuchsstunden herrscht ein größeres Durcheinander –»

«Hören Sie, das haben wir doch alles schon durchgekaut. Ich will, daß es jetzt über die Bühne geht, noch vor dem Schichtwechsel. Wenn Muir etwas von Ihrem Anruf zu Ohren kommt, ist Emily womöglich bei Eintreffen der nächsten Schicht des Pflegepersonals verschwunden. Neuer Name, neuer Aufenthaltsort oder Schlimmeres. Um ehrlich zu sein, Donovan, was ich wirklich nicht begreife, ist, warum sie noch lebt.»

«Nach der Alzheimer- oder Krebsdiagnose zu urteilen – beziehungsweise den Medikamenten, die dagegen verordnet worden sind –, dürfte ihr Gedächtnis inzwischen so schlecht oder so verändert sein, daß sie keine glaubwürdige Zeugin mehr abgeben wird», sagte er.

«Sie hätten vielleicht doch im Auto bleiben sollen», sagte ich.

Der Aufzug hielt sanft an. Die Türen schoben sich auf.

«Rechts», sagte Donovan steif. «An zwei Gängen vorbei, dann links. Wir werden das Schwesternzimmer umgehen. Wenn sie uns mit ihr aus ihrem Zimmer kommen sehen, nehmen sie wahrscheinlich an, daß alles seine Richtigkeit hat. Raus ist es leichter als rein.»

Wir hielten an einem Geräteraum an, fanden einen verchromten Rollstuhl und falteten ihn auseinander.

«Bisher läuft's gut», sagte ich zu Donovan.

Links neben der Tür von Zimmer 508 stand der Name HODGES. Ein Privatzimmer. Nur das Allerbeste für die Nichte von Dr. Muir.

Das leise Summen überall ging mir auf die Nerven. Ich drückte auf die Klinke, und die Tür von Nummer 508 schwang geräuschlos auf. Donovan schob den Rollstuhl mit Schwung hinein. Ich folgte ihm auf den Fersen und knipste das Licht an.

Auf dem schmalen Bett schlief eine Frau, den Mund offen, mit leisem Schnarchen. Ein saurer Geruch stieg aus den verknautschten Laken.

Eine gewisse Ähnlichkeit mit den Fotos des toten Mädchens war alles, womit mich die Schlafende noch an Emily Woodrow erinnerte. Ihr verfilztes blondes Haar war an den Wurzeln dunkel. An ihren Händen fehlten die Ringe, der Nagellack war entfernt worden. Der Bereich unter ihren Augen war angeschwollen und schwarz, ihre Wangen waren rauh und großporig. Die ganze äußere Eleganz war dahin.

Ich warf einen Blick auf Donovan, um sicherzugehen. Er nickte.

Ich rüttelte sie, machte «schscht». Sie drehte sich und gab Protestlaute von sich, aber die Augen blieben geschlossen. Donovan ergriff die Papiere am Fußende des Bettes und studierte sie mit geschürzten Lippen.

«Was steht denn drauf?» fragte ich.

«Ich kann kaum ein Wort entziffern», erwiderte er.

Die Tür ging auf. «Entschuldigen Sie. Gibt es Probleme?»

Die Privatschwester war nicht weit weg gewesen. Vielleicht auf ein Pläuschchen im Schwesternzimmer. Oder auch nur zur Toilette; sie wirkte nervös, ein bißchen wie ein verängstigtes Kaninchen. Sie schien zu erwarten, daß sie wegen ihrer Abwesenheit getadelt wurde.

«Nichts, worüber Sie sich Sorgen machen müßten, Schwester», sagte Donovan scharf. «Mrs. Hodges wird zur – äh – Radiologie gebracht. Helfen Sie mir bitte, sie vom Monitor abzukoppeln.»

Die Schwester klimperte mit ihren hellen Wimpern. «Wie lange bleibt sie weg?»

«Zwanzig Minuten, eine halbe Stunde. Ich lasse sie von einer Schwester des Hauses hierher zurückbringen.»

«Radiologie?» Sie preßte die Lippen fest zusammen, um zu verhindern, daß sie zitterten. «Davon hat mir kein Mensch etwas gesagt.»

«Wie heißen Sie, Schwester?» fragte Donovan.

«Helen Robins, Sir.»

«Helen. Kontrollieren Sie bitte, ob die Infusionsschläuche festsitzen.»

Sie trat näher, durch seine Arroganz eingeschüchtert. Ich erwog kurz, ihr einen Schlag auf den Kopf zu versetzen, sie zu knebeln und sie aufs Bett zu werfen. Aber sie wirkte so harmlos, daß ich schwankte, und dann war sie auch schon wieder an der Tür.

«Kann ich jetzt gehen?» fragte sie.

«Gewiß», sagte Donovan.

Die Tür schloß sich mit leisem Zischen, und wir wurden aktiv.

Einen bewußtlosen Menschen zu bewegen, ist gar nicht so einfach. Ich hatte meinen Teil an Betrunkenen hochhieven müssen, als ich noch Polizistin war. Die Leute, die bei Demonstrationen passiven Widerstand empfehlen, wissen, wovon sie reden.

«Sie hätten der Schwester Anweisung geben sollen, sie in den Rollstuhl zu befördern», sagte ich. «Die wissen, wie man das macht.»

«Sie hat mich nervös gemacht», entgegnete Donovan. «Sie steckte ihre Nase etwas zu weit vor.»

«Vergessen wir den Bademantel», sagte ich, «heben wir sie einfach auf den Stuhl. Sie erfriert schon nicht.»

«Vorschrift», beharrte er, «wir werden sonst angehalten.»

«Wenn wir nicht bald von hier wegkommen, nicht mehr», sagte ich giftig. «Nehmen Sie die Beine, und halten Sie um Himmels willen ein Auge darauf, daß die Bremsen an dem Ding angezogen sind.»

«Passen Sie auf, daß die mobile Infusion fertig zur Abfahrt ist», sagte er.

Wir hoben sie gerade an, als die Tür wieder aufging.

Unser verängstigtes Kaninchen erschien mit einer weiteren Schwester, offenbar ihre Vorgesetzte.

Die unangenehmere von beiden sagte: «Ich habe Dr. Muir benachrichtigt. In den schriftlichen Anweisungen für diese Patientin steht nichts von Radiologie.»

Ich lächelte sie gewinnend an. «Er war sicher verärgert, so früh am Morgen angerufen zu werden.»

«Wohl kaum», sagte sie, «er ist hier im Krankenhaus.»

Großartig.

«Wann hat die Patientin zum letzten Mal ihre Medikamente bekommen?» fragte Donovan.

«Ich habe ihr die normalen Medikamente um elf gegeben, als ich gekommen bin», erwiderte das Kaninchen.

«Wie heißen Sie?» Die Oberschwester stand Donovan fast auf den Zehen.

«Woodrow», sagte ich, während er noch zögerte. «Sollte Dr. Muir auftauchen, sagen Sie ihm, daß Mrs. Woodrow auf dem Weg nach Hause ist.»

«Nach Hause?»

«Nach Hause. Und der Name ist Woodrow. Merken Sie sich das gut.»

«Sie haben doch von Radiologie gesprochen», wandte sich die ältere Schwester vorwurfsvoll an die jüngere.

«Hat er ja auch. Hat er!» sagte sie und rang die Hände, faltete sie fast wie zum Gebet.

«Rufen Sie den Sicherheitsdienst», sagte die Oberschwester.

«Äh, könnte ich Ihren Ausweis sehen?» bat das verängstigte Kaninchen Donovan; sie hatte offensichtlich mehr Angst davor, einen Arzt zu beleidigen als eine Kollegin. «Bitte?»

«Ich rufe sie selbst.» Die Schritte der älteren Schwester verhallten donnernd auf dem Gang. Ich vertauschte schnell mein Klemmbrett mit den Papieren, die Donovan wieder ans Fußende von Emilys Bett gehängt hatte.

«Wachen Sie auf», sagte ich laut, aber ohne Erfolg. Wir stopften ihr Kissen in den Rücken, so daß sie aufrecht saß, packten fest zu und hoben sie auf den Rollstuhl. Sie fiel nach vorn und beinahe aus dem Stuhl. Die junge Schwester sah uns mit offenem Mund zu.

Ich fluchte und stemmte Emily mit meinem Körper zurück. Die Dinger müßten Schultergurte haben!

«Schwester!» herrschte Donovan das Kaninchen an. «Nun helfen Sie uns doch!»

Sie konnte nicht anders als gehorchen. Es muß am Ton liegen, dachte ich. An diesem unpersönlichen «Schwester!».

Emily gab Grunzlaute von sich und schnarchte.

Er kam leise ins Zimmer, ein grau gewordener Schatten seines Porträts, die getupfte Krawatte schief, die weiße Haarmähne zerzaust. Vielleicht hatte er noch geschlafen. Ein Mundwinkel hing schief.

Er zwang sich zu einem verzerrten Lächeln und versuchte, einfach durch die Kraft seiner Persönlichkeit die Situation in den Griff zu bekommen; in seiner Blütezeit hatte er das sicher mit Leichtigkeit geschafft.

«Oh, Sie sind es, Keith», sagte er. «Sie haben die ganze Station in Aufruhr versetzt. Ruth muß etwas falsch verstanden haben. Radiologie, so ein Blödsinn. Bitte klären Sie mich auf. Was ist das für ein Unsinn, die Patientin nach Hause zu bringen?»

«Klären Sie uns lieber auf», sagte ich scharf.

Er betrachtete meine schlecht sitzende Tracht mit Abscheu. «Wer sind Sie denn? Arbeiten Sie hier?»

«Leidet diese Patientin unter der Alzheimer-Krankheit?» wollte ich wissen. «Hat sie Krebs? Leukämie?»

Er sah sich die Frau im Rollstuhl genauer an. Griff sich mit einer Hand an die Stirn, ließ sie wieder fallen und wischte sich schließlich über den Mund.

«Wie können Sie es wagen!» sagte er zu Donovan mit vor Wut ganz leiser Stimme. «Das ist ungeheuerlich. Wo sind die Krankenpapiere?»

«Wir wissen, wer sie ist», sagte ich. «Dr. Donovan, können Sie diese Frau als Ihre Patientin Emily Woodrow identifizieren?»

«Das kann ich, und das tue ich hiermit», sagte Donovan.

«Was mischen Sie sich hier ein, Sie Dreckskerl», brachte Muir mühsam hervor.

Gleichzeitig sagte Donovan: «Dr. Muir, sind Sie okay?»

«Mrs. Woodrow geht», sagte ich. «Jetzt sofort.»

«Das Sicherheitspersonal», sagte Muir sanft. Er brauchte nicht zu rufen; sie waren schon da. Zwei Beamte waren in aller Stille aufgekreuzt, der eine ergraut und vom Alter gebeugt, der andere noch ziemlich jung.

«Sie brauchen mich nur bis zum nächsten Telefon zu bringen», sagte ich zu ihnen. «Sie können sogar für mich wählen: Polizei, neun-eins-eins.»

Die Beamten zeigten sich verwirrt. Ich gab dem Rollstuhl einen Stoß. Er rollte nicht. Ich machte die Bremsen los. Donovan stand wie erstarrt da.

Muir versperrte mir den Weg. Seine Haut sah im kalten Neonlicht wächsern aus. Er sagte ganz leise: «Geben Sie mir die Papiere. Sie dürfen keine Krankenpapiere ent. . .»

«Aus dem Weg!» sagte ich.

Er fuhr sich mit der Hand an den Hals und atmete hörbar ein und aus. «Sie haben es sicher gut gemeint», sagte er. «Also gehen Sie. Ich will keinen Ärger. Dr. Donovan, wir sprechen uns später. Sie können nichts dafür.»

«Ohne Emily gehen wir nicht», sagte ich.

Muirs Gesicht wurde von Minute zu Minute grauer.

«Aus dem Weg», sagte ich noch einmal. «Oder sagen Sie Ihren Wachen, sie sollen schießen. Sie sind doch bewaffnet, nicht wahr?»

Der Jüngere senkte schnell den Kopf und klopfte sich auf das Koppel, als brauchte er eine Bestätigung.

«Wunderbar», sagte ich. «Und wenn sie uns durchlöchert haben, können Sie uns wieder zusammenflicken. *Doktor*», sagte ich in vernichtendem Ton, «sehen Sie nur, was Sie ihr angetan haben.»

Wenn er die volle Autorität seiner Persönlichkeit geltend gemacht hätte, hätten uns die Wachleute aufgehalten. Sie hätten nicht unbedingt auf uns geschossen, aber sicher hätten sie uns festgehalten. Doch Muir starrte nur Emily an und wischte sich wieder mit dem Handrücken über den Mund. Dann stolperte er zu dem zerwühlten Bett hinüber und ließ sich langsam darauf nieder, wie ein alter Mann.

Wir rollten Emily aus der Tür.

Die Wachleute sahen Muir an, um Instruktionen zu erhalten. Der jüngere sagte dienstbeflissen: «Sollen wir sie aufhalten?»

«Es spielt keine Rolle mehr», hörte ich Muir flüstern.

Ich eilte los, ging immer schneller. Den Gang hinunter, am Schwesternzimmer vorbei. Ich spürte förmlich, wie sich Augen in meinen Rücken bohrten. Donovan ging mit unbewegtem Gesicht neben mir her, eine stützende Hand auf Emilys Schulter. Der Aufzug brauchte zwei Stunden, bis er vom Parterre ankam.

Niemand hielt uns an, als wir den Rollstuhl aus der Ambulanztür schoben. Die Türflügel schlossen sich automatisch hinter uns, und ich holte tief Luft.

«Wohin?» fragte ich.

«Die Brigham-Ambulanz liegt am nächsten», sagte Donovan. «Ich weiß nicht, wie ich sie von diesen Mitteln herunterkriegen soll, ohne einen Kreislaufkollaps oder Gott weiß was zu riskieren.»

«Sie sind der Fachmann», sagte ich.

«Sie waren auch nicht schlecht», sagte er.

«Danke.»

«Und Sie haben niemanden erschossen», fügte er hinzu.

Die Ambulanz des Brigham war überfüllt. Während ich noch zurückschreckte beim Anblick der vielen notdürftig bandagierten Arme und Beine, des Wirrwarrs von Rollstühlen und Krücken und der unartikulierten Schmerzensschreie, rief Donovan eine Schwester herbei, wies sich aus und informierte sie darüber, daß seine Patientin über Schmerzen in der Brust geklagt hätte, bevor sie zusammenbrach.

In weniger als fünf Minuten war Emily an den Anfang der Warteschlange vorgerückt. Nach zehn Minuten lag sie bereits in einem Bett und wurde rundum medizinisch versorgt.

41

Ich rief Mooney von einem Münzfernsprecher aus an. Er kam sofort ans Telefon, und je mehr ich sagte, um so wütender klang er. Die Strecke von der Berkeley Street bis zum Brigham legte er in Rekordzeit zurück. Er brachte zwei Uniformierte mit.

«Ich habe angerufen», sagte ich, sobald ich Mooneys hochgezogene Augenbrauen bemerkte. «Wir haben uns schon zigmal verpaßt, aber ich *habe* angerufen.»

«Bin ich der einzige im Büro? Ist sonst niemand da?»

«Mooney», sagte ich, «es überrascht dich vielleicht, aber ich habe kein Vertrauen in die Abteilung. Besonders, wenn politische Interessen eine Rolle spielen könnten.»

«Politische?»

«Bei Krankenhäusern geht es um Geld und um Macht. Da kann die Politik nicht weit sein.»

Mooneys Augenbrauen sanken wieder, und ich benutzte die Pause, um ihm Keith Donovan vorzustellen.

«Ist sie wirklich krank?» fragte Mooney zweifelnd, als ich das Wort «Psychiater» fallenließ.

«Es ist nicht nur so, daß Emily Woodrow wirklich krank ist, Mooney», sagte ich, «sie hat auch niemanden umgebracht, wir brauchten also nicht so zu tun, als wäre sie krank, wenn sie es nicht wäre. Ich möchte, daß *du* mit ihr redest.»

«Hättest du nicht warten können, bis ich die Sache in die Hand nehmen konnte, statt sie aus dem Helping Hand zu stehlen?»

«Bleib in deinem Büro.»

«Sobald die Leute aufhören, mit Messern aufeinander einzustechen, wär ich damit zufrieden.» Er kam gerade von einer Schlägerei im South End und war alles anderes als gutgelaunt. «Ich bin schließlich nicht der einzige Cop in der Stadt.»

«Aber der einzige, dem ich traue, Mooney. Willst du mich dafür einsperren?»

«Ihr ihr Mann benachrichtigt worden?»

«Ich habe ihn nicht angerufen», sagte ich.

«Nett», sagte Mooney, «anscheinend läßt du uns noch ein paar Krümel übrig.»

«Nun hör schon auf damit, Mooney.»

Er schnitt ein Gesicht. «Wenn ich richtig verstanden habe», sagte er, «hast du ein paar Fotos, zwei Folienschnipselchen und einen Brief, der nicht abgeschickt wurde.»

«Richtig. Und wir haben Emily Woodrow.»

«Die sich womöglich an nichts erinnert», warf Donovan ein.

«Ist das alles?» fragte Mooney.

«Ja», sagte ich abwehrend, «und das muß auch reichen.»

«Ich brauche die Details», sagte Mooney. «Auf den Fotos sind irgendwelche Geräte –?»

«Es handelt sich um eine Abfüll- und Verpackungsanlage», erklärte ich, «um etwas, das so aussieht wie ein Fließband.»

«Mal langsam – und du behauptest, sie stände in der Longwood Avenue 632?»

«Sobald du einen Durchsuchungsbefehl hast, wissen wir's genau», sagte ich.

«Ich brauche aber einen guten Grund für einen Durchsuchungsbefehl.»

«Dann finde heraus, wem das Haus gehört. Ich wette zehn zu eins, daß das JHHI der Eigentümer ist. Und seht euch den Erdboden vor der hinteren Tür an. Er ist voller Rost – ich wette wieder zehn zu eins, daß der mit den Flecken auf Tina Sukhias Kleidung übereinstimmt. Außerdem riecht es dort irgendwie chemisch. An der Hintertür ist ein brandneues Schloß. Und auf einem kleinen Schild steht ‹Lieferungen für Cee Co.›. Cee Co. muß die Abkürzung von Cephagen Company sein – Abteilung Ramschangebote.»

Mir fiel ein, was Tony Foley gesagt hatte. Daß Tina Sukhia gelacht hatte, als sie ihm erzählt hatte, sie bekäme ihr Geld von der Cee Co. Es mußte Muir Spaß gemacht haben, den Namen auszusuchen.

«Jerome Muir ist ein angesehener, mächtiger Mann», sagte Mooney. «Selbst bei alledem –»

«Himmel noch mal, Mooney», explodierte ich, «kennst du denn keinen Richter, der dir einen Gefallen schuldig ist?»

«Ich kenne eine Menge Leute, die mir einen Gefallen schuldig sind», sagte er anzüglich.

«Donovan», sagte ich, «erzählen Sie's ihm.»

«Was soll ich ihm denn erzählen?» Donovan und Mooney hatten sich vom ersten Augenblick an nicht leiden können. Mooney haßt Psychiater. Was Donovan betraf, so vermute ich, daß er nur von Frauen, die mit Gewalt umgehen konnten, fasziniert war, nicht von Männern.

«Was Sie mir erzählt haben. Wieviel es kostet, ein Arzneimittel wie Cephamycin herzustellen und auf den Markt zu bringen.»

«Es kostet eine Menge», sagte Donovan ruhig.

Anscheinend war ich in dieser Angelegenheit auf mich selbst gestellt.

«Ich mache mir Sorgen um Dr. Muir», fuhr Donovan fort. «Er muß krank sein. Das sieht man auf den ersten Blick. Haben Sie seinen linken Mundwinkel gesehen?»

Ich behielt Emilys Zimmertür im Auge. Sie blieb geschlossen, was nichts Gutes verhieß.

«Wir müssen irgend etwas ausgelassen haben. Es ergibt nämlich keinen psychologischen Sinn», sagte Donovan.

«Psychologischen Sinn?» wiederholte Mooney. «Wie nennt man das doch gleich? Ein Oxysowieso? Oxymoron? Ein Widerspruch in sich selbst! Die Psychologie ergibt meistens keinen Sinn, Herr Doktor.»

«Donovan», sagte ich. «Sie haben doch Muirs Gesicht gesehen. Sein Gesicht, als ihm klar wurde, daß wir Emily erkannt hatten.»

«Ich hab's gesehen», bestätigte Donovan. «Aber ich verstehe das nicht. Es war so – so, als ob ich erfahren hätte, daß mein Vater ein Dieb ist oder ständig Ehebruch begangen hat – jemand, der immer wieder auf schrecklichste Weise mein Vertrauen enttäuscht. Ich weiß, daß das vorkommt. Ich habe es schon von Patienten gehört. Aber ich kenne den Mann doch!»

«Ja», sagte Mooney, «aber was wissen Sie schon über seine lausige Kindheit?»

«Ich kenne den Mann», sagte Donovan wieder.

«Sie haben ihn ein Genie genannt», sagte ich ruhig. «Er kann Sie zum Narren gehalten haben.»

«Aber so etwas, so ein eklatanter Mangel an Mitgefühl ...»

«Mooney», sagte ich nach einem drückenden Schweigen, «hast du herausbekommen, warum der Präsident der Cephagen Company hier war? Mit wem er sich getroffen hat?»

«Du hättest eine Menge bei mir gutmachen können, wenn du mir einen Tip in dieser Sache gegeben hättest, Carlotta.»

«Darüber können wir später streiten, Moon. Hast du's herausgefunden?»

«Er wollte sich mit Muir treffen, aber Muir behauptet, er hätte keine Ahnung davon gehabt. Hat nie persönlich mit Menander gesprochen. Warte mal eben, ja?»

Er vertiefte sich zwei Minuten lang in ein Gespräch mit seinen Beamten, wobei er wild gestikulierte und sehr schnell sprach. Es würde keine weiteren zwei Minuten dauern, bis ein Beamtenteam unterwegs war, um für ihn im Stadtarchiv nach Dokumenten zu forschen, die das JHHI, die Longwood Avenue 632, die Cephagen Company und die Cee Co. betrafen.

Dabei würden sie vielleicht auf Roz stoßen.

«Du mußt dich mit jemandem von der Weltgesundheitsorganisation in Verbindung setzen», erinnerte ich ihn, als er sich wieder zu mir wandte. «Wegen Tinas Brief.»

«Ach ja», sagte Mooney und zog eine Augenbraue hoch. «In der Schweiz.»

«In Bern.»

«Wenn's weiter nichts ist.»

Ein Arzt kam aus Emilys Zimmer geeilt. Mooney legte ihm die Hand auf die Schulter und stellte sich ihm in den Weg.

«Wie geht's ihr?»

«Im Augenblick noch schwer zu sagen. Sie ist bewußtlos.»

«Wann kann ich zu ihr?» wollte Mooney wissen.

«Sie kann ja nicht aus dem Bett – warum also so eilig?» fragte der Arzt.

«Sagen Sie mir Bescheid, wenn ich sie sprechen kann.»

«Sie können zu ihr, sobald sie zu sich kommt. Aber wenn Sie mich jetzt fragen, wann sie zu sich kommt, muß ich Ihnen antworten, daß ich es nicht weiß, okay? Es kann in fünf Minuten sein, es kann aber auch noch fünf Stunden dauern. Sie ist schließlich keine Maschine.»

Ich trat zwischen die beiden. «Wird sie denn überhaupt wieder zu sich kommen?» fragte ich leise.

Seine Stimme wurde weicher. «Sind Sie eine Angehörige, Miss?»

«Nein», erwiderte ich.

Er wurde wieder formell. «Wenn sie in zwölf Stunden noch immer nicht reagiert, werden wir es mit einem Anregungsmittel versuchen. Sie ist nicht im Koma. Und unsere Hauptsorge ist, sie auch nicht in ein Koma entgleiten zu lassen. Es wäre besser, wenn sie von selbst zu sich käme.» Der Arzt machte sich von uns los und schritt den Gang hinunter.

«Scheiße. Ich muß jemanden hier postieren. Ich kann schließlich nicht ewig warten», sagte Mooney.

«Ich bleibe hier», sagte Donovan.

«Ich auch», fiel ich ein.

Mooney überlegte sich die Sache. «Ich kann noch ein paar Minuten zugeben», sagte er zähneknirschend. «Zumindest, bis ich den Durchsuchungsbefehl habe.»

Eine halbe Stunde später, Emily war immer noch nicht wieder zu sich gekommen, kam eilig ein uniformierter Beamter, ein junger Typ, den ich noch nie gesehen hatte. Er blieb vor dem Schwesternzimmer stehen und unterhielt sich im Flüsterton. Eine weißhaarige Frau wies ihn in unsere Richtung.

«Lieutenant Mooney?»

«Ja.»

«Es gibt eine Leiche. Gleich in der Nähe. Hab's durchgegeben an die Zentrale, und Kollegin Triola sagte, ich soll's gleich an Sie weitergeben.»

«Wo?»

«Im Helping Hand. Mein Kollege und ich haben den Funknotruf aufgefangen. Ein Arzt mit Namen Muir. Große Nummer, glaube ich.»

Selbstmord, dachte ich und schlug wütend mit der flachen Hand an die Lehne eines Stuhls in der Nähe. So eine gottverdammte Scheiße.

42

Donovan blieb im Brigham. Ich ging hinter Mooney her zum Streifenwagen – entweder merkte er es nicht, oder er hatte vergessen, daß ich nicht mehr zu seiner Belegschaft gehörte.

Der junge Polizist fuhr die zweihundert Meter mit Höchstgeschwindigkeit, Blaulicht und Sirene und setzte uns vor dem Ambulanzeingang ab. Zwei Schwestern kamen uns mit einer Krankenbahre entgegen, aber Mooney winkte ab. Wir nahmen den Aufzug.

Jemand hatte einen Sicherheitsbeamten des Krankenhauses auf dem fünften Stock postiert. Er machte schon den Mund auf, um uns auszufragen. Aber Mooney ließ als Antwort nur kurz seine Polizeimarke aufblitzen.

«Zimmer fünf-sechsundvierzig», sagte der Wachmann aufgeregt. «Der Kopf der ganzen verdammten Mannschaft hier im Krankenhaus. Und nichts mehr zu machen.» Er klang merkwürdigerweise so, als empfinde er eine gewisse Genugtuung, als sei der Sieg des Todes über einen Arzt etwas, das einen fröhlich stimmen könnte.

Zwei Beamte in Uniform wachten über den Ort des Geschehens.

«Randall», verkündete der eine in militärischer Knappheit, der Mooney offenbar kannte.

«Schießen Sie los.»

Der Mann konsultierte ein Notizbuch mit Spiralheftung, das er fest in der linken Hand hielt, und begann stockend, um mit zunehmendem Selbstvertrauen weiterzureden. «Nach den Angaben der Krankenschwester Doreen Gleeson – Gleeson mit zwei e –, die ihn entdeckt hat, wurde dieser Dr. Muir in einem Vorratsraum gefunden. Habe einen Mann dort hinbeordert, aber der gesamte Medizinerstab ist schon durchgetrampelt. Sie – äh – die Gleeson – hat um Hilfe geschrien, und eine andere Schwester hat Alarm ausgelöst. Sie haben ihn hier reingebracht und Wiederbelebungsversuche gemacht. Dachten, er hätte einen Herzinfarkt oder so was. Haben die Platten mit dem Griff dran benutzt für den Herzmuskel, einen Defibrillator, richtig? War nichts. Sie haben sein Herz nicht mehr zum Schlagen gebracht. Die Gleeson ist noch einmal in den Vorratsraum gegangen und hat dort eine Spritze auf dem Fußboden gefunden. Ich habe sie sicher in einem Plastikbeutel als Beweismittel, aber ich mußte drei Ärzten buchstäblich drohen, ehe die Schwester sie mir geben durfte. Sie wollten sie ins Krankenhauslabor geben, um sie hier analysieren zu lassen, ist das noch zu glauben?»

«Ich wundere mich, daß sie sich überhaupt die Mühe gemacht haben, uns zu rufen», sagte Mooney.

«Das war Doreen Gleeson. Nachdem sie die Spritze gefunden hatte.»

«Sehr aufmerksam.»

«Und sie kannte die andere Schwester, die hier gestorben ist.»

«Eine Spritze auf dem Fußboden macht noch keinen Mord daraus», sagte Mooney. «Kann es nicht sein, daß sich der Arzt die Spritze selbst gesetzt und sie dann fallen lassen hat? Sie könnte ihm auch aus dem Arm gerutscht sein oder so was, als ihn das Pflegepersonal da herausgeholt hat.»

«Ja, könnte schon sein», sagte der Beamte, der eine gewisse innere Spannung nicht ganz hinter seiner Unbekümmertheit verbergen konnte, «aber ich habe einen Zeugen – nicht für den Augenblick des Todes oder so –, sondern einen Zeugen, der angeblich jemanden aus dem Vorratsraum hat kommen sehen, und er behauptet, er könnte sie beschreiben.»

«Sie?»

«Ja. Eine Frau.»

«Die Mannschaft von der Spurensicherung müßte eigentlich schon hier sein», sagte Mooney und sah auf die Uhr.

«Ja, sie sind bestimmt unterwegs.»

«Der Zeuge?»

«Ein Typ namens Renzel. Arzt. Ich weiß allerdings nicht, was für einer.»

«Er hängt mit drin, Moon.» Das war alles, was ich ihm noch zuraunen konnte, ehe der Mann selbst in Hörweite war. Seine Bräune war in ein fahles Gelb übergegangen, sein Gesicht hinter der Brille war älter, eingesunken, und er sah fast so alt aus wie Muir, als ich ihn das letzte Mal gesehen hatte.

«Herrje, ich weiß nicht, ob ich darüber sprechen kann», sagte Hank Renzel. «Er war mein bester Freund.»

Mooney warf mir einen langen Blick zu. «Suchen wir uns einen Platz, wo wir uns hinsetzen können.»

Da er mich nicht wegschickte, ging ich mit. Ich dachte mir, er würde mich als Zeugin brauchen können, falls Renzel geneigt war, ein Geständnis über die Arzneimittelfälschung abzulegen. Gerichte ziehen Zeugen vor, die nicht der Polizei angehören.

Gegenüber den stählernen Flügeltüren eines Operationssaals fanden wir einen leeren Aufenthaltsraum, in dem üblicherweise angstvolle Angehörige auf Nachricht warten.

Renzel sah so aus, als hätte er das Schlimmste schon gehört. Er sank auf eine Couch, und Mooney setzte sich neben ihn. Ich ließ mich auf einem Stuhl nieder. Renzel warf mir einen kurzen Blick zu, erkannte mich aber nicht ohne meine blonde Perücke.

«Es ist nicht zu glauben», murmelte er. «Muir. Einfach so. Es war schon schlimm genug mit der Schwester...»

«Tina Sukhia.»

Renzel nickte, als Mooney das sagte. Er schien überrascht zu sein, so laut gesprochen zu haben, daß es jemand hören konnte. «Ja. Und jetzt er. Wer wohl noch, frage ich mich? Wer noch?»

Daraufhin schwieg er so lange, daß ich mich fragte, ob er hinter seinem dicken Brillengestell mit offenen Augen schlief. Ich hatte bei Mooney Verhörtechnik gelernt. Ich weiß, wie sehr es ihm widerstrebt, einen Zeugen zu drängen, aber selbst er war irgendwann gezwungen, einzugreifen.

«Würden Sie mir bitte erzählen, was Sie gesehen haben, Dr. Renzel?» fragte Mooney.

«Ich habe es schon dem anderen Beamten erzählt.»

«Erzählen Sie's noch mal. Manchmal fällt einem beim zweiten Mal noch etwas ein.»

«Ich hätte nie etwas Ungewöhnliches bemerkt, wenn ich nicht Lust gehabt hätte, mir die Beine ein bißchen zu vertreten. Auf dem Weg zur Cafeteria komme ich an dem Vorratsraum vorbei. Ich wollte mir ein Stück Schokoladenkuchen mitnehmen. Es gibt guten Kuchen dort. Manchmal bringen mir die Leute aus der Krankenhausapotheke ein Stück mit. Sie wissen, wie gern ich ihn mag...»

Diesmal warteten Mooney und ich lange genug, bis er von allein weitersprach.

«Ich habe eine Frau aus dem Raum kommen sehen.»

«Wie sicher sind Sie, daß sie aus dem Vorratsraum kam und nicht aus einem der angrenzenden Zimmer?»

«Ich bin mir absolut sicher, denn ich habe noch bei mir gedacht, warum kommt sie denn aus dem Vorratsraum, was hat sie denn dort gemacht? Liest man jetzt nicht oft davon, daß Ärzte es – mit Schwestern treiben? So steht's jedenfalls in den Zeitschriften. Alles erfunden. Ich habe noch nie ein solches Benehmen an einem wirklichen Krankenhaus erlebt. Hier auch nicht, und deswegen fiel es mir auf.»

Renzel machte eine Pause. «Soll ich sie beschreiben?» fragte er.

«Ja bitte.»

«Sie sah aus wie eine Patientin.»

«Eine Patientin?» wiederholte Mooney.

«Zumindest hat sie Nachthemd und Bademantel einer Patientin angehabt», sagte Renzel in einem Ton, als wäre ihm der Gedanke an die Möglichkeit einer solchen Verkleidung gerade erst in den Sinn gekommen.

Hatten Muir und Renzel zusammen dafür gesorgt, daß Emily am Leben erhalten wurde, weil sie einen Sündenbock für den Mord an Tina brauchten? Jemanden, dem sie auch den Mord an dem Präsidenten der Cephagen Company in die Schuhe schieben konnten?

Oder hatte Renzel allein beschlossen, sie noch einmal nutzbringend einzusetzen? Aber warum mußte er Muir umbringen? Und warum jetzt?

Ich biß mir auf die Lippen. Wieso wußte der Leiter der Krankenhausapotheke nichts davon, daß Emily nicht mehr in ihrer JHHI-Zelle eingeschlossen war? Warum hatte Muir seinen Partner nicht gleich eingeweiht?

«Ich würde sagen, sie war um die Vierzig», fuhr Renzel fort und sprach jedes Wort langsam und nachdrücklich aus. «Vielleicht auch älter. Sehr helle Haut. Blondes Haar, mittellang. Eigentlich gar kein Verbrechertypus.»

«Was meinen Sie damit?» fragte Mooney sanft. «Mit ‹Verbrechertypus›?»

«Nun ja», sagte Renzel in leisem, vertraulichem Ton, «hier in dem Viertel sind es meistens die Minderheiten, die Ärger machen.»

«Aha», sagte Mooney. «Wissen Sie noch, wie ich kurz nach Tina Sukhias Tod mit Ihnen gesprochen habe? Sie meinten damals, sie hätte vielleicht Arzneimittel aus der Krankenhausapotheke gestohlen. War diese Vermutung unter anderem dadurch begründet, daß sie eine dunkle Hautfarbe hatte?»

«Die Frau, die ich heute gesehen habe, war eindeutig eine Weiße», wehrte Renzel schnell ab.

Wollte er Mooney etwa die Geschichte auftischen, Emily Woodrow hätte sich unter falschem Namen ins Krankenhaus geschmuggelt? Und Krebs vorgetäuscht, um einen guten Schuß auf Muir abgeben zu können? Wie wollte er die Krankenpapiere am Bett von «Thelma Hodges» erklären, die überall Muirs Handschrift trugen?

Mein Hals wurde trocken. Ich wünschte, ich hätte mir die Papiere besser angesehen. Kaum zu entziffern, hatte Donovan gesagt. Kaum zu entziffern.

Mooney sah mich an, und ich erwiderte seinen Blick ruhig. Er nickte nicht und lächelte auch nicht. Vielleicht war er den Bruchteil einer Sekunde langsamer geworden. Vielleicht arbeiteten seine Kiefermuskeln.

Renzel schlug sich beide Hände vors Gesicht und beugte sich auf einmal abrupt vor. Eine Hand klatschte auf Mooneys Schenkel.

«O mein Gott», sagte er. «Wenn ich gleich hineingegangen wäre, gleich nachgesehen hätte, was los war, hätte ich ihn vielleicht retten können. Ich werde mir das nie verzeihen. Nie. Muir war ein feiner Kerl. Ein anständiger Mensch. Er hat mich wie einen Sohn behandelt.»

Er spielte gut, dieser Renzel, verdammt gut.

«Wieviel Uhr war es denn», fragte ich leise und sprach ihn zum ersten Mal an, «als Sie diese Frau gesehen haben?»

«Keine Viertelstunde, bevor Jerome – bevor seine Leiche in dem Vorratsraum aufgefunden wurde. Sie spielt vielleicht immer noch die Patientin und kann inzwischen sonstwo sein. Ich weiß, daß Ihr Beamter Wachen aufgestellt hat, aber es gäbe ja gar keinen Grund für sie, noch länger hierzubleiben, nachdem sie's getan hatte –»

Hatte er keine Zeit gehabt, sich über den Verbleib von «Mrs. Hodges» zu informieren? Doreen Gleeson, die aufmerksame Schwester, mußte die Leiche zu schnell entdeckt haben.

«Wissen Sie, daß im Vorratsraum eine Spritze gefunden wurde?» fragte Mooney.

«Das wußte ich nicht. Sie meinen...» Er hielt inne und befeuchtete seine Lippen. «Es ist fast wie bei der anderen. Soviel weiß ich: Jerome hat einen Drohbrief erhalten, einen anonymen Brief. Ich habe Jerome gesagt, er sollte damit zur Polizei gehen, aber es sieht ihm ganz ähnlich, wenn er's nicht getan hat. Er wollte der armen Frau wohl keine Schwierigkeiten machen.»

«Die arme Frau», wiederholte ich. «Dann wußte Dr. Muir also, wer ihm den Brief geschickt hatte?»

«Er vermutete dahinter die Mutter einer ehemaligen Patientin», erwiderte Renzel.

«Hat er Ihnen ihren Namen genannt?» fragte Mooney.

Wie weit mochte Renzel wohl noch gehen?

«Ich würde ihn vielleicht wiedererkennen», sagte er und wartete darauf, daß Mooney den Namen Emily Woodrow fallenließ.

Statt dessen sagte Mooney: «Dr. Renzel, ich glaube, wir sollten unsere Unterhaltung in der Stadt fortsetzen.»

Mooney erwähnte nicht, daß Renzel einen Rechtsanwalt anfordern konnte. Er tat auch nichts Blödsinniges von der Art, daß er ihm Handschellen anzulegen versucht oder ihm seine Rechte verlesen hätte. Aber es muß etwas in Mooneys Augen gewesen sein, ein sicheres Wissen, daß er einen Mörder gefaßt hatte.

«Bewegen Sie sich nicht, sprechen Sie nicht, tun Sie nichts», befahl Renzel. Er sah mich dabei an, als sei von Mooney sowieso nichts zu befürchten.

War es auch nicht. Mooney sackte auf der Couch zusammen, die Augen blicklos, der Mund offen. Er wollte sprechen, konnte es aber nicht.

«Was –»

«Ruhe!» Renzel zog die Hand aus der Tasche, und da sah ich die dünne Nadel, die er fest zwischen Daumen und Zeigefinger hielt. Mooney hatte sie gar nicht bemerkt. Ob er den Einstich gespürt hatte?

«Stehen Sie auf.»

Ich gehorchte.

«Stellen Sie sich neben mich.»

Meine Füße bewegten sich wie von selbst.

«Gehen Sie zum Aufzug.» Er packte meinen rechten Arm über dem Ellbogen mit der Linken. Die Spritze in seiner rechten Hand, von den Falten seines Laborkittels verhüllt, war direkt neben mir.

Wenn es eine Waffe gewesen wäre, hätte ich mehr gewußt. Ich hätte gewußt, ob sie geladen, ob sie entsichert war, welche Chancen ich hatte, welche Organe von der Kugel durchbohrt werden würden. Ich hätte gewußt, ob es sich um eine .22er handelte, bei der ich noch eine geringe Chance gehabt hätte, oder um eine 9-Millimeter-Kanone, bei der alles aus war.

Aber eine Spritze ... was mochte sein Gift bei Mooney bewirkt haben? Ob es das gleiche Zeug war, das Tina Sukhia umgebracht hatte? Und Jerome Muir?

«Der Cop *wußte* es. Sie wußten es», sagte Renzel, und der Druck seiner Hand wurde schmerzend. «Was habe ich denn falsch gemacht?»

«Emily Woodrow ist keine Gefangene mehr. Hat Ihnen Muir das nicht mehr sagen können, ehe Sie ihn umgebracht haben?»

«Wo ist sie denn?»

«In Polizeigewahrsam.»

«Rufen Sie den Aufzug», befahl er. «Abwärts.»

Bei den meisten Injektionen muß man eine Vene treffen. Intramuskulär wirken sie nicht so gut. Das habe ich von Fixern gelernt. Ob er bei Mooney eine Vene getroffen hatte? Wieviel Zeit blieb Mooney wohl noch?

Ich starrte einen stummen Lautsprecher an und flehte innerlich, er möge losgehen. Code sowieso. Den Code ertönen lassen zur Wiederbelebung eines Lieutenant der Polizei, der mit einem Stoff vollgepumpt worden war, der unter Umständen tödlich wirkte.

Ich hatte keineswegs vor, mit einem Wahnsinnigen, der eine

gefüllte Spritze in der Hand hielt, in einen Aufzug zu steigen. Waren wir erst drinnen, war alles zu einfach. Ein kurzer Klaps auf den Po, vielleicht ein Schuß in die Vene, wenn's hoch kam, Carlyle ging zu Boden, er zur Tür hinaus und ab zum Flughafen.

Meine Handtasche hing an meiner linken Schulter und schlug mir ab und zu gegen die Hüfte. Meine Tasche mit der Waffe darin, der Pistole, die ich wegen Emilys eindringlicher Fragen mitgenommen hatte.

«Können Sie damit umgehen?»

«Würden Sie es wieder tun?»

Nicht, wenn ich nicht drankomme, verdammt noch mal. Ob ich die Handtasche in Schwung versetzen und die Spritze damit wegschlagen konnte?

In meiner Vorstellung sah ich Mooney vor mir, den Kopf auf der Armlehne der Couch. Wie lange mochte es dauern, bis jemand in den Aufenthaltsraum vor dem OP kam? Wie lange mochte es dauern, bis jemand nach dem verantwortlichen Polizeibeamten suchte?

Verflucht. Warum kommt das Ding nicht? Schweiß rann von Renzels Stirn.

«Ich dachte, Muir wäre der Boss», sagte ich. «Aber vermutlich war es die ganze Zeit über Ihre Show.»

«Hören Sie auf zu quatschen. Wir gehen zum Treppenhaus.»

Das war mir nur recht.

Vielleicht hatte das Sicherheitspersonal den Aufzug gesperrt. Das würde bedeuten, daß jemand Mooney gefunden hatte, daß jemand wußte, was hier vorging. Sie würden nach uns suchen.

In den stummen Lautsprecher kam plötzlich Leben. Code Rot. Verdammt, ich dachte, sie hätten hier Zahlen.

«Was heißt denn das?» fragte ich.

«Sie haben wahrscheinlich Ihren Polizisten gefunden.»

«Haben Sie ihn getötet?»

«Ich bin kein Mörder», sagte er.

«Wie nennen *Sie* es denn?»

«Gewinn und Verlust. Geschäft, so nenn ich es.»

Wieviel konnte der Mann wohl ohne seine dicke Brille sehen? Wie konnte ich sie ihm von der Nase schlagen?

«Kaum zu glauben, daß Muir gar nicht gewußt hat, was hier vorging», sagte ich.

Renzel errötete, und mir wurde bewußt, daß er vor Freude rot wurde. Vor Freude darüber, Muir hinters Licht geführt zu haben, den Mann, «der ihn wie einen Sohn behandelt hatte».

«Muir ist ein Narr.» Die Stimme des Chefs der Krankenhausapotheke klang hart und rauh. Wie hatte ich sie je angenehm finden können? «Er ist schon seit Jahren auf dem absteigenden Ast, aber sie decken ihn alle. Sie wissen, was sein Name wert ist.»

Dr. Jerome Muir, ein echter Arzt wie Renzels Vater, der bekannte Chirurg. Was mochte der Grund für Renzels Freude sein? Daß er dem Ersatzvater eins ausgewischt hatte?

Wenn ich es überlebte, würde ich Donovan fragen.

«Wußte Dr. Muir denn gar nicht, daß Sie Emily Woodrow gefangenhielten? Obwohl Sie seinen Namen benutzt haben?» sagte ich voller geheuchelter Bewunderung.

«Ich beherrsche seine Unterschrift besser als er selbst», sagte Renzel.

«Aber wie haben Sie das mit den Medikamenten und den Krankenhauspapieren geschafft? Sie sind doch gar kein Arzt.»

«Ich bin ein ebenso guter Arzt wie alle hier», sagte er. «Besser als die meisten.»

Renzels Brille hatte Bügel, die um die Ohren herum fest anlagen. Es würde mehr als nur einen schnellen Seitenhieb erfordern, sie herunterzureißen.

«Und jetzt hören Sie mit Ihrem Geschwätz auf und gehen Sie schneller», befahl er.

«Wo ist denn das Treppenhaus?»

«Weitergehen. An der nächsten Ecke. Es wird kaum benutzt.»

Wir gingen einen breiten leeren Korridor entlang. Wenn jemand Mooney gefunden hatte, mußte es hier vor Polizei wimmeln wie in einem Bienenstock. Ich stellte mir Renzels Profil im Fadenkreuz unsichtbarer Scharfschützen vor. Überall sah ich sie plötzlich in einiger Entfernung oberhalb und rechts von meinem Kopf.

«Verkehrt», bemerkte ich, den Mund staubtrocken, nur um etwas zu sagen und nicht mehr an Scharfschützen zu denken.

«Was?»

«Ich habe es verkehrt verstanden», sagte ich. «Als ich anfing, Emilys Geschichte zu glauben – daß ein Mann ihrer Tochter eine Maske aufs Gesicht gedrückt hätte –, habe ich mir alles ganz falsch zusammengereimt. Ich bin davon ausgegangen, daß der Mann – daß Sie Rebecca töten wollten, statt sie zu retten.»

Renzel schwieg und ging weiter.

«Warum haben Sie sich denn die Mühe gemacht?»

«Ich glaube nicht, daß Sie das verstehen werden.»

«Ich möchte es aber gern verstehen.»

Er schluckte. «Es... die Kinder hier... Rebeccas Tod war irgendwie anders.»

«Sie sind in den Chemotherapieraum gestürmt. Sie haben Emily Woodrow zur Tür hinausgeschickt. Sie haben Ihren ganzen Plan gefährdet.»

«Es ist so: Was ich sonst noch tue... interessiert keinen Menschen. Jeder tut es. Ich schicke Imitate von High-Tech-Arzneimitteln in Drecksländer ohne Kläranlagen. Die Kranken – Leute, die ohnehin gestorben wären, entweder am verseuchten Wasser oder an drittklassigen Ärzten – sterben etwas früher. Solange die Mittel vom US-Markt fernbleiben, kümmert sich niemand darum. Die Gewinne sind unvorstellbar, Millionen. Ich hätte alles haben können, was ich haben wollte.»

«Und was?»

Er sah mich ausdruckslos an.

«Was?» wiederholte ich noch einmal. «Was wollten Sie haben?»

«Alles.» Seine Augenlider bewegten sich rasch hinter den dikken Brillengläsern. «Geld», sagte er so bedächtig, als würde er einem Kind etwas Schwieriges erklären. «Da wären wir. Seien Sie jetzt still, und machen Sie die Tür zum Treppenhaus auf.»

Im Treppenschacht war es kühl. Still. Graue Wände. Graue Stufen.

«Sie sind verrückt», sagte ich.

Er packte meinen Arm noch fester. Ich dachte mir, daß er nichts tun würde, solange wir die Stufen hinuntergingen. Auf den Treppenabsätzen hatte er besseren Halt – ich mußte auf den Treppenabsätzen aufpassen.

«Ich würde Sie nicht gerne umbringen», sagte er sanft, das Gesicht so dicht bei mir, daß ich seinen Atem im Nacken spüren konnte.

«Wie Sie Tina umgebracht haben», sagte ich.

«Wenn sie den Karton nicht von meinem Schreibtisch genommen hätte – wenn sie die Vorschriften eingehalten hätte, wäre überhaupt nichts passiert. Aber sie hatte es eilig, und da hat sie den ersten Karton genommen, der ihr ins Auge fiel.»

«Warum stand er denn auf Ihrem Schreibtisch? Warum haben Sie das Zeug nicht drüben in Nummer 632 gelassen? Warum haben Sie riskiert, Ihr eigenes Krankenhaus zu kontaminieren?»

«Ich mußte den Strichcode überprüfen, um sicher zu sein, daß die Verpackung up-to-date war. Es war *ihr* Fehler, nicht meiner.»

«Und warum haben Sie Emily Woodrow nicht getötet?»

«Hätte ich machen können. Ich habe sie zusammen im Krankenhaus herumschleichen sehen: der Beweis dafür, daß Tina kein Stillschweigen bewahrte, wieviel ich ihr auch zahlte. Aber es wären zu viele Todesfälle hintereinander gewesen. Selbst der alte Muir wäre vielleicht wach geworden und hätte ein paar Fragen gestellt. Und ich hatte ja meine Pläne für Emily. Man könnte sie als ein pharmazeutisches Forschungsprojekt von mir bezeichnen. Die Polizei wird wahrscheinlich feststellen, daß sie mehr als bereitwillig den Mord an Tina gesteht. Jeden Mord. Auch den an der eigenen Tochter.»

Ich betrachtete die Betonwände, horchte auf näher kommende Polizeisirenen, auf- oder absteigende Schritte.

«Die schwarze Krankenschwester», vertraute Renzel mir an, «Tina. Daß ich sie getötet habe... es tut mir nicht leid. Keinerlei Gefühle. Außer vielleicht...»

«Ja?»

«Daß ich lieber noch einen schwarzen Arzt getötet hätte. Ja. Einen Minderheiten-Arzt. Jemanden aus meiner Altersgruppe.»

«Jemand, der die Zulassung zum Medizinstudium bekommen hatte, während Sie zurückgestellt wurden?»

«Genau», sagte er kalt. «Gut beobachtet. Aber die Kinder *hier* tun mir leid. Das mit Emily Woodrows Kind tut mir leid.»

Ich schaute auf Renzels Füße hinunter, links, rechts, links, rechts. Er trug braune Slipper, auf Hochglanz poliert, teuer. Ledersohlen, dachte ich. Nicht rutschfest. Ich achtete auf meine eigenen Füße im Verhältnis zu den seinen. Ich konnte nichts Auffälliges tun, aber ich versuchte immerhin, meinen Schritt dem seinen anzupassen und die Entfernung zu messen, die mein Fuß überwinden mußte, wenn ich ihn mit einem Tritt zum Straucheln bringen wollte.

«Die Türen werden wahrscheinlich bewacht», warnte ich, kurz bevor wir den Treppenabsatz erreicht hatten. «Sie werden mich brauchen. Sie werden mich als Passierschein nach draußen brauchen.»

Ich spürte sein Zögern.

«Mit einer anderen Geisel haben Sie nicht unbedingt solches Glück», sagte ich hastig. «Die Cops sind sehr vorsichtig, wenn eine Frau als Geisel genommen wurde.»

«Wir nehmen den Ambulanzausgang», sagte er.

Wie viele Stufen konnte ich hinunterfallen und trotzdem hinterher wieder aufstehen? Wie schnell würde er mit der Spritze zustechen? Konnte ich damit rechnen, daß er instinktiv die Arme hochwarf, um sich zu schützen? Würde ihm seine verdammte Brille von der Nase fliegen?

Ich beobachtete und zählte, fühlte mich in seinen Rhythmus ein. Als sein rechter Fuß über der Stufe schwebte, machte ich einen Riesenschritt zur Seite und ließ mich die Stufen hinunterrollen.

Er schrie etwas, kam ebenfalls ins Taumeln.

Sieben Stufen, tiefer wollte ich nicht stürzen. Dafür war ich bereit. Und es tat höllisch weh.

Wenn ich auf dem Volleyballplatz zu Boden gehe, sind meine Knie und Ellbogen ausgepolstert, und der Fußboden ist eben und aus Holz, das nachgibt. Verdammter Scheißdreck. Die Treppe war aus Beton und hatte scharfe rechtwinklige Kanten. Immer sind die Knie und Ellbogen die Leidtragenden. Knie und Ellbogen, weil ich mich zu einer Kugel zusammengerollt hatte, um meinen Kopf zu schützen.

Er hielt mich nicht fest. Schon beim Fallen hatte ich das gemerkt. Jemand schrie. Ich.

Ich riß meine Schultertasche vor die Brust und drückte sie an mich. Ich fühlte die Umrisse der Waffe.

Ob die dünne Spritze wohl zerbrach? Ober er sie unabsichtlich drückte? Unschädlich machte? Ob er sich die gottverdammte Hand brach?

Wir landeten am Fuß der Treppe, ein wirres Durcheinander von Armen und Beinen, und ich merkte, daß ich mich bewegen konnte. Ich warf mich auf ihn, schrie unaufhörlich weiter und wühlte mit der Hand in meiner Tasche, bis ich meine Waffe heraus und ihm an den Hinterkopf gedrückt hatte.

Die Spritze war nicht mehr zu sehen.

«Bleiben Sie einfach da liegen», sagte ich.

Er krümmte sich, und ich bohrte ihm die Mündung in den Nacken. «Keine Bewegung!» schrie ich, den Mund nur fingerbreit von seinem Ohr entfernt.

Er lag still.

«Ich kann Sie bezahlen», sagte er.

«Wie Sie Tina Sukhia bezahlt haben?»

«Wissen Sie was», sagte er mit unterdrückter Stimme, als wollte er mir ein großes Geheimnis mitteilen. «Es gibt nichts, was sich nicht mit Geld regeln ließe.»

«Jaja», sagte ich. Meine Knie schmerzten. Unter dem einen Knie fühlte es sich feucht an, ich hoffte nur, daß die Wunde nicht zu tief war. Meinem Gefühl nach war ich am ganzen Leib blau und grün. Höchste Zeit, daß endlich irgendein Cop die Tür aufmachte.

«Nichts, was sich nicht mit Geld regeln ließe», sagte ich. «Das müssen Sie unbedingt Emily Woodrow erzählen.»

43

Es dauerte zwei Tage, bis der Fallout herabregnete. Damit meine ich nicht die Zeitungsschlagzeilen; sie waren sofort da und höchst unzutreffend, denn die PR-Abteilung des Krankenhauses legte sich mächtig ins Zeug und gab haufenweise irreführende Presseberichte ab. Nein, die Reaktion auf meine Rolle bei Renzels Verhaftung brauchte länger.

Zum Teil lag diese Verzögerung an Mooneys Krankenhausaufenthalt. Und zum anderen daran, daß es Wochenende war und sowieso nicht viel lief. Hinzu kam außerdem noch der Jet-lag, aber davon erfuhr ich erst, nachdem ich am Montag morgen in Mooneys Büro gerufen wurde.

Mooney hatte einen Kubikzentimeter von einem Mittel namens Ketamin intramuskulär verpaßt bekommen. Ketamin wird in Krankenhäusern nicht unter Verschluß gehalten; es gehört zu den Standardmitteln in der Anästhesie. Es wird als dissoziatives Betäubungsmittel bezeichnet. Das hat mir Keith Donovan erklärt.

Er war im Brigham geblieben, hatte sein Lager vor Emily Woodrows Tür aufgeschlagen und war nur gegangen, um Patienten zu empfangen, die einen Termin bei ihm hatten. Ich weiß nicht, ob seine Beweggründe Schuldgefühle waren; das ist mir auch ziemlich egal. Ich fand es einfach gut, daß er dablieb, während die anderen nach Hause gingen, daß er den Schichtwechsel des Pflegepersonals und der wachhabenden Polizisten mitverfolgte, psychologische Fachzeitschriften las und mit mir plauderte.

Wir unterhielten uns über Anästhesie, die Medizin in der Dritten Welt, allgemeine Themen, dies und das. Einmal strich er mir mein Haar aus dem Gesicht, als wir ein bißchen zu hitzig diskutierten.

Er erbot sich, mich zu meinem Toyota zu begleiten, als ich ging. Im Aufzug nach unten fragte er mich, ob ich darüber reden mochte.

«Worüber?» fragte ich.

«Waren Sie in Versuchung, von der Waffe Gebrauch zu machen? Als Sie ihn auf dem Boden hatten, als er in die Enge getrieben war?»

Ich überlegte, was ich darauf antworten sollte. Ich dachte darüber nach, ob ich wirklich mit einem sehr attraktiven Mann, der jede Bewegung von mir analysieren würde, flirten und schließlich auch schlafen wollte.

Ich stieg ins Auto und fuhr los, und im Rückspiegel sah ich Donovan immer kleiner werden.

Am nächsten Tag, während ich mit einem Strauß welkender Narzissen in der Hand im JHHI darauf wartete, Mooney einen Besuch abstatten zu dürfen, erzählte mir Pablo Peña, der schläfrige Anästhesist, mehr über Ketamin. Man gibt es Kindern. Auch Pferden, wie er glaubte. Wenn keine Ergänzungsmittel verabreicht werden, die seine Nebenwirkungen ausschalten, wachen Patienten aus einem Ketamin-Betäubungsschlaf schweißgebadet und von grauenhaften Alpträumen geschüttelt schreiend auf. Ein Motorradfahrer, den er einmal betäubt hatte, hatte eigens nach Ketamin verlangt, dem «Engelsstaub». Er war kreischend wieder zu sich gekommen. «Sie reißen mir das Fleisch von den Knochen! Mann, ich verkohle an Feuerkugeln!»

Das Wochenende hindurch fragte ich mich, was Mooney für Träume haben mochte.

Am darauffolgenden Montag vormittag auf der Hauptwache der Kripo dachte ich schon, ich würde Gratulationen einheimsen, Hände schütteln und kollegiale Schläge auf den Rücken einstekken müssen. Mooney war nicht gestorben. Emily Woodrow war nicht gestorben. Die Giftküche in Longwood 632 war geschlossen worden. Eine Empfangsdame in David Menanders Hotel hatte bei einer Gegenüberstellung in Renzel den «Blumenboten» wiedererkannt.

«Mooney? In einer Sitzung», hieß es, als ich dort ankam. Ich wartete lange genug, um eine Tasse Kaffee zu trinken. Lange genug, um nach Doughnuts zu fahnden und ihrem Zimtduft nachzuspüren, bis ich eine leere Schachtel im Papierkorb fand.

Durch einen Spalt in der Jalousie an Mooneys Tür konnte ich sehen, daß er sich mit zwei Herren unterhielt. Sie sahen nicht aus wie Polizeibeamte in Zivil. Eher wie Politiker oder Geschäftsleute. Vielleicht auch Anwälte. Vielleicht sollte ich gehen, später noch mal anrufen und einen neuen Termin vereinbaren.

«Hallo, Gott sei Dank», sagte JoAnn Triola bei meinem Anblick.

Ich warf einen Blick nach hinten. Wir sind zusammen zur Polizeischule gegangen und kommen gut miteinander aus, aber normalerweise stößt Jo keine Dankgebete aus, wenn sie meiner ansichtig wird.

«Was?» sagte ich und war auf der Hut.

«Du gehst besser gleich hinein.»

«Warum denn?»

«Mooney hat alle fünf Minuten nach dir gefragt», sagte sie.

«Dann haue ich wohl besser wieder ab», sagte ich.

In zwei Sätzen war sie durchs Zimmer und pochte an seine Scheibe, ehe ich es verhindern konnte. Er schaute überrascht auf, sah mich und stieß seinen Sessel zurück.

Die Tür öffnete sich.

«Carlotta, komm rein.»

«Ich hoffe, es geht dir besser», flötete ich süß.

Einer der Herren in dem Büro schoß aus seinem Sessel hoch wie ein Stehaufmännchen. Er trug einen dunkelblauen Nadelstreifenanzug. Ein frisches weißes Taschentuch blitzte aus seiner Brusttasche hervor. Auf dem Schoß hielt er einen kleinen runden Hut mir hochgerolltem Rand. Der andere Herr erhob sich langsam. Er trug eine Drahtgestellbrille und einen braunen Anzug.

Wenn ich gewußt hätte, daß die Sache einen offiziellen Anstrich bekam, hätte ich mich besser angezogen.

«Setz dich», sagte Mooney bestimmt und nickte in Richtung eines Stuhls. «Das ist Mr. Ku. . .»

«Kurundi, Madam.» Das Stehaufmännchen hatte einen ausgeprägten, fast britischen Akzent und eine dunkle Hautfarbe.

Mooney sagte: «Mr. Kurundi ist von der Weltgesundheitsorganisation, und das hier ist Mr. Wiley von der FDA.»

«Food and Drug Administration», sagte ich argwöhnisch. «Hallo. Carlotta Carlyle. Lassen Sie mich mal raten. Sie haben einen Brief von einer Frau namens Tina Sukhia erhalten.»

Wiley sagte: «Wir hätten sofort unterrichtet werden müssen.»

Ich zuckte mit den Achseln, deutete auf Mooney und sagte: «Er war im Krankenhaus, und ich saß gerade auf einem Mörder.»

Mr. Kurundi sprach mit hoher Stimme in einem melodischen Rhythmus. «Sie haben einen Brief gelesen, der für die WHO bestimmt war.»

«Er ist nicht abgeschickt worden», sagte ich. «Ich bin mir eigentlich keines Verstoßes gegen das Briefgeheimnis bewußt.»

Sein Ton wurde ernster. «Gleichwie, Sie haben solch einen Brief gelesen und hätten uns *sofort* benachrichtigen müssen.»

«In der Schweiz? Was geht hier eigentlich vor?» fragte ich.

«Ich will es Ihnen sagen», sagte Wiley, der FDA-Mann. «Wenn die entsprechenden Behörden rechtzeitig in Kenntnis gesetzt worden wären, wüßten wir jetzt die Namen von Renzels Zulieferern, Großhändlern, den Mittelsmännern und Exporteuren. Samt allem Drum und Dran.»

«Und Emily Woodrow wäre tot», stellte ich klar. «Oder sie stünde als Angeklagte wegen mehrfachen Mordes vor Gericht. Klingt in meinen Ohren so, als müßten Sie sich bei diesem Herrn Kurundi beschweren. Fragen Sie ihn doch mal, was, zum Teufel, er mit dem Brief gemacht hat, den Tina Sukhia ihm schon vor Monaten geschickt hat.»

«Verzeihen Sie, Madam», sagte Kurundi und fingerte an seinem Hut herum, «aber den Brief kennen Sie nicht. Er enthielt – wie soll ich es sagen – nur vage Andeutungen und sehr wirre Mitteilungen. Zudem ist die WHO eine große Organisation mit vielen Zweigen. Tatsächlich traten wir sofort in Aktion, nachdem Miss Sukhias Brief sein eigentliches Ziel erreicht hatte. Wir mußten allerdings unsere Ermittlungen vom anderen Ende her beginnen, wie man es ausdrücken könnte. Wir waren Miss Sukhia dankbar, daß sie uns auf Cephamycin aufmerksam gemacht hat. Wir stellten fest, daß es, wie sie vermutet hatte, in kontaminierter Form in etliche Dritte-Welt-Länder exportiert wurde –»

«Sie weiß Ihre Dankbarkeit sicher zu schätzen», sagte ich. Mooney warf mir einen warnenden Blick zu.

«In Absprache mit der FDA Ihres Landes haben wir mit dem Präsidenten der Cephagen Company zusammengearbeitet –»

«Mit Menander? Dem Mann, der erschossen worden ist?»

«Ja», gab Wiley zu.

«Auch er weiß Ihre Arbeit sicher zu schätzen», sagte ich.

«Menander ist aufgefallen, daß die Bestellungen vom JHHI erheblich zugenommen hatten», sagte Mooney.

«Dadurch stand Renzel mehr Verpackungsmaterial zur Verfügung», sagte ich. «Und Muir und das JHHI haben die Rechnung bezahlt.»

«Renzel konnte zwar das gefälschte Medikament mit minimalem Kostenaufwand herstellen», fuhr Mooney fort, «aber er konnte die Hologramme nicht fälschen. Als die WHO bei Menander wegen ungewöhnlicher Bestellvorgänge Erkundigungen einholte –»

Kurundi unterbrach ihn. «Was wir gemacht haben, weil die Verpackung so perfekt war und alles absolut korrekt aussah. Wir haben angenommen, daß die Fälschung direkt aus der Fabrik in Orlando kam.»

«Menander muß gemerkt haben, daß sich die Bestellungen des JHHI mehr als verdoppelt hatten», setzte Mooney hinzu. «Aber er wollte nicht glauben, daß das JHHI mit den Fälschern unter einer Decke stecken könnte. Er kam hierher, weil er hoffte, von Muir die Gründe zu erfahren.»

«Aber Renzel war zuerst bei ihm», sagte ich. «Renzel hatte wirklich Nerven. Und Muir – ich kann einfach nicht glauben, daß er nichts gemerkt haben sollte. Fünf Todesfälle an einem Tag.»

«Er wollte nichts merken, Carlotta. Er stand vor einem echten Problem; das haben wir seinen Aufzeichnungen, Notizen und Briefen entnommen, die er in seinem Schreibtisch hinterlassen hat. Er hat versucht, den Skandal so lange zu verhindern, bis eine Erbangelegenheit geregelt war. Er erwartete eine Stiftung in Höhe von zwanzig Millionen Dollar –»

«Warum hat er dann nicht die medizinischen Berichte versteckt?» fragte ich Mooney.

«Hat er.»

«Nein», sagte ich. «Donovan hat sie.»

«Er hat sie in aller Öffentlichkeit versteckt», sagte Mooney. «Statt sie zur Überprüfung weiterzugeben, hat er sie unter die allgemeinen Krankenberichte eingeordnet. Er hatte wohl vor, sie später wieder herauszusuchen, nach der Sache mit der Stiftung –»

Wieder unterbrach Mr. Kurundi. «Madam, Sie nehmen die Sache anscheinend nicht ernst genug. Die Fälschung von Arzneimitteln ist weltweit ein schwerwiegendes Problem. In Afrika, in Nigeria sind mehr als ein Viertel der auf dem Markt befindlichen Medikamente nicht das, was sie zu sein scheinen. Es geht um Millionen, ja Milliarden Dollar. In Burma glauben Männer,

Frauen und Kinder, sie nähmen gute Medikamente gegen die Malaria ein, dabei sterben sie daran. Hunderte sterben.»

Jetzt sprach Wiley dazwischen. «Und nun, was haben wir nun? Eine unbedeutende Fabrikationsanlage ist geschlossen worden, ein winziges Zahnrädchen in einem riesigen Getriebe. Wir hätten Leute in diese Fabrik einschleusen können. Wir hätten die Transportwege aufspüren und überall die Verbindungsmänner verhaften können.»

«Sie haben doch Renzel», sagte ich.

«Aber er redet nicht.»

«Schließen Sie einen Handel mit ihm ab. Macht ihr das nicht immer so? Bieten Sie ihm eine kuschelige Zelle in einem Luxusgefängnis an.»

«Ich hätte sagen sollen, daß er redet», gestand Wiley langsam, «aber es ergibt keinen rechten Sinn.»

«Ein Psychiaterteam könnte vielleicht mal Feldforschung bei dem Kerl betreiben», schlug Mooney vor.

«Er hat immerhin versucht, die Kinder zu retten», sagte ich. «Die Kinder im JHHI. Deren Tod schien ihm aufrichtig leid zu tun.»

«Reiner Eigennutz», sagte Wiley. «Man scheißt schließlich nicht vor die eigene Haustür.»

Kurundi war augenscheinlich so schockiert von der rüden Sprache des FDA-Herrn, daß Wiley rot anlief und sich entschuldigte. Bei mir.

«Ich hatte eher den Eindruck, daß es mehr als reiner Eigennutz war», sagte ich. «Er hatte gewisse moralische Grundsätze. Die anderen oder wir. Schwarz oder Weiß. Seine Grundsätze haben sich allmählich so verdreht, daß sie zusammengebrochen sind.»

«Und er auch», murmelte Mooney.

Kurundi strich mit dem Finger über die Hutkrempe. «Es scheint», sagte er bitter, «daß Frau Sukhia recht hatte. Ich lese in Ihren Zeitungen: Flugzeugabsturz; keine Amerikaner unter den Passagieren, also ist alles in Ordnung. Sie pumpen Zigaretten in die Auslandsmärkte. Sie exportieren Abfälle, darunter hochgiftige, in Länder, die so arm und so verschuldet sind, daß sie sich nicht dagegen wehren können. Und in diesem Fall hier gehen Sie langsam und sehr vorsichtig vor, obwohl sich das verdächtige Labor genau hier vor Ort befindet –»

«Jetzt reicht's aber», unterbrach ihn der FDA-Mann, «die meisten Labors sind nicht hier bei uns. Diese Sachen passieren doch meistens in der Türkei, in Griechenland –»

Vielleicht konnte ich, während sich die beiden so angeregt miteinander unterhielten, zur Tür hinausschlüpfen. Ich stand auf, und sofort verstummte das Gespräch.

«Mooney», fragte ich, «warum bin ich hier?»

«Diese Herren wollen dir deine Lizenz als Privatdetektivin entziehen, Carlotta. Deine Berufsgrundlage. Und sie werden nicht so leicht davon abzubringen sein.»

«Es ist ja nicht zu glauben.»

«Glaub's nur.»

«Ich durfte keine Zeit verlieren, Mooney. Du weißt das. Emily Woodrow wäre tot, wenn ich nicht –»

«Madam, Sie sagen selbst», meldete Kurundi sich wieder zu Wort, «Sie haben *ein* Leben gerettet. Wir hingegen hätten Tausende retten können.»

Ich zählte bis zehn, dann noch einmal bis zehn. «Entschuldigen Sie», sagte ich, «was genau hätten Sie herausgefunden in dieser perfekten Situation, wenn ich nicht so schnell gehandelt hätte?»

«Das haben wir Ihnen doch schon gesagt.»

«Wiederholen Sie es bitte noch einmal.»

«Renzels Zulieferer.»

«Er hat Wasser gebraucht. Verhaften Sie die Wasserwerke. Er hat womöglich rote Lebensmittelfarbe verwendet. Verhaften Sie von mir aus alle, die Lebensmittelfarben für Geburtstagstortenglasuren herstellen.»

«Die Maschinenzulieferer», fuhr Kurundi fort, «die Hersteller von Verpackungsmaschinen für Arzneimittel. Und besonders gern hätten wir uns den Zwischenhändler geangelt, vermutlich jemand, den Renzel auf einer der internationalen Konferenzen kennengelernt hat. Dieser Zwischenhändler liefert weiter an eine Arzneimittelbörse. Es handelt sich um ein riesiges Netz, eine Kette. Wird nur ein Glied zerbrochen, ist sie bald wieder intakt. Hinter diesen Fälschungen steht eine ungeheure Organisation. Sie ist ebenso verabscheuungswürdig wie die der internationalen Drogenschieber, aber noch gefährlicher.»

Drogenschieber. Ich hörte förmlich, wie sich die Puzzleteilchen in meinem Kopf mit leisem Klicken zusammenfügten. *Drogenschieber*.

«Carlotta?» sprach Mooney mich an. «Alles in Ordnung?»

«Ich bin schließlich nicht mit Dope vollgepumpt worden, Mooney.»

«Du hast einen Augenblick lang sehr merkwürdig ausgesehen.»

«Mr. Kurundi», sagte ich. «Und Mr. Wiley. Wenn eine Spur Sie zum nächsten Glied dieser Kette führen würde, zum Zwischenhändler, würden Sie dann die Sache mit meiner Lizenz fallenlassen? Sie haben sicher Wichtigeres zu tun, als auf mir herumzuhacken.»

«Was weißt du noch, Carlotta?» sagte Mooney gefährlich leise.

«Überhaupt nichts, Mooney. Erfreut, Ihre Bekanntschaft gemacht zu haben, meine Herren.»

«Carlotta –» setzte Mooney an.

«Verhafte mich, sonst bin ich weg», sagte ich in der Tür. Und fügte mit verhaltener Stimme hinzu: «Ich wünsche dir Breitwandalpträume in Technicolor, Moon.» Entweder hörte er es nicht, oder er überhörte es einfach.

44

«Berufsehre, Patsy», sagte ich nachdrücklich, «hast du denn keine?»

«Carlotta, hör mal, es tut mir leid, daß ich dich wegen des beruflichen Werdegangs der Frau nicht zurückgerufen habe –»

«Inzwischen ist schon viel Wasser den Charles River hinuntergeflossen. Aber du könntest es wiedergutmachen.»

«Klingt, als wolltest du was gratis.»

«Es paßt genau in dein Metier, Patsy, und ich werde am Telefon bleiben, bis ich's habe. Ein Anwalt aus Miami namens Vandenburg. Thurman W. Vandenburg. Ich möchte wissen, ob er Strafverteidiger ist, und ich möchte wissen, ob er Drogenschieber verteidigt –»

«Wenn er sein Brot in Miami verdient? Natürlich.»

«Insbesondere einen Kerl namens Jaime Valdez Corroyo. Ich möchte wissen, ob Valdez Corroyo jemals verhaftet worden ist, ob Vandenburg ihn je freigekriegt hat. Und ich will wissen, ob Valdez Corroyo allein oder mit jemandem zusammen angeklagt worden ist.»

«Wann soll ich –»

«Tipp die Namen sofort ein, Patsy. Fünfzig Prozent Eilaufschlag.»

«Hundert.»

«Kommt nicht in Frage.»

Ich konnte hören, wie ihre Fingernägel auf den Tasten klapperten. Ich buchstabierte Vandenburg und Valdez Corroyo, und binnen acht Minuten wurde sie fündig.

«Bingo», sagte ich. «Schick mir die Rechnung.»

«Mach ich.»

«Wo du's gerade auf dem Bildschirm hast, gib mir doch mal Vandenburgs Telefonnummer durch, ja?»

Die Sekretärin des Anwalts nahm mir mein «absolut dringend»

sofort ab. Thurman W. Vandenburg rief mich nach sechs Minuten zurück.

«Nehmen Sie Verbindung zu C. R. G. auf», sagte ich, nachdem ich meinen Namen und meine Telefonnummer angegeben hatte. «Ich könnte ihn auch Carlos nennen. Er soll mich anrufen. Ich bleibe in den nächsten Stunden am Telefon sitzen – und wenn ich nichts von ihm höre, können Sie ihm sagen, daß er seine Tochter dann vermutlich nie zu sehen bekommt.»

Das war Quatsch, aber ich wollte, daß er mich baldmöglichst anrief.

«Ich verstehe nicht ganz, Miss.»

«Sie brauchen auch nichts zu verstehen. Aber Sie kennen auf jeden Fall eine Nummer, unter der Sie Jaime Valdez Corroyo oder seine Leute erreichen können. Nicht die richtige Nummer von Valdez Corroyo. Hat wohl keinen Sinn, beim Staatsgefängnis anzurufen, was? Tun Sie sich einen Gefallen und rufen Sie Carlos an.»

Vandenburg schwieg.

«Die Zeit verrinnt», sagte ich warnend.

«Ich dürfte – äh – gewisse Schwierigkeiten haben, den Mann zu erreichen, von dem Sie sprechen», sagte der Anwalt.

«So ist das Leben», entgegnete ich.

Ich konnte vor Nervosität nicht stillsitzen und machte mich daran, meine Akten zu sortieren. Gab das wieder auf, holte meine «National» Steel Guitar von oben und zupfte ein paar alte Stücke, immer schneller und schneller, bis die Griffe meine volle Konzentration erforderten. Normalerweise kann die Musik mich vollkommen in Anspruch nehmen, meinen Kopf leer machen, bis nichts mehr da ist als Melodien und Harmonien, Bässe und Akkorde.

Ich fuhr hoch, als eine halbe Stunde später das Telefon klingelte. Vandenburg.

«Der Mann, von dem wir zuvor gesprochen haben, kann Sie nicht über Ihre Privatleitung anrufen.»

«Vielleicht hat er eine spezielle Leitung für diesen Zweck?»

«Ich mache keine Witze. Ist bei Ihnen in der Nähe ein Münzfernsprecher?»

«Ja.»

«Einigermaßen ruhig?»

Damit waren alle Telefone am Harvard Square aus dem Rennen. Hinten im Drugstore auf der Huron Avenue gab's eine verschwiegene Telefonzelle. «Ja.»

«Dann gehen Sie jetzt dahin, melden Sie ein R-Gespräch an und geben Sie mir die Nummer der Telefonzelle durch.»

«Okay.»

«Ich warne Sie. Ich werde nachprüfen, ob es sich wirklich um einen Münzfernsprecher handelt.»

«Schon gut, ich will den Typen doch nicht verpfeifen.»

«Unser Freund ist ein vorsichtiger Mensch.»

«Was Sie nicht sagen.»

«Er hat Geschäftsfeinde.»

«Das wundert mich nicht.»

Wir brachten das ganze Ritual hinter uns. Ich war immerhin erleichtert, daß ich nicht mehrfach von einem Münzfernsprecher zum andern wechseln mußte, bis er einen gefunden hatte, der ihm zusagte. Im Drugstore kaufte ich mir den *Globe*, las einen langatmigen Artikel über die neue Führung des JHHI und wartete. Zwanzig, dreißig, fünfundvierzig Minuten vergingen. Ich studierte die Seite «Vermischtes» nach dem redaktionellen Teil, die Comics, die Ratschläge der Briefkastentante Ann Landers. Sie empfahl einer nach eigenen Angaben «aufgeklärten» Zehnjährigen, keine Sex-Partys mit dem Vater ihrer besten Freundin zu besuchen.

Das Telefon klingelte. Ich riß den Hörer von der Gabel, hörte einen dumpfen Ton, ein schwaches Summen, ein Klicken.

«Señora?»

«Señorita, und ich spreche lieber Englisch.»

«Das läßt sich machen.»

«Mit wem spreche ich?»

«Mit dem Mann, den Sie zu sprechen wünschen. Keine Namen bitte.»

«Sind Sie Ihr Vater? Der Vater von Pao. . . von meiner kleinen Schwester?»

«Sagen wir es so: Eine Frau, die Sie gut kennen, hat letztes Jahr eine Reise in mein Land unternommen, um einen alten Mann um Geld anzubetteln. Sie war in Begleitung ihrer Tochter. Bald danach starb der alte Mann, mein Vater. Mein Vater und ich haben uns nicht an seinem Totenbett versöhnt, um ehrlich zu sein, aber die Haushälterin, eine treue alte Freundin, hat mir von diesem Besuch erzählt.»

«Und da haben Sie jemanden angeheuert, der sie kidnappen sollte für den Fall, daß sie sich als Ihre Tochter entpuppte? Um sie sich mal genau anzusehen?»

«Wovon reden Sie?»

«Wie würden Sie es denn nennen?»

«Wir reden aneinander vorbei, Señorita. Ich verstehe Sie nicht mehr.» Nach jedem Satz gab es ein Echo in der Leitung. Pausen erschwerten das Gespräch. Die Stimme des Mannes war tief und weich, mit einem starken Akzent. Sie strahlte Wärme und Macht aus. Eine zärtliche Stimme.

«Das Mädchen ist dazu ermutigt worden, einen Flug zu buchen», sagte ich.

Er klang überrascht. «Nicht auf meine Anordnung hin», sagte er.

Der Flug konnte Paolinas Idee gewesen sein. Aber Paco Sanchez hatte ihr Geld geliehen, sie bestärkt, einen falschen Paß für sie besorgt und geplant, sie zu begleiten.

«Falls Sie die Wahrheit sagen, haben Sie womöglich ein Problem, Señor», sagte ich. «In Zukunft.»

«In Zukunft habe ich möglicherweise viele Probleme», sagte er gelassen.

«Ihre – meine Schwester hat unter Umständen in aller Unschuld ein Geheimnis einem Mann gegenüber ausgeplaudert, der

Vorteil daraus schlagen will», sagte ich langsam. Paco Sanchez hatte Paolina über ihre Person ausgefragt. Wahrscheinlich hatte er von der Verbindung zu Carlos Roldan Gonzales erfahren. Sich ausgemalt, daß ein reicher Vater sicher bereit wäre, für die Sicherheit seiner Tochter etwas springen zu lassen. Sich ausgerechnet, daß die Chance, mit einem großen Drogendealer ins Geschäft zu kommen, den Preis eines Flugtickets wert war.

Ich fuhr fort. «Sollten Sie mit einem Mann namens Paco Sanchez in Kontakt kommen, der behauptet, Ihre Tochter zu kennen und es arrangieren zu können, Ihnen Ihre Tochter zu bringen –»

«Es wäre nicht ratsam, wenn sie zu Besuch käme», sagte Roldan. «Ich werde in dieser Angelegenheit mit meinem Anwalt sprechen.»

«Wie werden Sie die Sache mit Sanchez erledigen?»

«Der Notwendigkeit entsprechend», sagte er in einem Ton, bei dem mich eine Gänsehaut überlief. «Sonst noch etwas?»

«Ja», sagte ich schnell. «Darf ich fragen, warum sie plötzlich so interessant ist? Nach all den Jahren?»

Es gab eine lange Pause, und ich fragte mich schon, ob die Verbindung abgebrochen war. Als die tiefe Stimme wieder ertönte, klang sie unsicher. «Ich weiß nicht. Wie würden Sie es nennen? Eine Laune von mir vielleicht. Altersgrillen. Ein Kind – sie ist ein Teil von mir. Meine Freundin, die alte Haushälterin, hat gesagt, sie sähe mir sehr ähnlich.»

«Dann müssen Sie sehr gut aussehen», sagte ich. «Ihre Tochter – meine Schwester – dieses Mädchen ist sehr hübsch.»

Er lachte leise. Das erstaunte mich nach allem, was ich über dieses Ungeheuer, diesen Killer, gelesen hatte. Er lachte leise!

«Ich weiß über Sie Bescheid, Señorita», sagte er.

«Ja? Inwiefern?»

«Ich weiß vieles, was ich mag. Manches, was mir nicht gefällt.»

«Was zum Beispiel?»

«Daß Sie eine geschiedene Frau sind und mit einem Mann das Bett teilen, dessen Vater keinem anständigen Beruf nachgeht.»

«Fein! Und das ausgerechnet aus Ihrem Munde!»

«Sie kennen mich doch gar nicht», sagte er düster.

«Na gut, aber Sie kennen mich, was? Sie glauben, alles über mich in Erfahrung gebracht zu haben, weil Sie einen Gangster angeheuert haben, der zu blöde war, meinen Müll zu stehlen, ohne sich erwischen zu lassen? Mister, wenn es stimmt, daß man das Format der Herren nach den Dienern beurteilen kann, dann verschwende ich hier meine Zeit, denn dann sind Sie zu dumm, um mir helfen zu können.»

Ich hörte, wie er scharf die Luft einsog, dann kam eine lange dumpfe Pause, und dann wieder das leise Lachen. Dieses Mal ging es in lautes Lachen über.

«Was wollen Sie denn eigentlich, Señorita?» sagte er. «Sosehr es mir Vergnügen bereiten würde, Beleidigungen mit Ihnen auszutauschen, aber ich kann nicht länger sprechen.»

«Die Verbindung ist nicht sehr gut.»

«Ich kann Sie aber hören.»

«Wollen Sie sie? Bei sich?»

«Nein. Sie wäre mir hier nur im Wege. Sie würde von meinen Feinden gegen mich ausgespielt. Es wäre gefährlich für sie. Ich will lediglich von ihr hören. Ihr helfen, wenn es mir möglich ist. Ich kann Geld schicken für ihre Ausbildung. Für alles, was sie sich wünscht.»

«Sie sollten mit ihrer Mutter sprechen.»

«Wenn ich Geld schicke, dann nur für das Kind.»

«Sie könnten es an mich schicken», sagte ich in eine lange Nachhallpause hinein.

«Wenn ich richtig höre, möchten Sie einen Handel.»

«Sie handeln doch gerne.»

«Einen Handel rieche ich förmlich», sagte er.

«Gut, ich muß etwas über Ihr Geschäft wissen. Oder vielmehr über ein verwandtes Geschäft, und ich kann es auf andere Weise nicht herausbekommen. Eine kleine Firma, die falsche Medikamente herstellt und Cee Co. heißt.»

«Fälschung von Arzneimitteln? Das ist ein schmutziges Geschäft.»

Schmutzig. Und das sagte jemand wie Carlos Roldan Gonzales. Schmutzig.

«Diese beiden Welten überschneiden sich nicht oft», sagte er.

«Meine Welt überschneidet sich überhaupt nicht damit.»

«Verstehen Sie mich recht, Señorita. Was ich verkaufe, wollen die Leute haben. Ich mache kein Hehl aus meinem Geschäft. Ich bin weder ein Dieb noch ein Mörder.»

«Ich beschuldige Sie ja auch gar nicht», sagte ich kühl. «Ich habe eine Bitte vorgebracht. Ich habe Sie um einen Gefallen gebeten.»

Die Stille dehnte sich aus. Ich schluckte und atmete wieder.

«Ich könnte vielleicht etwas herausfinden», sagte er widerstrebend. «Aber es sind schmutzige Leute.»

«Ich brauche den Namen eines Großhändlers, der ein gefälschtes chemotherapeutisches Arzneimittel namens Cephamycin vertreibt – den Namen, einen Ort.»

«Wissen Sie, in welchem Land diese Person operiert?»

«Das Mittel geht nach Karachi. Nach Pakistan. Mehr weiß ich nicht.»

«Ist es wichtig für das Mädchen, für Paolina?» Es war das erste Mal, daß ich ihn ihren Namen aussprechen hörte. Er zögerte, bevor er ihn nannte.

«Wenn ich die Antwort habe, darf ich meinen Beruf weiter ausüben und kann mich ein bißchen um sie kümmern.»

Er sagte: «Ich muß jetzt gehen.»

«Wie werden Sie –»

«Der Mann aus Miami wird mit Ihnen in Verbindung treten.»

«Wenn ich keine Informationen erhalte, läuft nichts mit dem Geldtransfer für Paolina. Jedenfalls nicht über mich.»

«Macht Ihnen das Kopfzerbrechen? Die Quelle dieses Geldes?»

«Ich muß darüber nachdenken», sagte ich. «Es würde mir schwerfallen, Paolina zu sagen, sie könnte nicht aufs College gehen.»

«Sie sparen für sie. Das habe ich erfahren.»

«Stimmt.»

«Aber nicht genug.»

«Ich lege immer dazu. Vielleicht braucht sie Ihr Geld gar nicht.»

«Ich möchte es ihr gerne geben. Und daß ich es möchte, überrascht mich.»

«Warum?»

«Ich kämpfe für eine gerechte Sache. Ich dachte, ich würde mein Geld immer nur dafür ausgeben.»

«Vielleicht sollten Sie auch dabei bleiben.»

«Warum?»

«Ich mag Paolina so, wie sie ist. Ich weiß nicht, wie man eine reiche Erbin großzieht.»

«Nicht so, wie ich großgezogen wurde, Señorita.» Über Tausende von Meilen hinweg hörte ich einen tiefen Seufzer. «Soviel kann ich Ihnen jedenfalls sagen.»

Die Leitung war auf einmal tot.

Señor Carlos Roldan Gonzales hatte zuerst aufgelegt.

45

«Ma nish-ta-nah ha-lai-lah ha-zeh mi-kol ha-lay-los?»

«Warum ist diese Nacht anders als alle anderen Nächte?»

Meine Passahfeste haben, wenn überhaupt, nur geringe Ähnlichkeit mit den fanatischen Versammlungen meiner Mutter, eigentlich sogar nur geringe Ähnlichkeit mit allen Passahfesten. Unkonventionell ist das Wort, mit dem ich sie beschreiben würde, und im Sinne dieses Wortes feierte ich in diesem Jahr verspätet, da ich den traditionellen ersten und zweiten Tag bereits versäumt hatte. Eine kleine Schar kam am achten und letzten Abend der Festwoche bei mir zum Essen, Singen und Trinken zusammen. Ich lasse das Fest selten ganz aus.

Jeder hat eine bestimmte Aufgabe dabei. Gloria macht einen Kartoffelgugelhupf, eine Art riesengroßer rechteckiger Pfannkuchen, denn sie hat eine Vorliebe für ölige, fettmachende Genüsse. Wenn sie einen oder mehrere ihrer baumlangen Brüder mitbringt, macht sie gleich ein paar Gugelhupfe. Roz kauft Riesengläser «Gefilte Fisch» im Supermarkt ein und dazu weißen Meerrettich in einer Menge, daß einem die Augen übergehen. Sie bringt außerdem Männer mit. Lemon ist regelmäßig mit dabei.

Dieses Jahr hatte Roz zu meiner Verwunderung und zu meinem Bedauern Keith Donovan, den Therapeuten von nebenan, eingeladen, offensichtlich ihre neueste Eroberung. Donovans und meine Blicke trafen sich im Laufe des Abends mehr als einmal, und ich freue mich, sagen zu können, daß jedesmal er derjenige war, der die Augen abwandte.

Nun ja, philosophierte ich, sie entspricht mehr seinem Alter. Und er konnte so seine Erforschung von Frauen, die gut mit Gewalt umgehen können, fortsetzen und darüber hinaus einen Abstecher machen in das Verhalten von Frauen, die seltsame T-Shirts tragen und sich das Haupt kahlscheren. Roz' T-Shirt des Abends war grellpink und trug die Aufschrift: SUCHE JOB FÜR SEX.

Ich bereite immer die Hühnersuppe zu. Und keine Fertigsuppe. Sie langsam vor sich hinköcheln zu lassen ist meine wesentlichste religiöse Verrichtung im Jahr. Ich habe kein Rezept dafür. Ganz gleich, welche Menge ich koche, es reicht immer. Nie bleiben Matzeknödel im Topf zurück. Manchmal spüre ich förmlich die lenkende Hand meiner Großmutter, während ich Wasser, Salz und Dill zugebe und die Vorzüge einer Mohrrübe gegenüber einer Süßkartoffel erwäge.

Ich habe meine Großmutter nicht mehr gekannt, die Mutter meiner Mutter, die Quelle meiner jiddischen Sprüche.

Fisch, Gugelhupf und Suppe, das ist alles. Das ganze Menü. Gehackte Leber entspräche der Tradition, aber außer dem Kater findet niemand, der zu meinen Passahfesten kommt, Geschmack an Leber, und T. C. teilt seine Zwiebelleber mit niemandem.

Bei den Passahfesten meiner Mutter waren Fisch, Suppe, Matze und Gugelhupf lediglich appetitanregende Vorspeisen. Das Hauptgericht – ausgetrocknetes Suppenhuhn und zerkochtes Rindfleisch – war so enttäuschend, daß niemand je davon aß. Deshalb habe ich es weggelassen. Wenn noch jemand über Hunger klagt, holen wir Eiskrem bei Herell's.

Ich habe das Passahfest jahrelang ausgelassen, nachdem meine Tante Bea gestorben war, und nur widerstrebend wieder damit angefangen, sozusagen klammheimlich. Ich bin oft der einzige anwesende Jude.

Sam Gianelli bringt guten italienischen Wein mit. Mooney ist auch einmal erschienen. Seine Mutter, die mich haßt, hat ihm gesagt, einem Passahfest beizuwohnen wäre eine Sünde.

Paolina ist auch mit dabei. Ebenso Marta und die Jungs. Es ist ein Familienfest, zu dem alle zusammenkommen.

Ich hatte Paolina nichts von dem Telefongespräch erzählt. Ich hatte es auch Marta gegenüber nicht erwähnt. Carlos Roldan Gonzales hatte sich mit einem Namen und einer Adresse revanchiert. Damit stand ich nicht mehr auf der Abschlußliste von WHO und FDA, und Mooney betrachtete mich fortan als mutmaßliches Mitglied der Unterwelt.

Ich mußte mich irgendwann mit Roldan Gonzales' Großzügigkeit, mit seinem Sündengeld, auseinandersetzen. Mußte irgendeine Lösung finden, die das Finanzamt zufriedenstellen würde. Und mich.

Eine wohltätige Stiftung vielleicht – mit Paolina als Hauptnutznießerin.

Martas Nesthäkchen wand sich und zappelte hin und her, als er als jüngster Festteilnehmer an der Reihe war, die vier Fragen zu stellen, eine feste Einrichtung, um die sich das ganze Passahritual rankt. Schließlich las Paolina sie etwas stockend mit ihrer klaren, lieblichen Stimme vor.

«Warum ist diese Nacht anders als alle anderen Nächte?» fing sie an.

Meine *Haggada,* die offizielle Version der Passahgeschichte, wird jedes Jahr mehr beschnitten, bis am Ende ein Destillat dabei herauskommt statt einer gelehrten Abhandlung. «Weil wir in dieser Nacht den Auszug der Kinder Israels feiern. Weil wir Sklaven waren und jetzt frei sind.»

Wir lesen abwechselnd vor, auf englisch, nicht auf hebräisch. Marta weigert sich mitzumachen, so peinlich ist es ihr, daß sie nicht lesen kann. Sam liest mit volltönendem, tiefem Bariton, der mich seltsamerweise an Roldan Gonzales' Stimme erinnert.

Vor zwei Tagen hatte ich Emily Woodrow besucht. Im Wartezimmer traf ich ihren Ehemann, der mich mit einer steifen, gebieterischen Geste näherwinkte.

«Ich bin gerade im Gehen begriffen. Muß ins Büro zurück. Ich war Stunden hier», sagte er. «Sie sagt fast nichts.»

Ich sagte auch nichts. Ich wußte nicht, was er von mir hören wollte.

«Ich bin Ihnen dankbar», fuhr er leise fort. «Die Polizei hat von Ihrem Einsatz gesprochen.»

Nett von ihr, dachte ich.

«Was ich gern – entschuldigen Sie bitte», fuhr er fort. «Haben Sie meiner Frau etwas von mir erzählt?»

«Ich glaube nicht, daß sie im Augenblick noch eine Last mehr tragen könnte, Mr. Woodrow.»

«Ich werde ihr beistehen, bis es ihr bessergeht», sagte er.

Für wen hält er sich? fragte ich mich. Was sieht er, wenn er morgens in den Rasierspiegel blickt? Einen Helden, der seiner kranken Frau seine aufrichtige Liebe beteuert? Einen Märtyrer?

«Nun ja», sagte er lahm mit einem Blick auf seine goldene Rolex, «ich muß gehen.»

«Wollen Sie Klage erheben?» fragte ich. Ich hatte gar nicht fragen wollen.

«Ja», sagte er, «das will ich. Sie werden vielleicht eine Zeugenaussage machen müssen.»

«Wenn Ihre *Frau* mich darum bittet, komme ich.»

Ich beobachtete ihn, wie er ungeduldig auf den Aufzug wartete, und stellte im stillen unbarmherzig die Frage, ob er nur wegen der zu erwartenden Gewinne aus dem Rechtsstreit zu Emily zurückgekehrt war.

Ich klopfte an ihre Tür. Keine Antwort. Ich machte ganz langsam auf, um zu sehen, ob sie schlief. Der Fernseher in ihrem Privatzimmer lief, aber sie starrte aus dem Fenster auf den Parkplatz. Ihr Haar war ordentlich gescheitelt und gekämmt. Es war an den Wurzeln schwarz.

Es erschien unglaubhaft, daß wir uns erst einmal getroffen hatten, nur ein einziges Mal, als sie noch bei klarem Verstand war. Ich hatte sie mit den Augen ihres Mannes und mit den Augen ihres Therapeuten gesehen. Ich hatte sie in ihren Fotos gesehen.

Ihr Gesicht war aufgequollen und verschwollen, die Augen unstet. Auf dem Fernsehschirm tanzte Fred Astaire mit Ginger Rogers und wirbelte sie in immer größeren Kreisen herum.

Ihr gehe es gut, murmelte Emily. Gut. Ob noch Eiswasser da sei? O ja, da sei ja noch welches. Wie schön. Eiswasser.

Eine Krankenschwester sagte, Emily sei verwirrt. Die Ärzte wüßten nicht, ob sie sich erinnern würde, woran sie sich erinnern würde.

Sie erinnerte sich daran, daß ihre Tochter tot war.

Am Passahtisch blätterte ich durch meine *Haggada*. Die Geschichte handelt nicht nur von Sklaverei und Freiheit. Sie handelt vom Zorn Gottes. Von schrecklichen Ereignissen. Von den Plagen.

Ich erinnere mich noch, daß die Plagen bei den Passahfesten meiner Kindheit nur ein Spiel für mich waren. Man taucht den Finger in sein Weinglas und sprenkelt einen Tropfen klebriges Rot auf den Tellerrand, einen Tropfen für jede Plage. Singt fremde, nichtssagende Worte dazu:

Daam. Tz'far-day-a. Keeneem. O-rov. Dever. Sh'cheen. Ba-rad. Ar-beh. Cho-shech. Ma-kat B'cho-rot.

Leck den Wein nicht von den Fingerspitzen, Carlotta, pflegte meine Mutter zu sagen.

Warum nicht, Mama?

Es bringt Unglück, eine Plage zu kosten.

Ma-kat B'cho-rot. Inzwischen weiß ich, was das heißt. Die Tötung der Erstgeburt.

Ich weiß, daß nicht das Töten die Passahbotschaft ist. Ich weiß, daß wir den Wein verschütten, um zu zeigen, daß wir nicht in vollem Maße fröhlich sein können, wenn unseren Feinden so hart mitgespielt wird.

Aber ein winziger Tropfen Wein für die Tötung der Erstgeburt? Ich schlage die Seite schnell um. Mein Mund sträubt sich, die Worte *Ma-kat B'cho-rot* auszusprechen.

Ich muß an Emily denken, was sie mir sagte, als sie plötzlich aufblickte. Ich bin nicht sicher, ob sie mich wiedererkannte oder wußte, wer ich war.

«Es ist so – ich weiß nicht recht. Ich glaube, ich liege im Sterben.» Ihre Stimme war immer noch rauh, der Tonfall eben und ausdruckslos.

«Da habe ich aber etwas anderes gehört. Die Ärzte sagen, daß Sie bald wieder nach Hause dürfen», sagte ich.

Sie brabbelte weiter. Ich mußte mich niederbeugen, um verstehen zu können, was sie von sich gab. «Nein. Nicht das – es ist so, daß ich nicht weiß, wie ich weitermachen soll. Ich habe die ganze Zeit durchgehalten, weil ich meinte, herausfinden zu müssen, was passiert ist, und daß dann – ich weiß nicht – daß sich alles verändern würde. Daß ich, wenn ich herausfinden würde, wie sie gestorben ist, die Dinge anders sehen würde. Daß es leichter würde, wenn jemand für ihren Tod bezahlen müßte, wenn jemand anders dafür sterben müßte.»

«Und ist es nun nicht leichter?»

«Es ändert überhaupt nichts. Nichts wird leichter dadurch. Sie haben mich mit Drogen vollgepumpt – ich glaube, Renzel war es, er hat sie mir verabreicht –, und ich vergesse vieles. Er hat dafür gesorgt, daß ich vergesse. Ich hatte Wahnvorstellungen. Ich dachte, sie wäre noch am Leben. Er hätte mein Gedächtnis sauber auslöschen sollen. Ich erinnere mich an die falschen Sachen. Ich vergesse die falschen Sachen. Er hätte mich umbringen und die andere Frau leben lassen sollen. Sie war so jung, wissen Sie? Tina. Eine schöne Frau. Jung. Sie hätte noch Kinder haben können.»

«Sie haben noch ein Stück Leben vor sich, Mrs. Woodrow.»

«Mir geht es so ähnlich wie den Leuten, von denen man liest, die einen Arm oder ein Bein verloren haben und immer noch Schmerzen darin fühlen.»

«Phantomschmerzen», sagte ich.

Fred Astaire und Ginger Rogers drehten eine Pirouette und verbeugten sich.

«Ja», sagte sie, «ich habe eine Phantomtochter.»

In dieser Nacht, die anders ist als alle anderen Nächte, wünschte ich, ich könnte Emily Woodrow die Geschichte vom Auszug aus Ägypten erzählen, auf die Art erzählen, wie ich sie verstehe.

«Es ist jetzt April, Mrs. Woodrow ... Emily», würde ich sagen. «Ich weiß nicht, ob Sie religiös sind. Ich bin's nicht. Aber ich bin im jüdischen Glauben erzogen worden, und im April feiern die Juden das Passahfest. In meiner Kindheit waren das immer schwierige Feiertage für mich, und sie sind mir nicht leichter geworden. Kennen Sie die Geschichte?»

«Ich kann sie nur schlecht erklären», würde ich sagen, «denn ich bin kein Rabbi. Aber dieser Teil geht mir immer unter die Haut: Gott straft die Ägypter, weil sie die Israeliten zu Sklaven gemacht und dem Wort Gottes nicht gehorcht haben. Zehn Strafen gibt es, zehn Plagen – Blut, Frösche, Stechmücken, Stechfliegen, Viehpest, Blattern, Hagel, Heuschrecken, Finsternis –, und die letzte Plage ist die Tötung der Erstgeburt.»

«Das tut Gott?» wird sie mich vielleicht fragen.

«Der Gott meiner Väter», werde ich zugeben müssen. «Aber zuerst sagt dieser Gott allen Hebräern, sie sollen ein Zeichen an ihre Haustüren malen – mit Lämmerblut –, damit der Engel des Todes an ihren Häusern vorbeigeht. Sie passiert. Passah.»

Ich sehe im Geiste, wie sie den Kopf zur Wand dreht.

«Ich denke oft darüber nach», würde ich sagen, «besonders im April. Und manchmal denke ich, wenn Gott es den Müttern gesagt hätte, wäre alles ganz anders gekommen. Sie hätten womöglich so reagiert wie Sie. Denn Sie haben es gemacht, Emily. Sie haben den Engel des Todes vertrieben. Sie haben die Türen mit dem Blut der Lämmer gezeichnet. Die Türen von Fremden, von Ägyptern, Nigerianern und Pakistanis. Sie haben dafür gesorgt, daß der Engel des Todes an ihren Häusern vorübergeht. Sie haben ihre Kinder gerettet, die Kinder der Fremden.»

«Das hilft mir nicht», wird sie mit schwacher Stimme sagen.

«Eines Tages vielleicht doch.»

«Carlotta», sagte Paolina, «du hörst ja gar nicht zu!»

«Entschuldige.»

«Darf ich ein bißchen Wein haben? Bitte! Nur ein bißchen?»

«Wenn deine Mutter es erlaubt, darfst du einen Schluck haben. Probier mal.»

Marta, deren Arthritis inzwischen medizinisch behandelt wurde und weniger schmerzte, lächelte breit und goß einen Fingerhut voll Barolo in ein Stielglas. Ich schaute meine kleine Schwester an, ein Mädchen auf der Suche nach einem Vater, und sah Emily Woodrow vor mir, eine Mutter auf der Suche nach einer Tochter.

«Carlotta?» sagte Sam. «Noch Wein?»

«Ja», sagte ich, und meine Stimme klang mir zu laut in den Ohren. «Ist es schon das vierte Glas?»

«Ein paar mehr als das vierte.»

«Gut.»

Als ich das Rumpeln draußen hörte, dachte ich, es sei fernes Donnergrollen. Es wurde lauter und war von einem seltsamen Quietschen begleitet. Beim ersten Krach war ich bereits auf den Füßen.

Bei allem Geschrei und allen Fragen und bis ich die Schlüssel gefunden hatte, war ich gerade früh genug draußen, um noch die Rücklichter eines Wagens um die Ecke verschwinden zu sehen.

Ich rannte gleich die Einfahrt hinunter übers Gras. Ich stolperte beinahe darüber, wie sie die Einfahrt versperrten.

«Was ist denn?» rief Sam von der Eingangstür her.

Es dauerte eine Weile, bis ich antworten konnte, so lachte ich.

«Was?»

«Die Mülltonnen, Sam», sagte ich. «Die Mülltonnen sind heimgekehrt.»